어서 오세요,　　휴남동　서점입니다

어서 오세요 휴남동 서점입니다

황보름 장편소설

클레이하우스
CLAYHOUSE

서점이 없는 마을은 마을이 아니다.
스스로 마을이라 부를 수는 있겠지만
영혼까지 속일 수는 없다는 것을 자신도 알 것이다.

─ 닐 게이먼(소설가)

차례

서점은 어떤 모습이어야 할까?

오픈 시간을 잘못 알고 온 손님이 서점 밖을 서성이고 있었다. 이내 허리를 숙이고 이마에 손으로 차양을 만들더니 서점 안을 들여다본다. 영주는 일주일에 두세 번, 퇴근 후 양복을 입고 들르는 그 손님을 금방 알아봤다.

"안녕하세요."

느닷없이 들린 목소리에 깜짝 놀란 남자가 자세 그대로 고개만 돌려 영주를 확인했다. 영주의 얼굴을 알아본 남자가 급히 손을 내린 뒤, 허리를 펴고 서선 쑥스러운 듯 웃었다.

"저녁때만 오다가 이 시간엔 처음 와요."

영주가 말없이 미소를 짓자 남자가 말했다.

"다른 건 몰라도 점심에 출근하는 건 정말 부럽네요."

영주가 가볍게 웃으며 대꾸했다.

"많이들 그렇게 얘기하세요."

띡, 띡, 띡, 띡, 띡, 띡. 영주가 비밀번호를 누르는 사이 일부러 딴 곳을 보던 남자가 문이 열리는 소리에 고개를 돌렸다. 서점 안을 빼꼼히 들여다보는 남자의 얼굴이 보기 좋게 풀린다. 영주는 문을 완전히 젖히며, 남자를 향해 말했다.

"밤새 냄새가 좀 뱄을 거예요. 밤 냄새랑 책 냄새요. 그래도 괜찮으시면 들어와서 보세요."

영주의 말에 남자가 두 손을 살짝 흔들며 발을 뒤로 뺐다.

"아, 아니에요. 뭐니뭐니 해도 근무 외 시간을 방해하면 안 되죠. 나중에 다시 올게요. 그런데 오늘 날씨 정말 덥네요."

영주는 팔에 느껴지는 뜨거운 햇볕을 의식하며, 남자의 마음을 고맙게 받겠다는 듯이 살짝 미소를 짓고는, 그의 말에 맞장구쳤다.

"6월인데 벌써 이렇게 덥네요."

손님의 뒷모습을 짧게 배웅하고 나서 영주는 서점 안으로 들어섰다. 기분 좋은 느낌. 영주의 마음이 일터를 반긴다. 영주는 몸의 모든 감각이 이곳을 편안해함을 느낀다. 그녀는 더 이상 의지나 열정 같은 말에서 의미를 찾지 않기로 했다. 그녀가 기대야 하는 건 자기 자신을 몰아붙이기 위해 반복해서 되뇌던 이런 말들이 아니라, 몸의 감각이라는 걸 알게 되었기 때문이다. 이제 그녀가 어느 공간을 좋아한다는 건 이런 의미가 되었다. 몸이 그 공간을 긍정하는가. 그 공간에선 나 자신으로 존재하고 있는가. 그 공간에선 내가 나를 소외시키지 않는가. 그 공간에선 내가 나를 아끼고 사랑하는가. 이곳, 이 서점이, 영주에겐 그런 공간이다.

그런데 덥긴 정말 더웠다. 그렇더라도 에어컨을 켜기 전 해야 할 일이 있다. 과거의 공기는 내보내고, 새 공기 받아들이기. 언제쯤 과거에서 벗어날 수 있을까. 벗어나려는 노력도 욕심일까. 습관처럼 떠오르는 생각이 영주의 마음을 무겁게 하지만, 영주는 습관처럼 또 적극적으로 생각을 밀어낸 후 창문을 하나씩 열었다.

후텁지근한 공기가 한순간에 서점을 가득 채웠다. 영주는 손부채로 얼굴에 바람을 일으키며 서점을 쭉 훑었다. 오늘 그녀가 이곳에 처음 온 손님이라면 이곳이 마음에 들까. 이런 곳에서 소개하는 책이라면 믿고 읽을 수 있겠다고 생각할까. 손님이 서점을 신뢰하려면 서점은 어떤 모습이어야 할까.

그녀가 만약 이곳에 처음 온 손님이라면…… 역시 저 책장이 가장 마음에 들지 않을까. 넓은 벽 한 면을 가득 차지하고 있는 책장, 소설로만 가득 찬 책장. 아니다, 소설을 좋아하는 그녀 같은 사람이나 좋아할 테지. 책을 좋아하는 사람 중에도 소설은 읽지 않는 사람이 꽤 많다는 걸 영주는 서점을 열고 나서야 알게 되었다. 소설 비애호가들은 저 책장 근처엔 가지도 않겠지.

벽면을 가득 채운 책장은 어린 시절 로망이 실현된 결과였다. 책 읽는 재미에 푹 빠져 있던 초등학교 시절, 네 면이 책으로 가득 채워진 방을 갖게 해달라고 아빠를 조르곤 했다. 아빠는 그게 아무리 책이라 해도 무리하게 욕심을 부리는 건 좋지 않다며 어린 딸을 나무랐다. 어린 영주도 아빠가 떼쓰는 버릇을 고치려 일부러 엄한 표정을 짓는다는 건 알았다. 그래도 그 표정이 무서워 엉엉 울다가 아빠 품에 안겨 잠들곤 했다.

매대에 몸을 기댄 채 책장을 바라보던 영주가 몸을 돌려 창문 쪽으로 걸어갔다. 이 정도면 환기 끝. 영주는 늘 하던 대로 가장 오른쪽에 있는 창문부터 차례대로 닫았다. 이어서 에어컨을 켜고 음원 사이트에서 늘 듣던 음악을 틀었다. 영국 그룹 킨Keane의 앨범 〈호프스 앤드 피어스Hopes And Fears〉. 2004년에 나온 이 앨범을 영주는 작년에서야 처음 들었고, 듣자마자 빠져 거의 매일 듣고 있다. 가수의 나른하면서도 몽환적인 목소리가 서점을 가득 채운다. 오늘 하루가 시작됐다.

이제 더는 울지 않아도 된다

영주는 카운터 옆 책상에 앉아 메일을 열었다. 온라인으로 들어온 주문 물량이 얼마인지만 확인하려는 것이다. 확인한 후에는 어젯밤에 적어놓고 간 메모를 읽었다. 그날 해야 할 일을 우선순위에 따라 메모해놓는 습관은 고등학교 시절부터 들였다. 예전엔 하루를 완벽히 통제하고 싶어 메모를 했다면, 지금은 마음을 차분히 가라앉히기 위해 메모를 한다. 해야 할 일을 우선순위에 따라 읽고 나면 오늘 하루도 잘 보낼 수 있겠다는 자신감이 든다.

서점을 열고 처음 몇 개월 동안엔 메모를 해야 한다는 사실조차 잊었다. 정지된 시간이었다. 겨우 하루하루를 버틸 뿐이었다. 서점을 열기 전까지는 뭐에 홀린 듯 기운이 뻗쳤다. 아니, 제정신이 아니었다는 말이 더 맞을 듯싶다. 영주는 서점을 열어야 한다는 생각 하나로 다른 모든 생각을 쫓아냈다. 다행히 영주는 집중할 대상이 있으면 힘을 낼 수 있는 사람이었다. 목표가 그녀를 뛰게 했다. 장소를 정하고, 건물을 찾고, 인테리어를 하고, 책을 입고하는 틈틈이 바리스타 자격증까지 땄다.

휴남동 가정집들 사이에 휴남동 서점이 문을 열었다.

문만 열어놓았을 뿐 영주는 거의 아무것도 하지 않았다. 서점은 아픈 동물처럼 숨을 헐떡이며 기운을 차리지 못했다. 서점이 뿜어내는 은은한 분위기가 동네 사람들을 끌어들였지만, 이내 발걸음이 줄었다. 몸속에 피가 한 방울도 남아 있지 않은 사람처럼 하얗게 앉아 있는 영주 때문이었다. 동네 사람들은 서점 문을 열고 들어올 때면 그녀의 개인 공간을 침범하는 듯한 기분을 느꼈다. 영주는 웃고 있었지만, 아무도 그 웃음을 따라 웃지 않았다.

그럼에도 영주의 웃음이 꾸민 웃음이 아니라는 걸 알아보는 사람들은 있었다. 민철 엄마도 그중 하나였다.

"가게 사장이 그러고 앉아 있는데 사람들이 오긴 하겠어? 책 파는 것도 다 장산데 고상하게 앉아 있기만 해서 어떡해? 돈 버는 게 어디 그리 쉬운 줄 알아?"

예쁜 얼굴에 화려하게 차려입길 좋아하는 민철 엄마는, 일주일에 두 번씩 문화센터에서 중국어와 드로잉을 배웠다. 그녀는 수업이 끝나면, 집으로 돌아가는 길에 항상 서점에 들러 영주의 안색을 살폈다.

"오늘은 좀 괜찮아?"

"저 원래 괜찮아요."

민철 엄마의 걱정 가득한 목소리에, 영주가 옅은 웃음을 지으며 말했다.

"으이그. 동네에 서점이 생겼다고 다들 얼마나 좋아했는 줄 알아? 그런데 웬 병자 같은 아가씨가 어디 나사 하나 풀어진 것처럼 축 늘어져 앉아 있으니 어디 쉽게 오겠어?"

민철 엄마는 말을 하며 반짝거리는 가방에서 반짝거리는 지갑을 꺼냈다.

"제가 나사 하나 풀린 이미지예요? 그것도 좋은데요?"

영주가 농담이라는 걸 알리려는 듯 과장해서 활기차게 말하자, 민철 엄마가 쯧쯧 소리를 내다 픽 웃었다.

"아이스아메리카노나 한 잔 줘."

영주는 계산을 하며 이번에는 진지한 척 말을 이었다.

"제가 원래는 너무 완벽한 사람이라 일부러 어리숙해 보이려 그러는 건데, 그게 안 통하는 것 같아요."

영주의 말에 민철 엄마가 재미있다는 듯 목소리를 높였다.

"내가 농담 잘하는 사람 좋아하는 거 누가 알려준 거 아니지?"

영주가 마음대로 생각하라는 듯 쌍꺼풀이 작게 진 눈을 크게 뜨며 입을 야무지게 다물자, 민철 엄마가 기분 좋게 웃으며 눈을 흘겼다. 영주가 커피 내리는 모습을 지켜보며, 민철 엄마가 테이블 바에 몸을 기대고는 혼잣말처럼 말했다.

"그러고 보면 나도 그랬던 적이 있어. 한없이 몸이 꺼지더라고. 기운도 없고. 민철이 낳고 한동안 병자처럼 살았던 것 같아. 뭐, 병자가 맞긴 했지. 몸 여기저기가 다 아팠으니까. 그런데 몸이 아픈 건 이해가 가는데, 마음이 왜 아픈지를 모르겠는 거야. 지금 와서 생각해보면 우울증이었던 것 같아."

"커피 나왔어요."

영주가 뚜껑을 닫으려 하자 민철 엄마가 필요 없다며 컵에 빨대를 꽂고는 카페 테이블에 자리를 잡았다. 영주도 민철 엄마 맞은편에 앉았다.

"병자였는데 병자처럼 굴면 안 되니까 더 힘들었던 거지. 아픈 걸 말하지 못하는 게 억울해서 밤마다 울었어. 만약 그때 나도 영주 사장처럼 맥없이 앉아 시간을 보낼 수 있었다면 어땠을까 싶어. 그러면 조금 더 빨리 울음을 그칠 수 있었을 거야. 나 정말 오래 울었어. 울고 싶을 땐 울어야 해. 마음이 울 땐 울어야 한다고. 참다 보면 더디게 나아."

영주가 잠자코 듣고만 있자, 민철 엄마는 차가운 커피를 단숨에 빨아들였다.

"말하다 보니 영주 사장이 부럽네. 이런 시간을 갖는 게."

민철 엄마 말처럼 처음 몇 개월 동안은 자주 울었다. 눈물이 나면 흐르게 내버려뒀다. 눈물을 흘리다가 손님이 들어오면 아무렇지 않게 눈물을 닦고 손님을 맞았다. 손님들은 영주의 눈물을 모른 체했다. 왜 우느냐고 묻지 않았다. 그저 우는 이유가 있겠지 싶은 표정이었다. 이유가 있긴 했다. 영주 또한 알고 있었다. 그리고 그 이유는 긴 시간, 아니 어쩌면 평생 그녀의 곁을 맴돌면서 영주를 울게 할지도 몰랐다.

눈물의 이유는 과거 그 자리에 그대로 있었지만, 영주는 어느 날 문득 자기가 더는 울지 않는다는 사실을 깨달았다. 더는 울지 않아도 된다고 생각하자 홀가분했다. 맥없이 앉아 있는 나날도 서서히 지나갔다. 아침에 일어나면 어제보다 더 기운이 났다. 하지만 당장 서점을 위해 뭔가를 할 마음은 나지 않았다. 대신 열렬히 책을 읽었다.

읽고 싶은 책을 곁에 쌓아두고 히죽히죽 웃기도 하고, 골똘한 표정을 짓기도 하면서 밤낮없이 읽곤 했던 어린 시절처럼. 밥 먹으라는 엄마의 말은 한 귀로 흘리며 배고픔도 잊고 눈이 빠져라 책을 읽던 즐거움. 오랫동안 잊어버렸던 이 즐거움을 다시 찾는다면, 어쩌면 영주는 다시 시작할 수 있을지도 몰랐다.

중학교 졸업 전까지 영주는 틈만 나면 책을 읽었다. 바쁜 부모님은 집 안 어딘가에 파묻혀 책만 읽는 영주를 그냥 내버려뒀다. 집에 있는 소설을 몽땅 다 읽은 후부터는 도서관에 다녔다. 책 읽는 게 재미있었다. 특히 소설을 읽을 때면 힘 하나 들이지 않고 다른 세계로 여행을 온 것 같아 마냥 신이 났다. 다른 세계로 여행을 떠났다가 현실 세계로 돌아오면 갑작스레 달콤한 꿈에서 쫓겨난 듯 속이 상했지만, 오래도록 그럴 필요는 없었다. 책을 펴면, 언제든 다시 여행을 떠날 수 있었으니까.

손님 없는 서점에서 책을 읽던 영주는 10대 시절을 떠올리며 미소를 지었다. 이젠 책 읽는 것도 쉽지 않은 나이라고 생각하며 뻑뻑해진 눈을 손바닥으로 살짝 눌러줬다. 눈을 몇 번 깜빡거리고 나서는 다시 책을 읽기 시작했다. 어렸을 때 헤어진 친구와 관계를 회복하듯 영주는 온 마음을 다해 읽었다. 아침에 일어나 밤에 잠들 때까지 두 친구는 떨어질 줄 몰랐다. 소원하던 관계가 찰싹 달라붙더니 둘 사이는 금방 회복됐다. 책은 영주를 받아주었고, 그것도 모자라 따뜻이 품어주었고, 영주가 어떤 사람이든 상관없다는 듯 영주를 그 자체로 이해해주었다. 영주는 하루 세끼 밥을 잘 챙겨 먹는 사람처럼 자신의 마음이 튼튼해지고 있다는 걸 느꼈다. 튼튼해진 마음으로 고개를 들자 비로소 서점의 객관적인 상황이 눈에 들어왔다.

'그간 서점에 너무 무심했던 거 인정.'

책장엔 책이 반도 채워져 있지 않았기에 영주는 부지런히 책장을 채워갔다. 여기저기에서 좋은 책을 수소문했다. 읽은 책엔 그녀만의 감상을 적은 쪽지를 꽂았다. 읽지 않은 책도 비평집, 서평집, 인터넷 서평을 읽어가며 다른 독자들의 감상을 알아두었다. 손님이 영주가 모르는 책에 관해 물었을 땐 나중에라도 그 책을 찾아봤다. 더 많은 손님을 끌어들이려 하기보다 우선 휴남동 서점이 서점의 꼴을 갖추는 데 주력했다. 그러자 차차 동네 사람들의 의심스러운 시선도 줄어들었다. 예민한 사람들은 서점이 변하고 있다는 걸 느꼈다. 올 때마다 서점은 더 아늑해졌고, 지나가던 사람들이 무심코 한번 들어오고 싶은 공간으로 바뀌어갔다. 무엇보다 영주 얼굴이 달라졌다. 눈물을 뚝뚝 흘리며 손님들을 당황스럽게 하던 영주는 이제 없었다.

동네 사람뿐만 아니라 일부러 서점을 찾아오는 사람도 생겼다. 손님 서너 명이 책을 읽고 있는 것을 보고 민철 엄마가 기뻐하며 물었다.

"여길 어떻게 알고 왔대?"

"인스타그램 보고 찾아오시더라고요."

"영주 사장이 그걸 해?"

"책에 꽂힌 쪽지들이요. 거기에 적힌 내용을 인스타그램에도 올려놓거든요."

"그렇게 한다고 여기까지 와?"

"이것저것 다 올려요. 아침에 출근하면 아침 인사, 읽고 있는 책이 있으면 책 소개, 가끔은 힘들다고 투정도 하고, 퇴근할 땐 퇴근 인사도 하고요."

"나는 요즘 사람들을 도통 모르겠어. 그런다고 여기까지 와? 여하튼, 다행이다. 가만히 앉아만 있는 줄 알았는데 뭘 하고 있긴 했네."

신경을 쓰지 않을 땐 할 일이 별로 없었는데, 막상 신경을 쓰기 시작하자 일이 끝나지 않았다. 출근해서 퇴근까지, 손과 발을 부지런히 움직여야 했다. 특히 서점 일을 하고 있다가 커피 주문이 들어올라치면 정신이 하나도 없었다. 스텝이 꼬여 당황하길 여러 날. 영주는 바리스타 공고를 서점 근처 몇 곳에 붙였다. 그리고 바로 다음 날, 민준이 왔다. 영주는 민준이 내려준 커피 맛을 보고 그날 바로 공고를 모두 뗐다. 민준은 다음 날부터 출근했다. 서점을 연 지 1년 쯤 되던 때였다.

그로부터 1년이 더 지났다. 민준은 5분 후에 문을 열고 들어올 것이다. 그리고 영주는 민준이 내려준 커피를 마시며 책을 읽을 것이다. 서점을 여는 오후 1시까지.

오늘 커피는 무슨 맛이에요?

미니 선풍기로 바람을 쐬며 지나가는 남자를 부러운 눈으로 바라보면서 민준은 서점을 향해 걸었다. 덥다 못해 따가운 뙤약볕에 머리가 다 얼얼했다. 작년에는 이 정도로 덥진 않았던 것 같은데. 아닌가……. 민준은 작년 이맘때의 날씨를 기억하려다, 이 길을 걷던 중에 우연히 '바리스타 구합니다'라고 적힌 공고문을 봤던 순간 역시 기억해냈다.

바리스타 구합니다.
하루 여덟 시간, 주 5일 근무입니다.
급여는 면담하면서 알려드릴게요.
커피를 맛있게 내릴 수 있는 분이라면 누구나 환영합니다.

그게 무슨 일이든 우선 일이 필요했던 터라 민준은 바로 다음 날 서점을 찾아갔다. 커피를 내리는 일이든, 물건을 나르고 화장실을 청소하는 일이든, 아니면 햄버거를 만들고 택배를 배달하고 바코드를 찍는 일이든 어차피 민준에게는 아무 상관 없었다. 어떤 일이든 그저 돈만 벌게 해주면 그만이었다.

왠지 사람이 가장 없을 것 같은 오후 3시에 서점 문을 열고 들어섰다. 예상대로 서점에는 손님이 한 명도 없었다. 대표로 보이는 여자가 카페 쪽 네모난 테이블에 앉아 손바닥만 한 크기의 메모장에 손글씨를 쓰고 있는 모습이 보였다. 여자는 민준이 들어오는 소리에 고개를 들더니 눈인사를 했다. 얼굴에 퍼지는 자연스러운 미소가 이렇게 말하는 듯했다. 편히 구경하세요. 저는 방해하지 않을게요.

대표로 보이는 여자가 다시 글을 쓰기 시작하자 민준은 서두르지 않기로 했다. 서점을 먼저 둘러보자. 동네 서점이라 하기엔 제법 크기가 컸다. 군데군데 의자도 놓여 있어 눈치 보지 않고 책을 읽을 수 있는 분위기였다. 오른쪽 한 면을 가득 채우고 있는 책장은 이어지는 벽면의 3분의 1지점까지 뻗어 있었다. 문을 사이에 두고 그 옆으로는 창문 높이에 맞춰 매대 겸 수납장이 놓여 있었는데, 대충 둘러봐도 딱히 어떤 기준에 따라 책이 진열돼 있는 것 같진 않았다. 민준은 바로 앞 매대에서 책을 하나 꺼내 들었다. 손바닥 크기만 한 메모장이 책갈피처럼 꽂혀 있었다. 메모를 읽어봤다.

'한 사람은 결국 하나의 섬이 아닐까 생각해요. 섬처럼 혼자고, 섬처럼 외롭다고요. 혼자라서, 외로워서 나쁜 것만은 아니라고도 생

21

각해요. 혼자라서 자유로울 수 있고, 외로워서 깊어질 수 있으니까요. 제가 좋아하는 소설은 등장인물들이 섬처럼 그려진 소설이에요. 그리고 제가 사랑하는 소설은 섬처럼 살고 있던 각각의 인물이 서로를 발견해내는 소설이고요. 어, 너 거기 있었니? 응, 난 여기 있었어, 하는 소설들 말이에요. 혼자여서 실은 조금 외로웠는데 이젠 덜 외로워도 될 것 같아, 너 때문에, 하고 생각할 수 있다면 정말 기쁠 거예요. 이 소설은 저에게 이런 기쁨을 맛보게 해줬어요.'

민준은 메모장을 원래대로 다시 꽂고 책 제목을 확인했다.『고슴도치의 우아함』이라고 적혀 있었다. 그는 가시를 잔뜩 세운 고슴도치가 우아한 자태로 걸어가는 모습을 떠올려봤다. 고슴도치? 혼자? 외로움? 깊이? 혼자라서 자유로울 수 있고, 외로워서 깊어질 수 있다는 말. 민준은 혼자여도 그뿐, 외로워도 그뿐이라고 생각해오던 터였다. 그렇기에 혼자를 피하려는 노력, 외로움을 피하려는 노력은 하지 않았다. 그래서 확실히 자유로웠다. 그런데 그렇다고 깊어졌나? 잘 모르겠다.

민준은 방금 본 메모가 대표처럼 보이는 여자가 테이블에 앉아 지금 하고 있는 일과 관련 있을 거라고 짐작했다. 이걸 다 직접 쓰는 건가. 서점은 책만 진열해놓고 팔면 그만인 줄 알았더니 그게 아닌 듯했다.

"저……"

서점을 둘러본 민준은 커피머신을 마지막으로 확인하곤 여자에게 말을 걸었다.

"네, 뭐 필요한 것 있으세요?"

영주는 글을 쓰다 말고 일어나 민준을 봤다.

"아르바이트 공고 보고 왔어요. 바리스타요."

"아! 공고! 이쪽으로 와서 앉으세요."

영주는 오래도록 기다려왔던 사람을 이제야 만났다는 듯 환한 얼굴로 민준을 맞았다. 민준을 자리에 앉히고는 카운터 옆 책상에서 종이 두 장을 가지고 와 테이블에 올려놓았다. 영주는 민준 맞은편에 앉으며 물었다.

"이 근처에 사세요?"

"네."

"커피는 내릴 줄 아시고요?"

"네, 커피숍 아르바이트 여러 번 했어요."

"그럼 저기 저 커피머신 다룰 수 있겠어요?"

민준이 커피머신을 슬쩍 돌아봤다.

"아마도요."

"그럼, 커피 한번 내려주실래요?"

"지금요?"

"네, 두 잔만 내려줘요. 우리 커피 마시면서 얘기해요."

커피를 사이에 두고 두 사람은 마주앉았다. 영주는 민준이 내려준 커피를 마시고, 민준은 그런 영주를 바라봤다. 커피를 내리기 전만 해도 민준은 긴장하지 않았다. 그런대로 괜찮은 커피 맛을 내는데에는 늘 어려움이 없었기 때문이다. 그런데 자기가 내린 커피를 말없이 음미하는 영주를 보고 있자니 어쩐지 긴장이 됐다. 영주는 천천히 두 모금을 마시고 나서야 민준을 바라봤다.

"왜 안 마셔요? 마셔보세요. 맛있어요."

"네."

두 사람은 20분 정도 이야기를 나눴다. 주로 영주가 말하고, 민준은 들었다. 영주는 커피가 아주 맛있다며 바로 일해줬으면 좋겠다는 의사를 밝혔고, 민준은 원래 그러려던 것이기에 그러겠다고 간단히 대답했다. 영주가 말하길, 민준은 이 서점에서 바리스타 역할에만 충실하면 된다고 했다. 영주가 커피에 관해 신경을 딱 끊을 수 있게만 해달라는 거였다. 원두를 고르고 사는 일까지 할 수 있겠느냐고 영주는 재차 물었다. 민준은 그게 뭐 어려운 일일까 싶어 이번에도 역시 그러겠다고 간단히 대답했다.

"제가 거래하는 로스팅 업체가 있어요. 그곳 대표님이 잘해줄 거예요."

"네."

"각자 자기 일을 잘하면 돼요. 그러다 한쪽이 바쁘다 싶으면 보조로 조금 도와주면 되고요."

"네."

"내 쪽에서만 도움을 청하는 건 아니에요. 민준 씨가 바쁘면 저도 도와줄 거예요."

"네."

영주는 민준에게 계약서를 내밀었다. 계약서 내용이 마음에 들면 사인을 하면 된다면서 볼펜도 건넸다. 영주는 민준에게 계약서 내용을 하나하나 짚어줬다.

"주 5일 일하는 거예요. 일요일, 월요일 쉬고요. 오후 12시 30분부터 8시 30분까지고요. 괜찮아요?"

"네."

"서점은 주 6일 열어요. 저는 일요일만 쉬고요."

"아, 네."

"초과근무 하게 되면, 그럴 일은 거의 없을 테지만 초과근무 수당이 있고요."

"네."

"시간당 1만 2천 원이고요."

"1만 2천 원요?"

"주 5일 근무를 하려면 그렇게는 받아야 하겠더라고요."

민준은 저도 모르게 고개를 돌려 서점을 둘러봤다. 자기가 여기 들어온 이래 손님이 한 명도 없었다는 사실을 문득 깨달았다. 서점 대표도 이 사실을 알고 있는지 궁금했다. 아마도 아르바이트생을 처음 고용하는 듯 보이는 이 대표가 지금 아무것도 모르고 이러고 있는 것 같다는 생각이 들었다. 민준은 매우 손쉬운 일을 처리하듯 가뿐히 앉아 있는 영주가 어딘지 모르게 미심쩍었다. 그래서 자기도 모르게 오지랖을 부리고 말았다.

"보통은 이렇게 많이 안 주세요."

영주가 고개를 들어 민준을 봤다가 이내 무슨 말인지 이해하겠다는 듯 계약서를 내려다보며 말했다.

"그렇죠. 힘들 거예요. 높은 임대료 때문인 건데……. 민준 씨 여긴 괜찮아요. 걱정 말아요."

여기까지 말하고 영주는 고개를 들어 민준의 눈을 바라봤다. 무심해 보이면서 어딘지 따뜻해 보이기도 하는 눈이었다. 이 점이 마음에 들었다. 하나로 읽히지 않는 눈빛. 오래도록 알아가며 대화 나누고 싶은 눈빛. 영주는 민준의 태도도 마음에 들었다. 억지로 꾸미지 않는 태도였다. 영주에게 잘 보일 마음이 별로 없다는 태도. 그러면서도 예의가 배어 있는 태도.

"일하려면 충분히 쉬어야 하고, 쉬더라도 돈은 일정 금액 이상 받아야 생활이 가능하잖아요."

영주의 말을 듣고 민준은 계약서를 다시 읽어봤다. 그러니까 이 대표는 알바생이 충분히 쉬며 일할 수 있게끔 주 5일, 하루 여덟 시간을 먼저 생각해놓은 후에 알바생이 일정 금액을 받게 하려고 시간당 1만 2천 원으로 알바비를 정했다는 말이었다. 초보 대표의 정의일까, 아니면 이 서점이 보기보다는 꽤 수입이 좋은 걸까. 민준은 영주가 사인을 하라고 해서 했다. 영주도 사인을 했다. 민준이 계약서를 들고 자리에서 일어났다.

문밖까지 배웅을 나온 영주에게 묵례를 하는 민준에게 영주가 말했다.

"그런데 이 서점 2년밖에 못 할지도 몰라요. 그래도 괜찮아요?"

요즘 누가 아르바이트를 2년 이상 한단 말인가. 민준이 지금껏 가장 길게 일했던 아르바이트는 6개월이었다. 민준 입장에서는 영주가 다음 달에 갑자기 일을 그만두라고 한다고 해도 별 아쉬울 것이 없었다. 그래서 민준은 간단히 "네"라고 대답했다.

영주라는 사람을 의아하게 생각하며 "네"라고 답한 게 벌써 1년 전 일이다. 그동안 영주와 민준은 처음에 약속한 대로 각자 맡은 일에 충실했다. 영주는 새로운 일을 꾸미면서 손님들 반응을 살피는 재미에 빠진 듯했고, 민준은 묵묵히 원두를 고르고, 사고, 커피를 내렸다. 확실히 영주는 커피 맛만 좋으면 민준에겐 더 바랄 게 없는 모양이었다. 그녀는 할 일이 없어 멍하니 앉아 있는 민준을 보며 얼굴 표정이 웃기다고 웃음을 터트리기도 했다. 보통 이럴 땐 눈치를 줘야 하는 건데…… 하고 생각하며 민준도 따라 피식 웃곤 했다.

민준은 머리카락을 타고 흐르는 땀을 닦으며 서점 문을 열고 안으로 들어섰다. 시원한 에어컨 바람이 기분 좋게 몸을 감쌌다.

"저 왔습니다."

민준이 책을 읽고 있던 영주에게 인사했다.

"민준 씨 왔어요? 오늘 너무 덥죠?"

"그러네요."

민준은 바 모양 테이블을 위로 올려 그의 자리로 들어섰다. 카운터를 사이에 두고 한쪽은 민준의 자리, 한쪽은 영주의 자리였다.

"오늘 커피는 무슨 맛이에요?"

영주가 손을 닦는 민준에게 묻자, 민준이 장난스레 대꾸했다.

"이따가 맞혀보세요."

영주가 읽고 있는 책 옆에 어느새 커피 한 잔이 놓였다. 민준은 자기 자리로 돌아가 의자에 앉은 뒤 영주가 커피를 마시는 모습을 지켜봤다. 영주가 커피 잔을 도로 내려놓고 잠시 뜸을 들이더니 말했다.

"어제랑 비슷한데, 과일 향이 조금 더 강한 것 같아요. 이거 정말 맛있는데요?"

민준이 가볍게 미소를 지으며 고개를 끄덕였다. 두 사람은 익숙하게 몇 마디 말을 주고받은 뒤 익숙하게 각자의 시간으로 돌아갔다. 서점 문을 열기 전까지 영주는 책을 읽을 것이고, 민준은 오늘 쓸 원두를 준비하며 틈틈이 서점 여기저기를 청소할 것이다. 어젯밤에 영주가 정리해놓고 가긴 했지만, 그래도 민준이 할 수 있는 일이 또 있을 것이다.

떠나온 사람들의 이야기

서점 오픈 전까지 영주는 소설을 읽는다. 소설은 영주를 자신만의 정서에서 벗어나 타인의 정서에 다가가게 해줘서 좋다. 소설 속 인물이 비통해하면 따라 비통해하고, 고통스러워하면 따라 고통스러워하고, 비장하면 영주도 따라 비장해진다. 타인의 정서를 흠뻑 받아들이고 나서 책을 덮으면 이 세상 누구든 이해할 수 있을 것 같다.

영주는 무언가를 찾기 위해 책을 읽는 경우가 많았다. 하지만 매번 찾는 게 무언지 정확히 알고 첫 페이지를 펼치는 건 아니었다. 수십 페이지를 읽고 나서야 아, 내가 이런 이야기를 찾고 있었구나, 하고 알게 될 때도 많았다. 찾는 게 무언지 정확히 알고서 책을 읽는 경우 또한 있었다. 1년 전부터 영주가 읽어온 소설들은 이렇게 분류할 수 있었다. 떠나온 사람들의 이야기. 며칠일 수도 있고, 평생

일 수도 있는 떠남. 각기 다른 모습의 떠남일지라도 모든 떠남은 결국 그들의 인생을 바꾼다.

그때 사람들은 영주에게 말했다. "너를 이해할 수 없어"라고. "넌 왜 너만 생각해"라고도.

자신을 나무라던 사람들의 목소리는 잊을 만하면 환청처럼 들려왔다. 뜸해지는가 싶다가도 기억 저 너머에서 한순간에 달려들었다. 이럴 때마다 영주는 조금이라도 무너졌다. 하지만 더는 무너지기 싫어 영주는 떠나온 인물이 나오는 소설을 파고들었다. 그녀는 마치 떠나온 사람들에 관한 이 세상 모든 이야기를 모으려는 것처럼 굴었다. 영주의 몸 어딘가엔 떠나온 이들이 모여 사는 장소가 있다. 그 장소엔 그들에 관한 다양한 정보가 넘쳐난다. 그들이 떠나온 이유, 떠날 때의 심정, 떠날 때 필요했던 용기, 떠나고 나서의 생활, 시간이 흐르고 나서의 감정 변화, 그들의 행복과 불행과 기쁨과 슬픔. 영주는 원할 때면 언제든 그 장소로 찾아가 그들 곁에 그녀 자신을 눕혔다. 누워서 그들의 이야기를 들었다. 그들은 그들의 인생을 통해 영주를 다독여줬다.

영주는 "너를 이해할 수 없어", "넌 왜 너만 생각해"라고 말하는 사람들의 목소리를 떠나온 사람들의 목소리로 덮었다. 영주는 그녀 몸에 담긴 떠나온 이들의 목소리에 힘입어 이제는 이렇게 용기를 내어 스스로에게 말할 수도 있게 되었다.

'그때는 그럴 수밖에 없었어.'

요 며칠 영주가 읽고 있는 소설은 모니카 마론의 『슬픈 짐승』이다. 소설 주인공은 정말이지 철저히 떠나온 여자였다. 여자는 남편

과 딸을 떠났다. 한 남자를 사랑하게 됐기 때문이다. 인생에서 중요한 건 사랑밖에 없다고 생각했기 때문이다. 여자는 떠날 수밖에 없었기 때문에 그 어떤 죄책감도 느끼지 않았다. 그리고 사랑하던 그 남자가 떠나가자 그와 함께했던 기억을 영원히 잊지 않기 위해 이후 그 어떤 기억도 인생에 덧입히지 않았다. 남자를 기억하기 위해 삶이라 부를 수 있는 모든 형태의 삶을 포기하고 수십 년을 혼자 살아온 그녀는 이제 백 살이 되었다. 어쩌면 아흔 살일지도 모른다.

영주에게 좋은 소설이란 기대를 넘어서는 곳까지 그녀를 데려가는 소설이다. 이 소설은 '사랑 때문에 떠난 여자'의 이야기라 할 수 있고, 영주의 관심은 '떠난 여자'에 방점이 찍혀 있었지만, 이제 영주는 '사랑 때문에' 사람이 할 수 있는 일들을 생각하고 있다. 여자는 남자가 남기고 간 안경을 쓰고 다니다 시력을 망친다. 안경을 쓰는 것이 그의 곁에 머물 수 있는 마지막 가능성이었기 때문이다.

영주는 어떻게 하면 사람이 이렇게까지 한 사람을 사랑할 수 있을지 생각했다. 어떻게 50년 전의 사랑, 어쩌면 40년 전일 수도 있는 사랑을 추억하며 그 긴 시간을 홀로 보낼 수 있었는지 생각했다. 어떻게 후회하지 않을 수 있었는지, 어떻게 그 남자가 유일한 사랑이라고 확신할 수 있었는지 생각했다. 영주로선 알 수 없다. 다만, 영주는 그녀가 멋지다고 생각했다. 여자가 선택한 삶의 형태는 강렬했고, 그것을 이뤄내는 방식은 치열했다.

영주는 책에서 고개를 들어, 인생에서 놓치면 가장 아쉬운 것은 사랑밖에 없다는 여자의 말을 곱씹어봤다. 인생에서 놓치면 가장 아쉬운 것은 정말 사랑일까. 사랑뿐일까. 사랑은 정말 그렇게나 위대한 걸까. 영주는 사랑은 그 자체로 좋은 것이라고 생각했지만, 그렇다고 사랑이 다른 그 무엇보다 더 위대하다고는 생각하지 않았다. 누군가는 사랑하지 않고도 살 수 있다. 누군가가 사랑만으로 살 수 있는 것처럼. 영주는 그녀 자신이라면 사랑하지 않고도 충분히 살아갈 수 있으리라 여겼다.

영주가 이런 생각에 빠져 있는 사이, 민준은 커피 잔을 바짝 마른 행주로 닦고 있었다. 알람을 맞춰놓은 시계가 오후 1시를 알리며 울리자 민준은 행주를 제자리에 놓은 뒤, 문 쪽으로 걸어갔다. 문패를 'OPEN'으로 바꾸려는 것이다. 민준이 움직이는 소리에 영주도 생각에서 빠져나왔다. 영주는 문을 닫고 걸어오는 민준에게 사랑에 관해 어떻게 생각하느냐고 물어보고 싶었다. 하지만 묻지 않기로 했다. 민준이 어떻게 대답할지 예상이 됐다. 뭔가 생각하는 듯하다가 결국은 "글쎄요"라고 대답하겠지. 영주는 민준이 멈칫거리는 순간에 한 생각을 말해주길 바라지만, 민준은 자기 생각을 쉽게 말하지 않는다.

문패를 바꾸고 돌아온 민준은 행주를 들고 이미 닦은 컵을 다시 닦기 시작했다. 민준을 바라보며 영주는 묻지 않길 잘했다는 생각을 했다. 어차피 정답은 하나밖에 없다. 영주가 스스로 생각해낸 답이 지금 이 순간의 정답이다. 영주는 정답을 안고 살아가며, 부딪치며, 실험하는 것이 인생이라는 걸 안다. 그러다 지금껏 품어왔던 정답이 실은 오답이었다는 것을 깨닫는 순간이 온다. 그러면 다시 또 다른 정답을 안고 살아가는 것이 평범한 우리의 인생. 그러므로 우리의 인생 안에서 정답은 계속 바뀐다.

영주는 여전히 컵을 닦고 있는 민준에게 말했다.

"민준 씨, 오늘도 수고해요."

좋은 책을 추천할 수 있을까?

서점을 열기 전, 영주는 본인이 서점 대표에 적합한 사람인지에 관해선 고민하지 않았다. 단순하게 생각했다. 책을 좋아하는 사람이라면 서점 대표 역할을 잘해내지 않을까? 하지만 서점을 열고 얼마 지나지 않아 본인에겐 서점 대표가 되기엔 치명적인 결격 사유가 있다는 것을 깨달았다. 손님이 "어떤 책이 좋아요?" "어떤 책이 재미있어요?" 하고 질문할 때 제대로 답도 못 해주는 어리바리한 대표. 영주는 어느 날 40대 후반 정도로 보이는 남자 손님에게 엉뚱한 책을 추천한 적도 있었다.

"전 J. D. 샐린저의 『호밀밭의 파수꾼』이 정말 재미있더라고요. 혹시 이 책 읽으셨나요?"

"아니요."

남자가 고개를 저었다.

"전 다섯 번도 넘게 읽은 것 같아요. 사실 그렇게 재미있는 책은 아니에요. 아…… 여기서 말하는 재미는 일반적인 의미에서의 재미예요. 그런 거 있잖아요. 자기도 모르게 킥킥 웃게 되거나, 다음 내용이 너무 궁금해서 현기증이 나는 그런 재미요. 이 책엔 그런 재미는 없는데요. 하지만 뭐랄까, 일반적인 의미의 재미를 뛰어넘는 재미가…… 있거든요. 이 책에는…… 뚜렷한 사건, 사고가 없어요. 그냥 한 아이의 생각을 따라가는데, 그것도 며칠뿐이에요. 그런데 저는 이 책이…… 재미있더라고요."

"아이가 무슨 생각을 하는데요?"

손님이 심각한 표정으로 물어와 영주는 괜히 바짝 긴장했다.

"아이 눈에 보이는 세상에 관해서요. 학교, 선생님, 친구, 부모님에 관한 생각……"

"그런데, 그 책이 저한테도 재미있을까요?"

손님이 표정을 풀지 않고 묻는 말에, 영주는 말문이 콱 막혔다. 그러게, 이 손님에게도 이 책이 재미있을까? 나는 왜 무턱대고 이 책을 추천한 거지? 당황한 표정을 짓는 영주에게 손님은 추천해줘서 고맙다고 인사하고는 이 책 저 책 들춰보다가 결국 역사서 『유라시아 견문』을 사 갔다. 이분, 역사책을 좋아하시는구나. 영주는 그날 그 손님이 마지막으로 했던 말을 기억한다.

"미안합니다. 제가 괜한 걸 물었어요. 사람마다 다 취향이 다른데 말이죠."

손님이 서점 대표에게 책을 추천해달랬다고 '미안하다'고 하다니. 손님에게 적절한 책을 추천하지 못한 대표가 손님에게 '미안하다'고 말해야 하는 건데. 서점 대표가 자기가 좋아하는 책을 무작정 손님에게 들이미는 건 옳지 않다고 영주는 생각했다. 앞으론 서점 대표로서 옳은 행동만 하고 싶었다. 그러려면 어떻게 해야 할까. 영주는 서점 일을 하는 틈틈이 생각을 정리했다.

– 객관적인 시선

객관적인 시선으로 책을 바라보자. 내가 '좋아하는 책'이 아닌 손님에게 '좋을 책'을 추천하려면 객관적인 시선이 필요하다.

– 질문

책을 추천하기 전에 먼저 손님에게 물어보자. '최근에 어떤 책을 재미있게 읽으셨나요?' '가장 감명 깊게 읽은 책은요?' '평소에 어떤 장르 책을 주로 읽으시는데요?' '요즘에 주로 하는 생각은?' '좋아하는 작가는?'

하지만 이렇게 질문을 생각해놓아도 머리가 새하얘지는 상황은 찾아왔다. 그러니까 이런 요청을 받으면 어떻게 대처해야 할까.

"가슴이 뻥 뚫리는 책 좀 추천해줘."

민철 엄마가 오늘은 문화센터에 갈 기운도 없다며 아이스아메리카노를 주문했다. 가슴을 뻥 뚫리게 해주는 책이라. 이 단서만으론 부족해도 한참 부족하다. 그렇다고 준비해둔 질문을 마구잡이로 할 수도 없다. 그럼에도 질문을 해야 한다. 그래서 영주는 물었다.

"가슴이 답답하세요?"

"며칠 계속 그러네. 인절미가 목까지 가득 찬 것 같아."

"무슨 일 있으세요?"

영주의 질문에 민철 엄마의 얼굴이 갑자기 굳더니 눈가가 파르르 떨렸다. 아이스아메리카노를 한 번에 반 이상 들이켜도 눈에 힘이 들어가지 않는다.

"민철이 때문에."

가족 문제다. 영주는 서점을 운영하면서 손님들의 내밀한 속 이야기를 자주 듣게 됐다. 언젠가 작가들에게 이런 일이 자주 벌어진다는 글을 읽은 적이 있다. 작가라면 가장 친한 친구조차도 이해 못할 내 마음을 알아줄 것 같아서 사람들은 작가에게 자신의 이야기를 털어놓는다고. 그런데 사람들은 서점 대표에게도 비교적 쉽게 속 이야기를 털어놓았다. 서점 대표쯤 되면 사람 마음에 정통할 거라 생각하는 건가?

"민철이가 왜요?"

영주는 언젠가 봤던 민철의 얼굴을 떠올렸다. 길쭉하게 마른 훈남 고등학생이었다. 엄마와 똑 닮은 하얀 얼굴로 말갛게 웃던 모습이 순했다.

"민철이가…… 사는 게 재미없대."

"사는 게요?"

"응."

"왜요?"

"나도 모르지. 애는 그냥 말한 것 같은데, 그날 이후로 내 마음이…… 너무 아프네. 아무것도 할 마음이 안 나."

민철 엄마 말에 따르면 민철은 아무것도에 관심이 없다고 했다.

공부도 재미없고, 게임도 재미없고, 친구들과 노는 것도 재미없다고 했단다. 그렇다고 이 세 가지와 아예 담을 쌓고 사는 것도 아니다. 시험 때면 공부도 하고, 심심할 땐 게임도 하고, 친구들과 어울려 놀기도 한다. 그럼에도 삶에 대한 민철의 기본 태도는 '심드렁'. 학교가 끝나면 집으로 곧장 와 침대에 누워서는 인터넷을 하다가 잠만 잔단다. 민철은 무기력증에 빠진 것 같았다. 열여덟 나이에.

"이럴 때 읽을 만한 책 없을까?"

민철 엄마가 얼음 사이사이에 고여 있는 커피를 빨아 마시며 물었다.

민철이에게 추천할 만한 책은 여럿 떠올랐다. 무기력증에 빠졌거나 자기만의 세계에서 방황하는 주인공들이야 소설에 천지다. 하지만 무기력증에 걸린 자식을 둔 엄마에겐 어떤 책을 추천해야 할까. 영주는 아무리 생각해봐도 책 제목이 떠오르지 않았다. 모자가 주인공으로 나오는 소설 제목도 떠오르지 않았고, 자식 키우는 방법을 다룬 책도 읽어본 적 없다. 영주는 순간 식은땀이 났다. 민철 엄마에게 추천해줄 책이 생각나지 않아서가 아니었다. 이 서점이 영주라는 한계 때문에 편협한 공간이 된 것만 같아서였다. 영주의 취향, 영주의 관심사, 영주의 독서력에만 맞춰진 공간. 이런 작은 공간이 사람들에게 도움이 될 수 있을까. 영주는 민철 엄마에게 솔직하게 말했다.

"민철 어머니 가슴을 뻥 뚫어줄 만한 책이 생각이 안 나요."

"그래? 그럴 수 있지."

"……방금 떠오른 소설이 하나 있긴 한데, 이 소설은 모녀 관계를 다룬 소설이라서요. 『에이미와 이저벨』이라는 책이에요. 엄마와 딸이 같이 사는데, 뭐 그런 것 있잖아요. 서로 끔찍이 사랑하는 동시에 끔찍이 미워도 하는. 부모 자식 사이라고 해서 서로를 다 이해하고 맞춰주기만 할 순 없잖아요. 저는 이 책을 읽고 부모 자식도 결국은 어떤 의미에서든 헤어져야 한다는 생각을 했어요.”

민철 엄마는 영주의 이야기를 듣고 좋은 내용 같다고 했다. 사가겠다며 책을 가져다 달래서 혹시 모르니 그냥 빌려주겠다고 하자 아니라고 사양했다. 책을 들고 나가는 민철 엄마를 보며 영주는 책의 효능에 관해 생각해봤다. 한 사람의 꽉 막힌 가슴을 한 번에 뻥 뚫어줄 책이 이 세상에 있기는 할까. 한 권의 책이 그런 대단한 일을 할 수 있을까.

민철 엄마가 책을 사 가고 열흘쯤 지나서였다. 그녀는 이 말을 하러 잠깐 들렀다고 했다.

“나 빨리 가봐야 해. 그 책 재미있었다고 말하려고 왔어. 읽으면서 얼마나 울었는지 몰라. 울 엄마랑 나 생각나서. 우리도 엄청 싸웠거든. 에이미와 이저벨처럼 그렇게 숨 막히게 싸운 건 아니지만.”

민철 엄마는 여기까지 말하고 잠시 생각하는 표정을 짓더니 살짝 벌게진 눈으로 말을 계속 이었다.

“마지막이 특히 좋더라. 엄마가 딸 이름 계속 부를 때. 나 거기선 펑펑 울었어. 나도 나중에 민철이를 이렇게 그리워하겠지, 그런 생각이 들더라고. 민철이가 언제까지 품 안의 자식일 수 있겠어. 나도 이제 걔를 좀 놔줘야 할까 봐. 영주 사장, 정말 고마워. 다음에도 또 좋은 책 추천해줘. 그럼 간다.”

영주가 망설이며 추천한 책을 민철 엄마는 최초의 질문과는 상관없이 재미있게 읽었다고 말했다. 가슴이 뻥 뚫리지는 않았으나 덕분에 엄마를 추억할 수 있었고, 아들과의 관계도 다시금 생각해볼 수 있었다는 거였다. 결과가 이러하면· 영주가 제대로 추천한 게 맞는 걸까. 책을 펼쳐 든 독자의 기대에 부응하진 못했더라도, 그 책이 좋은 책이기만 하다면 독자는 그 책을 읽은 경험을 기쁘게 향유하게 되는 걸까.

좋은 책은, 그럼에도 불구하고 좋은 책인 걸까.

그럴지도 몰랐다. 영주가 추천해준 책이 비록 손님 취향엔 맞지 않더라도 손님이 '그래도 좋다'는 느낌을 받았다면 그걸로 충분한 것인지도 몰랐다. 물론 역사서를 좋아하는 성인 남자에게 문학사에서 가장 유명한 반사회적 고등학생이 주인공으로 나오는 소설을 추천하면, 그 손님은 그 책을 거들떠도 안 볼 수 있다. 하지만 언젠가 그 손님이 소설을 읽고 싶을 때, 또는 딸을, 아들을 이해하고 싶을 때 책장에 꽂혀 있는 그 책을 꺼내볼 수도 있지 않을까. 그렇게 꺼내 읽은 책을, 그 역시 좋아하게 될 수도 있지 않을까. 세상 모든 것과 마찬가지로 독서에도 타이밍이란 것이 존재하니까.

그렇다면 좋은 책의 기준은 뭘까? 개인의 입장에선 자기가 재미있게 읽은 책이라고 할 수 있다. 하지만 영주는 개인을 넘어 생각해야 한다.

다시 생각해보자. 그렇다면 좋은 책의 기준은?

- 삶에 관해 말하는 책. 그냥 말하는 게 아니라 깊이 있는 시선으로 진솔하게 말하는 책.

영주는 민철 엄마의 벌게진 눈을 떠올리며 다시 답을 해봤다.

- 삶을 이해한 작가가 쓴 책. 삶을 이해한 작가가 엄마와 딸에 관해 쓴 책, 엄마와 아들에 관해 쓴 책, 자기 자신에 관해 쓴 책, 세상에 관해 쓴 책, 인간에 관해 쓴 책. 작가의 깊은 이해가 독자의 마음을 건드린다면, 그 건드림이 독자가 삶을 이해하는 데 도움을 준다면, 그게 좋은 책 아닐까.

침묵하는 시간, 대화하는 시간

손님 맞으랴, 커피 내리랴, 구입 책 목록 작성하랴 정신없이 시간을 보내다가도 어느덧 고개를 들면 할 일도, 손님도, 커피 내릴 필요도 없는 시간이 찾아온다. 서점엔 영주와 민준 둘뿐이다. 영주는 이 시간을 악착같이 활용해 어떻게든 휴식 시간을 만든다. 흐트러진 책들이 눈에 보여도 매대로 걸어가 책을 정리하는 대신 싱크대로 걸어가 과일을 깎는다. 접시에 과일을 담아 민준에게 갖다주면 민준은 기다렸다는 듯이 방금 내린 커피를 건넨다.

이후에 흐르는 정적. 영주는 이제 이 정적이 편안하다. 타인과 한 공간에 함께 있는데 서로 말을 하지 않아도 된다는 사실에 기쁘기까지 하다. 하고 싶은 말이 없는데도 말을 한다는 건, 물론 상대를 배려하는 태도일 수 있다. 하지만 상대를 배려하느라 자기 자신은 배려하지 못하게 되는 경우도 많다. 억지로 있는 말 없는 말 다

42

꺼내놓다 보면 어느새 마음이 공허해지고 얼른 이 자리를 벗어나고 싶다는 생각만 든다.

영주는 민준과 한 공간을 사용하며, 침묵이 나와 타인을 함께 배려하는 태도가 될 수 있다는 걸 배웠다. 어느 누구도 상대의 눈치를 보며 일부러 말을 지어낼 필요가 없는 상태. 이 상태에서의 자연스러운 고요에 익숙해지는 법 또한 배웠다.

10분이 될지, 20분이 될지, 30분이 넘을지도 모르는 정적의 시간에 민준이 하는 일은 늘 거기서 거기다. 휴식 시간에도 민준은 휴대전화를 꺼내 보지 않았다. 이력서에 적어 넣은 휴대전화 번호가 있지만, 영주는 아직 민준과 통화해본 적이 없다. 가끔은 책을 읽기도 하던데 책 읽는 걸 그리 좋아하는 듯 보이지는 않는다. 그저 남는 시간엔 무슨 실험실 연구원처럼 원두로 이것저것 해볼 뿐이다. 딱히 할 일이 없어서 저러는 건가 싶긴 하지만 커피 맛이 점점 좋아지는 걸 보면 나름 진지하게 실험에 몰두하고 있는 게 분명하다.

'민준은 얼마나 말이 없는가'라는 주제라면 영주와 온종일 수다를 떨어줄 의향이 있는 사람이 있다. 휴남동 서점에 원두를 공급하는 로스팅 업체 대표 지미다. 영주의 모든 커피 지식은 지미에게서 왔다. 농담하는 걸 좋아하는 영주와 농담 듣는 걸 좋아하는 지미는 처음부터 죽이 잘 맞았다. 열 살 넘는 나이 차는 아무 문제도 되지 않았다.

처음엔 주로 지미가 서점으로 놀러 왔는데, 얼마 후부터는 영주의 집이 두 사람의 아지트가 됐다. 영주가 서점 문을 닫고 집에 도착하면, 집 앞에 쪼그리고 앉아 있던 지미가 엉덩이를 털며 일어난다. 지미의 양손엔 늘 먹을거리가 가득했다. 두 사람은 아무 말이나 아무렇지 않게 나눌 수 있는 사이가 됐다. 맥락 없는 이야기가 시작돼도 상대방은 자연스럽게 이야기를 받았다. 문득 대화가 끊겼다가도 어느새 다시 이어졌다. 한 사람이 길게 이야기의 주도권을 잡는다기보다 핑퐁 치듯 짧은 문장들을 주고받았다.

두 사람은 영주 집에서 함께 맥주를 마시며 '민준이 얼마나 말이 없는가'에 관해 대화를 나눈 적도 있었다.

"걔가 말이 없긴 없지. 난 처음에 무슨 인사봇인 줄 알았잖아. 하도 인사만 해서."

지미가 잠시 집중해서 오징어를 씹다가 다시 말을 이었다.

"그런데 신기한 게, 대답은 잘해."

"아, 그러네요!"

영주가 이제야 알았다는 듯 오징어를 입에 문 채 격하게 고개를 끄덕였다.

"정말 민준 씨 대답은 잘해요. 아, 그래서 그랬던 거구나. 민준 씨랑 얘기할 땐 이상하게 답답하지가 않은 거예요. 반응이 있어서 그런 거였네요."

"그런데 생각해보면 민준이만 그렇게 말이 없는 것도 아니야."

지미는 오징어를 계속 씹으며 말했다.

"남자들 다 그래. 결혼하면 말이 없어져. 나는 지금 이 결혼생활에 권태를 느끼고 있다는 의미의 침묵이지."

영주는 권태를 침묵으로 이겨내려 애쓰는 남편들의 이미지를 떠올려보다가, 말 없는 민준 때문에 어떤 생각까지 했는지 털어놨다.

"처음엔 내가 마음에 안 들어서 저렇게 말이 없나 싶었어요. 내가 그 정돈가 싶었다니까요."

"안 어울리게 웬 피해의식이야? 미움 많이 받고 살았어?"

"음, 그렇다기보단…… 사람들하고 어울릴 틈이 없었다고나 할까. 그게, 이런 느낌이었어요. 혼자 하이힐 소리 딱딱 내며 앞으로 미친듯이 걸어가다가 어느 날 주위를 둘러보는데, 주변 사람들도 나를 없는 사람 취급하며 쉭쉭 지나쳐가고 있더라고요. 내 귀에 대고, 이것 좀 먹어볼래? 이거 되게 맛있어! 하고 말해주는 사람이 한 명도 없는 거 있죠. 이거, 미움받았던 건가요?"

"미움받았네."

"아, 그런 거였어!"

영주가 과장해서 한숨을 쉬자, 지미가 뭔가를 깨달았다는 듯 씹던 오징어를 입에서 급히 뺐다.

"헉, 그런 건가?"

"뭐가요?"

"혹시 민준이, 얘 우리가 아줌마들이라서 말 안 하는 거 아냐?"

"그럴 리가…… 민준 씨랑 저 나이 차이도 얼마 안 나는데!"

영주는 애교를 부리듯 양손을 쫙 펴선 지미 얼굴 가까이 들이대더니 엄지손가락 두 개를 쏙 접었다.

"여덟 살?"

지미는 손바닥을 쫙 펴고 있는 영주가 귀엽다는 듯이 웃었다.

"그럼 민준이가 서른이 넘은 건가?"

"서점에 처음 왔을 때가 서른이었어요."

"그렇구나. 그래, 여덟 살 차이면 아줌마는 아니지. 그런데 민준이 좀 달라진 거 같은데, 자긴 못 느꼈어?"

"뭐가요?"

"요즘 말이 조금 늘었어."

"그런가?"

"이젠 이것저것 먼저 물어보기도 하더라."

"그래요?"

"우리 애들하고도 웃고 떠들더라고."

"오, 그래요?"

"귀여워."

"귀여워요?"

"귀엽잖아. 떠들썩하지 않게 뭔가에 골몰하고 있는 모습이."

"뭔가에 골몰……."

"난 그게 뭐든 집중하고 있는 애들 보면 그렇게 귀엽더라. 귀여우니 잘해주고 싶고."

민준은 처음엔 영주가 왜 이렇게 맨날 과일을 주나 싶었지만 이젠 잠자코 받아먹는다. 주전부리할 쿠키나 배가 고프면 먹으라고 사놓는 빵처럼 과일 역시 영주가 나름 고심해서 준비한 직원 복지의 일환일 거라고 민준은 생각했다. 그런데 자꾸 먹다 보니 별로 좋아하지 않던 과일을 이젠 하루라도 안 먹으면 아쉬울 지경이 됐다. 쉬는 날엔 일부러 나가 과일을 사 먹기까지 한다. 습관이란 게 이렇게 만들어진다.

영주가 민준에게 과일을 준다는 건 이 시간을 휴식 시간으로 보고 있다는 뜻이다. 때론 쉴 준비를 실컷 다 해놨다가 과일 한 조각 먹지 못하고 손님을 맞기도 하지만, 오늘은 벌써 20분째 여유롭다. 이런 시간이 오면 영주는 천천히 과일을 먹으며 옆에 쌓아둔 책 중 하나를 읽는다. 어깨까지 내려오는 생머리를 귀 뒤로 넘기고, 마치 활자에 온몸을 기대듯 읽는다. 그렇게 책을 읽다가 고개를 들고 초점 없는 눈으로 생각에 잠긴다. 얼핏 보면 멍을 때리는 것 같기도 한데, 꼭 그렇지만도 않은 게 멍을 때리던 끝에 뜬금없이 민준에게 뭔가를 물어오기도 하기 때문이다.

"민준 씨는 지루한 삶은 버려야 하는 삶이라고 생각해요?"

오늘도 영주는 손바닥으로 턱을 괸 채 민준을 쳐다보지도 않고 물었다. 처음엔 혼잣말일 수도 있다고 생각해 일부러 대답하지 않았는데, 이제 혼잣말이 아니라는 것쯤은 민준도 잘 안다.

"왜 그런 사람들 있잖아요. 하루아침에 지금 이곳에서의 삶을 버리고 다른 삶으로 떠나는 사람들. 도착한 곳에서 그 사람들은 행복할까요?"

영주가 이번엔 민준 쪽으로 고개를 돌리고 물었다. 오늘도 역시 대답하기 까다로운 질문이다. 왜 영주는 매번 이런 질문을 할까. 너무 오래 대답을 안 하면 예의에 어긋나는 듯해 민준은 우선 이렇게 대답하고 본다.

"글쎄요."

영주가 뭘 물을 때면 민준의 대답은 주로 '네'와 '글쎄요' 사이에서 왔다 갔다 한다. 어쩔 수 없다. 도대체 그 사람들이 도착한 그곳에서 행복할지 불행할지 어떻게 안단 말인가.

"제가 읽고 있는 소설에서요. 소설 주인공이 우연히 한 여자를 만나요, 다리 위에서. 어딘가 묘해 보이는 여자를. 그 만남이 계기가 돼서 스위스에 살던 남자가 포르투갈로 열차를 타고 떠나는 거예요. 여행이 아니라 영영. 그냥 궁금해서요. 그 남자의 삶은 지루하긴 했지만 그래도 그럭저럭 괜찮았거든요. 조용히 탁월한 사람들 있잖아요. 세상 사람들은 알아주지 않아도 아는 사람들은 알아주는 그런 탁월함. 그런 탁월함을 지니고 잘 살고 있었거든요. 그런데 평생 그 순간만을 기다려왔다는 듯이 하루아침에 스위스를 떠나는 거예요. 도착한 포르투갈에서 그는 뭘 찾을 수 있을까. 그는 그곳에서 행복할까."

평소엔 너무나도 현실적으로 보이는 영주가 책을 읽을 땐 뭔가, 그래 좀 뭔가, 뜬구름 잡는 사람이 되는 것 같아 민준은 재미있었다. 마치 한 눈을 뜨고 꿈을 꾸는 사람처럼, 영주는 눈 하나로는 현실을 보고 눈 하나로는 꿈의 세계를 보는 사람 같았다. 얼마 전에는 민준에게 삶의 의미에 관한 질문을 했다.

"민준 씨는 삶에 의미가 있다고 생각해요?"

"네?"

"전, 없다고 생각해요."

"……"

"없으니까 각자 찾아야 하는 거예요. 그리고 한 사람의 삶은 그 사람이 찾은 의미가 무엇이냐에 따라 달라지는 거고요."

"……네."

"그런데 못 찾겠어요."

"……뭘요?"

"의미요. 어디에서 의미를 찾아야 할까요. 내 삶의 의미는 사랑에 있을까? 아니면 우정일까? 책일까? 서점일까? 어렵네요."

"……."

"찾고 싶다고 해서 금방 찾아지진 않을 거예요. 그렇겠죠?"

민준이 대답 없이 바라보고만 있어도 영주는 아무렇지 않다는 듯 말을 이었다.

"무려 내 삶의 의미를 찾는 건데 그렇게 쉽게 찾아지겠어요? 그런데 꼭 찾고 싶은데…… 흐음…… 못 찾는다면…… 아무래도 내 삶엔 의미가 없는 게 되겠죠?"

이게 무슨 말일까.

"……글쎄요."

어차피 영주는 민준에게 대답을 원하다기보다 머릿속에서 빙빙 도는 생각을 질문을 통해 정리하는 것 같았다. 그러니 '얼쑤' 그 이상도 이하도 되지 않는 대답을 매번 하는데도 핀잔 한 번 주지 않은 걸 테다. 한번씩 구름 속에서 몽롱하게 생각에 잠겼다가 다시 씩씩하게 현실맞춤형으로 살아가는 것이 영주의 삶을 더 풍요롭게 한다는 걸 민준은 조금씩 이해해갔다.

그런 영주 옆에서 민준도 이따금 영주처럼 생각에 잠겼다. 생각의 끝에 막연한 꿈 같은 데 가닿기도 했다. 장래 희망이나 목표로 전환되는 꿈이 아니라 진짜 꿈. 남자가 포르투갈행 열차를 타고 갈때, 그 남자를 움직이게 했던 그런 꿈. 민준은 그 남자가 도착한 곳에서 행복했을지 불행했을지는 모르겠다고 생각했다. 하지만 분명

49

한 건, 그는 어제와는 완전히 다른 삶을 살아가게 될 거라는 사실이었다. 누군가에겐 이것만으로도 충분하지 않을까. 오늘의 삶과 완전히 다른 내일의 삶. 하루에도 몇 번씩 이런 내일을 꿈꾸는 사람들에게 그 남자의 내일은, 꿈을 이룬 이의 전형이지 않을까 싶었다.

서점 대표가 직접 사회 보는 북토크

골목 곳곳에 동네 서점이 생기는 것이 하나의 트렌드가 되었다면, 서점을 책뿐 아니라 문화생활을 제공하는 공간으로 확장하는 것 또한 하나의 트렌드가 되었다. 그렇다고 해서 서점 대표들이 이런 트렌드를 마냥 좋아서 이끌고, 또 뒤늦게 따라가고 있는 건 아니다. 일종의 유인책이라고나 할까. 우선 손님을 서점으로 불러들이기 위해. 책 판매만으로는 먹고살 수 없으니까.

영주도 처음에는 책만 팔 생각이었다. 하지만 차츰 책 판매만으론 수지가 맞지 않는다는 걸 깨달았다. 한 명뿐이지만 피고용인을 책임져야 하는 고용인의 입장이 되었으니 수지 생각을 더 해야 했다. 그래서 우선, 매주 금요일 저녁에 신청만 하면 누구나 서점 공간을 이용할 수 있도록 했다. 북토크, 공연, 전시 다 가능하다. 이때 서점은 공간만 제공하는 것이니 영주나 민준은 평소처럼 일하기만 하면 된다.

홍보는 돕기로 했다. 서점 밖 입간판에 포스터를 붙이거나 SNS에 신청서를 링크해둔다. 처음엔 이런 시도가 책을 읽으러 서점에 온 손님을 불편하게 할까 봐 걱정이었는데 오히려 그 반대였다. 책을 읽으러 서점에 들렀다가 작가가 낭독을 하거나 가수가 노래를 부르고 있으면 적극적으로 참여 의사를 밝히는 손님이 많았다. 책을 한 권 사거나 음료를 주문하면 5천 원만으로 누구나 즉시 참여할 수 있도록 했다.

매달 둘째 주 수요일엔 북토크를, 넷째 주 수요일엔 독서 모임을 진행한다. 처음 6개월은 영주가 독서 모임을 이끌었지만 차츰 버거워져 자주 참여하는 분들에게 리더 역할을 제안했더니 모두 흔쾌히 수락해줬다. 지금은 두세 명이 돌아가면서 책을 고르고 모임을 이끈다.

북토크 사회는 영주가 본다. 이런 기회가 아니면 언제 저자에게 묻고 싶은 것 다 물어가며 책 이야기를 할 수 있을까 싶어 도전해본 일이기도 하면서, '서점 대표가 직접 사회 보는 북토크'라는 휴남동 서점만의 특징을 만들고 싶기도 했다. 북토크 내용은 녹음했다가 녹취를 풀어 블로그와 SNS에 공개도 한다. 북토크도 북토크지만 내용을 정성스레 정리한 글을 저자들이 유독 좋아했다.

지금은 수요일과 금요일에만 이벤트를 열고 있지만, 앞으로는 어떻게 할지 고민이다. 아무리 좋아하는 일도 노동의 한계를 초과하면 결국 '어쩔 수 없이 하는 일'이 돼버린다는 걸 영주는 잘 알았다. 좋아하는 일도 이럴진대, 좋아하지 않는 일을 엄청 많이 해야 한다면? 일이 고역이 될 것이다. 일하는 재미를 계속 유지할 수 있게 해 주는 건 일의 양이 얼마나 적당한가이다. 그렇기에 영주는 무엇보다 영주가 해야 하는 일, 민준이 해야 하는 일이 한계를 넘지 않도록 신경 쓰고 있다. 민준은 독서 모임과 북토크가 있을 때만 30분 더 일하면 된다.

북토크를 준비할 때마다 긴장하지 않은 날이 없었다. 며칠 전부터 이걸 내가 왜 한다고 해서 이 고생인가 싶었다. 앞에 나서는 걸 좋아하지도 않으면서…… 말도 잘 못하면서…… 하며 후회막심이었다. 하지만 막상 북토크를 시작하면 언제 후회했나 싶게 재미있기만 했다. 특히, 책을 읽으며 궁금했던 점이나 좋았던 점을 작가에게 바로 전달할 수 있다는 사실이, 영주가 이 일을 놓지 못하는 가장 큰 이유다.

어렸을 때 영주는 작가는 화장실도 가지 않는 줄 알았다. 왠지 삼시 세끼 챙겨 먹는 일에도 관심 없을 것 같았고, 유독 밤이 되면 어깨에서 우수가 우수수 떨어지면서 목 언저리에서부터 허리를 지나 발끝까지 고독감이 덩굴처럼 들러붙어 있을 것 같았다. 고독에 지친 사람이 친절하기는 어려울 듯해, 영주는 작가라면 좀 괴팍해도 봐줄 마음이 있었다. 영주에게 작가란 세상 돌아가는 이치를 다 통달한 끝에 운명에 이끌리듯 글을 쓰기 시작한 사람이었다. 작가도 모르는 게 있을까? 없지 않을까? 작가에 대해 품은 이런 이미지를 영주는 여전히 포기하지 못하고 있다.

하지만 북토크를 진행하며 만난 작가들은 영주가 이미지화했던 것보다 훨씬 평범하고 친근했다. 혹시 자신이 글에 재능이 없는 건 아닌지 매일 의심하는 보통 사람일 뿐이었다. 어떤 작가는 술을 한 모금도 못 마셨고, 어떤 작가는 직장인보다 더 규칙적인 생활을 했으며, 어떤 작가는 체력이 가장 중요하다면서 매일 달렸다. 생계 걱정 없는 전업 작가가 되기 위해 매일 일곱 시간씩 글을 쓴다는 한 작가는 북토크가 끝나고 영주에게 이렇게 말했다.

"한번 해보는 거예요. 재능이 있는지 없는지 고민하는 대신 우선 써보자는 생각이었어요. 한번쯤은 이렇게 살아보고 싶었으니까."

영주보다 더 수줍어하고 쑥스러워하는 작가들도 있었다. 어떤 작가는 영주의 눈을 제대로 쳐다보지도 못했다. 하고 싶은 말은 있는데 말을 잘 못해 글을 쓰게 됐다는 한 작가는 자기가 천천히 말하는 건 머리가 나빠서 그런 것이니 양해 부탁한다며 독특한 방식으로 관객을 웃게 했다. 성급하게 주장하는 대신 느린 템포로 문장 하나하나를 뱉어내는 작가들을 보며 영주는 묘한 안도감을 느꼈다. 그들이 말을 하는 모습처럼 어리숙해 보이더라도 조심스레 한 발, 한 발 살아가도 될 것 같아서.

내일 북토크는 '책과 가까워지는 52가지 이야기'로 진행된다.『매일 읽습니다』를 쓴 이아름 작가와 이야기를 나눌 예정이다. 이 책을 반쯤 읽었을 때 영주는 이아름 작가를 만나보고 싶다는 생각을 했다. 다 읽은 후 질문을 뽑아봤는데 금세 스무 개를 넘었다. 질문지가 쉽게 만들어진다는 건, 영주가 작가와 하고 싶은 이야기가 그만큼 많다는 뜻이다.

작가와의 일문일답. (블로그 업로드 시간 오후 10시 30분. 요약본 인스타그램 업로드 시간 오후 10시 41분.)

영주 제가 이 책을 읽고 좋았던 점을 말씀드리면요. 뭔가 책을 읽어도 성공하는 건 아니구나, 하는 그런 느낌을 받아서 좋았어요. (웃음) 저랑 코드가 맞는 것 같아서요.

아름 그 느낌이 정확합니다. (웃음) 책을 읽으면 세상을 보는 눈이 밝아진다고 하잖아요. 밝아진 눈으로 세상을 더 잘 이해하게 되고요. 세상을 이해하게 되면 강해져요. 바로 이 강해지는 면과 성공을 연결하는 사람들이 있는 것 같아요. 그런데 강해질 뿐만 아니라 고통스러워지기도 하거든요. 책 속에는 내 좁은 경험으론 결코 보지 못하던 세상의 고통이 가득해요. 예전엔 못 보던 고통이 이제는 보이는 거죠. 누군가의 고통이 너무 크게 느껴지는데 내 성공, 내 행복만을 추구하기가 쉽지 않아지는 거예요. 그래서 책을 읽으면 오히려 흔히 말하는 성공에서는 멀어지게 된다고 생각해요. 책이 우리를 다른 사람들 앞이나 위에 서게 해주지 않는 거죠. 대신, 곁에 서게 도와주는 것 같아요.

영주 곁에 서게 도와준다는 말이 좋네요.

아름 네, 그래서 결국 우리는 다른 면에서 성공하게 되는 거예요.

영주 어떤 면에서요?

아름 조금 더 인간다워지는 거요? 책을 읽다 보면 자꾸 타인에게 공감하게 되잖아요. 가만히 있으면 절로 성공을 향해 무한질주하게끔 설계된 이 세상에서 달리기를 멈추고 주위 사람들을 돌아보게 되는 거죠. 그러니 책 읽는 사람이 늘어나면 이 세상이 조금이나마 더 좋아질 거라고 전 생각해요.

영주 시간이 없어서 책을 못 읽는다는 분이 많아요. 작가님은 많이 읽으시죠?

아름 저 그렇게 많이 못 읽어요. 2, 3일에 한 권 정도 읽어요.

영주 그게 많이 읽는 건데요? (웃음)

아름 그런가요? (웃음) 다들 많이 바쁘시니까 틈틈이 읽을 수밖에 없잖아요. 아침에 잠깐, 점심에 잠깐, 저녁에 잠깐, 자기 전에 잠깐. 그런데 이 잠깐잠깐의 시간이 모이면 꽤 커요.

영주 한 번에 여러 권을 같이 읽는다고 하셨어요.

아름 제가 좀 산만해서 그런 것 같아요. 재미있는 책도 계속 그 책만 읽으면 지루해지더라고요. 그게 뭐든 지루한 건 싫으니까, 얼른 다른 책을 꺼내 읽어요. 책 내용이 머릿속에서 마구 뒤섞일 거라 생각하는 분도 계시는데 저는 그렇지 않더라고요.

영주 전에 읽던 책 내용이 다시 읽을 때 잘 기억나지 않기도 할 것 같아요.

아름 흠…… 전 책을 읽을 때 기억에 대해서는 크게 집착하지 않아요. 물론 책 내용이 연결돼야 하니까 앞의 내용을 어느 정도 기억해야 하긴 하죠. 정말 하나도 기억 안 날 땐…… 사실 이런 경우는 별로 없어요. 대개 어느 정도는 기억나요. 그래도 기억이 안 나면 연필로 체크해놓은 부분만 읽고 나서 다시 읽기도 해요.

영주 기억에 집착하지 않는다는 말을 책에서도 하셨어요. 그래도 되나요? (웃음)

아름 (웃음) 전 된다고 생각해요. 책은 뭐랄까, 기억에 남는 것이 아니라 몸에 남는다는 생각을 자주 해요. 아니면 기억 너머의 기억에 남는 건지도 모르겠고요. 기억나진 않는 어떤 문장이, 어떤 이야기가 선택 앞에 선 나에게 도움을 주고 있다는 생각을 해요. 제가 하는 거의 모든 선택의 근거엔 제가 지금껏 읽은 책이 있는 거예요. 전 그 책들을 다 기억하지 못해요. 그래도 그 책들이 제게 영향을 미치고 있어요. 그러니 기억에 너무 집착할 필요 없는 것 아닐까요?

영주 그 말씀을 들으니 안도가 돼요. 저도 지난달에 읽은 책 내용이 가물가물하거든요.

아름 저도 그래요. 아마 대부분 다 그럴 거예요.

영주 책을 많이 안 읽는 시대라고 하잖아요. 어떻게 생각하세요?

아름 제가 이 책을 쓰면서 인스타그램에 처음 들어가봤는데요. 정말 놀랐어요. 누가 요즘 사람들은 책을 안 읽는다고 하는가 싶더라고요. 정말 많은 사람들이 엄청난 속도로 책을 읽어치우는 느낌이었거든요. 그걸 보고 책을 읽는 사람은 결코 사라지지 않겠다는 생각을 했어요. 물론 이분들이 아주 특이한 분들이라는 거, 아주 소수라는 거 알아요. 얼마 전에 어느 기사에서 보니까 대한민국 성인 절반이 1년에 책을 한 권도 안 읽는다고 하더라고요. 그런데 저는 사실 책을 안 읽는 사람이 많다, 그래서 문제다, 라고 말하는 것에 조심스러운 입장이에요. 바빠서, 여유가 없어서, 시간의 여유든 마음의 여유든 없어서 그러는 거니까요. 사회가 너무 빡빡하게 돌아가니까요.

영주 그럼 이 사회가 조금 더 살기 좋은 사회가 되기 전까진 책을 읽을 수 없는 건가요?

아름 흠, 그런데 좋은 사회가 될 때까지 마냥 기다리고만 있긴 싫어요. 책을 읽는 사람이 많아져야, 그러니까 타인의 고통에 공감하는 사람이 많아져야, 세상이 더 빨리 좋아질 테니까요.

영주 그럼 어떻게 해야 할까요.

아름 제가 해결할 수는 없을 거예요. (웃음) 음, 그래도 사람들에게 독서 욕구는 있잖아요. 읽긴 해야겠다는 생각은 많이들 하시는 것 같아요. 책은 읽고 싶은데 못 읽는 분들은 어떻게 해야 할까.

영주 …….

아름 원론적으로는, 이게 진리거든요. 처음이 힘들지 읽다 보면 계속 읽게 된다. (웃음) 그렇다면 처음 시작은 어떻게 해야 할까. 이런 분들을 위해 이 책을 쓴 거라고 말씀드릴 수 있겠네요. (웃음)

영주 아우, 이렇게 말씀하시고 마는 거예요? 책에 타이머에 관한 이야기도 하셨잖아요. 책이 잘 안 읽힐 때는 타이머를 이용하신다고요.

아름 장난스럽게 말씀드려 죄송해요. 책이 잘 읽히지 않을 때는 먼저 지금 자기가 무엇에 관심이 있나 생각해보셨으면 해요. 우리 본능은 우리가 관심 있는 대상엔 한없이 흥미를 발휘하거든요. 요즘 퇴사하고 싶은 분들 많잖아요. 그런데 퇴사한 분들이 쓴 책도 많아요. 그럼 그 책을 읽으면 되지요. 이민을 가고 싶나요? 그럼 이민에 관한 책을 읽으면 되고요. 자존감이 낮아졌나요? 절친하고 관계가 끊겼나요? 우울한가요? 관련 책을 읽으면 돼요. 그런데 책을 안 읽다가 읽으려다 보니 집중하기가 어렵거든. 자꾸 딴짓하게 돼요. 전 그럴 땐 스마트폰 타이머 앱을 맞춰놓고 읽어요. 기본은 20분. 타이머가 울리기 전까진 무슨 일이 일어나도 책만 읽자, 생각하고 읽으면 돼요. 제약이 우리를 긴장하게 하고 긴장이 우리를 집중하게 하는 거죠. 20분이 지났다면? 선택하면 돼요. 오늘은 20분 읽었으니 이만하면 됐다 싶으면 그만 읽고 즐겁게 다른 일 하시고요, 조금 더 읽자 싶으면 타이머 한 번 더 돌리면 돼요. 타이머를 세 번만 돌려도 한 시간이에요. 우리 하루에 타이머 세 번만 돌려봐요. 하루 한 시간 독서는 이렇게 달성된답니다.

커피와 염소

민준이 바리스타로 일하기 시작하고 나서 처음 얼마간은 일주일에 두 번 꼴로 원두를 배달받았다. 원두는 향이 날아가는 것을 최대한 막기 위해 작은 밀봉 팩에 담겨 왔다. 요즘엔 서점에 출근하기 전 이틀에 한 번씩은 고트빈에 직접 들른다. 미리 주문해놓은 원두를 가지러 가기 위해서이기도 하고, 다음엔 어떤 원두를 쓸지 지미와 이야기해보기 위해서이기도 하다.

고트빈은 영주가 서점을 열면서 수소문한 로스팅 업체다. 원두 질도 좋고 관리도 잘해주는 업체를 알음알음 찾았는데, 운이 좋게도 휴남동에 그런 곳이 있었다. 고트빈 대표 지미는 영주가 혼자 서점을 운영하는 동안 일주일에 한 번씩 들러 커피를 잘 내리고 있는지 감시하는 열정까지 보였다. 원두가 아무리 좋아도 바리스타의 실력에 따라 맛이 현격히 달라지는 법이라며 직접 손님 커피를 내려준 적도 있다.

바리스타를 뽑았다는 소식에 가장 먼저 달려온 사람도 지미였다. 지미는 손님으로 위장해 민준의 커피를 여러 번 맛봤다. 시음 결과는 서점을 나서며 영주에게 즉시 보고되었다.

"영주야, 너보다 훨씬 낫다. 내가 이제 한시름 놓겠어."

"언니, 그 정도는 아니지 않아요?"

"그 정도야, 영주야."

민준의 커피를 네 번째 맛본 날, 지미는 자신의 정체를 밝혔다.

"민준 씨, 나 누군지 모르죠?"

말 한마디 나눈 적 없던 손님이 자신을 아느냐고 물어오자 민준은 손님을 빤히 바라봤다.

"지금 민준 씨가 손에 들고 있는 그 원두 로스팅한 사람이에요."

"고트빈 로스터세요?"

"맞아요. 민준 씨, 내일 오전 11시에 뭐 해요?"

민준이 지미가 한 말의 뜻을 따져보느라 말이 없자 지미가 덧붙였다.

"우리 가게 한번 와봐요. 바리스타라면 자기가 쓰는 원두가 어디에서, 어떻게 시작됐는지 정도는 알아야 하니까."

다음 날 민준은 고트빈으로 향했다. 지각 한 번 한 적 없는 요가 수업을 처음으로 빠진 날이었다. 문을 열고 들어가자 작은 카페 같은 공간이 나왔고, 카페를 지나쳐 뒷문을 열자 원두를 로스팅하는 공간이 나왔다.

민준은 로스팅 기계를 보자마자 연필깎이를 떠올렸다. 손잡이를 잡고 돌리면 연필을 깎아주던 조그마한 기계가 사람 크기처럼 자라 원두를 볶고 있었다. 세 명의 로스터가 각각의 로스팅 기계 앞에서 분주히 움직이는 가운데, 어제 민준에게 말을 걸었던 지미가 의자에 앉아 테이블 위 뭔가를 하나씩 골라내고 있었다. 민준이 인사를 하자 지미가 앉으라는 손짓을 했다.

"생두에서 결점두를 골라내는 거예요."

민준이 의자에 미처 다 앉기도 전에 지미가 설명을 시작했다.

"보통 핸드픽이라고 하지."

지미는 말을 하면서도 결점두를 계속 골라냈다.

"이것 봐요. 다른 생두랑 색을 비교해보면 확실히 검죠? 썩은 열매에서 나와서 그런 거고, 이거, 갈색, 이건 쉰 거고. 냄새 맡아봐요. 시큼하죠? 얘네들을 로스팅하기 전에 다 골라내야 해요."

지미는 같은 자세로 결점두를 끈질기게 골라냈다. 민준도 지미가 골라낸 결점두를 예로 삼으며 검거나 갈색이거나 모양이 일그러진 생두를 골랐다. 지미는 쉬지 않고 손을 움직이면서도 눈으로는 민준이 핸드픽하는 모습을 놓치지 않았다.

"고트가 무슨 뜻인 줄 알아요?"

"염소……죠."

"우리 가게가 고트빈인 이유는 알겠어요?"

"……글쎄요, 염소가 커피 유래랑 관련 있나……."

"오, 나 눈치 빠른 사람 좋아하는데!"

지미가 "끝"이라고 말하더니 의자에서 벌떡 일어나 민준을 가장 왼쪽에 있는 로스팅 기계로 데려갔다. 막 로스팅이 끝난 원두에서 한 로스터가 핸드픽을 하고 있었다. 지미는 핸드픽을 한 번 더 해줘야 커피 맛이 좋다고 민준에게 설명했다.

"이게 오늘 민준 씨가 가져갈 원두. 분쇄만 하면 돼요."

지미와 로스터가 원두 분쇄기로 걸음을 옮겼고 민준도 그 뒤를 따랐다.

"분쇄 단계에 따라 원두가 거칠어지거나 고와져요. 거친 원두로 추출하는 방법이 다르고 고운 원두로 추출하는 방법이 다르고."

"……."

"민준 씨 커피 맛있어요."

지미가 조용히 말을 듣고 있는 민준을 보며 말했다.

"그런데 조금 쓰더라고. 과다추출 때문인 것 같아서 원두를 조금 더 거칠게 갈아서 줘봤어요. 그러니까 쓴맛이 안 나더라고. 맛이 달라진 거 알았어요?"

민준이 무언가를 생각하는 표정으로 대답했다.

"전 제가 추출 시간을 바꿔서 달라진 줄 알았는데 아닌가 보네요."

"오, 민준 씨도 뭔가 하고 있었구나!"

지미는 원두가 분쇄되는 동안 민준의 머리에 커피에 관한 정보를 있는 힘껏 밀어 넣어주었다. 전설에 따르면 인류가 커피를 발견하게 된 건 염소 때문이라고 했다. 염소가 작고 동그랗고 빨간 열매만 먹었다 하면 지치지도 않고 날뛰는 걸 보고, 염소지기가 커피 열매의 존재와 그 효과를 처음 알았다는 거였다.

"그래서 그냥 고트빈이라고 상호를 정했지. 이거저거 생각하기도 귀찮아서."

지미는 카페인에 자기만큼 약한 사람도 없을 거라며 고개를 저었다. 그런데도 커피가 너무 좋아 하루에 서너 잔은 꼭 마신다고 했다. 민준이 속으로 그럼 잠을 못 잘 것 같은데, 하고 생각하자 지미가 생각을 읽는 사람처럼 대꾸했다. "그래서 무조건 5시 전에 마셔야 해." 그리고 이렇게 말을 이었다. "그래도 잠이 잘 안 오면 맥주 몇 잔 마시면 되고."

커피나무는 상록수이고, 원두는 커피나무 열매의 씨앗이라고 했다. 원두는 크게 아라비카와 로부스타로 구분되는데, 고트빈에서는 주로 아라비카만 취급하고 있단다. 지미는 "맛이 더 좋으니까"라고 말했다. 지미는 민준에게 커피의 향을 결정짓는 게 무언지 아느냐고 물었고, 민준은 모른다고 대답했다. 지미는 고도라고 말해주었다. 저지대에서 자란 원두는 은은하면서 무난하고 고지대에서 자란 원두는 산미가 좋으면서 과일 향이나 꽃향기가 나 복합적이라고. 처음에 영주와 원두를 고를 때 영주가 유독 과일 향을 좋아해 이후 계속 비슷한 향미의 원두를 보내주고 있다고 했다.

그날 이후로 민준은 일주일에 한 번씩 고트빈에 들렀다. 그러다가 점점 더 자주 가게 되면서 요가 시간을 바꿨다. 민준은 차츰 고트빈의 분위기를 파악해갔다. 문을 열고 들어갔는데 썰렁한 분위기가 느껴지면 그날은 지미가 엄청 화가 나 있는 날이었다. 당연히 화가 난 이유는 남편 때문이었다. 언젠가 민준은 혹시 지미의 남편은 유니콘 같은 존재가 아닐까 생각했다. 로스터들도 남편을 한 번도 본 적 없다는 말을 듣고 나서였다. 지미의 상상 속에서만 살아 숨

쉬며 지미에게 욕이란 욕은 다 먹고 있는 존재.

민준의 의심을 없애준 건 한 장의 사진이었다. 우연히 본 그 사진에서 30대 초반의 젊은 지미와 지미의 남편으로 보이는 남자가 행복하게 웃고 있었다. 지미는 결혼하고 1년도 안 돼서 찍은 사진이라며 찢어버리려고 수도 없이 시도했지만 자기가 바보 같아서 아직 그러지 못하고 있다면서 남편 욕을 또 시작했다. 남편이 집을 쓰레기장으로 만들어놓았거나 냉장고 안 식료품을 죄다 썩게 놔둔 정도의 일로는 10분, 남편이 장례식장에 간다면서 친구들과 밤새 술을 마셨다거나 지미가 일하는 사이에 젊은 여자와 카페에 앉아 시시덕거린 걸 들킨 정도의 일로는 20분, 아무래도 남편이 지미를 돈 벌어오는 기계 그 이상, 그 이하로도 생각하지 않는 것 같다고 느낀 날엔 30분. 지미가 30분간 남편 욕을 하느라 민준을 붙잡고 있던 그날에 민준은 처음으로 지각을 할 뻔했다.

오늘은 10분짜리였다.

"내 발등을 내가 찍은 거야. 내가 그분한테 먼저 반했거든."

지미는 남편을 꼭 '그분'이라 칭했다.

"유유자적하는 모습이 멋진 거야. 지구를 여행하는 히치하이커 같았어. 우리 친정 식구들은 뭔 일만 터지면 팝콘처럼 난리가 나거든. 부산을 떨다가 일을 그르친 게 한두 번이 아니야. 그런데 이 남자는 내가 지금까지 봤던 사람 중에 가장 느긋해. 사장한테 혼이나도 느긋, 손님이 삿대질을 하며 욕을 해도 느긋."

두 사람은 호프집 아르바이트를 하며 처음 만났다고 했다.

"그 모습이 멋져서 내가 대시했지. 몇 년 사귀다가는 내가 또 결

66

혼하자고 졸랐어. 내가 원래 독신주의였거든? 요즘은 비혼주의라고 하더라? 어렸을 때 여자들이 고생하는 모습을 워낙 많이 봐서 결혼은 하고 싶지 않았어. 울 엄마, 피 섞인 이모들, 피 안 섞인 이모들 다 엄청 고생했지. 후회하느라 가슴을 너무 쳐서 왼쪽 가슴에 멍이 다 들었을 거야. 그런데 내가 이 남자한테 눈이 뒤집혀서 집도 내가 마련할 테니 나랑 결혼하자고 매달린 거야. 그 결과가 이거야. 어제 집에 들어가니까 온 집 안이 개판이야. 싱크대에 그릇도 그대로, 어딜 나갔다 왔는지 이 옷 저 옷 꺼내놓은 것도 그대로, 화장실 세면대에 머리카락도 그대로, 거기다가 배가 고파 죽겠는데 냉장고에 먹을 만한 게 하나도 없어. 마지막 남은 라면 두 개를 자기가 아침에 하나, 점심에 하나 먹었다는 거야. 주말에 사 온 반찬하고! 내가 그분 일 안 하는 걸로는 뭐라 안 해. 그런데 아무리 그래도 같이 사는 사람 배려는 좀 해줘야지. 내 배는 안 고파? 라면을 먹었으면 사 오든가, 그것도 싫으면 나더러 사 오라고 했어야 할 거 아니야! 이렇게 따지고 들었더니 그냥 방으로 들어가. 삐쳐서 오늘 아침까지 말 한 마디 없더라."

지미는 여기까지 쉬지 않고 말하더니 물 한 잔을 원샷하고 민준에게 말했다.

"미안해, 매번. 이렇게 말을 안 하면 내가 속이 너무 답답해서. 민준 씨, 듣기 싫지?"

이상하게도 민준은 듣기 싫지 않았다. 오히려 퇴근 후 어디 호프집 같은 데서 만나 두 시간이고, 세 시간이고 지미가 하는 남편 욕을 다 들어주고 싶었다. 왜 이런 생각이 드는지 생각해보니, 어쩌면 그렇게 몇 시간 누군가의 이야기를 들어주다 보면 민준도 자기 이야기를 할 수 있을 것 같다는 생각 때문인 것 같았다. 이때 처음으로 민준은 자기가 꽤 오랫동안 혼자 지내고 있다는 사실을 사실 이상으로 받아들였다.

"듣기 싫지 않아요. 더 하셔도 돼요."

"아니야. 그렇게 말하니까 더 미안하다. 앞으론 조금만 할게."

"……."

"자, 그럼 오늘 원두는 저번에 말했다시피 콜롬비아 블렌딩이야. 콜롬비아 40, 브라질 30, 에티오피아 20, 과테말라 10. 콜롬비아 커피로는 균형감을 준다고 생각하면 돼. 그럼, 브라질로는?"

"……."

"틀려도 돼. 뭘 그걸 고민해."

"……음, ……달콤함."

"그래. 그럼 에티오피아는?"

"글쎄요, …… 산미?"

"마지막으로 과테말라는!"

"아…… 쓴맛……."

"맞았어!"

고트빈을 나오던 민준은 문득 날씨가 변하고 있다는 걸 느꼈다. 어느덧 찌는 듯한 더위가 물러나고 더워도 시원한, 그러니까 가을이 오고 있었다. 더위 때문에 지난여름 내내 민준은 고트빈에서 서점까지 버스를 타고 갔다. 날이 조금 더 풀리면 걸어 다닐 수 있을 것 같았다.

운동하고, 일하고, 영화 보고, 쉬고. 민준은 이 단순한 사이클이 이젠 제법 사이좋게 잘 맞물려 굴러가고 있다고 느꼈다. 이 정도면 될 것 같았다. 이 정도로 살아도 될 것 같았다.

단추는 있는데 끼울 구멍이 없다

원하던 대학에 입학하게 됐을 때 민준은 안도감을 느꼈다. 첫 단추를 잘 꿰어야 한다며 조금만 더 힘을 내라던 부모님의 말을 정말 듣기 싫어했으면서도, 민준은 대학 합격 통지서를 앞에 두고 '첫 단추를 잘 꿰었네'라고 생각했다. 어른들은 좋은 대학에만 들어가면 다 잘 풀릴 것이라고들 했다. 명문 대학 간판으로 뚫지 못할 벽은 없을 것이라고들 했다. 하지만 민준과 친구들은 이젠 대학 간판이 안정적인 미래를 보장해주지 않는다는 것쯤은 알고 있었다. 민준은 지금까지처럼 대학에서도 멈추지 않고 달려야 했다.

지방 본가에서 서울로 홀로 올라온 민준은 입학식을 앞두고 대학 4년 계획을 세웠다. 학점, 인턴십, 자격증, 봉사활동, 영어. 민준 친구들이라고 해서 크게 다른 계획을 세우진 않았다. 부모의 재력에 따라 어디에서, 얼마나 쾌적하게, 얼마나 편히 스펙을 쌓느냐는 달라졌지만 부모의 재력도 자식들이 스스로 성취해내야 할 것들을 대신해주진 못했다. 민준은 마치 초등학교 여름 방학 시간표처럼 매 학기 시간표를 짰다. 시간표대로 움직일 열정도, 의지도 민준에 겐 있었다. 민준 가족은 4년 내내 한 팀이 되어 민준의 대학 등록금 과 월세와 생활비라는 골대에 무사히 공을 넣기 위해 힘을 합쳐 뛰었다.

민준의 대학 생활은 아르바이트, 아르바이트, 또 아르바이트, 여기에 공부, 공부, 또 공부로 점철됐다. 아르바이트와 공부를 병행하는 것이 그리 쉽지만은 않았지만 민준은 이것도 다 통과 의례라는 생각을 했다. 이 시간만 버티면 된다. 이 순간만 넘으면 된다. 열심히 사는 건 좋은 것이라는 믿음이 민준에겐 있었다. 잠을 충분히 자지 못해 늘 피곤했어도, 그래서 가끔 늦잠을 자면 행복할 수 있는 거라고 생각했다. 이렇게 긍정적일 수 있었던 건, 실제로 지금껏 열심히 한 만큼 좋은 결과를 얻어왔고, 앞으로도 그럴 수 있으리란 믿음 때문이었다. 민준의 대학 4년 학점은 4.0 가까이 됐고, 모자라는 스펙도 없었으며, 그는 앞으로도 그게 뭐든 다 잘해낼 자신이 있었다. 그런데 취업이 되질 않았다.

"야, 우리가 취업이 안되는 게 말이 되냐? 너랑 나랑 뭐가 모자라?"

같은 과 동기 성철이 학교 앞 술집에서 소주를 원샷하며 말했다. 성철과는 오티 날 처음 만나 대학 생활 내내 붙어 다녔다.

"우리가 모자라서 취업이 안되는 게 아니야."

얼굴이 불콰해진 민준도 성철을 따라 원샷을 했다.

"그럼 왜 안되는데?"

성철은 이미 수십 번, 수백 번 했던 질문을 민준에게 또 했다. 자기 자신에게도 하루에 수도 없이 하는 질문이었다.

"구멍이 작으니까. 아니 구멍이 아예 없으니까."

민준이 성철 잔에 소주를 따르며 말했다.

"구멍? 취업 구멍?"

성철도 민준 잔에 소주를 따랐다.

"아니, 단춧구멍."

두 사람은 소주를 원샷했다.

"우리 엄마가 그랬거든, 나 고등학교 때. 첫 단추를 잘 꿰면 두 번째 단추부터는 자동적으로 착착 잘 꿰며 살게 될 거라고. 좋은 대학에 들어가는 게 첫 단추를 잘 꿰는 거라고. 그래서 나도 우리 대학 붙었을 때 내심 안도했다. 앞으로도 지금처럼 하면 두 번째 단추, 세 번째 단추도 잘 꿸 수 있을 것 같았거든. 이런 생각이 망상이었던 것 같냐? 난 망상이었다고 생각 안 해. 너도 알다시피 내가 정말 똑똑하잖냐. 너보다 내가 더 똑똑한 건 인정하지? 이렇게 똑똑한 내가 열심히까지 하는데 이 사회가 날 받아주지 않고 배기겠어?"

취기가 올라오는지 민준이 고개를 푹 숙였다가 다시 들며 계속 말했다.

"난, 대학에 들어와 정말 최선을 다해 단추를 만들었어. 너도 그랬겠지. 정확한 간격으로 잘 달기도 했고. 너보단 내가 더 잘 달았을 거야. 생각해보니, 성철아, 단추 다는 데 네 도움도 컸다. 고맙다."

민준이 성철의 어깨를 툭툭 치자 성철은 흐뭇한 표정으로 배시시 웃었다.

"너보다 더 때깔 좋은 단추를 단 나도 너에게 고맙다고 말하고 싶다."

민준이 성철의 말에 살짝 미소를 짓더니 이내 충혈된 눈으로 친구를 봤다.

"그런데, 성철아."

"어?"

"죽어라 단추를 만들면서 하나 생각하지 못한 게 있었던 것뿐이라는 생각이 든다, 요즘엔."

"뭘?"

성철이 풀린 눈에 힘을 주며 물었다.

"단추를 꿸 구멍이 없다는 거. 생각해봐. 옷이 있는데 한쪽엔 고급 단추들이 자르륵 달려 있어. 그런데 반대편엔 구멍이 없는 거야. 왜냐고? 아무도 구멍을 뚫어주지 않았거든. 그러니 내 옷을 봐. 볼썽사납게 첫 단추만 꿰여 있는 거지."

민준의 얘기를 들으며 성철은 자기도 모르게 자신의 남방을 내려다봤다. 남방에는 단추가 가지런히 달려 있었고, 첫 단추부터 꿰여 있지 않았다. 성철은 뭐에 깜짝 놀란 사람처럼 몸을 움찔하더니 급한 손놀림으로 첫 단추를 꿰고, 두 번째 단추도 꿰었다. 술에 취한 탓에 손가락이 빠릿빠릿 움직여주지 않았지만, 그럼에도 눈에 힘을 주고 집중해서, 그렇게 마지막 단추까지, 정성스럽게. 혹시 맨날 옷을 열고 다녀서 취업이 안되는 건가, 하고 생각하며, 민준은 성철이 그러든지 말든지 손에 든 소주잔을 처음 보는 물건인 듯 의미심장하게 쳐다보며 말을 이어갔다.

"얼마나 웃기냐. 애초에 단추가 하나도 없었더라면 스타일입네 하고 입고 다닐 수 있을 거 아니야. 그런데 이거 봐. 첫 단추만 꿰여 있고 그 아랜 쓰지도 못할 단추가 주르륵. 이건 뭣도 아닌, 그냥 삐꾸야. 옷이 삐꾸고, 그걸 입은 나도 삐꾸고. 아, 웃프지 않냐. 내 지난 시간이 지금의 이 삐꾸 같은 모습을 위해 존재했다는 생각을 하면? 내 삶이 웃퍼질 줄이야."

"그래도 웃픈 게 어디냐."

첫 단추를 꿰었더니 목이 불편해진 성철이 연신 목 부분을 잡아당기며 말했다.

"뭐가 어딘데?"

"슬프기만 한 건 아니어서 그게 어디냐고."

민준이 성철을 멍하니 쳐다보다가 성철의 이마를 손가락으로 꾹 누르며 말했다.

"그런 건가! 그게 좋은 어딘 건가. 나쁜 어디는 아닌 건가!"

"이 새끼 왜 이래!"

"긍정의 힘인 건가! 이런 삶도 긍정할 텐가! 진정 그럴 텐가!"

민준이 뭔 말인지 모를 말을 소리 높여 외치자, 성철이 그만하라며 민준의 입을 틀어막았다. 그러자 민준이 성철의 손을 치우고는 다시 외쳤다.

"웃픈 게 어딘 건가!"

민준과 성철은 이젠 함께 우리 삶이 너무 웃프다며 낄낄 웃었다.

민준은 빈 소주잔을, 성철은 소주병을 부여잡고 슬프기만 한 게 아니라서, 그나마 웃을 수 있어서 얼마나 다행이냐며 또 웃었다. 웃으면서 민준이 소주를 한 병 더 시켰고, 성철이 기분이라며 달걀말이와 부대찌개를 추가했으며, 새 소주병이 테이블에 놓이는 모습을 보며 두 사람은 같은 생각에 빠졌다. 다가올 미래엔 누군가가 뿅 하고 나타나 내 옷에 구멍을 좀 뚫어주길. 내가 뻐꾸가 아니라는 걸 증명해줄 두 번째, 세 번째 구멍을 좀 뚫어주길. 기왕이면 내 앞의 이 친구 옷에도 좀. 기왕이면 우리 친구들 옷에도 좀. 아니, 기왕이면 이 세상에 구멍이 넘쳐나길. 아무리 큰 단추라도 휙휙 지나다닐 수 있는 엄청 커다란 구멍이 가득하길.

　민준과 성철은 이날 술을 마시고 몇 개월이 지난 즈음부터 서로 연락하지 않았다. 정확히 언제부터 연락이 끊겼는지는 기억나지 않는다. 확실한 건 두 사람은 지금 2년 가까이 연락하지 않고 있다는 거다. 어쩌면 성철은 취업이 됐는지도 몰랐다. 혼자만 취업한 탓에 미안해서 연락을 하지 못하는 거라면 민준은 친구를 이해할 수 있었다. 하지만 그 반대라면 더 잘 이해할 수 있었다. 아직 취업을 못해 연락하지 못 하는 거라면 민준도 마찬가지였으니까. 민준은 대학 친구들 대부분과 연락을 끊었다. 전화가 와도 받지 않았고, 문자에도 답하지 않았다. 우연히 취업 스터디에서 만난 친구들과는 가벼운 안부 정도만 주고받았다. 그즈음 민준은 면접 스터디를 두 개하고 있었다. 서류심사, 적성검사, 인성검사 모두 통과해도 면접에서 자꾸 고꾸라졌다. 민준은 하루에도 몇 번씩 거울을 봤다. 얼굴 때문인가. 잘생기진 않았어도, 못생기지도 않은 얼굴이었다. 어딜 가나 흔히 볼 수 있는 얼굴. 어느 직장에서나 흔히 볼 수 있는 얼굴. 민준을 심사하는 면접관들의 얼굴과 별반 차이 없는 얼굴. 너무 흔한 얼굴이어서, 그래서 안 되는 걸까.

민준은 진짜 면접을 치르듯 면접 스터디에 참여했다. 자신감 넘치는 인상을 주면서도 겸손함 또한 잃지 않는 표정으로 스터디 멤버가 묻는 질문에 대답했다. 너무 진취적이진 않으면서도 마음만 먹으면 누구보다 창의적인 아이디어를 생각해낼 수 있는 사람이라는 인상을 주기 위한 몸가짐을 익히려 노력했다. 도발적이지도 소심하지도 않게, 대학을 졸업하고 2년을 훌쩍 넘어서까지 취업을 못한 건 회사가 민준을 알아보지 못했기 때문이지 민준에게 흠이 있어서 그런 건 아니라는 듯 당당하게.

그리고 또 한 번의 불합격 통지.

최종 면접까지 갔던 회사에서 문자로 불합격을 알려왔다. 민준은 문자를 한 번 더 읽고 바로 삭제했다. 그는 가만히 서서 지금 자기가 어떤 감정을 느끼고 있는지 헤아려봤다. 실망했나, 화났나, 부끄럽나, 죽고 싶나. 아니었다. 민준은 홀가분했다. 그는 이 회사가 그가 지원할 마지막 회사가 되리라고 예감하고 있었다. 어떤 의지가 발현된 건 아니지만 어느 순간부터 더는 취업을 위해 아무것도 하지 않고 있었으니까. 예전에 지원해놓은 회사에서 적성검사를 하러 오라면 갔고, 면접을 보러 오라면 갔을 뿐이다. 습관처럼 성실하게 굴었고, 습관처럼 긴장했을 뿐이다. 하지만 이제는 다 끝났다는 생각이 들었다. 이만하면 됐다. 민준은 정말 홀가분했다.

"엄마, 난 괜찮아. 걱정하지 마. 과외하면 생활비는 충분히 벌어.

쉬다가 다시 시작해야지."

민준은 자취방에 기대앉아 엄마에게 전화를 했다. "정말 괜찮지?" 과장되게 밝은 엄마의 목소리 위에 민준의 밝은 목소리가 얹어졌다. 엄마에게는 거짓말을 했다. 당분간은 과외를 할 생각도, 취업을 준비할 생각도 없었다. 취준생이란 타이틀을 벗어버리고 싶었다. 무언가를 준비하는 일을 그만두고 싶었다. 끝없는 길을 걷는 기분, 굳건히 서 있는 벽을 두 팔로 망연히 밀고 있는 기분에 더는 휩쓸리기 싫었다.

대신, 민준은 쉬고 싶었다. 돌이켜보면 중학교 1학년이 시작되고부터 마음 편히 쉬어본 적이 없었다. 한번 우등생이 되자, 계속 우등생이 되어야 했고, 우등생은 늘 노력해야 했다. 노력하는 게 싫지는 않았다. 하지만 노력의 결과가 이런 거였으면 노력하지 않는 게 더 나았을 뻔했다. 그렇다고 지난 시간을 후회하긴 싫었다. 하지만 앞으로도 또 지금처럼 살아간다면 언젠가는 후회하게 될 것 같았다. 민준은 은행 계좌를 확인했다. 몇 개월은 버틸 수 있는 금액이 찍혀 있었다. 그 순간 결심했다. 통장 잔고에 0이 찍히는 날까지 놀아보자. 아무것도 안 하고 살아보자. 그래, 그래 보자. 그리고, 그다음은? 그다음은…….

'그다음이 어딨어. 그다음은 없는 거야.'

겨울이 끝나갈 무렵, 민준은 백수 생활을 시작했다. 본격적인 백수 생활을 방해받지 않기 위해 휴대전화는 자기 전에 한 번만, 그것도 기억이 나면 켜보기로 했다. 잊기 전에 통신사로 전화해 요금제도 기본 요금제로 바꿔놓았다. 어차피 민준이 먼저 전화할 사람은 아무도 없었다.

　마땅히 해야만 하는 일들에서 벗어나면 어떤 일들을 하며 살게 될지 민준은 궁금했다. 과연 얼마만큼 자연스러울지는 모르겠지만 자신의 일과가 자연스럽게 흘러갔으면 좋겠다고 생각했다. 모닝 알람, 사회적 시선, 부모의 한숨, 끝없는 경쟁, 비교, 미래에 대한 두려움 등에서 완전히 벗어날 수 있으면 좋겠다고도 생각했다.

　아침에 느지막이 일어나 배가 고프기 전까지 가만히 누워 뒹굴뒹굴하다가 배가 고프면 밥을 먹고 또 뒹굴뒹굴했다. 창밖을 지나가는 사람들의 발소리, 대화 소리, 자동차 소리를 제외하곤 민준은 하루 종일 아무 소리도 듣지 않았다. 외부에서 들려오는 소리가 잠잠해지자 절로 민준 내부에서 이런저런 생각이 떠올랐다가 사라졌다. 울컥 억울해지다가, 마냥 낙관하게 됐다. 혼잣말을 중얼거리는 횟수가 늘었다.

　"지금까지 해왔던 일들이." 민준은 허공에 대고 말했다. 이어서 속으로 문장을 끝맺었다.

　'다 취업을 위한 일이었구나.'

　민준은 유치원에서 받아쓰기를 백 점 맞았던 순간을 기억했다. 선생님은 빨간색 색연필로 '100'이라는 숫자를 큼지막하게 써줬다. "민준이, 잘했다"라며 엉덩이도 팡팡 두드려줬다. 민준은 선생님의 칭찬이 왠지 부끄러웠지만 그럼에도 가슴이 부풀어 오르는 것을 느꼈다. 집으로 달려와 공책을 부모님께 펼쳐 보이자 부모님은 아들을 번쩍 들어 올리며, 먹고 싶은 게 뭔지 물었다.

　"그때부터였던 건가." 민준은 냉장고에서 달걀 두 개를 꺼내며 말했다.

초, 중, 고등학교에서 배운 모든 것. 대학교에서 배운 모든 것. 초, 중, 고등학교에서 한 모든 일. 대학교에서 한 모든 일. 그 결과물들. 취업을 포기한 이상 이 결과물들이 더는 필요 없게 되었다는 걸 민준은 깨달았다.

'아니, 꼭 그렇다고만 볼 수는 없지. 그러니까…… 어찌 됐건 영어는 잘하게 됐잖아. 해외여행 갈 땐 편하겠지. 아, 나 정말 바보 같다. 해외여행을 얼마나 자주 간다고. 그래도…… 지나가다 외국인이 길을 물어오면 알려줄 수 있잖아? 아, 모르겠다. 그냥 영어는 잘 배웠다고 생각하자. 나머지는? 시험 잘 보는 요령? PPT 만드는 능력? 한없이 무거워질 수 있는 엉덩이? 사람이 피곤한 채로 얼마나 오래 버틸 수 있는지 자기 자신에게 실험했던 경험? 이게 다 무용지물이 된 건가?'

민준은 그간 해왔던 일들의 가장 뚜렷한 결과물인 자기 자신에 대해 생각해봤다. 여기저기에서 퇴짜 맞은 못난 자신이지만 그렇다고 싫지는 않았다. 실은 못난 나라는 생각이 들지도 않았다. 어디선가 이런 말을 들은 적 있다. 열심히만 해선 안 되고 잘해야 한다고. 그런데 누구 기준으로 '잘'인가. 민준은 자신이 잠을 포기하며 정성껏 만들었던 모양 좋고, 색깔 좋고, 질 좋은 단추들을 생각했다. 민준은 그 단추들이 '잘' 만들어진 것들이라는 사실을 믿어 의심치 않았다.

하지만 이 단추들은 오로지 취업만을 위해 만들어진 단추들이었다. 그래서 속이 상했다. 그렇더라도, 단추를 만들며 보냈던 그 긴 시간을 낭비한 시간이었다고만 생각하긴 싫었다. 내 몸 어딘가에, 내 마음 어딘가에 그 시간을 즐겼던 순간들의 기억도 새겨져 있지는 않을까? 아닐까? 나는 완전히 잘못 살았던 걸까?

민준의 백수 생활은 어느새 꽤 규칙성을 띠고 있었다. 그는 원래 잠이 많은 사람이 아니었다는 사실이 밝혀졌다. 오래 자니 오히려 몸이 찌뿌드드해지기만 했다. 알람이 없어도 오전 8시면 눈이 떠졌다. 일어나면 청소를 깨끗이 하고 아침을 정갈하게 차려 먹었다. 통장 잔고가 바닥나기 전까진 돈 걱정을 하지 않기로 마음을 먹었기에 민준의 세끼는 나름 알찼다. 아침엔 빵과 달걀프라이 또는 스크램블드에그를 먹고, 점심엔 채소를 곁들인 밥을 먹고, 저녁엔 그날그날 먹고 싶은 음식을 푸짐하게 먹었다.

오전 9시 반이 되면 집을 나섰다. 요가 학원까지 20분을 산책하는 기분으로 걸었다. 찌뿌드드한 몸을 풀 겸 시작한 요가가 의외로 잘 맞았다. 처음에는 여기에도 근육이 다 있구나 싶게 몸 여기저기가 쑤시고 아팠는데, 이제는 요가를 마치면 몸이 그렇게 시원할 수가 없다. 민준이 특히 좋아하는 시간은 요가가 다 끝나고 난 뒤 몸을 쭉 펴고 누워 휴식하는 시간이었다. 이렇게 잠시 누워 있는 것만으로 몸과 마음의 긴장이 풀린다는 사실이 놀라웠다. 민준은 이 시간에 설핏 잠이 들기도 했는데, 이때 자는 잠이 정말 꿀잠이었다. 요가 강사가 "모두 일어나 앉으세요"라고 나직한 목소리로 잠을 깨울 땐 몸이 으스스 떨리면서 조금은 몽롱해졌다. 몸이 느슨하게 풀린 채로 20분을 걸어 집으로 돌아올 때면, 민준은 자기 자신에게 좋은 일을 한 것 같아 잠시 행복해졌다.

행복이 잠시 찾아왔다면, 불행도 이어 찾아왔다. 자취방에 앉아 큼지막한 채소 쌈을 입에 넣는 순간 어디쯤에서 문득 이런 생각이 닥쳐왔다.

'나, 이렇게 살아도 되나?'

채소 쌈은 정말 맛있었지만 이런 생각은 정말 맛없었다. 맛없는 건 맛있는 걸 이기지 못한다는 생각에 민준은 또 큼지막하게 채소 쌈을 싸서 입에 넣었다. 열심히 씹다 보면 잠시 찾아왔던 불행은 사라지고 다시금 행복하지도 불행하지도 않은 원래 상태로 돌아왔다.

점심을 먹고 민준은 주로 영화를 봤다. 영화 사이사이에 사람들이 인생 드라마라 추천한 드라마를 몰아 보기도 했다. 〈하얀 거탑〉도 이제야 봤다. 마지막에 장준혁이 죽을 땐 민준도 꺼억꺼억 울었다. 〈비밀의 숲〉은 놀라면서 봤다. 우리나라 드라마가 이 정도로 발전했구나. 영화는 영화를 전문으로 다루는 인터넷 사이트를 참고하며 세심하게 골랐다. 한 달에 두어 번은 예술 영화관을 찾았다. 성철이 지금의 민준을 보면 아주 흡족해할 것 같았다.

성철은 영화를 참 좋아했다. 열렬한 영화 덕후로서 시험 기간에도 심야 영화를 즐겨 보던 그는 잠을 못 자서 퀭한 눈을 하고는 민준이 맨 치고받고 싸우는 영화만 본다고 타박하기 일쑤였다.

"남이 좋다는 영화를 보지 말고 네가 좋은 영화를 봐" 하고 말하며 잘난 척하는 성철의 입을 물리적으로 막길 여러 번이었지만 성철은 입을 다물 줄 몰랐다. 민준이 어떤 영화가 천만 관객을 모았다며 영화관에 다녀오면, 성철은 "너란 놈이 원래 그렇지"라며 인신공격까지 했다.

"좋은 영화에 천만 관객이 들 수는 있지. 하지만 천만 영화가 다 좋은 건 아니란다. 네가 그걸 모르네. 그런 영화가 천만 영화가 될 수 있었던 건, 그 영화가 이미 3백만 영화였기 때문이야."

민준이 대꾸하지 않아도 성철은 아랑곳하지 않고 말을 늘어놓았다.

"수백만 관객이 홍보의 노예가 됐다는 말이야. 관객이 3백만이 넘어서면 제작사는 '이 영화는 3백만이 넘었다' 하고 홍보를 하지. 그러면 사람들은 '오, 이 영화가 3백만이 넘었대, 한번 봐볼까?' 하는 거야. 그러면 곧 4백만이 넘어. 그럼 또 제작사가 홍보하지. '이 영화는 4백만이 넘었다.' 그러면 사람들은 또 '오, 이 영화가 4백만이 넘었대, 한번 봐볼까?' 하는 거야. 그렇게 5백만, 6백만, 7백만……."

"시끄러워."

민준이 성철의 말을 끊으며 말했다.

"너 그거 궤변인 거 모르냐?"

"넌 왜 또 잘난 척이냐?"

"네 말이 이런 뜻인 거잖아. 어떤 영화가 관객 수 3백만을 모았다는 건 천만행 프리패스를 얻은 것과 마찬가지라고. 그럼 영화 만드는 사람들 목표가 다 3백만이겠네? 3백만만 들면 다 천만 영화 되니까?"

"야, 됐다. 머리 나쁜 놈. 너는 어떻게 사람이 말을 하면 곧이곧대로 들을 줄만 아냐. 내 말의 요지는 이거잖아. 천만 영화라고 해서 다 천만 관객을 만족시킬 만큼 좋은 영화는 아니다. 그러니 천만 영화라고 볼 게 아니라, 우리 모두, 영화를 사랑하는 우리 모두가,

다 각기 자기가 좋아하는 영화를 봐야 한다 이거잖아, 응?"

"영화를 보기 전에 내가 그 영화를 좋아하는지 어떻게 아는데?"

민준이 성철을 쳐다보지도 않고 노트에 필기를 하며 물었다.

"감독만 봐도 알지! 포스터만 봐도 알지! 줄거리만 봐도 알지! 너 생각해봐. 넌 정말 천만 명이 넘는 우리나라 사람이 조폭이랑 검사가 치고받는 영화를 그렇게나 좋아할 거라고 생각하냐? 다 그렇게 신파를 좋아할 거라고 생각해? 다 마블 광팬이야? 그냥 남들이 보니까 보는 거 아니야?"

민준은 왜 성철이 영화 이야기만 나오면 이렇게 열을 올리는지 알 수 없었지만, 저 열을 식혀줄 사람은 지금 자기밖에 없다는 건 알았다. 민준은 필기를 멈추고 성철을 올려다봤다.

"성철아, 이제야 네가 무슨 말 하는지 알겠다."

"그렇지?"

"너의 말을 모조리 다 이해하겠어. 내가 잘못 생각했어. 좋은 정보 알려줘서 고마워. 정말 고마워."

민준은 자리에서 일어나 과장된 제스처로 성철을 껴안았다. 성철의 기세를 꺾으려는 민준의 의도는 늘 완벽히 먹혔다. 민준이 껴안자 성철은 민준을 더 꽉 안으며 이렇게 말했다.

"친구야, 나도 고맙다. 날 이해해줘서."

성철의 말대로 민준 역시 치고받는 영화가 좋아서 그 영화들을 본 건 아니었다. 성철의 말대로 어떤 영화를 좋아하는 줄 몰라서 남들이 좋다는 영화를 본 것뿐이었다. 그렇다고 그 영화를 본 걸 후회한 적은 없었다. 뭐, 후회씩이나. 보는 순간만큼은 재미있었으니까 그걸로 된 거지.

시간 여유가 있으니 민준은 자기가 어떤 영화를 좋아하는지 탐구할 수 있었다. 민준은 자기가 뭘 좋아하는지 알려면 우선 마음을 탐구할 시간 여유가 있어야 하는 거였다고 성철에게 말해주고 싶었다. 차원 높고, 깊고, 미묘한 영화를 이해하는 데 필요한 집중력 또한 정신적 여유에서 나오는 거였다고 말해주고 싶었다. 나중에 만나면 이것도 물어봐야지. 바빠 죽겠다고 노래를 부르면서도 너는 어떻게 그 많은 영화를 다 보러 다닐 수 있었는지. 아무리 바빠도 좋아하는 것 하나쯤은 곁에 두고 살 수 있던 노하우는 뭐였는지.

민준은 영화를 한 편 보면 그 영화에 대해 오래도록 생각했다. 영화를 음미하느라 하루를 다 써버리기도 했다. 목적 없이 한 대상에 이토록 긴 시간을 내어준 적이 전에는 없었다고 생각하면서 민준은 지금 자기가 굉장히 사치스러운 행동을 하고 있다고 느꼈다. 시간을 펑펑 쓰는 사치. 시간을 펑펑 쓰며 민준은 조금씩 자기 자신만의 기호, 취향을 알아갔다. 민준은 어렴풋이 알 것 같았다. 어떤 대상에 관심을 기울이다 보면 결국은 자기 자신을 들여다보게 된다는 것을.

단골손님들

　　민준은 오른손으로는 테이블을 닦으면서 눈으로는 중년 남성 손님을 좇았다. 방금 문을 열고 들어온 저 손님은 몇 주 전부터 평일 오후 1시 30분만 되면 서점을 도서관처럼 이용하는 손님이었다. 영주에 따르면 처음 며칠 동안은 서점 구석구석을 살피며 읽을 만한 책을 골랐다고 한다. 마음에 드는 책을 발견한 손님은 다음 날부터 하루도 거르지 않고 '식후 독서'를 즐기고 있다는 게 영주의 설명이었다. 두 달 전 서점에서 5분 거리에 새로 문을 연 부동산 사장이라고 영주는 덧붙였다.

　　손님이 서점을 도서관으로 착각하며 읽고 있는 책은 판형도 크고 두께도 두꺼운 『옳고 그름』이란 책이었다. 벌써 반 이상을 독파한 듯했는데, 그는 매일 20~30분씩 남은 페이지를 줄여나가는 재미에 푹 빠져 있는 것 같았다. 책을 매대에 올려놓고 나갈 때면 사색에 잠긴 얼굴이 고요해 보이기까지 했다. 본인의 지적 성취에 스스로 감동한 모습 같기도 했다. 며칠 전 영주와 민준은 저 손님의 행동을 어떻게 저지해야 할지(여기는 도서관이 아니고 서점이라는 사실을 어떻게 알려야 할지) 의견을 나누었다.

"지금 읽는 책 다 읽을 때까지 우선 기다려봐요."

영주는 민준 맞은편에 앉아 손바닥만 한 메모지에 글을 쓰며 말했다. 민준도 영주가 적어준 글을 따라 적고 있었다.

"그런데 그 손님요."

민준이 펜을 쥔 손을 멈추더니 영주를 봤다.

"『옳고 그름』이란 책을 읽고 있는 사람이 자기가 하는 행동이 옳은지 그른지도 모른다는 것이 좀 웃겨요."

영주가 고개를 들지 않고 말했다.

"자기 자신을 들여다본다는 건 어려운 일이잖아요. 책을 읽더라도요."

민준이 다시 펜을 움직이며 말했다.

"그러면 책을 읽을 필요도 없는 거잖아요."

영주가 '음' 소리를 한 번 내고는 잠시 창밖을 바라보았다가 민준 쪽으로 고개를 돌렸다.

"어렵긴 하지만 불가능한 건 아니니까요. 자기를 들여다보는 데 능한 사람은 책 한 권으로도 조금이나마 변할 수 있겠죠. 하지만 그렇지 못한 사람도 자꾸 자극을 받다 보면 결국은 어쩔 수 없이 자기 자신을 솔직히 바라볼 수 있을 거라고 난 믿어요."

"그럴까요."

"난 내가 후자라는 걸 알아서 열심히 책을 읽는 거거든요. 계속 읽다 보면 나도 좋은 사람이 되어갈 수 있겠지, 하고."

민준은 이해된다는 듯 작게 고개를 끄덕였다.

"그런데 그 손님이 왜 여기에 부동산 열었는지 알아요?"

영주가 자신이 아는 사실을 민준도 아느냐는 말투로 물었다.

"이 동네 부동산 경기가 좋아졌나요?"

"아니, 아직은요. 그런데 저 손님은 몇 년 내에 좋아질 거라고 본대요. 여기서 20~30분 거리 동네들이 요즘 젠트리피케이션으로 홍역을 앓고 있잖아요. 그곳에서 쫓겨난 사람들이 어디로 흘러들어 갈 것이냐. 그 손님의 촉이 휴남동을 가리켰나 봐요. 몇 년만 지나면 이 동네 거리엔 부동산을 사고, 팔고, 빌려주고, 빌리려는 사람들로 북적거릴 거라고요."

민준은 식후 독서를 느긋하게 즐기고 있는 손님을 바라보며 저 손님이 운명의 신에게 고맙다는 인사를 깍듯이 하게 되는 날이 온다면 자신은 이 동네를 떠나야 할 거라고 생각했다. 지금은 그럭저럭 감당할 수 있는 수준인 월세가 그때가 되면 못해도 두 배는 껑충 뛸 것 아닌가. 누군가의 바람이 현실화하는 순간 누군가의 삶은 비루해지는 부조리. 민준은 저 손님과 자신이 운명 공동체로 묶일 일은 결코 없겠다는 생각을 했다.

이곳에서 일한 지 1년이 넘어가면서 민준은 웬만한 단골손님들과는 말을 트게 되었다. 거의 손님 쪽에서 말을 걸어오지만 가끔은 민준이 먼저 인사를 하기도 한다. 하루가 멀다 하고 찾아오는 민철 엄마와 동네 주민들이 가장 낯익다. 적어도 일주일에 한 번은 꼭 서점에 들르는 손님들 역시 한눈에 알아볼 수 있다. 그중 독서 모임 회원들이 가장 붙임성 있고 적극적이다. 자진해서 커피 맛 품평을 해주는 손님도 있는데, 이런 손님은 한 번만 봐도 잊기 어렵다.

한 직장인 손님과도 꽤 여러 번 말을 주고받았다. 일주일에 두세 번 서점을 찾는 그 손님은 일단 오면 서점이 문을 닫을 때까지 책을 읽다가 갔다. 민준이 마지막 정리를 할 때쯤 헐레벌떡 뛰어오는 날도 있었다. 헉헉거리며 들어선 손님은 테이블에 자리를 잡고 앉아, 단 몇 페이지라도 책을 읽었다. 점심때 허탕을 치고 간 것을 계기로 그 손님과 영주는 이제 농담도 나누는 사이가 된 듯했다. 서로 통성명하는 걸 들은 적도 있다. 손님 이름이 최우식이랬다. 이름을 듣자마자 영주는 박수까지 동원해 이름이 참 좋다며 손님을 치켜세웠다. 좀처럼 흥분하는 일이 없는 영주가 왜 저러나 싶었는데 나중에 알고 보니 영주가 좋아하는 배우 이름과 같아서 자기도 모르게 흥분을 한 거랬다.

우식이라는 손님이 서점을 이용하는 패턴은 이랬다. 책을 한 권 산다. 책을 산 날엔 따로 커피를 주문하지 않고 테이블에 앉아 책을 읽는다. 책을 사지 않는 날엔 커피를 주문한다. 이때 커피는 몇 모금 마시는 게 전부다. 우식은 가끔 일주일이 넘도록 서점에 들르지 않았다. 영주와 민준은 이를 눈치채기도, 눈치채지 못하기도 했다. 오랜만에 서점에 온 날엔 유독 밝은 얼굴로 그는 영주에게 자기가 왜 일주일이 넘도록 서점에 오지 못했는지 설명했다.

"여행사에 새 상품이 나왔거든요. 대리점 돌아다니면서 여행 상품 소개하느라 정신이 하나도 없었어요. 어떻게든 여기 와 책을 좀 읽고 싶었는데 시간이 나지 않더라고요. 문 닫힌 서점을 지나가는 기분이 뭐랄까, 어렸을 때 엄마한테 혼날까 봐 오락실을 그냥 지나치던 것처럼 서글프더라고요."

민준은 우식이 감성적인 사람이라고 생각했다. 소설을 주로 읽던데 혹시 소설을 읽어서 그런가 싶었다. 아니면 감성적인 사람이어서 소설을 좋아하는 건지도 몰랐다. 아니, 전제 자체가 틀린 것인지도 모르겠다. 소설을 감성하고만 연결 지을 수 있을까. 어느 날엔가 우식은 테이블을 닦고 있는 민준에게 통성명을 했다.

"이제 인사드리네요. 최우식입니다."

"아, 예, 김민준입니다."

"매번 죄송했어요."

우식이 느닷없이 미안한 표정으로 민준을 바라봤다.

"뭐가요?"

민준이 놀라 물었다.

"커피요. 매번 커피 남기는 게 신경 쓰이더라고요. 커피를 마시면 심장이 뛰어서 많이 못 마셔요. 그런데 꼭 몇 모금은 마시고 싶고요."

"손님이 죄송해하실 일 아니에요."

"아, 그런가요? 제가 또 쓸데없이 마음을 썼나 봐요."

우식이 사람 좋게 웃었다.

"그런데 제가 커피 맛은 잘 모르는데, 잘 모르는 제가 봐도 커피 맛이 좋더라고요."

민준은 영주가 그 배우를 좋아하는 이유로 선한 느낌을 들었던 것을 기억했다. 이름이 같으면 느낌도 비슷해지나. 민준은 잃어버린 줄도 모르고 있던 아끼는 물건을 우연히 찾은 사람처럼 우식을 쳐다봤다.

"그렇게 말씀해주셔서 감사합니다."

단골손님에겐 누구에게든 절로 관심이 가지만 최근 한두 달 영주와 민준이 가장 관심을 갖고 있는 손님이 실은 한 명 따로 있었다. 저기 앉아 있는 저 손님. 날이 더워지면서 드문드문 찾아오다가 여름이 정점에 이르렀을 무렵부터 본격적으로 찾아온 손님이다. 평일엔 거의 매일 와서 대여섯 시간을 보내다가 가곤 한다. 책을 읽고 노트북을 하는 손님들 사이에서 여자는 유독 눈에 띄었다. 눈에 띈 가장 큰 이유는 책도 읽지 않고 노트북도 하지 않으면서, 그러니까 아무것도 하지 않으면서 자리에 앉아 있어서였다.

처음엔 일주일에 한 번 정도 찾아와 한두 시간 멍하니 앉았다 가는 여자를 영주도 민준도 크게 눈여겨보지 않았다. 여자가 영주에게 이렇게 물었을 때만 해도 그저 독특한 손님이구나 하고 생각했을 뿐이었다.

"여기에서 커피 한 잔 마시면 몇 시간 있을 수 있어요?"

"저희 서점엔 이용 시간 제한은 없어요."

"어! 그래도 제가 불편한데요. 커피 한 잔 시켜놓고 하루 종일 있다 가면 서점에도 안 좋잖아요?"

"그렇긴 하지만…… 아직 그러는 분은 못 봤어요."

"그러면 이번 기회에 한번 생각해보세요. 제가 그런 사람이 될 수도 있으니까."

여자는 정말 서점에 머무는 시간을 점점 늘려가더니 길면 여섯 시간도 거뜬히 있다 갔다. 서점에서 이용 시간 제한에 관해 말을 해주지 않자 스스로 룰을 정하곤 세 시간에 한 잔씩 음료를 사 마시기까지 했다. 그것도 여자가 민준에게 말을 해줘서 알았다. 어느 날 서점에 온 지 세 시간째에 커피를 다시 주문하며 여자는 민준에게 이렇게 말했다.

"세 시간 지나서 커피 한 잔 더 시키는 거예요. 이러면 서점에 피해 가는 거 아니죠?"

한동안 여자가 앉아 있는 테이블엔 휴대전화 하나, 메모지 하나만 올려져 있었다. 가끔씩 그녀는 메모지에 뭔가를 적었는데, 대부분의 시간에는 눈을 지그시 감고 부동자세로 앉아 있기만 할 뿐이었다. 그러다가 고개를 까닥까닥하며 조는 것 같기도 했다. 영주와 민준은 나중에야 부동자세로 앉아 있던 모습이 실은 명상하는 모습이었다는 것을 알았다. 조는 것 같던 모습은 명상하다가 정말 잠들었던 거고.

반팔 루즈티에 헐렁한 반바지를 입고 오던 여자는 서늘한 바람이 불기 시작하자 커다란 남방에 보이프랜드핏 긴바지로 갈아입고 나타났다. 대충 입은 것 같은데 어딘가 멋스러운 느낌이 드는 여자의 패션은 우선적으로 편안함을 추구하는 것 같았다. 긴바지를 입고 오던 무렵부터 그녀가 하기 시작한 것은 늘 앉던 자리가 아닌 구석 자리로 옮겨 수세미를 뜨는 거였다. 남에게 피해주는 것을 끔찍이도 싫어하는지 여자는 수세미를 뜰 때에도 영주에게 물어왔다.

"제가 여기에서 뭘 좀 만들 건데 괜찮나요? 말없이 만들기만 할 거예요. 여기에 피해 가지 않겠죠?"

손님을 부담스럽게 쳐다보면 안 된다는 것이 서점의 제1수칙이었지만 영주는 그녀에게만은 이 수칙을 지키지 못했다. 그놈의 수세미 때문이었다. 여자가 몇 시간이고 앉아 수세미를 뜨는 모습을 영주는 넋 놓고 바라보곤 했다. 손바닥만 한 수세미가 하루에 한 개씩, 어쩔 때는 두세 시간 만에 한 개씩 뚝딱 완성됐다. 그즈음 영주는 그녀의 이름이 정서라는 것을 알게 됐다.

정서는 수세미를 뜨는 틈틈이 눈을 감고 한참을 가만히 앉아 있었는데, 물론 이것도 명상이었다는 걸 나중에 정서에게 들어서 알았다. 수세미 모양은 다양했다. 영주는 특히 식빵 모양 수세미가 마음에 들었다. 식빵 껍질은 갈색으로, 식빵 속은 바닐라색으로 표현한 것은 탁월한 선택 같았다. 멀리서 보면 테이블 위에 방금 오븐에서 막 꺼내온 식빵 하나가 올려져 있는 것처럼 보였다. 정서는 말 한마디 없이 수세미를 만들고 또 만들었다. 수세미를 뜨다가도 잊지 않고 세 시간에 한 번씩 음료를 주문했다.

정서가 수세미를 뜬 지 한 달이 넘어가던 시점부터, 영주는 정서가 지금껏 만든 수세미가 몇 개일지 궁금해졌다. 정서 집에 쌓인 수세미 더미의 모습이 어른거리기까지 했다. 수세미 더미 사이사이에 식빵 수세미의 껍질 부분이 탐스럽게 박혀 있는 모습이 절로 그려졌다. 하지만 영주는 정서에게 아무것도 묻지 않았고, 정서는 계속 수세미를 만들었으며, 그러다 며칠 전 정서가 뚱뚱한 종이 백을 껴안고 서점에 들어오더니 영주에게 말했다.

"휴남동 서점에 수세미 기증하고 싶은데 어떻게 하면 되나요?"

수세미 이벤트는 무사히

정서가 기증한 수세미를 테이블에 올려놓고 세 사람은 짧은 회의를 했다. 아무런 대가 없이 수세미를 기증한 정서의 마음이 예쁘니 수세미로 수익을 내진 않기로 했다. 그렇다면 길게 고민할 것도 없었다. 서점에서 수세미 이벤트를 여는 데 세 사람 모두 찬성했다.

화요일 오후 6시 30분 / 인스타그램 문구
휴남동 서점에서 이번 주 금요일에 이벤트를 엽니다. 서점에 오는 모든 분들 수세미 하나씩 가져가세요! 직접 만든 수제 수세미입니다. 하트, 꽃, 물고기, 식빵 등 다양한 모양의 귀여운 수세미예요. 한정 수량이라 아무래도 선착순이 되겠네요. 헛걸음하지 않게 수시로 수량 업데이트하겠습니다. 금요일엔 휴남동 서점, 그리고 수세미와 함께:)
#휴남동서점 #동네책방 #동네서점 #동네서점이벤트 #수세미안쓰는사람_

아무도없어 #수세미를이벤트로걸다니 #수세미만든사람은누구 #금요일이
기다려집니다

금요일 오후 1시 4분 / 인스타그램 문구
오늘 오시면 수세미 드려요. 서점을 찾아주시는 모든 분께 드려요. 수량은
70개 한정이에요:)
#휴남동서점 #동네책방 #동네서점 #동네서점이벤트 #70개한정수세미가
지러오세요 #책안사도드려요

금요일 오후 5시 2분 / 인스타그램 문구
수세미가 이렇게 인기 있을 줄 몰랐어요. 남은 수량 33개:)
#휴남동서점 #동네책방 #동네서점 #동네서점이벤트 #불금엔수세미

수세미 이벤트는 생각보다 반응이 좋았다. 정서가 수세미 뜨는
모습을 넋 놓고 바라보던 영주처럼 손님들은 귀여운 수세미를 넋 놓
고 바라봤다. 오늘 영주는 책에 관한 질문보다 수세미에 관한 질문
을 더 많이 받았다. 수세미를 사 쓰기만 했지 만들어서 쓰는 건 생
각해보지도 못했다는 손님이 대부분이었다. 수세미를 만들려면 어
떻게 해야 하는 거냐는 질문에는 정서가 미리 일러준 대로 알려주
었다.
　영주는 마음을 간질이는 재미있고 독특한 아이디어에 손님들이
반응한다는 걸 오늘 배웠다. 작고 귀여운 것을 손에 든 기쁨 때문인
지 손님들은 기꺼이 돈을 썼다. 책을 사고 수세미를 가져간 손님보

다 수세미를 가져가면서 책을 산 손님이 더 많았다. 그렇다고 이런 이벤트를 자주 연다면…… 그럼 반응이 점점 사그라들겠지. 서점 본연의 색깔에 집중하면서 가끔씩 흥미로운 색을 더해야 한다.

이벤트가 무르익던 늦은 오후, 서점에선 네다섯 명의 손님이 조용히 책을 읽고 있었다. 드디어 잠시 시간이 났다. 영주는 창가 테이블을 향해 걸어가며 그곳에 앉아 있는 민철을 바라봤다. 오른손으로 턱을 괸 채 창밖을 보고 있는 모습이 언뜻 새장에 갇힌 아기 새 같았다. 누가 저 아이를 새장에 집어넣었을까. 아이는 알까. 새장 문을 안에서도 열 수 있다는 걸. 영주는 지금 영주가 하려는 일이 세상에서 가장 섬세함을 필요로 하는 일이라고 느꼈다. 아이가 직접 새장 문을 열도록 도와주는 것. 아이를 움직이게 하는 것.

테이블 위에는 영주가 지난주에 준 『호밀밭의 파수꾼』이 놓여 있었다. 영주가 다가가자 자세를 바로잡는 민철의 분위기로 보아 영주의 추천은 이번에도 실패인 것 같았다. 그녀는 이젠 정말 사회 부적응자 고딩의 독백이 가득한 저 책은 추천하지 않으리라 다짐했다.

"책 안 읽었지? 내용이 별로였어?"

영주가 민철 맞은편에 앉으며 물었다.

"아, 그건 아니에요. 이 책 좋다는 건 저도 알아요."

민철이 다소곳한 자세로 대답했다.

"어려웠어?"

영주는 괜스레 책을 만지작거렸다.

"서점 이모, 이 책에서 첫 대사가 언제 나오는지 아세요?"

지난주에 민철은 영주를 서점 이모라고 부르기로 했다.

"언제 나오는데?"

영주는 멈칫하며 책을 펼쳤다.

"소설 시작하고 7페이지째에 나와요."

민철의 목소리는 비 오는 날 비가 온다고 말하는 것처럼 무덤덤했지만, 영주는 그 목소리에서 원망의 기색을 읽은 것만 같았다. 민철이 영주의 생각을 눈치챈 듯 주저하며 말했다.

"죄송해요. 제가 이런 책을 읽어본 적이 없어서요. 교과서도 겨우 읽는데요."

지난주에 민철이 서점으로 영주를 보러 왔다. 민철 엄마와 민철 사이에 합의가 있었다는 걸 영주는 미리 알고 있었다. 민철이 일주일에 한 번 서점에 들러 영주가 읽으라는 책을 읽는다면 민철이 학원을 안 가도, 집에서 몇 시간이고 뒹굴어도 민철 엄마가 잔소리하지 않겠다는 것이 합의 내용이었다. 이 얘기를 처음 듣고 영주는 강력히 거절 의사를 밝혔다. 부담스러웠다. 아이도, 조카도 없는 영주가 남의 집 교육에 어떻게 관여할 수 있을까. 죄송하지만 할 수 없겠다는 영주의 말에 민철 엄마가 영주의 손을 잡았다.

"영주 사장이 부담 느끼는 것도 이해해."

민철 엄마는 잡았던 손을 놓고는 아이스아메리카노를 쭉 빨아 마셨다.

"그냥 서점에 오는 손님들 책 추천해주는 정도로만 생각해주면 어떨까? 나도 딱 그 정도만 바라는 거야. 내가 중간에 끼어서 그렇지 그냥 민철이를 일주일에 한 번 서점에 들르는 고딩이라고 생각해 줘. 한 달만 해보자. 딱 네 번만. 그냥 애한테 좋은 책 한 권씩만 추천해줘. 우리 말은 도통 듣지를 않아서 그래. 요즘 부모들이 이렇게 무능력해. 자기 애를 어쩌질 못해."

영주는 하루 만에 생각을 바꿔 민철을 만나기로 했다. 일주일에 한 번 서점을 찾아오는 고딩이라……. 실제 그런 고딩이 있다면 영주는 부담은커녕 마냥 예뻐하기만 할 것 같았다.

영주는 『호밀밭의 파수꾼』을 들고 의미 없이 페이지를 넘기며 고등학생이 읽을 만한 책이 뭐가 있을지 머리를 굴렸다. 그때, 민철이 책을 가리키며 말했다.

"서점 이모는 제가 그 책을 어떻게든 읽어야 한다고 생각하세요?"

"응?"

"그렇다면 일주일 동안 한 번 더 노력해볼게요. 익숙하지 않아서 어렵다고 느끼는 걸 테니까요."

또박또박 말을 하는 민철을 보며 영주는 문득 생각했다. 이 아이가 그저 새장에 갇힌 아기 새로만 살고 있는 건 아닐지도 모르겠다고.

"그럴지도 모르지. 그런데 할 수 있겠어?"

"뭘요?"

민철이 커다란 눈을 크게 떴다.

"읽는 노력."

"하면 하겠죠."

"음…… 나는 너무 노력하는 건 별론데."

"노력하지 않는데 원하는 결과가 나올 리가 없잖아요."

"그걸 아는 애가 그렇게 무기력하게 지내?"

영주가 다 들어 알고 있다는 듯 슬쩍 민철을 떠봤다.

"머리로 아는 것과 행동하는 건 다르니까요."

민철은 아무렇지 않게 영주의 말을 받았다.

처음 만났을 때부터 영주는 민철에게 정이 갔다. 민철은 어렸을 때의 영주와 비슷한 구석이 있었다. 답답증을 앓고 있지만 원인을 모른다는 것이 그랬다. 어린 영주가 답답증을 풀기 위해 미친 듯이 공부에 전념했다면, 민철은 답답증을 풀기 위해 멈춰 섰다. 어쩌면 민철이 영주보다 더 영리한 몸을 가지고 있는지도 몰랐다. 지금 민철은 제 몸의 방향키를 점검하고 있는 건 아닐까. 영주는 이제야 하고 있는 것을.

영주는 일을 하는 사이사이 민철과 대화를 이어갔다. 민철은 창밖을 뚱하게 바라보고 있다가 영주가 오면 영주를 바라봤다. 그는 피하는 기색 없이 영주가 하는 질문에 찬찬히 답했다. 민철은 영민했고 심지어 유쾌했다. 조심스러운 태도 뒤엔 장난꾸러기 면모도 있었다. 민철과 대화한 끝에 영주는 계획을 바꾸기로 했다. 영주는 테이블 위로 상체를 기울여 민철과 거리를 좁히면서 말했다.

"우리 작전을 좀 세우자."

"어떤 작전요?"

민철이 다가오는 영주에 당황한 듯 몸을 살짝 뒤로 빼며 물었다.

"책은 읽지 말기로 하자. 대신 일주일에 한 번 여기 와서 나랑 이야기만 해. 너희 엄마가 너한테 책 주라고 주신 돈이 있거든. 그건 한 달 뒤에 내가 엄마한테 돌려드릴게. 우선 한 달간은 비밀이야. 알았지?"

"그럼 책 안 읽어도 돼요?"

오늘 본 이래 가장 밝은 표정으로 민철이 물었다.

금요일 오후 8시 30분 / 인스타그램 문구

수세미 가져가신 분들! 오늘 저녁 사용해보셨나요? 이제 남은 수량은 4개.
남은 수세미는 서점 주인장과 바리스타의 부엌에서 사용하도록 할게요. 오
늘 하루 저희 서점을 찾아주신 모든 분들 감사합니다:)

#휴남동서점 #동네책방 #동네서점 #동네서점이벤트 #수세미이벤트끝

#오늘도모두수고하셨어요 #좋은밤되세요 #푹쉬는밤되세요

여느 날 같지 않게 민준은 미적거리고 있었다. 퇴근할 시간이 다
되었는데도 행주를 손에서 놓지 않았다. 괜히 영주 쪽을 보며 한 번
닦은 컵을 또 닦고, 한 번 닦은 커피머신도 또 닦았다. 보아하니 영
주는 오늘 야근을 할 것 같았다. 일이 많은 날엔 같이 일을 하고 빨
리 집에 가는 게 낫지 않을까 민준은 생각했다. 민준도 이제 웬만한
서점 일은 할 수 있으니까. 하지만 그렇다고 스스로 초과근무를 하
겠다고 나설 수도 없는 노릇이었다. 수당엔 칼 같은 사장이니 일을
더 하겠다고 말하는 건 마치 돈을 더 달라고 말하는 것과 같았다.
결국 망설이다가 민준은 가방을 멨다. 잠시 서서 고민하다가 바 테
이블을 올리며 영주에게 물었다.

"사장님, 오늘 야근하세요?"

"아…… 조금 더 있다가 가야 할 것 같아요."

영주가 노트북으로 향하던 시선을 들어 민준을 봤다.

"왜요?"

"혹시 일 많으면 제가 도와드릴게요. 초과근무라기보다 제가 오늘 집에 들어가기가 싫어서요."

"어! 나랑 같네요. 나도 오늘 집에 들어가기 싫어서 남아 있는 건데."

"정말요?"

"거짓말이에요."

영주가 장난스럽게 웃으며 말했다.

"걱정할 만큼 일 많지 않아요. 이따가 지미 언니가 집으로 오기로 했거든요. 그 전에는 갈 거랍니다. 그래 봤자 한 시간 야근."

이렇게까지 말하는데 함께 야근을 하자고 더 말하기도 뭐했다. 민준은 영주를 잠시 바라보다가 가볍게 목 인사를 했다.

"그럼 저 먼저 가볼게요."

"네, 민준 씨. 내일 봐요."

금요일 오후 9시 47분 / 인스타그램 문구

가을은 남자의 계절이라고들 하잖아요. 봄은 여자의 계절이고요. 호르몬의 영향 때문이라고 해요. 가을가을한 요즘, 남자분들 괜찮으십니까! 가을은 식욕이 폭발하는 계절이기도 하죠. 그래서인지 요즘엔 퇴근할 때만 되면 배가 너무 고파요. 그렇다고 마구마구 먹기만 할 수 없으니 쿡방을 보듯 음식이 가득한 소설을 읽습니다. 요즘 제가 읽고 있는 소설은 라우라 에스키벨의 『달콤 쌉싸름한 초콜릿』이에요. 책 읽기 전에 동명의 영화를 보시

는 것도 강추합니다:)

#휴남동서점 #동네책방 #동네서점 #배고플땐쿡방소설 #라우라에스키벨
#달콤쌉싸름한초콜릿 #책읽다가저도이제퇴근합니다 #여러분내일봐요

민준이 조금 달라진 것 같다고 생각하며 집 앞에 도착한 영주에게, 지미가 쪼그리고 앉아 있는 모습이 보였다. 지미의 오른손엔 맥주 캔 여섯 개들이가, 왼손엔 분명 각종 치즈가 가득 담겼을 종이 봉지가 쥐여 있었다. 영주가 "언니!" 하고 부르자 지미가 양손에 아령을 든 사람처럼 끙 소리를 내며 일어났다. 영주가 봉지 하나를 받아 들었다.

"뭘 이렇게 많이 사 왔어요."

"많이는 무슨. 어차피 내가 다 먹을 건데."

"그런데 정말 오늘 자고 가도 돼요?"

"당연히 되지. 그분도 새벽에나 집에 들어갈 거야. 난 이제 정말 모르겠어."

영주와 지미는 안주를 맛있게 담은 접시를 바닥에 대충 내려놓고 그 양옆에 사이좋게 모로 누웠다. 맥주를 마실 땐 자세를 바로잡고 앉아 마셨지만 맥주를 마시고 나선 다시 편한 자세로 눕길 반복했다. 영주가 집을 꾸밀 때 무엇보다 신경 썼던 조명이 아무렇게나 누워 있는 두 여자의 모습도 제법 근사하게 꾸며주었다.

"너네 집은 조명만 좋아." 핀잔을 주는 지미에게 영주는 "책도 많은데" 하고 대꾸했다.

"책은 너나 좋지." 또 지미가 핀잔을 주자 영주는 "이 집은 주인도 꽤 괜찮아요" 하고 대꾸했다.

"너도 너나 좋지."

지미가 쐐기를 박듯 통을 주자 영주가 벌떡 일어나 맥주를 들이켜며 대꾸했다.

"언니, 정말 그런 것 같아요."

"뭐가 또 그런 것 같아?"

지미가 누운 자세로 치즈를 먹으며 눈을 흘겼다. 또, 또 진지해진다, 그만 좀 진지해져라, 하는 표정으로.

"그냥 요즘엔 그런 생각이 많이 들어요. 나라는 존재가 나에게나 좋지 남에게는 정말 영 아니다, 라고요. 가끔은 나라는 존재가 나에게도 썩 좋지 않긴 한데, 그래도 참을 만은 하거든요, 난."

"너도 참 문제다."

지미가 팔로 몸을 지탱하며 일어나 앉았다.

"이 세상에 안 그런 사람이 어딨어? 나라고 뭐 남에게 그리 좋은 사람이겠어? 내가 이 생각 하나 붙잡고 지금껏 버텨오고 있는 거잖아. 내가 그 사람을 못 견뎌 하는 만큼 그 사람도 날 못 견뎌 하는 건 아닐까, 피장파장 아닐까."

"자기 자신을 사랑할 줄 알면서 남에게 해도 끼치지 않는 사람이 이 세상 어딘가엔 있을 거 아니에요?"

영주가 엄지손톱만 한 크기의 네모난 치즈 껍질을 까며 말했다.

"네가 좋아하는 책 속에는 그런 사람이 있디? 혹시 날개는 안 달렸디?"

지미가 톡 쏘듯 묻고는 다시 누워 천장을 바라봤다.

"네가 저번에 그랬잖아. 소설 주인공은 다 조금이나마 어긋난 사람들이라서 결국 보통 사람을 대변한다고. 우린 다 어긋나 있어서 서로 부딪치다 보면 상처를 주고받을 수밖에 없는 거라고. 그렇다는 건 너도 보통 사람이라는 거잖아."

지미가 독백처럼 말을 이었다.

"우리가 다 그런 거지. 다 해를 끼치고 살지. 그러다 가끔 좋은 일도 하고."

"그렇네요."

영주도 천장을 보며 누웠다.

"그런데 언니."

"응?"

"그때 그 손님 기억나요? 식후 독서한다던."

"어, 기억나지. 그 사람이 왜?"

"한동안 안 보이다가 며칠 전부터 다시 와서 책을 이어 읽더라고요."

"그 사람도 참 어지간하다."

"그래서 어제 책을 읽고 나가는 그분에게 말했어요."

"뭐라고?"

"몇 장 읽어보는 것이 아니라 그렇게 긴 시간에 걸쳐 책을 다 읽으면 책이 손상된다고요. 손상된 책은 반품해야 한다고요."

"그랬더니 뭐래?"

"얼굴이 시뻘게져서는 쌩하니 밖으로 나가더라고요. 아무 말도 없이."

"남에게 해를 끼치는 사람이 거기에 또 있네."

"그런데 그 손님이 오늘 온 거예요."

"너를 해치다?"

"아니요. 지금까지 본인이 읽은 책 포함해서 대충 아무 책이나 막 고르더니 열 권 넘게 사 가더라고요. 제 눈은 쳐다도 보지 않으면서요."

"집에 가서 생각했나 보네. 내가 해를 끼쳤구나 하고."

영주가 지미의 말에 작게 웃음을 터트렸다.

"아참, 언니. 저한테 수세미가 하나 있어요."

"무슨 수세미?"

"수제 수세미예요. 식빵 모양이라서 무지 귀여워요. 드릴게요."

"누가 준 건데?"

"우리 서점 단골손님이요. 오늘 수세미 이벤트를 했는데 남은 건 언니랑 저, 민준 씨가 나눠 갖는 거예요."

"민준이는 집에서 밥은 해 먹나?"

"글쎄요."

"똘똘해 보이니까 밥도 해 먹겠지."

"똘똘해 보이는 거랑 밥이랑 무슨 상관인데요?"

"그냥 걔는 밥을 해 먹을 애처럼 보여. 손이 가는 스타일 같지가 않아."

민준은 밥을 다 먹고 설거지를 한 뒤 영화를 한 편 골랐다. 영화를 보면서는 휴대전화 전원을 켜 문자를 확인했다. 별 내용 없는 문자들. 다시 전원을 끄려는 순간 전화가 왔다. 그간 일부러 피해오던 엄마 전화였다. 민준은 영화를 멈춰놓고, 표정을 정리하고, 전화를 받았다.

"어, 엄마."

"왜 이렇게 전화가 안 돼? 핸드폰은 왜 그렇게 꺼놓니?"

엄마가 다짜고짜 물어오는 말에 민준은 옅은 한숨을 내쉬었다.

"아르바이트하면서 전화받기 어렵다고 했잖아. 집에 와서 켠다는 걸 깜빡했어."

"밥은?"

"먹었어."

"몸은?"

"좋아."

"일은?"

"일, 뭐."

"언제까지 아르바이트만 할 거냐고 아빠가 물어보더라."

민준은 의자에서 내려와 벽에 등을 대고 앉았다. 갑자기 짜증이 나 퉁명스럽게 대꾸했다.

"언제까지 아르바이트만 할지를 내가 정하나."

"그럼 누가 정하는데?"

민준은 목소리를 키우며 대답했다.

"나라? 사회? 기업?"

"너 답답한 소리만 계속할래? 아르바이트만 할 것 같으면 집에 내려오라니까! 내려와서 좀 쉬라는데 왜 말을 안 들어. 제대로 쉬어야 다시 뛸 힘이 나지!"

민준은 머리를 벽에 기대고는 아무 말도 하지 않았다.

"왜 말을 안 해?"

"엄마."

"왜?"

민준이 제 자신에게 말하듯 작게 중얼거렸다.

"꼭 뛰어야 하나."

"뭐?"

"난 지금도 괜찮아."

"괜찮긴 뭐가! 에휴, 엄마가 속상해서 잠이 안 온 지가……. 너 거기서 그러고 있는 거 생각하면, 아주! 너 대학 다닐 때 공부에만 전념하게 했어야 했나 얼마나 후회되는 줄 알아? 넌 그때도 괜찮다고만 했어. 난 진짜 괜찮은 줄 알았지!"

엄마의 울먹거리는 목소리를 듣자 민준은 미안해졌다. 그래서 자기는 공부에만 전념하지 못했던 게 후회되는 게 아니라 현명하지 못했던 것이, 이렇게만 하면 무조건 잘될 거라고 광신하느라 이 방법이 맞나 고려해볼 만큼 현명할 수 없었던 것이, 하나의 길만 믿고 달려오느라 다른 길도 있음을 헤아려볼 만큼 현명할 수 없었던 것이 후회된다고 말하려다가 그만뒀다.

"걱정하지 마. 나 잘 지내."

"에휴, 몰라. 엄마는 너를 믿는데, 마음이 좀 안 좋아서 그래."

"알아."

"돈은?"

"있어."

"돈 떨어지면 전화해. 괜히 마음 졸이지 말고."

"그런 일 없어."

"그래, 전화 끊을게. 그리고 핸드폰 좀 켜놔. 알았지?"

"응."

민준은 엄마와 전화를 끊고도 한참을 그 자세 그대로 앉아 있었다.

아주 가끔은 좋은 사람

지미와 해를 끼치는 인간에 대한 대화를 나눈 이후, 영주는 도통 기운이 나지 않았다. 기지개를 억지로 켜며 기운을 내려 해도 몸은 축 처지기만 했다. 괜찮아진 것 같다가도 지금처럼 다시금 무너져 내릴 때가 있었다. 양 손바닥으로 두 뺨을 두드리거나 서점 밖을 서성이거나 노랫말을 흥얼거리며 애써 과거에서 빠져나와도 그때뿐이었다.

영주는 엄마가 그녀에게 퍼부었던 말들이 떠오르자 눈을 질끈 감았다. 엄마는 처음부터 마지막 순간까지 영주가 아닌 그의 편이었다. 엄마는 새벽마다 집으로 찾아와 영주가 아닌 그에게 아침밥을 차려주었다. 사위는 말없이 장모의 상을 받으며 장모가 아내를 나무라는 모습을 바라보았다. 장모가 없을 때 그는 그녀에게 괜찮은지 물었다. 그녀는 지금 그게 당신이 나에게 할 소리냐고 되묻지 않았다. 그냥 고개만 끄덕일 뿐이었다.

"지금 네가 얼마나 많은 사람에게 잘못하고 있는 줄 아니?"

엄마는 영주의 어깨를 흔들며 소리 질렀다. 결국 이혼 수속을 밟게 되었다고 말했을 때 엄마는 영주를 거의 때릴 뻔했다. 영주는 그날 이후로 엄마를 보지 못했다.

'내가 엄마한테 잘못한 게 뭔데?'

영주는 그녀가 얼마나 많은 사람에게 잘못하고 있는 줄 아느냐고 묻던 엄마의 말이 떠오를 때마다 내가 엄마한테 잘못한 게 무어냐고 속으로 따박따박 대들었다. 아무리 대들어도 마음에 박힌 가시를 빼내지는 못했다. 가슴 여기저기가 멍든 것처럼 쓰리고 아팠다. 엄마 생각을 하고 난 뒤엔 꼭 이 세상에 영주 편이 아무도 없다는 생각이 덮쳐왔다. 이렇게 생각이 곤두박질칠 땐 가만히 앉아 다른 생각, 영주를 끌어올려줄 다른 생각을 불러오는 수밖에 없었다. 쉽지 않더라도 그래야 했다.

다행히 오늘은 정서가 있었다. 영주는 급한 일이 없는 걸 확인하고는 정서 앞에 앉아 그녀가 뜨개질하는 모습을 구경했다. 수세미를 기부한 이후로도 정서는 거의 매일 찾아와 자리를 차지했다. 얼마간 멀거니 앉아 있기만 하더니 뜨개질을 시작한 지는 며칠 되지 않았다. 목도리를 뜨는 거냐는 질문에 그렇다는 대답이 돌아왔다. "너무 긴 건 별로"여서 "두 번 감으면 짧게 묶을 수 있는 목도리를 뜰" 생각이랬다.

영주가 너무 밝지도 너무 어둡지도 않은 회색 목도리를 만지며 말했다.

"모양이……."

"기본이에요. 처음엔 기본. 기본을 먼저 손에 익혀야 나중에 변형이 쉽더라고요."

영주는 고개를 끄덕이며 목도리를 쓰다듬었다.

"색이 예뻐요. 어디에든 어울리는 회색이에요."

정서는 바늘을 리드미컬하게 움직이면서 영주를 보지 않고 대꾸했다.

"색도 기본으로 시작했어요. 회색이 어느 옷에든 맞추기 쉽잖아요."

영주는 정서의 대답에 또 고개를 끄덕였다. 영주는 목도리를 손에서 놓고 턱을 편히 괴고는 정서의 손을 바라봤다. 바늘을 꿰고 실을 두르고 바늘을 빼는 일련의 과정이 심장박동처럼 규칙적으로 이어졌다. 누가 찾기 전까지는 계속 이대로 앉아 목도리가 완성되는 과정을 지켜볼 요량이었다. 영주는 가능하기만 하다면 목도리가 완성되는 순간을 놓치고 싶지 않았다. 그 순간을 함께할 수 있다면 세상에 나 혼자만 남은 것 같은 이 끔찍한 기분에서 벗어날 수 있을 것 같았다.

목요일 오후 10시 23분 / 블로그

저는 가끔 제가 쓸모없는 인간인 것처럼 느껴져 절망하곤 해요. 특히 저에게 호의를 베풀고, 관심을 주고, 사랑을 주던 사람들을 불행하게 만들었을 때 이런 생각이 많이 들어요. 주변 사람들을 불행하게 하는 사람만큼 불필요한 사람이 있을까, 나는 기어코 타인에게 상처를 주고 마는 사람인가, 나는 겨우 이 정도의 사람인가 싶어 마음이 마비가 돼요.

마비 끝에 나는 그저 평범한 사람이라는 결론에 다다르곤 해요. 아무리 애를 써서 나아가려 해도 종착지는 평범한 인간일 뿐인 거죠. 평범한 인간 종에 속하는 나는 불가피하게 타인을 슬프게도 아프게도 하는 것일 뿐이라는. 우리는 웃음을 주고받는 동시에 아픔도 주고받을 수밖에 없는 거라는.

그래서 『빛의 호위』 같은 소설을 읽으면 안도가 돼요. 나의 작은 호의가 누군가에겐 '나는 당신 편이에요'라는 말로 들린 적이 있지 않을까. 우리는 부족하고 나약해서 평범하지만, 평범한 우리도 선의의 행동을 할 수 있다는 면에서 아주 짧은 순간 위대해질 수 있지 않을까.

소설 속 권은이란 이름을 지닌 아이에게 유일한 친구는 태엽을 돌리면 1분 30초 동안 눈을 뿌리는 스노볼이에요. 엄마도, 아빠도 없이 배를 곯으며 혼자 살아가는 권은은 꿈이 무서워 잠을 자지 못해요. 그래서 1분 30초 동안 눈이 내리는 스노볼을 바라보다가, 멜로디가 끝나면 재빨리 이불을 뒤집어쓰곤 했어요. 꿈 없이 잠을 자게 되길 바라면서요. 초등학생 아이는 두려움에 떨며 이렇게 바랐어요.

"이 방을 작동하게 하는 태엽을 이제 그만 멈추게 해달라고, 내 숨도 멎을 수 있도록." (조해진, 『빛의 호위』, 창비, 2017, 27페이지.)

그런 아이에게 소설 화자이자 같은 반 반장인 '나'가 나타나요. 아직 어린 '나'는 권은의 외로움과 가난함이 이질적으로 느껴져 두려워하면서도, 그 아이를 혼자 두는 데 죄책감을 느껴요. 그래서 어느 날 집에서 필름 카메라 하나를 훔쳐 권은에게 가져다줘요. 그 카메라를 팔아서 뭘 좀 사 먹으라고요. 팔라고 준 카메라가 죽음을 바라던 아이에게 빛이 돼준 거예요.

"반장, 사람이 할 수 있는 가장 위대한 일이 뭔지 알아? 편지 밖에서 나는 고개를 젓는다. 누군가 이런 말을 했어. 사람을 살리는 일이야말로 아무나 할 수 없는 위대한 일이라고. 그러니까…… 그러니까 내게 무슨 일이 생기더라도 반장, 네가 준 카메라가 날 이미 살린 적이 있다는 걸 너는 기억할 필요가 있어." (조해진, 『빛의 호위』, 창비, 2017, 27~28페이지.)

'나'는 평범해요. 거울을 보며 "그래서 넌, 지금 행복하니?"라고 묻고는 아무 대답도 하지 못하는 우리처럼요. '나'는 권은을 잊고 지내요. 시간이 훌쩍 지나 권은을 다시 봤을 때도 알아보지 못해요. 우리 반에 가난한 아이가 있었다는 것도, 그 아이를 몇 번 찾아갔었다는 것도, 카메라를 줬다는 것도 잊고 지내요. 하지만 '나'가 어릴 적 했던 행동은 권은의 삶에서 지워지지 않았어요. 권은은 '나' 덕분에 살아갈 힘을 냈어요. 권은에게 '나'는 생명의 은인이자 위대한 사람이었던 거예요.

책을 덮으며 생각했어요. 내가 부족한 사람이라는 생각에만 골몰하지 말자. 그럼에도 내겐 여전히 기회가 있지 않은가. 부족한 나도 여전히 선한 행동, 선한 말을 할 수 있지 않은가. 실망스러운 나도 아주, 아주 가끔은 좋은 사람이 될 수 있지 않은가 하고요. 이렇게 생각을 하니 조금 기운이 나네요. 앞으로의 날들이 조금 기대도 되고요.

모든 책은 공평하게

　몇 년째 보지도 못한 엄마와 마음속으로 다투는 것만으로도 영주는 벅찼다. 그녀는 마음속 파도를 잠재우는 데 온 에너지를 다 쓰고 있었다. 몸을 둔하게 움직이며 어디 아픈 사람처럼 서점을 서성이던 영주에게 민준의 의기소침한 모습은 보이지 않았다. 제 문제에 깊이 함몰돼 있는 사람은 제아무리 이타적인 사람일지라도 결국 타인에게 무심해질 수밖에 없다.

　마음을 다잡아야 하는 건 결국 서점 때문이었다. 급하지 않다고 미뤄두었던 일들이 오늘은 급하게 처리해야 할 일들이 되었다. 영주는 오전 10시에 출근해 주문 도서를 확인하고, 밀린 장부를 정리하고, 택배 보낼 책들을 추리고, 새로 들여온 책들의 소개글을 작성하고, 그러면서 아직 읽지 못한 이번 주 독서 모임 책을 조급한 마음으로 바라봤다.

영주는 언제 굼뜨게 행동했는지도 기억나지 않을 정도로 쉴 틈 없이 바쁘게 하루를 보냈다. 해야 할 일을 찾아내 순식간에 척척 해결해내는 영주의 능력이 제대로 발휘된 날이었다. 만약 예전에 영주와 함께 일하던 사람들이 이런 그녀를 봤다면 "그럼 그렇지. 사람이 어디 그리 쉽게 변하나"라며 그녀를 놀려먹을지도 몰랐다. 하지만 그때 영주를 알던 사람들 중 지금 그녀와 연락하고 지내는 사람은 한 명도 없다.

영주가 바빠 서점 일을 하는 동안 정서는 파란색 목도리를 뜨고 있었다. 영주를 찾아온 민철은 영주를 기다리면서 정서의 뜨개질을 구경했다. 정서는 맞은편에 앉아 뚱한 표정으로 뜨개질을 구경하고 있는 이 교복 입은 친구가 귀엽다고 느꼈다. 할 거 없으면 유튜브나 볼 것이지 얘는 왜 여기 이러고 있는 거지?

"너 이런 거 좋아해?"

정서가 넋을 놓고 뜨개질을 구경하고 있는 민철에게 물었다.

"이런 거요?"

민철이 테이블에 올려두었던 두 팔을 거두며 정서를 봤다.

"묻고 보니 나도 무슨 뜻인지 모르겠네. 그냥 왜 여기에 있냐는 질문이었어."

"일주일에 한 번 서점에 와서 서점 이모하고 얘기해야 해요. 그래야 엄마가 잔소리를 안 한대요."

민철이 순순히 자신의 상황을 설명했다.

"서점 이모는 영주 언니겠고, 엄마가 왜 잔소리를 하는지 묻고 싶진 않고. 뭐, 암튼, 보고 싶으면 계속 봐. 하고 싶으면 말하고."

"뜨개질요?"

"응. 한번 해볼래?"

정서가 손을 멈추고 묻자 민철은 잠시 고민하다 고개를 저었다.

"아니요. 그냥 구경만 할게요."

"그럼, 그러든가."

민철은 다시 두 팔을 테이블 위에 겹쳐 올려놓고 파란색 목도리가 정서의 손놀림에 의해 규칙적으로 움직이는 모습을 바라봤다. 목도리가 움직일 때마다 마치 민철 쪽으로 꿈틀꿈틀 기어 오는 것처럼 느껴졌다. 정서의 손놀림은 일정한 속도로 유지됐고, 민철의 눈도 일정한 속도로 정서의 손을 따라갔다. 민철은 뜨개질하는 걸 바라보고 있는 것만으로도 이토록 마음이 편안해질 수 있다는 게 놀라웠다. 언젠가 유튜브에서 음식이 만들어지는 과정을 20분 동안 집중해서 본 적이 있었다. 영상 속 인물이 자연에서 재료를 직접 구하고, 그것을 한 달간 묵힌 다음, 매우 복잡한 단계를 거쳐 먹음직스러운 음식으로 만들어내는 과정. 그것이 너무 신기하고 재미있어, 민철은 영상을 몇 번이나 반복해서 봤다. 지금도 딱 그때의 기분이었다. 이게 뭐라고 자꾸 보고 싶었다.

그렇게 계속 정서의 규칙적인 손놀림을 따라가다 보니 마치 최면술사가 회중시계로 민철의 정신을 쏙 빼놓고 있는 것도 같았다. 최면술사가 민철에게 말했다.

"괜찮다, 다 괜찮다."

민철은 살짝 졸았다. 그러다가 졸음을 한 번에 몰아내더니 무언가 깨달았다는 듯한 목소리로 말했다.

"저 처음 봐요."

"뭘?"

"뜨개질하는 거요."

"요즘 다 그렇지."

민철은 말없이 계속 뜨개질을 구경하다가 다시 정서에게 말을 붙였다.

"이모."

"나도 이모야?"

"그럼 어떻게 불러드릴까요."

정서가 뜨개질을 멈추고 생각해봤다.

"너랑 나랑 피 한 방울 안 섞였는데 이모라고 불리기도 애매하네. 그렇다고 누나라고 불리기도 싫고. 아줌마는 더 싫고. 우리나란 이게 문제야. 많고 많은 2인칭 대명사 중에 네가 날 부를 만한 게 없잖아?"

"……."

"뭐…… 영주 언니도 이미 이모로 불리고 있고, 생각해보니 피가 뭐 대순가 싶네. 그래, 우리나란 혈연이란 것도 참 문제야. 내 가족만 잘된다고 하면 그저 다들 물불 안 가리고 괴물이 돼서 막! 부끄러움도 못 느끼고 그냥 막 다! 흠…… 그냥 이모라고 불러."

"네……."

"근데 나 왜 불렀어?"

"저 다음에도 뜨개질하는 거 구경해도 돼요?"

민철이 굉장히 중요한 걸 묻는다는 듯이 간절한 표정으로 말하

자 정서는 귀엽다는 듯 민철을 힐긋 쳐다보고는 짐짓 허락해준다는
표정으로 고개를 끄덕였다.

"대신, 자리싸움은 해야 할 거야."

"왜요?"

"원래 거기 너네 서점 이모 자리거든."

영주가 미뤄두었던 일들을 능숙하게 처리하며 서점 일에 몰두
하는 동안 민준은 크게 티 나지 않을 만큼 방황하고 있었다. 커피
주문이 없을 때면 어김없이 영주 곁으로 다가와 팔을 걷어붙이고
영주를 도왔고, 영주를 다 도왔다 싶으면 대청소를 하듯 서점 구석
구석을 닦고, 에스프레소머신을 닦고 또 닦고, 컵도 닦고 또 닦고,
카페 테이블 위치를 바꾸고, 책들도 편집증에 걸린 사람이 지나간
것처럼 열을 맞췄다. 영주도 그런 그를 의식하고는 있었지만, 크게
개의치는 않았다.

큰불은 다 껐고 이젠 소소하게 처리할 일만 남았다. 영주는 과
일을 깎아 민준과 정서, 민철에게 가져다주고는 자리에 앉았다. 사
과를 먹으며 결정해야 할 건 자와할랄 네루의 『세계사 편력』을 과
연 몇 권 들여놓아야 할지였다. 영주는 주문한 책은 최대한 반품하
지 않았다. 그러니 애초에 잘 판단해 주문해야 했다. 그런데 이번 같
이 과거의 통계가 아무것도 말해주지 않는 경우엔 막연하게 추측할
수밖에 없었다. 이 책을 찾는 흐름은 얼마나 지속될까.

오늘 오후 서점 오픈 시간에 맞춰 전화가 걸려왔다. 네루의 『세
계사 편력』이 있느냐 묻는 전화였다. 있다고 했더니 저녁때 퇴근하
면서 받아가겠다며 손님은 이름과 전화번호를 남겼다. 영주는 전화

를 끊자마자 얼른 책을 책장에서 빼 와 예약 책을 꽂아놓는 책장에 옮겨두었다. 무려 2년 만이었다. 책을 들여놓은 지 2년 만에 처음으로 팔렸다!

책이 팔리면 그 책을 또 들여놓을지 말지 고민이 시작된다. 이 책은 고민할 필요 없이 무조건 다시 들여놓고 싶은 책이었다. 그래서 손님이 책을 찾아가면 바로 주문을 넣으려고 생각을 해두었는데, 방금 그 책을 찾는 전화를 또 받은 것이다. 2년 동안 한 권도 안 팔린 책이 하루에만 두 권이 팔린 거야, 하고 영주는 중얼거렸다. 그러고는 무슨 생각이 났는지 급히 자리에 앉아 인터넷 창에 '세계사 편력'을 검색했다. 아니나 다를까, 한 예능에서 이 책이 언급됐다는 기사가 떴다.

가끔 있는 일이었다. 어느 드라마에서 어느 주인공이 읽던 책, 어느 예능에서 어느 유명 인사가 언급한 책, SNS에서 어느 연예인이 들고 있던 책. 이런 식으로 홍보된 책은 아무래도 찾는 손님이 늘었다. 때론 이렇게 홍보된 책이 반짝 베스트셀러가 되기도 했다. 책은 '발견성'이 중요하다고 한다. 맞는 말이다. 텔레비전을 보던 시청자가 어떤 책을 발견해 그 책을 읽게 되었다면, 그 책이 어떤 책이냐는 차치하고 영주는 좋은 일이라고 생각했다.

하지만 서점을 운영하는 입장에선 새롭게 발견된 그 책 때문에 난처해질 때가 있었다. 어느 드라마에서 어느 주인공이 읽었다고 해서, 어느 유명 인사가 그 책을 좋아한다고 해서, 그 책을 휴남동 서점에 무턱대고 들여놓을 수는 없었다. 영주는 책을 입고할 땐 다음의 세 가지를 주요 기준으로 따졌다. '1. 그 책은 좋은 책인가', '2.

그 책을 팔고 싶은가', '3. 그 책은 휴남동 서점과 잘 어울리는가'. 딱 보기에도 정성적인 기준이라서 아마 다른 사람들이 볼 땐 '사장 마음대로'라고 생각할 수도 있을 것 같다. 하지만 영주에겐 매우 중요한 기준이었다. 영주가 서점 일을 즐겁게 하기 위해서.

평소에는 책을 들여놓는 기준을 두고 큰 고민을 하진 않는다. 정말이지 '사장 마음대로' 들여놓기 때문이다. 그런데 오늘처럼 크게 이슈 된 책이나 베스트셀러 책을 놓곤 어쩔 수 없이 고민이 됐다. 그럴 땐 이번만 '4. 그 책은 잘 팔리겠는가'를 추가해야 할지 망설여졌다. 영주가 팔고 싶은 책과 잘 팔릴 책이 같지 않을 때가 있었다. 4번의 유혹은 꽤 강렬해서 서점 오픈 초반엔 거센 물살에 밀려 어딘지 모를 땅에 불시착한 사람처럼 막막한 마음으로 책을 들여놓을 때도 있었다.

"『○○○』 책 있나요?"

"아니요, 저희는 없어요."

"저희는 없어요" 하고 대답하기 지쳐갈 즈음 울며 겨자 먹기로 책을 들여놓았고, 역시나 그 책은 잘 팔렸다. 그런데 영주가 문제였다. 그 책을 볼 때마다 가슴이 답답해져왔다. 먹기 싫은 음식을 억지로 먹을 때면 그 음식이 철저히 미워지듯, 그 책이 미워지기까지 했다. 그래서 굳세어지기로 결심했다. "저희는 없어요" 하고 수십 번, 수백 번 말해도 끝까지 지치지 않기로. 대신 손님들이 휴남동 서점에서 생각지도 못한 책을 '발견'해낼 수 있도록 좋은 책을 열심히 들여놓자고.

이제는 아무리 잘나가는 책이라 해도 영주가 아니라고 생각하면 그 책을 들여놓지 않는다. 들여놓았다고 해도 그 책에 더 좋은 자리를 내주지도 않는다. 어느 책이든 자기에게 잘 어울리는 자리가 있다고 믿고, 그 자리를 잘 찾아주는 게 영주의 몫이라고 생각해서다. 책을 들여놓을 땐 어쩔 수 없이 공평하지 않지만, 들여놓은 책은 공평하게 팔고 싶다. 실제 한동안 팔리지 않던 책이 자리를 바꾸면 놀라운 속도로 팔리기도 한다. 동네 서점은 큐레이션이 전부라고도 할 수 있다.

그러니 고민이다. 『세계사 편력』은 몇 권 들여놓아야 할까. 우선 두 권. 위치는 원래 꽂혀 있던 그 자리다. 당장은 아니지만 추후에 이 책을 다른 역사서들과 함께 묶어 이벤트를 해도 좋겠다는 생각이 들었다. 『세계사 편력』은 기존의 유럽 중심 세계관에서 벗어나 제3세계의 시선을 담아낸 의미 있는 책이니, 역사를 다양한 시선으로 보게 해줄 다른 책들과 함께 이벤트를 하면 손님들이 호응해줄지도 몰랐다. 이벤트에 적합한 매대는 두 번째 줄 세 번째 매대로 정했다. 서점을 연 이래 묵직하면서도 긴 호흡으로 읽어야 할 책들은 주로 그 매대에서 이벤트를 했다.

화음 또는 불협화음

엄마 전화를 받은 후부터 민준에게선 일상에 대한 열의가 사라졌다. 집에선 맥없이 누워 있었고, 요가 자세 또한 흐트러졌다. 커피를 내릴 때만 간신히 정신을 붙들었다. 죄의식이 열의를 압박하고 있었다. 민준은 자신이 부모님을 실망시키고 있는 것만 같아 괴로웠다. 그날 엄마의 목소리는 마치 민준이 지금 잘못 살고 있다고 책망하는 듯했다. 아니, 아닐 것이다. 엄마는 그런 사람이 아니니까.

이렇게 한 방에 무너질 걸 어떻게 지금껏 아무렇지 않게 살 수 있었는지 민준 스스로도 의아했다. 그간 무리하지 않고 살았다. 알맞게 벌었고 알맞게 썼다. 가끔 외로웠지만 서점 일을 시작하고부터는 언제라도 이야기 나눌 상대가 있다는 생각에 외로움에 발목 잡힌 적은 없었다. 책으로 둘러싸인 공간을 어렸을 적부터 꿈꾸었던 영주의 말을 민준도 이해하기 시작했다. 민준도 일터에 들어서면 편안함을 느꼈다. 영주 또한 좋은 고용주였다. 가끔은 사장이 너무 옆집 누나 같아서 민준은 자기가 지금 일터에 나와 있다는 사실도 잊곤 했다.

일터에 오면 해야 할 일이 있고 민준은 그 일을 잘했으며 심지어 그 일은 창의적이기까지 했다. 지미의 말처럼 원두는 무한대의 경우의 수로 블렌딩할 수 있었다. 같은 장소에서 같은 방식으로 재배해도 원두 맛은 달라지고, 같은 원두라도 커피 맛은 달라진다. 자연이 하는 일이라서 그렇고, 사람이 하는 일이라서 그렇다. 책을 읽는 일과 커피 내리는 일은 비슷한 점이 꽤 있는 것 같았다. 누구나 쉽게 시작할 수 있다는 점이 그렇고, 하면 할수록 더 빠져든다는 점이 그렇고, 한번 빠져들면 쉽게 헤어나오지 못한다는 점이 그렇고, 점점 더 섬세함이 요구된다는 점이 그렇고, 결국 독서의 질과 커피의 질을 좌우하는 건 미묘한 차이를 이해하는 데서 비롯된다는 점이 그렇다. 결국 독서가와 바리스타는 독서하는 그 자체, 커피 내리는 그 자체를 즐기게 되는 듯했다. 민준은 일을 즐기고 있었다, 그런데……

민준은 열흘 째 고트빈에도 들르지 못했다. 이 핑계 저 핑계 대가며 예전처럼 원두를 배달받았다. 원두를 갖고 일부러 들른 고트빈 로스터는 민준과 잡담을 하다가 일어서며 슬쩍 농담을 했다.

"민준 씨가 없으니까 대표님 남편 얘기 우리가 다 받아줘야 하잖아요. 남편이 또 무슨 일 저질렀나 봐요."

민준은 대답 없이 웃기만 했다.

"대표님이 민준 씨가 좋아하는 향으로 원두 블렌딩해놨다니까

테스트하러 와요."

　민준은 뜸을 들이다 "네" 하고 대답했다.

　차라리 노력했던 모든 것이 완전히 끝이 났다고 생각했던 그때가 더 나았다. 그때는 오히려 홀가분한 마음으로 다 포기할 수 있었다. 노력에도 임계점이 있다면 이미 그것을 넘은 상태였으니까. 혹시 더 노력했다면, 한 번 더 시도했다면 될 수도 있었을까, 나는 그때 99도에 도달해 있던 걸까, 하는 생각을 해보기도 했지만 99도에서 100도가 되는 데 필요한 건 노력이 아니라 운이라는 생각이 뒤따랐다. 내게 운이 없다면, 내내 99도에서 우물쭈물하고 있어야 했겠지.

　영화를 보면서 민준은 단순한 사실 하나를 알게 됐다. 영화 속 인물들은 늘 선택의 기로에서 고민하다가 결국 그중 하나를 선택한다는 거였다. 영화를 이끌어가는 동력은 등장인물의 선택에 있었다. 그렇다는 건 우리 삶 또한 마찬가지이지 않을까. 우리 삶을 이끄는 건 다른 무엇도 아닌 우리의 선택인 것이 아닐까. 여기에 생각이 미치자 민준은 문득 자기 역시 그때 포기를 한 것이 아니라 선택을 한 것뿐이라는 생각이 들었다. 그 길을 벗어나겠다는 선택.

　얼마 전 다큐멘터리 영화 〈피아니스트 세이모어의 뉴욕 소네트〉를 보았을 때도 이런 생각은 이어졌다. 세이모어 번스타인 역시 피아니스트의 삶을 포기했던 것이 아니라 피아니스트가 아닌 삶을 선택한 것뿐이었다. 뛰어난 피아니스트로 화려한 명성을 쌓던 세이모어가 피아노를 치는 대신 피아노를 가르치고자 선택했을 때, 주변 사람들은 아무도 그를 이해하지 못했다. 그래도 상관없었다. 여든 살이 넘은 세이모어는 그때의 그 선택을 한 번도 후회한 적 없다고 말했다.

이 영화를 봤을 때만 해도 민준은 세이모어 번스타인처럼 자신역시 그때의 그 선택을 후회하지 않으리라고 다짐할 수 있었다. 그런데 지금 민준에게 필요한 건 이런 다짐이 아니었다. 민준에게 지금 필요한 건 용기였다. 자신에게 실망한 사람들에 아랑곳하지 않고 자기가 한 선택을 밀고 나갈 굳은 용기.

집에 들어가기 싫다고 영주에게 말을 한 그날부터 민준은 진짜 집에 들어가기가 싫었다. 싱숭생숭한 마음은 혼자 있을 때 더 부풀었다. 민준은 오늘도 미적거리다 퇴근 시간이 넘어서까지 서점에 남았다. 뭔가 잘 안 풀리는 표정으로 노트북을 째려보고 있는 영주는 아직 민준이 서점에 남아 있는 걸 눈치채지 못한 듯했다. 민준은 어깨를 돌리고 허리를 좌우로 스트레칭하며 서점을 돌아다니다가 한 번씩 영주를 봤다. 카페 테이블을 툭툭 치기도 하고, 괜스레 문도 열어봤다. 싸늘한 가을바람이 한순간에 서점 안으로 밀고 들어와 급히 문을 닫는 소리에, 드디어 영주가 민준을 봤다. 영주가 시간을 확인하며 민준에게 물었다.

"민준 씨, 왜 퇴근 안 해요?"

민준이 영주에게로 슬슬 다가오며 말했다.

"퇴근한 거예요. 퇴근하고 집 근처 서점 둘러보는 중이에요."

민준의 농담에 피식 웃은 영주는 요즘 민준의 "글쎄요"라는 대답이 줄어들고 있다고 생각하며 노트북에서 손을 뗐다.

"제 생각엔, 아마 그 동네 서점이 지금쯤이면 문을 닫았을 거예요. 문 닫은 가게에 그렇게 막 들어가고 그러면 안 돼요."

민준은 곁에 있는 의자의 등받이를 손가락으로 툭툭 치다가 결심했다는 듯이 의자를 들고 영주 옆으로 다가왔다.

"혹시 제가 방해될까요?"

민준이 서서 물었다.

"또 집에 가기 싫어요?"

영주가 의자의 좌판을 툭툭 쳤다.

"요즘 자주 그래요."

민준이 영주 옆에 나란히 앉으며 슬쩍 노트북을 건너다봤다.

"일이 많으세요?"

"다음 주 북토크 질문 뽑고 있는 거예요. 그런데 좌절 중이에요."

"뭐가 잘 안 되세요?"

민준은 이제 대놓고 노트북 화면을 바라봤다.

"앞으론 사심을 줄이고 책 내용으로만 작가를 초대해야겠다고 생각하는 중이에요."

"무슨 말이에요?"

민준이 노트북에서 시선을 떼며 물었다.

"책을 읽어보지도 않고 출판사에 북토크를 제안했거든요. 작가님 승낙을 받고 읽기 시작했는데 내가 문장에 대해서 아무것도 모른다는 걸 깨달은 거예요. 모르는 걸 어떻게 물어요. 머리를 짜고 또 짜내서 지금 질문 열두 개 만들었어요."

민준은 영주가 가리키는 숫자 12를 힐끗 보고 나서 노트북 옆에 엎어져 있는 책을 봤다. 책에는 정직한 글씨체로 '문장 잘 쓰는 법'

이라고 쓰여 있었다.

"읽어보지도 않은 책의 저자를 왜 초청하셨는데요?"

민준은 책을 살펴보며 물었다.

"음…… 작가가 매력적이어서?"

"어떤 매력요? 잘생겼어요?"

민준이 책을 내려놓고는 바지 주머니에서 휴대전화를 꺼내 전원을 켰다.

"그냥…… 글이 신랄하달까, 글에서 착한 척 굴지 않아 좋아하는 작가예요."

민준이 검색창에 현승우를 입력했다.

"솔직해서 좋다는 말인가요?"

민준이 휴대전화로 남자의 얼굴을 보며 물었다. 영주는 고개를 작게 끄덕이고는 모니터에 13을 적어 넣었다.

짧게 이어진 대화 끝에, 둘은 말없이 서로의 생각에 빠져들었다. 영주는 13이라고 쓰인 숫자를 바라보며 자기 자신을 책망했고, 민준은 서점을 둘러보며 지금 자기가 죄의식을 느끼는 것이 과연 합당한가 생각했다. 드디어 영주가 키보드를 두드리기 시작했다. 쓰고 지우고, 쓰고 지우고를 몇 번 반복한 끝에 질문이 하나 완성됐다.

'13. 살면서 어디까지 솔직해져보셨나요?'

'이게 무슨 소리야!' 영주는 백스페이스를 길게 눌러 질문을 지웠다. 그리고 다시 질문을 썼다.

'13. 제가 쓴 글에서도 비문을 찾으신 적 있나요?'

'내 글을 읽어봤을 리가 없지!' 영주는 또 백스페이스를 길게 눌러 질문을 지웠다. 열이 확 오른 영주가 냉장고에서 스파클링워터 두 개를 가져와 하나를 민준에게 건넸다. 엉겁결에 스파클링워터를 받아 든 민준은 멍하니 저 멀리 창문 밖을 바라보고 있었다. 그런 민준을 보며 영주가 물었다.

"무슨 일 있어요?"

민준은 스파클링워터의 뚜껑을 따고 나서도 몇 초쯤 지나 입을 뗐다.

"사장님하고 뭐라도 말하고 싶어서 앉긴 했는데, 말하기가 쉽지 않네요."

"민준 씨 원래 말 없지 않죠?"

영주가 물을 한 모금 마시고 나서 물었다.

"말이 없다는 소리는 사장님하고 고트빈 사장님한테 처음 들었어요."

"아, 정말! 정말 그런 거였구나!"

영주가 갑자기 큰 목소리로 말하자 민준이 깜짝 놀라며 영주를 봤다.

"지미 언니랑 그런 얘기 나눈 적 있어요. 민준 씨가 말이 없는 건 우리가 아줌마라서 그런 거라고요. 내가 그때 그럴 리가 없다며 얼마나 확신에 차 말했는데! 그런데 정말이네?"

영주가 민준을 향해 장난스러운 표정을 짓더니 물을 한 모금 더 마셨다.

"그게 무슨 말이에요?"

민준이 황당해하며 물었다.

"더군다나 사장님이 무슨 아줌마예요. 저랑 나이 차이도 얼마 안 나는데."

"정말이죠?"

"그럼요……."

"믿을게요. 나를 위해."

영주의 장난에 민준은 한결 편안해진 얼굴로 살짝 웃었다. 그러고는 물을 길게 한 모금 마시고 나서 영주를 봤다.

"그런데 저 뭐 하나 물어봐도 될까요. 개인적인 질문이에요."

"뭐요?"

"사장님 부모님은 어디 계세요?"

"우리 부모님? 서울에요."

"그래요?"

민준의 눈이 조금 커졌다.

"좀 이상하죠? 딸이 서점을 한다는데 한 번 찾아오지도 않지, 딱 보니까 전화도 없는 것 같지, 그렇다고 쉬는 날 만나는 것 같지도 않지, 그래서 어디 해외나 먼 지방에라도 사나 싶었는데 서울에 산다네, 이상하다, 뭐 이런 생각인 거죠?"

민준은 자신의 반응이 적절하지 않았던 것 같다는 생각을 하며 보일 듯 말 듯 고개를 주억거렸다.

"부모님이 내가 보기 싫대요. 특히 엄마가."

왜냐고 묻듯 민준이 영주를 바라봤다.

"내가 평생 안 썩이던 속을 한 방에 와장창 썩혀드렸거든요. 이렇게 될 줄 알았으면 착한 딸 콤플렉스에서 일찍 벗어났어야 했어.

엄마 면역력 안 키워준 내 잘못이다, 라고 생각하며 살고 있어요."

엄마를 생각할 때면 늘 그렇듯 순식간에 굳어지려는 표정을 정리하며 영주가 물었다.

"그런데 부모님은 왜요?"

민준이 뜸을 들이다 말했다.

"며칠 전에 엄마 전화를 받았어요. 제가 핸드폰을 꺼놓고 살아서 정말 오랜만에 통화가 된 거예요."

"핸드폰은 왜 꺼놓고 있어요?"

"사람들하고 연결돼 있는 게 부담스러워서?"

"흐음, 그렇구나. 엄마랑 무슨 얘기했는데요?"

"별 얘기 안 했어요. 엄마는 저 걱정하고, 저는 엄마더러 걱정하지 말라고 하고. 엄마는 얼른 제대로 된 일 찾으라고 하고, 저는 알아서 하겠다고 하고."

"흐음, 그렇구나."

영주를 힐긋 본 민준이 얼른 말을 덧붙였다.

"엄마 말이 그렇다는 거지 지금 이 일이 제대로 된 일이 아니라는 건 아니에요."

"무슨 말인지 알아요."

"엄마는 제가 지금 무슨 일 하는지도 몰라요."

"설명 안 해도 돼요."

잔잔한 미소가 걸린 영주를 바라보다 민준이 다시 말을 이었다.

"지난 며칠간 제가 저에 대해서 하나 알게 된 게 있어요."

"뭔데요?"

"어른인 척 살고 있었는데 실은 어른이 아니었더라고요. 엄마 말 한마디에 지금 무지 위축된 상태예요. 보이지도 않던 장애물에 걸려 넘어진 기분이 들어요. 문제는, 일어날 순 있겠는데 일어나도 되나 하는 생각이 드는 거예요. 부모님이 나한테 실망하면 어쩌지, 앞으론 다시 부모님 기쁘게 해드리지 못하면 어쩌지 하는 생각이 자꾸 들어요. 그래서 여기서 훌훌 털고 일어나는 게 부모님에게 죄를 짓는 것 같은 기분이에요."

"내가 지금 살아가는 삶이 부모님이 내게 원하던 삶이 아니라고 생각하는 거죠?"

영주가 무슨 말인지 이해했다는 듯 민준에게 물었다.

"네……. 그래서 요즘 전, 난 독립적인 개인으로 살기엔 너무 유약한 인간이구나, 하면서 스스로한테 실망하고 있는 중이에요."

"독립적인 개인이 되고 싶어요?"

"어렸을 적에 막연하게 꾼 꿈이었어요. 왜 그런지 모르겠는데 저는 특정 직업을 갖고 싶다는 생각을 한 적은 없어요. 의사든 변호사든 딱히 별로요. 성공하거나, 유명해지거나 그런 걸 바란 적도 없고요. 뭐, 그냥, 안정적으로 살면 좋겠다 정도. 인정받으면 좋겠다 정도. 그러면서 막연히 꿈꾸던 게 독립적인 개인이 되고 싶다는 거였어요."

"멋있네요, 그런 꿈."

"전혀요. 제대로 꿈을 꿀 줄도 몰랐던 것 같아요."

영주가 스파클링워터 병을 손가락으로 두드리다가 의자에 등을 살짝 묻었다.

"내 꿈은 서점을 하는 거였어요."

"그럼 꿈을 이루신 거네요."

"그렇긴 한데, 꿈을 이뤘는데, 왜 꿈을 이룬 것 같지 않은지 모르겠어요."

"왜요?"

영주가 짧게 숨을 들이마셨다가 창밖을 보며 말했다.

"만족하긴 해요. 그런데 그냥…… 꿈이 다가 아니라는 느낌이 들어요. 꿈이 중요하지 않다는 것도, 꿈보다 중요한 게 있다는 것도 아니지만, 꿈을 이뤘다고 마냥 행복해지기엔 삶이 좀 복잡하다는 느낌? 뭐 그런 느낌이에요."

민준은 신발 끝을 바라보며 고개를 작게 주억거렸다. 마냥 행복해지기엔 삶이 좀 복잡하다는 느낌. 영주가 한 말을 곱씹어봤다. 삶은 원래 복잡한 것. 어쩌면 민준은 원래 복잡한 삶을 단순명료 깔끔하게 정리하려 해, 요즘 이렇게 괴로운 건지 모르겠다는 생각이 들었다.

띄엄띄엄 말이 이어지며 영주는 열다섯 번째 질문을 완성했고, 민준은 여전히 영주 옆에 앉아서 그녀에게 말을 걸었다.

"사장님, 혹시 다큐멘터리 영화 〈피아니스트 세이모어의 뉴욕 소네트〉라고 들어보셨어요? 많이 알려지지 않아서 모르실 것 같긴 해요."

영주가 숫자 16을 노려보다가 민준의 질문을 받고는 눈동자를 위로 치켜떴다.

"〈피아니스트 세이모어의 뉴욕 소네트〉라……. 아, 시모어 번스타인요?"

"세이모어, 시모어, 같은 사람인가요?"

영주가 고개를 끄덕였다.

"책이 있어요. 『시모어 번스타인의 말』이라는. 아! 그 책이 다큐멘터리를 찍고 그 후의 이야기를 담은 건데, 그 다큐멘터리를 말하는 건가 보네요. 아니요, 난 못 봤어요. 한번 보고 싶긴 했는데. 그런데 왜요?"

"그 할아버지가요."

"시모어 할아버지?"

"네, 그 할아버지가 영상에서 이런 말을 해요."

민준이 고개를 살짝 숙인 채 잠시 뜸을 들이다 고개를 들며 영주를 봤다.

"음악에서 화음이 아름답게 들리려면 그 앞에 불협화음이 있어야 한다고요. 그래서 음악에선 화음과 불협화음이 공존해야 한다는 거예요. 그리고 인생도 음악과 같다고요. 화음 앞에 불협화음이 있기 때문에 우리가 인생을 아름답다고 느낄 수 있는 거라고요."

"좋은 말이네요."

민준의 고개가 다시 아래로 떨어졌다.

"그런데 오늘 그런 생각이 들더라고요."

"무슨 생각이요?"

"……지금 살아내고 있는 이 순간의 삶이 화음인지 불협화음인지 정확히 알 수 있는 방법이 과연 있을까. 내가 화음 같은 일상을 보내고 있는지, 불협화음 같은 일상을 보내고 있는지 어떻게 알까."

"음…… 정말 그러네요. 지나가고 있을 땐 잘 모르기도 하니깐. 뒤돌아봐야 알게 되기도 하죠."

"그러니까요. 할아버지가 무슨 말을 하려는지는 충분히 알겠는데, 그렇다면 궁금하더라고요. 나는 지금 어떤 상태인가."

"어떤 상태 같아요?"

고개를 숙이고 있던 민준이 조금 착잡해진 표정으로 대답했다.

"전 화음 같은데, 사람들은 불협화음으로 볼 것 같아요."

민준의 얼굴을 깊게 바라보던 영주가 옅게 미소 지었다.

"그럼 저는 지금 민준 씨의 화음 같은 삶을 보고 있는 거네요?"

민준이 쏩쓸하게 웃었다.

"제가 맞는다면요."

"맞을 거예요. 분명 그럴 거예요. 제가 보증할게요."

영주의 말에 민준이 작은 소리로 웃었다.

두 사람은 함께 창문 밖을 바라봤다. 서점이 뿜은 빛이 골목길을 포근히 감싸주고 있었다. 골목을 지나가는 사람들이 보였다. 몇 사람이 급히 걸어가면서 서점을 의식한 듯 서점 쪽을 힐긋 봤다. 영주가 침묵을 깨고 말했다.

"부모님하고의 관계는…… 그냥 이렇게 생각하면 편하더라고요. 누군가를 실망시키지 않기 위해 사는 삶보단 내가 살고 싶은 삶을 사는 게 더 맞지 않을까. 안타깝지요. 내가 사랑하는 사람이 나한테 실망하는 건. 하지만 그렇다고 평생 부모님이 원하는 대로 살 수는 없잖아요. 저도 한동안 후회 많이 했어요. 그러지 말걸, 말 들을걸. 그런데 이런 후회도 어차피 돌이킬 수 없으니까 하는 거더라고요. 과거로 돌아가면 똑같이 행동했을 테니까요."

영주가 여전히 골목을 바라보며 말을 이었다.

"내가 이렇게 사는 건 어쩔 수 없는 일. 그러니 받아들이기. 자책하지 말기. 슬퍼하지 말기. 당당해지기. 나는 몇 년째 이 말들을 중얼거리며 정신승리 중이랍니다."

영주의 말에 민준이 입꼬리를 올리며 미소를 지었다.

"저도 그거 해봐야겠어요. 정신승리."

영주가 고개를 크게 끄덕이며 말했다.

"네, 해봐요. 자기 자신에게 좋은 쪽으로 생각하는 능력도 우리에겐 필요하답니다."

민준은 방해는 여기까지 하겠다고 말하고는 의자를 들고 일어났다. 문 쪽으로 걸어가면서는 머뭇거리는 말투로 너무 늦지 않게 퇴근하라고 영주에게 말했다. 민준의 염려가 고마웠던 영주는 팔로 큰 원을 그렸다. 민준은 서점에서 나와 집으로 걸어가며 영주가 한 말을 되새겼다. 자기 자신에게 좋은 쪽으로 생각하는 능력이라. 걷다가 뒤를 돌아보니 빛이 둥글게 휴남동 서점을 지켜주고 있는 듯한 느낌이 들었다. 언젠가 영주가 동네에 서점이 있으면 좋은 이유라며 다섯 가지를 말해줬는데, 민준은 동네에 서점이 있으면 좋은 여섯 번째 이유를 지금 보고 있는 것 같았다. 서점을 밖에서 바라보는 기분이 좋았다.

작가님과 작가님의 글은 얼마나 닮았나요?

영주는 평소보다 30분 일찍 서점에 도착했다. 북토크 질문지를 아직도 절반가량 채우지 못했다. 한 문장이든 긴 글이든 글을 쓰는 일은 버겁기만 했다. 기획서를 제외한 글은 써본 적 없던 그녀였다. 그런 그녀가 서점을 하며 하루에도 몇 번씩 짧은 글을 올리고, 이삼일에 한 번은 책을 소개하거나 책을 읽은 감상을 긴 글에 싣는다. 쓸 때마다 어려웠다.

글을 쓰다 보면 한순간 머리가 멍해졌다. 갑자기 눈앞이 아득해졌다. 마음이 앞서 글을 쓰기 시작했는데 알고 보니 지금 쓰려던 글에 관해 아무것도 모를 때가 있었다. 머릿속엔 분명 어떤 생각이 떠올랐는데 그 생각이 언어가 되지 못한 적도 많았다.

영주는 숫자 18을 바라보며 이번은 어떤 경우인지 생각해봤다. 나는 이 작가와 이 작가가 쓴 책에 관해 아무것도 모르는 건가, 아니면 생각이 정리가 안 된 것뿐인가. 영주는 노트북에 손을 올리고 키보드를 두드리기 시작했다. 어렵게 쓴 문장 끝에 겨우 물음표를 넣고 다시 한번 읽어봤다. 작가는 이 질문을 받으면 어떤 대답을 할까. 나는 제대로 된 질문을 한 건가.

'18. 글을 읽거나 쓸 때 가장 염두에 두는 것이 뭔가요. 문장인가요?'

영주는 한 출판사 대표를 통해 현승우 작가를 처음으로 알게 됐다. 1인출판사를 운영하고 있는 그 대표가 요즘 출판계에서 이슈가 되고 있는 사건이라며 글 몇 개를 공유해줬다. 첫 글을 제외하고는 반박문에 재반박문에 재재반박문의 성격을 띠고 있었다. 사건은 건조한 주제를 다루는 블로그치고 1만 명이라는 많은 이웃을 두고 있는 한 블로거에서부터 시작된 듯 보였다. 블로그에는 일상을 담은 글 하나 없이 오로지 문장에 관한 글만 가득했다. 첫 글은 4년 전에 쓰였고, 제목은 '한국어의 음운 체계 1'이었다. 블로그 카테고리는 '한국어 문법 시작과 끝/이것이 나쁜 문장/이것이 좋은 문장/문장 고쳐드립니다', 네 개가 전부였다. 그리고 사건은 바로 이 카테고리 '이것이 나쁜 문장'에서 시작되었다.

신문이나 책에서 찾은 문장을 예로 놓고 이 문장이 왜 잘못됐는지 설명해주는 글이 수백 개 쌓여가던 즈음, 블로거는 한 번역서를 읽게 된 모양이었다. 블로그에는 그 번역서에서 찾은 잘못된 문장 10여 개가 끌려 나와 있었고, 잘못된 문장 밑에는 감정이 들어가지 않은 객관적인 문장으로 뭐가 잘못됐는지 조목조목 근거가 제시돼 있었다. 이 글을 번역서를 출판한 출판사 대표가 본 것이 화근이었다. 출판사 대표는 출판사 블로그에 블로거 글을 반박하는 글을 실었는데, 그만 그 글을 블로거가 본 것도 화근이라면 화근이었다. 출판사 대표는 블로거의 지적이 "무지에서 비롯된 무례한 행위"라며 블로거를 자극했는데, 여기에서 말한 '무지'란 한국어 문법에 대한 '무지'가 아니라 출판계에 대한 '무지'였다는 것이 빌미를 제공하고 말았다.

블로거는 반박문에 대한 반박문을 통해 "출판계가 어려운 상황인 것에는 안타까운 마음이 들지만, 그렇다고 그것이 독자가 책에서 엉터리 문장을 읽어야 할 이유는 되지 않는다"라고 말했다. 그러자 출판사 대표는 과연 어느 책이 "엉터리 문장 하나 없이 완벽한 문장으로만 되어 있느냐"라며 그런 책이 있으면 "나 좀 알려주시기 바랍니다" 하고 말해 상황을 악화시키고 말았다. 블로거는 기다렸다는 듯이 '이것이 나쁜 문장' 카테고리에 글 하나를 더 추가했다.

글에는 "일반적으로 사람들이 많이 하는 소소한 잘못"에서부터 "주술관계가 맞지 않는 큰 잘못", 여기에다가 "딱히 문법적으로는 잘못된 것이 없지만 무슨 말인지 이해가 안 가는" 문장까지 20개가 넘는 문장이 불려 나와 있었다. 번역서에서 아무 페이지나 펴 그 페이지에서부터 다섯 페이지를 첨삭한 결과라고 했다. 여기서 그치지 않고 블로거는 절판된 책 가운데 하나를 똑같은 방식으로 첨삭해 올렸는데, 그 글에 불려 나온 문장은 여섯 개가 다였고, 모두 다 "일반적으로 사람들이 많이 하는 소소한 잘못"에 해당했다. 이 상황에 대해 블로거는 이렇게 설명을 덧붙였다.

"제가 문장에 관심이 많은 블로거이기는 하나 과연 완벽한 문장이 무엇일지 모르겠을 때가 많습니다. 하지만 그렇다고 해서 터무니없이 엉터리인 문장이 가득한 책을 무심히 읽어내기는 쉽지 않습니다. 과연 어느 책이 완벽한 문장으로만 되어 있겠느냐며 알려달라 하셨지요. 유감이지만, 저는 그 질문에 대답하고 싶지 않습니다. 왜냐하면, 애초에 그 질문이 잘못됐다고 생각하기 때문입니다. 저는 이 세상 그 어떤 책도 완벽한 문장으로만 이루어지지 않았다고 해서 책을 만드는 사람들이 덩달아 완벽을 추구하지 않아야 한다고 생각하지 않습니다. 더더군다나 떳떳한 태도로 그래야 할 이유는 없다고 생각합니다."

글을 통한 두 사람의 혈전은 트위터, 인스타그램 등 SNS에서 활동하는 책덕후들과 출판계 사람들 사이에서 핫이슈가 됐다. 판세는 블로거 쪽으로 한참 기울어져 있었다. 출판사 대표 글에는 야유가 담긴 댓글이 수십 개씩 달렸다. 글을 올릴수록 야유는 늘어갔다. 그럴수록 출판사 대표는 더 약이 오르는 듯, 블로거에게 어서 글을 내리라고 협박하거나, '명예훼손'이니 '고소' 같은 단어를 숙고 없이 사용했다.

이에 블로거는 자기에게 잘못이 있다면 달게 받겠다며 냉정하고 침착하게 대응했다. 사건은 점점 악화일로를 걷는 듯 보였다. 그런데 어느 날 갑자기 대표가 백기를 들었다. "반성 없이 감정적으로 대응했던 일을 후회한다"라며, "앞으로 더 좋은 책을 만들기 위해 노력하겠다"라는 글을 통해서였다. 관전에 참여했던 사람들은 갑자기 끝이 난 경기에 허탈해하면서도 각각의 방법으로 대표의 어깨를 두드리고 블로거의 손을 들어 올려주었다. 블로거의 깔끔한 승리였다.

이야기가 여기에서 멈췄다면 기억에 남을 해프닝쯤으로 끝나고 말았을 것이다. 그런데 출판사 대표는 원래가 보통 사람은 아닌 듯했다. 이왕 사람들 다 보는 앞에서 패배를 인정했으니 한 번 더 화끈하게 고개를 숙이기로 결심한 모양이었다. 결과적으로 보면, 어쩌면 대표는 꽤 사업 수완이 좋은 사람이었던 건지도 모른다. 대표는 그들의 싸움터였던 블로그에 블로거에게 정중히 요청하는 글을 올렸다. "저희 책 교정교열을 부탁합니다." 그리고 4개월 후에 번역서는 새로운 문장으로 다시 소개되었고, 그 번역서는 나오자마자 1쇄가 다 팔려 한 달 만에 3쇄를 찍게 되었다.

출판계 사람들은 '홍보 방법치곤 꽤 치열했다'라고 이 사건을 평했다. 영주에게 링크를 공유해준 1인출판사 대표는 "머리로는 블로거 말이 맞다고 생각했지만 마음으로는 대표를 응원했었다"라며 번역서 겉표지를 찍어 영주에게 보내주었다.

그날부터 영주는 가끔 포털사이트 검색창에 현승우를 입력했다. 그에 관한 정보는 느린 속도로 업데이트되고 있었다. 그래 봤자 구체적인 건 하나도 없었다. 모두의 예상과는 달리 그는 '평범한 직장인'이었고, 사람들은 그가 '공대 출신'이라는 사실에 흥미를 느끼는 듯했다. 그가 블로그에 이룩해놓은 지식 더미가 독학의 결과라는 점 또한 사람들의 마음을 움직였다. 승우는 반년 전부터 한 달에 두 번 '우리가 잘 모르는 문장 이야기'란 제목으로 신문 칼럼을 연재해오고 있다. 영주는 2주에 한 번 글로 승우를 만났다.

승우의 글은 점잖으면서도 신랄한 면이 있었다. 신랄함. 영주는 작가들의 신랄함을 좋아했다. 영주가 외국 작가들의 에세이를 좋아하는 이유였다. 한국 작가들이 처음엔 신랄하게 굴다가도 결국은 소심한 중도의 길을 선택한다면, 외국 작가들은 아무렇지 않은 듯 과감하게 시종일관 신랄했다. 세상의 어리석은 사람들을 향해 '어이, 어리석은 사람!' 하고 손가락질할 수 있는 작가는 아무래도 한국 작가들보다는 외국 작가들이었다.

남을 의식하는 문화에서 나고 자란 사람과 그렇지 않은 사람의 차이일 터였다. 영주 역시 어쩔 수 없이 남을 의식하는 사람인 것은 마찬가지였다. 그래서인지 나와 다른 결, 다른 감성, 다른 당당함을 지닌 작가들의 글에 매력을 느꼈다. 하기야 뭐, 영주는 글로 만난 사람들에겐 언제나 마음이 활짝 열리는 독자였다. 그 사람이 책 속에서 살고 있다면야 영주는 그들의 모순, 결핍, 독기, 광기, 폭력성 모두 다 받아들일 수 있었다.

승우의 문체 또한 마음에 들었다. 과장되거나 허세를 부리지 않았다. 일부러 건조한 문체를 사용하지만, 원래는 감정이 풍부한 사람 같기도 했다. 심지어 이 자기 PR 시대에 자기 자신에 관해 아무것도 드러내지 않고 있다는 점이 그를 신비스럽게 했다. 승우는 본인이 가진 콘텐츠로만, 그러니까 글로만 승부를 보는 사람이었다. 아니, 본인은 그다지 승부에 연연하지 않는 것 같기도 했다. 물론이 모든 건 영주 혼자 승우를 이미지화한 것에 불과했다.

이미 말했다시피, 영주는 철저히 독자 입장에서 북토크를 진행한다. 작가와 이야기하고 싶고, 작가의 이야기를 가까이에서 직접 듣고 싶다는 사심으로. 그러니 승우가 책을 냈다는데 어떻게 가만히 있을 수 있을까. 영주는 승우의 책이 나올 거라는 사실을 미리

부터 알고 있던 터라 책이 출간되자마자 출판사에 연락해 북토크 가능 여부를 물었다. 출판사는 몇 시간 만에 하겠다는 연락을 줬다. 그것도 작가의 첫 북토크랬다.

민준이 문을 열고 들어오는 것을 확인하며 영주는 노트북에 숫자 19를 적어 넣었다. 노트북에 손목을 올려놓은 채 허공에다 피아노를 치듯 손가락을 움직이다가, 빠른 속도로 문장 하나를 완성해 냈다. 영주가 승우에게 가장 묻고 싶은 건 바로 이거였다.

'19. 작가님과 작가님의 글은 얼마나 닮았나요?'

서툰 문장이 좋은 목소리를 감춘다

민준은 방금 문을 열고 들어온 남자가 낯이 익었다. 누구더라. 반곱슬머리에 피곤해 보이는 인상의 남자는 문 앞에 서서 서점을 짧게 둘러보고는 카페 테이블 의자에 백팩을 내려놓았다. 가방 옆에 앉은 남자가 조금 전보다 더 길게 서점을 둘러봤다.

민준이 커피를 연거푸 내리는 사이 어느새 남자가 민준 앞에 섰다. 메뉴판을 읽고 있는 남자를 가까이에서 보자 민준은 그가 누구인지 알 수 있었다. 사장님이 팬인 작가. 오늘 북토크의 주인공. 승우는 고개를 들어 민준에게 말했다.

"뜨거운 아메리카노 한 잔 주세요."

민준은 승우가 건넨 카드를 손으로 가볍게 막는 제스처를 했다.

"현승우 작가님이시죠?"

"네? 네, 그런데요."

승우는 누군가 자기를 알아본다는 사실에 당황한 듯했다.

"저희가 작가님에겐 그냥 한 잔 드려요. 잠시만 기다려주세요."

승우는 어색한 표정으로 "아, 예. 감사합니다" 하고 말하며 고개를 살짝 숙였다.

커피가 나오길 기다리며 서 있는 승우는 사진과 거의 비슷했다. 보통 북토크를 하러 오는 작가들은 두 가지 중 하나의 표정을 짓기 마련이었다. 설레거나 긴장한 표정. 하지만 승우는 사진에서처럼 그저 무덤덤해 보일 뿐이었다. 민준은 사진 속 무표정한 남자를 보며 이 사람이 괜히 폼을 잡나 싶었는데, 오늘 보니 원래 저런 표정이었다. 무엇보다 남자는 보기 드물게 피곤한 얼굴이었는데, 민준은 저런 얼굴의 사람들이 어떤 생활을 하고 있는지 경험상 짐작할 수 있었다. 민준 역시 잠도 제대로 자지 못하고 공부에, 아르바이트에 떠밀려 다닐 때 딱 저 얼굴이었다. 잠이 모자란 얼굴이라고나 할까.

"커피 나왔습니다."

승우가 커피를 건네받으며 민준을 보자, 이미 민준은 승우에게서 시선을 거두고 승우 너머 어딘가를 바라보고 있었다. 저도 모르게 민준이 바라보는 쪽으로 고개를 돌리니 영주가 의자 두 개를 양손에 들고 서점 중앙 쪽으로 걸어오고 있었다.

승우가 영주에게 시선을 둔 채 민준에게 물었다.

"대표님이신가요?"

"네. 저희 대표님이세요."

영주가 다시 반대편으로 걸어가는 모습을 지켜보다가 민준이 물었다.

"혹시 더 필요한 거 있으세요?"

없다는 승우의 말에 민준이 영주 쪽으로 걸어가 의자를 받아 들었다. 승우는 민준이 영주에게 무슨 말인가를 하는 모습을 지켜봤다. 그리고 영주가 몸을 홱 돌려 자기에게로 걸어오는 모습과, 얼굴 가득 환한 미소를 담은 채 눈을 맞추는 모습까지. 그녀가 눈앞까지 다가오자 그가 고개 숙여 인사했다.

"안녕하세요. 현……."

"현승우 작가님이시죠?"

영주가 서글서글한 눈을 반짝이며 물었다. 영주 목소리에서 풍겨오는 감정을 따라가지 못해 승우가 대답 대신 고개를 주억거리자 영주가 또 말했다.

"안녕하세요. 휴남동 서점 대표 이영주입니다. 이렇게 만나 뵙게 돼서 정말 기뻐요. 북토크 하게 해주셔서 감사드리고요."

승우는 손에 쥔 커피의 뜨거운 기운을 느끼며 영주에게 말했다.

"예, 반갑습니다. 그리고 북토크 제안은 제가 더 감사했어요."

영주가 아주 감동적인 말을 들었다는 듯 환하게 얼굴을 밝혔다.

"그렇게 말씀해주셔서 감사해요, 작가님."

승우는 영주의 감정을 또 따라가지 못해 이번엔 고개를 주억거리지도 못했다. 영주는 승우가 조금 경직돼 있다고 생각하면서도, 아마 북토크 때문에 긴장한 탓이려니 하며, 말을 이었다.

"북토크 시작 시간은 7시 30분인데 보통 10분 정도 기다리다가 시작해요. 한 시간은 저와 이야기 나누시고, 나머지 20~30분 동안엔 관객 질문을 받을 거예요. 시작하기 전까진 카페에 앉아 계시면 되고요."

　승우는 영주의 말에 "예" 하고 대답하고 나서 영주를 계속 쳐다봤다. 이렇게 계속 쳐다봐도 되나 하는 생각이 들었는데, 상대방 역시 너무 아무렇지 않게 자기를 보고 있기에 눈을 돌릴 수도 없었다. 영주는 승우가 어떤 마음인지도 모르는 채 처음과 똑같은 눈빛으로 승우를 보다가 "그럼, 전 할 일이 좀 있어서요. 이따 뵐게요" 하고 말한 뒤 승우 곁을 떠났다. 승우는 영주가 가고 나서야 영주 쪽에서 눈을 돌려 창문 밖을 바라봤다. 함께 작업한 편집자가 서점을 향해 걸어오는 모습이 보였다. 승우는 다시 영주 쪽을 힐끗 보고 나서 편집자를 맞으러 문 쪽으로 걸어갔다.

　"그럼 북토크 시작하겠습니다. 작가님, 인사 먼저 부탁드릴게요."

　"네, 안녕하세요. 『문장 잘 쓰는 법』을 쓴 현승우입니다. 반갑습니다."

　참가 신청을 하지 않고 찾아온 사람들까지 포함해서 50명이 넘는 관객이 박수로 승우를 맞았다. 서점 내 모든 의자가 총동원되었다. 영주 의자까지 꺼내 왔고, 매대 사이에 놓여 있던 2인용 소파까지 움직여야 했다. 승우와 영주는 1미터 정도 거리를 두고 관객을 바라보며 앉았다. 의자 바깥쪽을 안쪽으로 약간 틀어놓았기에 서로를 바라볼 때 고개를 어렵게 돌릴 필요는 없었다.

　승우는 조금 긴장한 듯 보이더니 어느덧 차분히 말을 이어갔다. 그는 모든 질문에 일단 한 번 쉬고 대답을 했는데 말을 하면서 계속 단어를 고르고, 지금 자기가 제대로 말을 하는 건지 곱씹는 것 같았다. 말투가 빠른 편은 아니었지만 지루한 느낌은 없었다. 영주는 승우가 말을 하는 모습을 흥미롭게 지켜봤다. 그녀가 그의 글을 읽으며 예상했던 모습과 지금 승우의 모습은 많이 닮아 있었다. 글의 이미지가 작가의 모습과 겹쳐졌다. 정돈된 태도, 크게 변화 없는 표정, 입꼬리가 살짝 올라가는 데서 끝이 나는 웃음, 타인을 배려하긴 하지만 타인을 위해 하기 싫은 일까지 할 것 같진 않은 입매. 저 입매 때문일까. 영주는 승우에게 질문을 하고 그의 대답을 듣는 내내 마음이 편안했다. 영주가 아무리 어려운 질문을 해도 승우는 당황하는 대신 차분히 생각을 정리할 수 있을 것 같았다. 정리가 끝난 뒤엔 지금처럼 조곤조곤 대답을 하리라.

오늘 온 관객 중 반 이상이 작가의 블로그 이웃이라고 했다. 이 중에는 작가에게 문장손질(승우와 이웃들은 '교정교열'을 '문장손질'이라고 불렀다)을 받은 사람도 있다는데, 그분은 "그때의 경험은 마치 개안을 하는 것과 같았다"라며 우스갯소리를 해서 모두를 웃겼다. 영주가 자기도 뒤늦게 승우의 이웃이 되어 '그 사건에 관한 모든 과정'을 지켜봤다고 말하자 사람들은 또 웃음을 터뜨렸다. 영주는 승우가 당시 이야기를 부담스러워하지 않는 듯해 이렇게 물었다.

"그때 기분이 어떠셨는지 여쭤봐도 될까요? 궁금해하는 분들이 있으실 것 같아서요."

승우는 고개를 끄덕이며 말을 시작했다.

"글로는 담담한 척 굴었지만, 실제로는 당황을 많이 했습니다. 블로그를 계속해도 될지 고민도 됐어요. 내가 하는 일이 누군가에게 상처를 줄 수도 있다는 걸 알게 되니까 글을 쓸 때 마음이 불편해지더라고요."

"그러고 보니까 그 사건 이후엔 '이것이 나쁜 문장'에 글이 거의 안 올라온 것 같아요."

"네, 그 이후엔 좀 줄었을 겁니다."

"마음이 불편해서 그러셨던 거예요?"

"딱히 그것 때문만은 아닌데요. 최근엔 책을 쓰느라 시간이 없기도 했고요."

"그런데 그 출판사 대표님이 교정교열 봐달라고 했을 때 바로 승낙하신 거예요?"

"아니요."

승우가 당시 상황을 떠올리는 듯 고개를 살짝 기울이며 말했다.

"제가 교정교열 전문가가 아니잖아요."

"작가님이요?" 영주가 웃으며 묻자 승우가 바로 말을 바꿨다.

"아, 그러니까 그걸 업으로 삼은 사람은 아니니까요. 책 전체를 교정교열 해보겠다는 생각도 해본 적 없고요. 그래서 고민을 꽤 했습니다. 그러다가 이번 한 번만 하자, 하는 마음으로 하겠다고 했어요. 대표님에게 죄송한 것도 있고 해서요."

"그 책에 가차 없이 비판을 가했다는 것 때문에요?"

"아니요. 그 책이 너무 성의 없이 출판됐었기 때문에 그게 미안하진 않았고요."

오히려 말을 할 땐 승우의 신랄함이 덜하게 느껴졌다. 당연한 말을 하고 있다는 듯한 승우의 말투, 아니 승우의 분위기 때문인 것 같았다.

"제 대응이 너무 상대를 몰아붙인 감이 있다는 생각 때문에 죄송했어요. 제 단점입니다."

승우가 영주의 눈을 바라봤다.

"제가 못 고치는 단점이 하나 있습니다. 시도 때도 없이 합리적으로 굴려고 해요. 상대방이 감정에 호소해올 땐 더 이성적으로 대응하게 되고요. 무지 빡빡한 스타일입니다. 저도 이런 절 잘 알아서 평소엔 조심을 하는데, 그땐 그게 잘 안 됐어요."

영주는 승우가 자진해서 솔직해지는 모습이 재미있었다. 진지한 태도가 따분하지 않게 느껴지는 것이 바로 이 솔직함 때문인 것 같았다. 영주는 시간을 보며 준비한 질문을 계속했다.

"글을 읽거나 쓸 때 가장 염두에 두는 것이 뭔가요. 문장인가요?"

"아닙니다, 문장은. 다들 그렇게 생각하시겠지만요."

"그럼요?"

"목소리요. 작가의 목소리. 문장이 다소 서툴러도 좋은 목소리를 가진 작가의 글을 읽으면 힘이 느껴지잖아요. 좋은 문장이 중요한 건 이 목소리 때문이라고 생각합니다. 좋은 문장이 목소리를 분명하게 드러내주거든요."

"어떻게요?"

"목소리가 나쁜 작가가 있다고 한다면, 나쁜 문장은 목소리를 흐릿하게 하기 때문에 나쁜 목소리가 자칫하면 나쁜 목소리로 들리지 않아요. 흔히들 군더더기가 많은 문장이 나쁘다고 하죠. 그런 군더더기가 나쁜 목소리를 가리는 역할도 하거든요. 좋아 보이는 거죠, 나쁜 목소리가."

"반대로도 가능하네요."

"네, 서툰 문장이 좋은 목소리를 감추는 경우가 많아요. 그럴 때 문장을 잘 다듬으면 작가의 목소리가 그대로 잘 드러나는 거죠."

"아, 무슨 말인지 알 것 같아요."

영주는 고개를 끄덕이며 승우를 봤다. 승우도 고개를 살짝 숙인 채 대답하다가 영주를 봤다. 승우의 눈을 보며 영주가 또 물었다.

"사실 이번 질문은 제가 가장 하고 싶었던 질문인데요. 작가님 이 생각하시기에 작가님의 글과 작가님은 닮은 편인가요?"

영주가 승우를 처음 봤을 때의 그 반짝이는 눈빛을 하고 물었다. 승우는 영주가 아까도 저 눈빛을 하고 있었다는 것과 자기가 저 눈빛이 무엇을 의미하는지 궁금해하고 있다는 것을 동시에 생각하며 질문에 집중하려 노력했다.

"오늘 받은 질문 중에 가장 어려운 질문인데요."

"그런가요?"

"사실 전 이 질문 자체에 의문이 듭니다. 누가 알 수 있을까 싶네요. 글과 그 글을 쓴 사람이 닮았는지 안 닮았는지를요. 아무리 글을 쓴 작가라도요."

영주는 자기가 글을 읽을 때면 늘 해오던 작업(글과 작가를 연결시켜보기)이 누군가에겐 생소한 질문이 될 수 있다는 걸 깨달았다. 그러고 보면 이 작업은 영주 혼자 누리는 유희 그 이상도 이하도 아닐 수 있겠다는 생각이 머리를 스쳤다. 영주는 문득 이 질문이 작가에겐 꽤 불편하고 무례한 질문일지도 모르겠다고 생각했다. 이 질문을 곡해해, '당신이 쓴 글과 당신은 닮지 않았는데 당신은 그걸 아느냐'는 뜻으로 받아들일 수도 있을까. 하지만 영주는 결코 무안을 주려고 이 질문을 한 건 아니다.

"음…… 전 알 수 있다고 생각해요."

승우가 궁금하다는 듯 영주를 쳐다봤다.

"어떻게요?"

"전 니코스 카잔차키스의 글을 읽으면 그 작가의 어떤 이미지가 그려져요. 예를 들면, 기차 창가 자리에 앉아 심각한 표정으로 창밖을 바라보고 있는 모습 같은."

"왜죠?"

"니코스 카잔차키스가 여행을 좋아했으니까요. 그리고 진지하게 삶을 고민하는 작가였으니까요."

승우는 대꾸 없이 영주를 바라봤다.

"그 작가가 시시덕거리며 그 자리에 없는 사람을 뒷담화하는 유의 사람은 아니었을 거라 믿어요."

"어떻게 믿어요?"

"글이 그렇게 말하고 있으니까요."

글이 그렇게 말한다라. 승우가 가만히 영주를 바라보다가 눈을 몇 번 깜빡이고 나서 말했다.

"음…… 대표님 말씀을 들으니 이 정도는 말씀드릴 수 있을 것 같습니다. 전 거짓말하기 싫어서 많은 이야기를 하지 않는다는 거요. 최대한 나의 진실과 가까운 글을 쓰려고 노력하긴 합니다."

"조금 더 자세히 말씀해주실 수 있으세요?"

"글을 쓰다 보면 무심결에 거짓말을 하게 되기도 하더라고요. 만약 제가 최근 1년 동안 영화를 전혀 보지 않았다고 하면, 어느 날 아주 가벼운 마음으로 이렇게 생각하게 되는 겁니다. 지난 1년간 영화를 보지 않았네, 나 영화를 안 좋아하는 사람인가 보네, 하고요. 이후 1년 동안 영화를 보지 않았다는 사실은 의식에서 사라지고 '난 영화를 안 좋아하는구나' 하는 해석만 남는 겁니다. 그러다가 언제나처럼 글을 쓰는데, 이런저런 이야기를 하다가 무심코 이런 문장을 쓰는 거죠. 난 영화를 좋아하지 않는다. 틀린 말 같지 않잖아요. 저 스스로도 속아 넘어갈 정도로요. 그런데 사실은 이래요. 저는 그런대로 영화를 좋아하는 편인데 일이 너무 바빠서 못 보기 시작한 게 1년 전이라는 겁니다. 천천히 깊게 생각하면 진실에 다다르는데, 그러지 않을 경우엔 거짓말을 하게 되더라고요. 일부러 하려던 게 아닌데도요."

"여기서 진실의 문장은······." 영주가 말했다.

"나는 지난 1년간 영화를 보지 않았다, 또는 못 봤다 정도가 되겠죠." 승우가 말했다.

북토크는 자연스럽게 흘러갔다. 관객들 반응도 좋았고 영주와 승우의 호흡도 좋았다. 관객 질문 시간엔 마치 관객들이 주인공이 된 것 같았다. 작가님 그 머리는 자연산이냐는 질문에서부터 본인 문장은 마음에 드느냐를 물은 뒤에 자기가 생각하기엔 56페이지의 스물다섯 번째 문장이 잘못된 것 같다며 지적하고 나선 관객도 있었다. 승우는 유독 이 질문을 즐기며 그 관객과 문장에 관한 이야기를 길게 나누었는데, 서로 추구하는 스타일이 다른 걸로 깔끔하게 결론을 냈다.

관객들이 모두 빠져나갔다. 승우와 출판사 편집자도 인사를 하고 떠나갔다. 오늘도 퇴근을 하지 않았던 민준과 영주가 함께 뒷정리를 했다. 어느 정도 끝났다 싶을 때 영주가 냉장고에서 병맥주를 두 병 꺼내왔다. 두 사람은 아무도 없는 서점에서 나란히 앉아 맥주를 마셨다. 민준은 맥주를 한 모금 시원하게 들이켜고 나서 영주에게 물었다.

"좋아하는 작가를 만나면 기분이 어떠세요?"

"좋지요, 당연히."

"저도 그런 작가를 한 명 만들어야겠어요."

"좋지요, 그럼."

영주는 맥주를 마시며 북토크에서 실수한 것은 없는지 찬찬히 되돌아봤다. 이번 북토크만큼은 녹취를 푸는 일이 즐거울 것 같았다. 일주일 내에 북토크 내용을 블로그와 SNS에 올리고, 또 다음 북토크 준비를 바로 시작해야 한다는 것이 오늘만큼은 부담스럽지 않았다.

"그런데 현승우 작가님요. 보기 드물게 피곤한 얼굴이시던데요."

민준의 말에 영주는 웃음을 터뜨렸다. 영주는 짧게 웃고 나서 승우의 모습을 떠올렸다. 피곤하기도, 지친 것 같기도 한 모습을. 진지한 동시에 솔직했던 모습을. 질문의 의도를 이해하려 노력하며 성의를 다해 답을 하던 모습을. 영주가 글을 통해 상상했던 모습과 많이 닮아 있던 모습을.

일요일을 뿌듯하게 보낸 밤에는

　서점을 열고 줄곧 일요 휴무를 고수해온 영주에게 차라리 월요
일에 쉬는 게 어떻겠느냐고 조언해오는 사람이 여럿이었다. 서점은
주말 장사라는 타 서점 대표들의 말도 더러 들었다. 수익을 생각하
면 '그래야 하나' 하고 마음이 흔들리기도 하지만, 영주는 오히려 반
대로 '서점이 자리가 잡히면' 대표인 그녀도 주 5일 근무를 해야겠
다는 생각에 들뜨곤 했다.
　그런데 과연 '서점이 자리가 잡힌다'는 의미는 뭘까. 직원에게 충
분한 월급을 줄 수 있고 대표 자신도 먹고살 만큼 벌게 된다면 자
리가 잡힌 게 되는 걸까. 아니면 다른 사업과 마찬가지로 '돈 좀 벌
었다'는 느낌이 들 정도로 통장에 숫자가 척척 늘어나야만 자리
가 잡혔다고 말할 수 있을까. 의미가 뭐든 간에 영주는 휴남동 서
점이 영원히…… 영원히……! 자리를 잡지 못할지도 모르겠다는 생

각을 최근 들어 부쩍 하고 있었다. 영영 자리를 잡지 못하면 어떻게 해야 할까. 예정대로 서점을 접는 게 맞을까, 아니면 다른 방법이 있을까.

이런저런 고민은 많더라도 여전히 일요일은 달콤하다. 아침에 일어나 밤에 잠들 때까지 온전한 자유다. 내향성과 외향성을 고루 지니고 있는 그녀에게도 사람 대하는 일은 벅차다. 일을 하다가도 한두 번씩은 잠시 혼자 있고 싶다는 바람이 강렬하게 든다. 내향성을 다독이지 못하고 하루를 몽땅 보내버린 밤이 되면 쉽게 잠을 이루지 못하기도 한다. 차분히 앉아 단 한 시간이라도 온전히 혼자 있는 시간을 보내야 한다. 그래서 일요일이 소중하다. 일요일 하루만이라도 사람을 대하는 긴장에서 벗어나고 싶다.

영주는 아침 9시에 눈을 떴다. 세수를 하고 나서 커피를 한 잔 내렸다. 커피를 마시면서는 오늘은 뭘 하면서 시간을 보낼까 생각했는데, 이렇게 생각해봤자 별일 하지 않는 하루를 보내리라는 걸 영주도 잘 알았다. 배가 고프면 냉장고에서 눈에 보이는 아무 음식이나 꺼내 먹을 테고, 아침을 먹고 나서는 예능 프로그램 몇 편을 다운받아 몇 시간 실실 웃으며 볼 것이다. 아침을 먹는 일도, 예능을 보는 일도 책상에 앉아 해결할 것이며, 잠자리에 들기 전까진 이 거실을 벗어나지 않을 것이다.

영주의 집은 단출하다. 방 하나엔 침대와 옷장, 다른 방엔 벽을 두른 책장, 부엌엔 1인용 냉장고, 거실엔 커다란 책상과 의자, 사이드 테이블, 폭이 좁고 낮은 책장이 전부다. 지미가 2인용 소파라도 하나 들여놓으라고 해서 고민 중이긴 하지만 지금 이대로도 괜찮지

154

싶다.

공간이 있다고 해서 꼭 꽉 채워 넣을 필요 있을까. 텅 빈 느낌. 이런 느낌도 충분히 추구해볼 만하다는 생각이 든다. 다만 영주네 집에도 넘치는 것이 하나 있긴 하다. 조명. 영주네 집 거실에는 조명이 세 개 있다. 하나는 베란다 창 옆에, 하나는 책상 옆에, 마지막 하나는 침실 문 옆에. 영주는 그게 무엇이든 조명을 받으면 다 은은하게 매력 있어진다는 점이 마음에 든다.

책상에는 서점에 있는 것과 똑같은 노트북이 놓여 있다. 집에 있을 때 영주는 주로 이 책상에서 모든 것을 해결한다. 오늘도 아침을 먹은 후 그 자리에 그대로 앉아 인터넷을 뒤적이며 볼 만한 예능 프로그램을 찾았다. 몇 년씩 지속하는 예능은 보지 않는다. 단발성 프로그램들이 좋다. 2, 3개월 재미있게 보다 보면 끝나는 프로그램들. 즐겨 보던 프로그램이 끝이 나면 영주의 마음도 왠지 리셋되는 것 같다.

오늘처럼 마땅히 볼 프로그램을 찾지 못하면 봤던 걸 또 보기도 한다. 영주는 나영석 피디가 만든 프로그램은 다 좋아한다. 좋은 사람들이 좋은 풍경에서 좋은 대화를 나누는 이야기라서 그렇다. 선하고 성실한 이야기를 보고 있다 보면 그냥 마음이 놓인다고나 할까. 그중 영주가 가장 좋아하는 프로그램은 〈꽃보다 청춘〉. 그중에서도 가장 좋아하는 편은 아프리카와 호주다. 영주에겐 모두 생소한 연예인들이었지만 그들의 젊음이, 환한 웃음이 보기만 해도 기분을 좋게 했다.

그들을 보며 영주도 거쳐왔던 어떤 시간을, 분명 청춘이었던 것은 맞지만 청춘이라 부르기엔 아쉬운 그 시간을 그리워할 수 있었다. 영주에게 청춘은 마치 유토피아 같은 것이다. 어디에도 없는 장소인 유토피아처럼 청춘도 어느 누구도 가져보지 못한 시간이지 않을까. 호주의 기적처럼 맑은 하늘 같은, 어느 젊고 예쁜 아이돌 그룹의 짧은 미소 같은, 그 아이돌 그룹에게 딱 한 번 주어진 휴가 같은, 어쩌면 그 누구도 제대로 가져보지 못했던 그런 청춘의 시간. 영주는 청춘을 누려보지도 못했으면서 청춘을 그리워하는 자기 자신이 웃기기도 했다.

영주는 이미 두 번이나 봤던 아프리카 편을 또 봤다. 눈을 압도하는 풍광에 다시금 놀라고, 그 광활하고 아름다운 풍광 속에서 서로 웃고 의지하는 청춘들의 모습에 또 흐뭇해졌다. 만약 영주도 저곳에 갈 수 있다면, 그녀 역시 그들처럼 모래언덕을 걸어 올라가 그 꼭대기에 걸터앉아보고 싶었다. 그렇게 앉아서 해가 뜨거나 지는 모습을 본다면, 어떤 기분일까. 황홀할까, 아니면 외로울까. 어쩌면 눈물이 날지도 모르겠다.

아프리카 편을 4회까지 보고 나서 창밖을 보니 동네에 어스름이 깔리고 있었다. 청춘을 그리워하는 횟수와는 비교조차 하지 못할 정도로 영주는 이 시간을 언제나 그리워했다. 어스름이 지는 저녁. 그 속을 걷는 것도, 그것을 바라보는 것도 좋다. 청춘처럼 어느새 금방 사라져버리지만, 그래도 잊지 않고 매일 찾아오니 사라졌다고 슬퍼할 필요는 없다. 영주는 곧 지나갈 이 순간을 더 잘 즐기기 위해 창가로 옮겨 앉았다. 무릎을 세우고 팔을 그 위에 걸치고는 창밖을 바라봤다. 겨울밤이 시작되고 있었다.

이제 하루 종일 말 한마디 안 하고 지내는 것에 익숙해졌다. 처음에 혼자 살게 됐을 땐 저녁 즈음이 되면 일부러 '아' 소리를 내보기도 했다. 방금 자기가 한 행동이 웃겨 웃음을 터트린 적도 여러 번이다.

이젠 하루 정도 목을 쉬게 하는 거라 생각하며 말을 않고 지내는 것에 자연스럽게 대처하고 있다. 말을 하지 않으니 마음속 목소리가 더 크게 들리는 것도 같다. 사실 말을 하지 않을 뿐 영주는 하루 종일 생각하고, 느낀다. 생각하고 느낀 걸 표현하고 싶을 땐 말을 하는 대신 글을 쓴다. 어느 일요일에는 이렇게 써놓은 글이 세 개나 됐다. 어디에도 공개하지 않은 영주만의 글이다.

거실에도 완전한 어둠이 찾아왔다. 영주는 의자에서 일어나 조명 세 개를 하나씩 켜고는 다시 자리에 앉았다. 그렇게 앉아 있다 다시 일어나 사이드테이블을 앞에 가져다놓고 책장에서 책 두 권을 뽑아 왔다. 영주는 요즘 단편소설집 『너무 한낮의 연애』와 『쇼코의 미소』를 밤마다 한 챕터씩 번갈아 읽고 있었다. 오늘은 『너무 한낮의 연애』를 먼저 시작할 차례다.

여섯 번째 소설의 제목은 「개를 기다리는 일」. 엄마가 산책을 하다가 개를 잃어버려서 외국에 나가 있던 딸이 귀국해 함께 개를 찾는다는 도입부다. 이어지는 가정 폭력, 강간, 의심, 고백을 거쳐 '전망'에서 소설은 끝을 맺었다. 영주는 마지막 페이지까지 읽고 나서 바로 앞 페이지로 돌아와 오늘 처음으로 목소리를 내며 몇 문장을 읽었다.

"모든 전망은 아주 미미한 것들에서 시작하지. 결국 그것이 모든 것을 바꿀 거야. 이를테면 아침마다 네가 마시는 사과주스 같은 것."*

영주는 이런 소설을 좋아한다. 아프고 고통스러운 시간을 보내고 있는 누군가가 어렴풋이 보이는 저 너머의 불빛에 의지하며 나아가듯, 그럼에도 불구하고 살아갈 의지를 다지는 소설들. 순진한 희망, 섣부른 희망이 아닌 우리 삶에 남은 마지막 조건으로서의 희망을 말하는 소설들.

같은 문장을 입으로 한 번, 눈으로 몇 번 읽고 나서 영주는 부엌으로 향했다. 부엌 불을 켜고 냉장고에서 달걀 두 개를 꺼내 올리브유를 두른 프라이팬에 깼다. 밥은 국그릇에 반 정도 담았다. 그 위에 달걀프라이 두 개를 얹고 간장을 반 숟가락 넣었다. 영주가 좋아하는 간장달걀밥이다. 영주는 간장달걀밥을 만들 땐 꼭 달걀을 두 개 깼다. 밥알 한 톨 한 톨 모두에 노른자가 스며들게 하려면 두 개가 필요했다.

부엌 불을 끄고 나서 숟가락으로 밥을 비비며 창문 쪽으로 걸어온 영주는 5분 전 모습 그대로 자리에 앉았다. 창밖을 보며 밥을 먹던 영주는 그릇을 내려놓고 테이블에 놓여 있던 『쇼코의 미소』를 들었다. 입을 오물오물하며 목차를 확인했다. 『쇼코의 미소』 역시 여섯 번째 소설을 읽을 차례였다. 소설의 제목은 「미카엘라」였다. 이 소설도 엄마와 딸이 주인공인 듯했다. 영주는 소설의 첫 페이지를

• 김금희, 『너무 한낮의 연애』, 문학동네, 2016, 177페이지.

읽기 시작할 때만 해도 그녀가 소설 끝부분에 이르러 펑펑 울게 되리란 걸 짐작도 하지 못했다.

그녀는 일요일 밤에도 다른 날과 마찬가지로 책을 읽다가 잠들었다. 일요일을 뿌듯하게 보낸 밤에는 일주일에 하루 정도 더 이런 날이 있었으면 했지만, 그래도 월요일 아침이 오면 하루를 급히 시작하지 않아도 된다는 사실에 기뻐하다가 출근할 수 있었다. 앞으로도 딱 이 정도, 아니 여기에서 조금만 더 여유롭게 살 수 있다면, 하고 영주는 생각했다. 여기에서 조금만 더 자유로울 수 있다면, 영주는 이 생활을 계속할 수 있을 것 같았다.

얼굴이 왜 그래?

민준은 결점두를 고르며 로스터들과 띄엄띄엄 이야기를 나눴다. 의자에 앉아 편히 일하라는 로스터에게 "네" 하고 대답했지만 그냥 그대로 허리를 구부리고 서서 하던 작업을 계속했다. "사장님이 늦으시네요." 민준이 허공에 대고 말을 하자 한 로스터가 "몇 개월에 한 번씩 있는 일이에요" 하고 대답을 해줬다. "무슨 일이 있는 건가요?" 민준이 묻자 이번엔 다른 로스터가 "우리야 모르지. 그냥 늦는다고만 연락 왔어" 하고 말하며 민준 옆에 의자를 갖다 놔줬다.

"아, 고맙습니다."

"무슨 일은 민준 씨한테 있는 거 아니야?"

의자를 갖다준 로스터가 물었다.

"왜요?"

로스터가 거울을 가리키면서 말했다.

160

"혹시 요즘 거울 안 봐?"

민준이 피식 웃자 로스터도 따라 웃었다.

민준은 의자에 앉아 다시 찌그러졌거나 색이 탁한 생두를 찾기 시작했다. 쓰레기통에 버려질 생두들이었다. 쓸모없는 생두는 과감히 버려야 했다. 쓸모없는 생두가 하나라도 섞이는 순간 커피의 맛은 어딘지 아쉬운 맛, 부족한 맛이 된다. 원두 하나가 커피 맛 전체를 좌우하는 것이라고도 할 수 있다. 민준은 이렇게 생두를 골라 버리듯, 버려야 할 생각들도 있는 것이라고 생각했다. 생각 하나가 온 정신을 흐뜨려놓을 수도 있으니까. 그는 몸을 웅크린 듯 둥글게 말려 찌그러진 원두를 집어 가만히 바라봤다. 할 수만 있다면 힘으로 웅크린 원두를 활짝 펴주고 싶었다. 힘을 줘봤다. 하지만 원두는 꿈쩍도 하지 않았다. 다시 한번 힘을 줘봤다. 그렇게 세 번째로 힘을 주고 있을 때, 지미가 들어왔다.

"어! 드디어 오셨네. 난 영영 안 올 줄 알았지."

민준은 자기 쪽으로 걸어오는 지미를 보며 깜짝 놀랐다. 깜짝 놀라는 모습을 들키지 않으려다가 오히려 더 얼굴이 굳어지고 있는 걸 느꼈다. 그녀는 운 것 같았다. 부은 눈으로 눈웃음을 짓자 붓기가 더 두드러져 보였다.

"사장님이 원두 블렌딩 해놓았다고 하셨잖아요."

민준이 아무것도 보지 못했다는 듯이 말했다.

지미는 민준을 뒤에 두고 돌아다니며 진행 상황을 확인했다. 주문 수량을 하나씩 꼼꼼히 체크하고, 로스팅이 끝난 원두를 만져보고 냄새도 맡았다. 지미가 분쇄 원두를 확인하고 있는 로스터에게 다가가자 그가 고개를 끄덕이며 "이거예요" 하고 말했다.

"얼마나 걸려?"

"10분이면 돼요."

지미가 오른손을 전화기 모양으로 만든 후 귀에 갖다 대며 '다 되면 연락해'라는 뜻을 전하자 로스터는 어깨를 으쓱하며 손가락으로 문 쪽을 가리켰다. 직접 가져다주겠다는 뜻이었다. 지미는 손으로 오케이 표시를 한 뒤 민준에게 따라오라는 손짓을 했다. 앞서 걸어가던 지미가 로스팅 실에서 나오자마자 뒤로 돌더니 민준의 얼굴을 살피며 말했다.

"그런데 얼굴이 왜 그래?"

"아."

민준이 괜스레 손으로 뺨을 만졌다.

"눈이 푹 꺼졌어. 인생에 진 눈이야. 무슨 일 있어?"

지미가 묻자 이번엔 민준이 지미를 걱정스럽게 바라봤다.

"그건 제가 묻고 싶은 말이에요. 사장님 눈 지금 장난 아니게 퉁퉁 부어 있는 거 알고 계세요?"

민준의 물음에 지미는 "아, 맞다!" 하고 말하더니 손바닥으로 눈을 꾹꾹 눌렀다.

"오는 내내 손으로 그렇게나 눌러댔는데, 바보같이 들어오면서 확인을 안 했네. 티 많이 나?"

민준이 고개를 끄덕였다.

"쟤네도 알았을까?"

민준이 또 고개를 끄덕였다.

"아, 이젠 나도 정말 모르겠다. 암튼, 가자."

고트빈에는 웬만한 커피숍에 버금가는 커피머신이 여러 대 있다. 원두의 맛을 체크해보기 위한 것들이다. 원두를 확인하러 오는 고객들에겐 바로 여기서 커피를 내려준다. 가끔 영주처럼 커피를 내릴 줄도, 커피 맛을 볼 줄도 모르는 초보 카페 사장이 올 때도 있는데, 그럴 땐 처음부터 차근차근 알려주며 관계를 맺는다. 한 번 맺은 인연은 좀처럼 끊어지지 않는다. 그래서 고트빈엔 오래된 고객이 많다.

바 형태의 테이블을 사이에 두고 민준은 바깥쪽에 앉고 지미는 안쪽에 섰다. 서로의 얼굴을 보며 웃음을 터트리고 나서는 둘 다 마음이 한결 풀렸다. 지미가 민준에게 물었다.

"일이 싫어졌어?"

민준이 옅은 미소를 지었다.

"아니에요. 그냥 방황 좀 했어요."

"방황?"

"영주 사장님이 그러던데요. 인간은 노력하는 한 방황하는 법이라고."

"그건 또 어디서 주워들은 거래?"

"괴테의 「파우스트」에 나온 말이라고 했던 것 같아요."

"아휴, 걘 그 잘난 척 좀 그만해야 하는데. 애가 예쁘게만 안 놀았으면 정말 한 대 때려줬을 거야."

두 사람은 같이 웃었다.

"그래서 노력하느라 방황했던 거라고?"

"대충 넘어가려고 했는데, 그렇게 물으시면 안 되죠."

민준의 말에 지미는 고개를 끄덕였다.

"그렇지, 대충 넘어가고 싶을 때가 있지."

"지금 사장님 마음도 그래요?"

"뭐가?"

"운 이유, 대충 넘어가고 싶으시냐고요."

지미가 대답을 하려는 순간 로스터가 분쇄한 원두를 밀폐 용기에 담아 가지고 왔다. 하나는 2킬로그램이었고, 다른 하나는 250그램이었다. 지미가 250그램짜리 용기를 손가락으로 가리켰다.

"이 나머지 하나는 뭐야? 민준이 주라고?"

로스터가 지미를 향해 손으로 오케이 표시를 한 후 민준에게는 윙크를 하고 돌아가자 지미가 말했다.

"쟤, 입에 뭐 들어 있었니? 왜 말을 안 해."

"사장님도 그러던데요."

민준이 손으로 전화 거는 시늉을 하자 지미가 "암튼 뭘 마음대로 못 해. 말로 안 하고 손으로 시켰다고 지금 저러는 거지?" 하고 말하며 의자에서 일어났다.

지미는 찬장에서 종이 필터와 드리퍼, 서버, 주전자를 꺼냈다. 테이블 위에 놓여 있던 커피포트에 정수된 물을 넣고 끓기를 기다렸다가 다 끓고 나자 포트 뚜껑을 열고 잠시 더 기다렸다. 기다리는 사이에 드리퍼에 종이 필터를 끼우고 서버 위에 올리면서 지미가 말했다.

"오늘은 핸드 드립으로 내려볼게."

지미가 커피포트에 있는 물을 주전자로 옮겼다.

"예전에 배웠던 거 기억나?"

"네."

"집에서 해본 적 있어?"

"자주 해요."

"그래? 좋다. 오늘도 저번하고 같아. 나는 감으로 하는데 원래 정확하게 하려면 저울이랑 다 사용해야 하는 거는 알 테고. 알고 싶으면 물어보고."

지미는 원두를 넣지 않은 필터에 뜨거운 물을 부어 필터 전체를 적셨다. 곧바로 얇게 분쇄한 원두를 필터에 담았다. 지미는 주전자를 들어 원두 전체를 적셔주면서 혼자 중얼거리듯 말했다.

"확실히 핸드 드립으로 내리면 커피에서 더 깊은 맛이 나. 이상해. 기계가 더 정확할 텐데."

민준은 지미가 필터 중앙에서부터 서서히 원을 그리며 바깥쪽으로 물을 부어나가는 모습을 지켜봤다. 한 번 다 붓고는 잠시 기다렸다가 "이 봐, 이 거품"이라고 말하고는 다시 중앙에서부터 바깥쪽까지 물을 부었다. 민준은 커피 방울이 서버로 똑똑 떨어지는 소리를 들었다.

"저는 언제 물을 그만 부어야 할지 매번 고민되더라고요."

"물 떨어지는 속도가 느려지면 그만 부으면 되는데, 쓴맛이 좋으면 조금 더 부어도 되고."

"네, 그렇긴 한데, 최상의 맛이 정확히 어떤 맛인지 내가 과연 알 수 있을까 싶을 때가 있어요."

"나도 마찬가지야. 그냥 감을 믿는 거지. 자주 내리고, 자주 마셔보는 수밖에 없어. 다른 사람이 내린 커피도 자꾸 마셔보고."

"네."

"민준 씨 감을 믿어. 그 감 꽤 괜찮아."

"가끔은 사장님 말을 믿어도 되나 싶을 때도 있고요."

지미가 찬장에서 커피 잔을 꺼내면서 웃었다.

"인생 뭐 있겠어? 믿고 싶은 사람 말을 믿으면 되지."

지미가 커피를 따른 잔을 민준에게 건넸다. 그리고 자기 잔에도 커피를 따르며 말했다.

"이 커피를 마시면 나를 엄청 믿고 싶겠지."

두 사람은 커피 향을 음미하고 나서 첫 모금을 마셨다. 살짝 감겼던 두 사람의 눈이 떠지며 마주쳤다. 민준이 커피 잔을 테이블에 내려놓으며 "정말 맛있어요" 하고 말했다. 지미는 당연한 말을 한다는 듯이 "그럼"이라고 대답했다. 두 사람은 커피를 홀짝이며 시간을 채우기 위해 하는 말, 오래 기억하지 않아도 괜찮을 말들을 주고받았다. 잠시 침묵이 흐르고 나서 지미가 커피 잔을 보며 말했다.

"나도 정말 대충 넘어가고 싶어."

민준은 지미를 바라보며 그녀가 다음 말을 하기를 기다렸다.

"대충 넘어가다 보면 정말 아무것도 아닌 게 됐으면 좋겠어. 그런데 그게 잘 안 돼. 그 사람과 관련된 모든 상황이 극적으로 느껴져."

"무슨 일 있으셨어요?"

"매번 똑같지. 그런데 이번엔 내 반응이 내가 보기에도 너무 폭발적이었어. 자칫하면 때릴 뻔했다니까."

지미가 웃음을 지으려다가 포기했다.

"가족이 뭘까 싶어. 가족이 뭐길래 이렇게 내 감정을 내가 컨트롤 못 하는 상황까지 가야 하는지 모르겠어. 민준 씨는 결혼할 거야?"

서른이 넘었지만, 민준은 한 번도 결혼에 대해 진지하게 생각해본 적 없었다. 그걸 나도 과연 할 수 있을까, 정도의 생각만 스치듯했을 뿐.

"모르겠어요."

"잘 생각해보고 해."

"그래야죠."

"난 괜히 했어. 그 사람하고는 가족으로 묶이면 안 되는 거였는데. 연인으로는 좋았어. 그냥 아는 사람으로도 괜찮았을 거야. 그런데 같이 사는 사람으론 아니야. 그런데 결혼하기 전에 내가 그걸 어떻게 알았겠어."

"그렇죠."

"이 커피 식어도 맛이 괜찮지?"

"정말 그러네요."

잠시 침묵하다가 민준이 말했다.

"저희 부모님은 사이가 좋으셔서 한 번도 싸우신 적이 없어요. 제 앞에서만 그랬는지는 모르겠지만요."

"와, 대단하다."

"어렸을 때는 그게 대단한 건지 몰랐는데 나이가 들면서 대단한 거라는 걸 알게 됐어요. 마치 우리 가족 셋이 세 명이 치르는 팀 경기를 하듯 똘똘 뭉쳐 살았던 것 같아요."

"화목한 집안이네."

"그렇죠. 그런데……."

"그런데?"

민준이 커피 손잡이를 툭툭 치다가 지미를 봤다.

"그게 좋은 것만은 아니라는 생각이 요즘 들었어요. 가족이 너무 끈끈해도 좋지 않다, 어느 정도는 거리를 두는 게 좋다, 이런 식으로 생각해보는 중이에요. 아직 이 생각이 맞는지, 틀린지는 모르겠지만 우선 이 생각을 안고 살아가보려고요."

"그 생각을 안고 살아가본다고?"

"영주 사장님이 그랬어요. 어떤 생각이 들었으면 우선은 그 생각을 안고 살아가보라고요. 살다 보면 그 생각이 맞는지 아닌지 알 수 있다고요. 미리 그 생각이 맞는지, 틀린지 결정하지 말라고요. 맞는 말 같았어요. 그래서 생각을 행동으로 옮기려는 거예요. 뭐, 대단한 걸 하겠다는 건 아니에요. 그저 거리를 좀 둬보려고요. 당분간은 부모님 생각을 하지 않으려고 해요."

영주의 말처럼, 지금은 민준 자신에게 좋은 쪽으로 생각하기로 했다.

지미와 민준은 마지막 남은 커피를 마셨다. 민준은 차갑게 식은 커피가 왜 이렇게 맛있는 건지 잠시 생각했다. 따져볼 것도 없이 원두의 질이 좋으니까, 잘 추출했으니까, 라는 답이 나왔다. 지미가 두 사람의 커피 잔을 테이블 옆으로 치우며 일어섰다.

"그만 가봐."

민준은 테이블에 올려져 있던 원두를 가방에 넣고 자리에서 일어났다. 지미에게 눈인사를 하고는 뒤로 돌아 몇 걸음 걷다가, 다시 지미 쪽으로 몸을 돌렸다. 테이블을 치우던 지미가 '왜?' 하는 의미로 눈썹을 치켜올리자 민준이 말했다.

"이런 말 해도 괜찮을지 모르겠지만요. 사장님도 한번 진지하게 생각해보셨으면 좋겠어요."

"뭘?"

"가족에 대해서요. 한번 가족이라고 해서 계속 가족일 필요는 없잖아요. 사장님이 가족과 함께할 때 불행하다면, 그건 아닌 것 같아요."

지미가 말없이 민준을 봤다. 지미는 지금 민준이 한 말이 마음에 들었다. 지미가 망설이고 망설이면서 스스로에게 하지 못하던 말을 민준이 용기를 내 해주고 있었다. 지미는 민준을 보며 미소를 지었다. 그러고는 손으로 오케이 표시를 했다. 민준은 고트빈을 나섰다. 살짝 괜한 말을 한 건가 싶었지만 사실 오래전부터 하고 싶었던 말이라서 후회는 되지 않았다.

일을 바라보는 우리의 태도

독서 모임 사람들이 한 명, 두 명 서점으로 들어섰다. 영주 포함 아홉 명의 사람이 원 모양으로 둘러앉았다. 리더 우식을 시작으로 오른쪽으로 돌아가며 한 사람씩 짧게 '아무 말 토크'를 나눴다. 누군가가 머리를 잘랐다든지, 다이어트를 시작했다든지, 친구랑 싸워서 기분이 별로라든지, 나이가 드니 아무것도 아닌 일에 서러움을 느낀다든지 등의 말을 하자, 또 다른 누군가가 머리가 잘 어울린다고, 지금도 보기 딱 좋은데 왜 다이어트를 하냐고, 그 친구가 잘못한 것 같다고, 젊은 사람도 서러움은 느끼니 너무 마음 쓰지 말라고 하며, 말을 한 사람의 기분을 맞춰주었다.

민준은 오늘도 집에 일찍 갈 생각이 없었다. 그래서 손님이 없는 것을 확인하고는 사람들이 둘러앉은 원 밖에 의자를 끌어와 슬그머니 앉았다. 그러자 누가 말을 하지 않았는데도 사람들은 조금씩 움직여 민준을 위한 공간을 마련해줬다. 손사래를 치는 민준을 향해 사람들이 더 강력하게 손사래를 치자 민준은 어쩔 수 없다는 듯 의자를 앞으로 끌어당겨 함께 원이 되었다. 오늘 독서 모임에서 토론할 책은 『일하지 않을 권리』였다.

"이제 토론 시작하도록 하겠습니다. 하고 싶은 말이 있으면 손 들고 말씀하시면 되고요. 분위기 봐서 슬쩍 치고 들어와도 된다는 거 다 아시죠. 하지만 아무리 말이 하고 싶어도 다른 분이 말을 할 땐 끊지 말아주시고요."

우식의 말 끝에 정적이 흘렀다. 사람들은 기다렸다. 토론엔 강요가 없었다. 말을 하고 싶으면 하면 되고, 듣기만 하고 싶으면 들으면 된다. 짧은 정적 끝에 친구와 싸워 기분이 별로라던 20대 중반 여자가 손을 들고 말을 했다.

"미래엔 지금보다 일자리가 더 감소할 거라고 하잖아요. 인공지능이다 자동화다 플랫폼 기업이다 해서요. 그래서 너무 걱정됐어요. 언제까지 아르바이트만 하면서 살아야 하나 싶고. 그러니 정부가 어떻게든 방법을 강구해 일자리를 많이 만들어주길 바랐던 것 같아요. 방법이야 자기들이 생각해야죠. 그런데 여기 25페이지에 이런 문장이 있더라고요."

여자의 말에 사람들이 책을 펴는 것을 보고 민준도 매대에서 책을 찾아 들고 와 자리에 앉았다. 여자는 25페이지에 있는 문장을 읽고 나서 자신의 생각을 말했다.

"사회가 일자리를 계속 더 많이 만들어야 할 만큼 일 자체가 그렇게 대단한

171

가? 생산성이 극도로 발달한 사회에서도 여전히 모두가 평생 일하며 살아야 한다고 생각하는 이유는 뭘까?"•

"저번에 여기에서 어떤 분이 책은 도끼 같아야 한다고 말씀하셨잖아요. 제가 이 문장을 읽고 정말 머리에 도끼를 쾅 맞은 기분이었어요. 그러게, 일이 뭐가 그렇게 대단해서 이 난리지? 우리는 일을 하지 못할 걸 걱정할 게 아니라 먹고살지 못할 걸 걱정하면 되는 거 아냐? 그러니까 궁극적으로 정부가 해야 할 일은 일자리 창출이 아니라 국민들이 먹고살 방법을 모색하는 거잖아? 이렇게 생각해보게 된 거예요."

또다시 정적이 흘렀다. 민준도 곧 이 정적에 익숙해졌다. 짧은 정적 후에 다이어트를 하고 있다는 40대 초반 남자가 말했다.

"일을 해야 먹고살 수 있다, 라는 게 기정사실화된 사회에서 살아왔기 때문에 저는 그렇게 빨리 이 둘을 분리하지 못하겠던데요. 일을 하지 않는데 먹고살 수 있다? 책을 읽으니 이론상으로는 가능하다는 걸 알겠는데 가슴으로는 받아들여지지 않는다고나 할까요. 그래서 저한테 이 책은 좀 너무 이상적이었어요. 그럼에도 이 책이 도움이 됐던 건 일에 대한 제 관점을 이해시켜준 점이었습니다. 내가 왜 일을 윤리적으로 좋은 가치라고 생각하고 있는지, 왜 일을 안 하면 게으른 사람, 쓸모없는 사람으로 생각하게 됐는지, 왜 더 좋은 직장을 가지려고 그렇게 노력해왔던 건지 이해가 되더라고요. 그런

• 데이비드 프레인, 『일하지 않을 권리』, 장상미 옮김, 동녘, 2017, 25페이지.

데 다들 허망하지 않았어요? 결국 이 책이 말하는 건 우리가 가진 일에 대한 관점이나 생각이라는 게 과거 누군가에 의해 자의적으로 만들어진 것뿐이라는 거 아닌가요? 우리는 그걸 진리인 양 떠받들면서 살고 있는 거고요."

"저도 허망했어요." 머리를 짧게 자르고 온 30대 중반 여자가 말했다.

"일을 윤리적 우위에 두고는 일을 하는 사람은 가치 있고, 일을 하지 않는 사람은 가치가 없다, 라고 생각하게 된 데에 청교도 도덕률이 있다는 거잖아요. 일에 전념해 구원을 받으라는 청교도 가치가 시간을 타고 흘러 흘러 21세기 한국에 살고 있는 저 같은 무신론자에게까지 전해진 건데, 그 무신론자는 지금 일을 손에서 놓치지 않으려고 아득바득 살고 있단 말이죠. 그 무신론자는 어렸을 때부터 '나는 멋진 커리어우먼이 될 거야. 남편이 일 못 하게 하면 이혼할 거야' 하며 미리부터 이를 갈곤 했어요."

무신론자 여자는 한 템포 쉬고 나서 말을 이었다.

"그런데 문제는 그 무신론자는 요즘에도 일에 열정을 불어넣기 위해 일에 관한 모든 좋은 수사를 머리에 새기고 또 새겨넣고 있다는 거예요. 일은 좋은 거야, 일은 열심히 해야 해, 일을 할 수 있으니 얼마나 다행이야, 일을 하지 못하게 되는 삶은 정말 끔찍할 거야, 하면서요."

"그게 나쁜 건 아니지 않나요?" 우식이 무신론자 여자를 봤다.

"나쁜 게 아니라고 말도 못 하게 된 거잖아요. 이 책을 보면요."

"왜 그게 나쁜 거지요? 어디서 읽었는지 기억이 나질 않네." 나이 드는 게 서럽다던 50대 후반 여자가 물었다.

사람들은 다 같이 그 내용이 어디에 있는지 찾기 시작했다. 민준은 사람들의 말을 들으며 대학 교양 시간에 배운 막스 베버의 프로테스탄트 윤리를 떠올렸다. 프로테스탄트 윤리는 시간을 타고 흘러 흘러 무신론자 여자뿐만 아니라 민준에게까지 전해졌다. 민준도 프로테스탄트들처럼 근면하게 일할 마음의 준비가 돼 있었다. 그들처럼 일을 소명이라 생각한 적은 없지만, 40대 남자의 말처럼 누구나 태어나면 마땅히 일을 해야만 한다고 생각해왔다.

"여기예요. 73쪽. 제가 읽어볼게요." 무신론자 여자가 말했다.

"노동 과정에서 인간성을 배제하는 게 아니라 오히려 끌어들이고 착취하는 특징을 지닌 소외가 나타난 것이다. 여기서 문제는 노동자가 노동을 하면서 자기를 표현하거나 동일시할 기회를 갖지 못하는 게 아니라, 거꾸로 자기를 일에 완전히 결합시키고 책임 의식을 가지라 요구받는 데 있다."*

"78페이지도 같은 내용이더라고요." 작년까지 교복을 입고 서점에 들르던 대학생이 78페이지를 읽었다.

"다른 말로, 노동자를 '회사 인간'으로 변형시킨다. 헤파이토스는 노동자가 헌신적인 마음가짐과 개인적 도의를 느끼게끔 장려하기 위해 설계한 '팀'이나 '가족' 같은 조직 내부 용어를 통해 노동자가 일과 자신을 동일시하도

* 위의 책, 73페이지.

록 다그쳤다. '팀', '가족' 같은 이상은 직장을 경제적 의무보다는 윤리적 의무를 지는 장으로 재규정하여, 노동자를 조직적 목표에 더욱 강하게 옭아맨다."**

여기까지 읽고 나서 대학생은 무신론자 여자를 보며 말했다.

"언니는 회사 인간이었던 것 같아요. 언니의 정체성과 가치를 회사에 일치시키고 마치 언니가 주인인 것처럼 열심히 일하신 거잖아요. 여기 보면 회사가 직원을 회사 인간으로 만들기 위해 '팀'이나 '가족' 같은 용어를 사용한다고 하는데요. 저희 큰 형부가 얼마 전에 팀장이 됐거든요? 그때는 정말 축하해줬는데, 지금은 이 '팀'이라는 말이 무서워요. 우리 형부도 회사 인간을 요구받는 건가 싶어서요."

"그런데 일을 열심히 하고 또 일을 좋아하는 사람을 무조건 회사 인간으로만 볼 수는 없다고 생각해요. 이 책도 일을 무조건 나쁘게만 바라보지 않잖아요. 일하는 즐거움, 일을 통한 성장도 우리 삶을 행복하게 해주는 하나의 조건이라고 봐요, 전."

민준은 처음으로 말을 한 영주를 쳐다봤다.

"다만 이 사회가 과도할 정도로 일에 집착하는 것이 문제이고, 또 일이 우리에게서 너무 많은 걸 빼앗고 있는 게 문제인 거죠. 일을 하다 보면 불쑥불쑥 고개를 드는 내가 소진되고 있구나 하는 느낌. 긴 시간 일을 하고 집으로 돌아오면 기력이 없어서 취미 생활 하

•• 위의 책, 78페이지.

나 못 해요. 전 125페이지 이 문장에 많은 분들이 공감하셨을 거라
고 생각해요."

"자기 시간 중 상당 부분을 일하거나, 일하느라 쓴 기력을 회복하거나, 일
하기 위해 지출하거나, 일할 곳을 찾고 준비하고 지속하기 위해 필요한 수
많은 활동에 소모하는 우리는 그중 얼마만큼을 진정 자신을 위해 쓰고 있
는지 말하기가 점점 더 어려워진다."*

"결국 너무 많이 일을 해야만 해서, 일이 삶의 전부가 돼서, 일이
문제인 거죠."

민준은 영주와 처음 만났던 날 영주가 하루 여덟 시간 근무를
강조하던 걸 떠올렸다. 아마 영주는 이 책 때문에 이런 생각을 하게
된 것이 아니라 원래 이런 생각을 하고 있었을 것이다. 일이 사람을
소진시키면 안 된다는 생각. 일에만 함몰된 삶이 행복할 리 없다는
생각.

"저도 그렇게 생각해요." 우식이 말했다.

"전 제 일이 재미있어요. 열심히 일을 하고 집으로 돌아와 맥주
한잔 마시며 게임하는 기분도 좋고, 또 서점에 들러 단 몇 페이지라
도 책을 읽는 게 좋아요. 그런데 영주 누님이 말씀하신 것처럼 너무
오래 일하면 그 일이 아무리 재미있어도 결국은 지쳐버리더란 말이
에요. 집, 회사, 집, 회사. 이렇게 일주일만 살아도 전 정말 죽겠던데."

• 위의 책, 125페이지.

176

"집에 애가 있으면 그런 일상도 무너집니다." 민준의 옆에 앉아 있던 남자가 말했다.

"일 얘기 하는데 육아 얘기를 해서 죄송하지만, 일 때문에 애를 못 볼 지경이에요. 제 아내가 요즘 그렇게 북유럽 꿈을 꿔요. 스웨덴인가 덴마크에는 라테파파라 불리는 아빠들이 있다나 봐요. 일찍 퇴근해 육아를 하면서 카페라테를 마시는지 뭔지. 그런데 저나 아내나 퇴근하면 9시가 넘어요. 장모님이 집에 와 계시는데 저희가 퇴근하면 바로 쓰러져 주무시고요. 여기 참여하는 게 저에게 허락된 유일한 취미 활동입니다. 한 달에 딱 한 번. 사는 게 참 힘들다는 생각이 요즘 많이 들어요."

"그럼 적게 일하면 다 해결되는 거 아니에요?"

20대 여자가 분위기를 전환하며 물었다. 사람들은 저마다 한마디씩 하며 웃기도 하고 심각한 표정을 짓기도 했다.

"적게 일하면 좋지. 그러면서 월급도 같아야 하는 게 문제지."

"대기업이야 줄 수 있다고 보는데, 중소기업이 문제잖아요."

"알바를 쓰는 자영업자도 문제예요."

"문제투성이네."

"어쨌든 적게 일한다고 월급을 줄이면 안 되지."

"안 되죠. 다 오르는 세상에서 월급만 안 오르고 있는데 줄이기까지 하면, 참."

"윗놈들 월급은 천정부지로 치솟는데 우리네 월급만 이 모양인 게 전 너무 화나요. 사실 회사를 굴러가게 하는 건 우리 같은 일개미들 아닌가요?"

"봉기를 해야 하나."

이야기가 다른 쪽으로 흐르는 것 같아 우식이 손을 들고 내용을 정리했다.

"어찌 됐건 아직까지는 일이 소득을 분배하는 거의 유일한 주요 기제라는 게 사실이고요. 그러니 일을 해야 먹고살 수 있는 거죠."

40대 남자는 요즘은 부동산으로 먹고사는 사람이 제일이라는 말을 하려다가 이야기가 또 딴 데로 흐를까 봐 그만두었다. 대신 책 내용으로 돌아와 이렇게 말했다.

"그러니까 이 책이 나오게 된 원인이 이겁니다. 이 사회가 일을 해야 먹고살 수 있는 구조로 되어 있는데, 일을 못하게 되는 사람들이 점점 늘어나는 현상이 전 세계적으로 확산되고 있는 거지요. 일을 하는 사람은 소외되고 소진되느라 사람다운 삶을 못 살고, 일을 안 하는 사람은 돈을 못 버니 사람다운 삶을 못 살고. 그러니까 전체적으로 일하는 시간을 줄여서 일을 못 하던 사람들에게도 일감을 줘야 한다고 말하고 있는 거잖아요. 이론적으론 가능한 얘기니까요."

"실제로도 가능할 수 있죠. 그런데 희생을 안 하려는 사람들이 있으니까 문제죠." 무신론자 여자가 손으로 위를 가리키며 말했다.

"또, 문제네." 사람들이 킥킥 웃음을 터트렸다.

토론 시간이 한 시간을 넘어가자 사람들은 피곤했는지 가벼운 잡담을 시작했다. 원래 이런 분위기인지 우식도 제지하지 않고 같이 잡담에 뛰어들었다. 50대 여자가 본인이 젊었을 때는 그저 순응하고 희생하며 사는 게 당연하다고 생각했는데 요즘 젊은 사람들은 그렇지 않은 것 같아서 좋아 보인다고 말했다. 그러자 젊은 사람들은 순응, 희생도 희망이 있어야 하는데 요즘엔 희망이 없어서 그럴 필요조차 못 느끼는 거라며 50대 여자를 놀라게 했다. 정말 그 정도냐며 젊은 사람들을 쳐다보자 사람들은 고개를 끄덕였다. 희망이 없다는 말이 너무 슬픈 것 같다고 50대 여자는 말했다.

민준은 사람들 목소리를 배경으로 삼으며 서문을 읽어 내려갔다. 1인당 국내총생산이 개인의 행복 총량에 미치는 미미한 영향, 생산과 소비에만 치우친 만족스럽지 못한 삶, 일에 대한 개념을 뒤집어 성공보단 삶의 만족을 추구하기 시작한 '다운시프트 생활인' 등의 내용이 개략적으로 설명되어 있었다. 다운시프트 생활인이라. 일하는 시간을 줄이기 위해 고소득 직장을 포기하거나 일 자체를 아예 안 하는 사람들이 있다고 했다. 민준이 다운시프트 생활로도 먹고살 수 있을지 궁금해하던 순간, 마침 자신을 다운시프트 생활인이라고 소개하는 한 남자가 나섰다.

"제가 다운시프트 생활을 하고 있어서 이 책에 어마무시하게 공감할 수 있었습니다." 남자는 목을 가다듬더니 말을 이었다.

"3년 다니던 회사를 그만두고 친구 일을 도와주며 소소하게 돈을 벌기 시작한 지 1년 정도 됐는데요. 앞서 일하는 3년 동안 정말 우울했어요. 그렇게 하고 싶던 일을 하는데도 자꾸 마음이 답답해지고, 야근은 끝도 없고, 이러다 미치겠다 싶어서 그냥 그만둬버렸거든요? 일을 그만두고 하루 다섯 시간만 아르바이트를 하면서 4개월 정도를 보냈는데요. 처음 일주일 동안만 좋았던 것 같아요. 심지어 절친이 '요즘 뭐 해?' 하고 물어도 어버버하면서 제대로 대답을 못 하겠는 거예요. 이 책이 좋았던 게 다운시프트 생활이 담고 있는 메시지나 장점만 거론하는 게 아니라, 다운시프트 생활을 하고 있는 사람들의 고충도 말해준 거였어요. 아, 나만 그렇게 바보처럼 굴었던 게 아니구나 싶어서 뭔가 기분이 좋아졌다고나 할까. 여기에서 다시금 제 좌우명을 떠올려보게 됐는데요."

"좌우명이 있어요?"

무신론자 여자가 재미있다는 듯 물었다.

"제 좌우명이 '모든 일엔 일장일단이 있다'예요. 그게 무슨 일이든 장점이 있으면 단점도 있으니 일희일비하지 말자라는 마음으로 삼은 거고요."

"그럼 좌우명을 일희일비하지 말자, 라고 해도 되겠는데요?"

여자가 짓궂게 장난을 걸었다.

"어! 그래도 되겠네요."

남자가 깨달음을 얻었다는 제스처를 취하며 장난에 맞장구를 쳐주었다.

"그러니까 제 말은 다운시프트 생활에도 일장일단이 있다는 거예요. 물론 나를 위해 낼 수 있는 시간이 많다는 건 좋아요. 하지만 돈을 못 버니 갑갑함이 느껴지고, 또 어디 여행 한번 가기도 쉽지 않거든요. 사회적 인정도 못 받고요."

"그렇게 생각할 수도 있겠지만…… 보통 다운시프트 생활인들은 일반적인 사람들처럼 여행에 목을 매거나 사회적 인정을 크게 바라지 않을 것 같은데요? 책에도 비슷한 내용이 나오던데요."

민준 옆에 앉은 남자가 말을 하자, 사람들이 고개를 끄덕였다.

"그런데 다운시프트라는 게 꼭 선택만은 아니에요." 영주가 손을 들었다.

"어쩔 수 없이 일을 그만둬야 하는 사람들도 많잖아요. 몸이 아파서이기도 하고, 또 정서장애를 겪기도 하니까요. 우울증이나 불안증세를 겪는 직장인들도 많고요. 몸이든 정신이든 아파서 일을 줄이거나 못하는데도 사회는 그런 사람들에게 그렇게 나약하면 못써, 라고 말해요. 책에서도 나오듯 부모조차 자식에게 언제 일을 시작할 거냐며 닦달하잖아요."

"일을 바라보는 우리 태도가 맹목적이어서 그런 것 같아요."

민준 옆에 앉은 남자가 영주의 말을 받았다.

"어렸을 때부터 뭘 그렇게 참으라고 했는지 모르겠어요. 제 학교 친구 중에는 등교하다가 오토바이에 부딪혀 몸 여기저기가 까져 피가 나는데도 집으로 돌아가지 않고 학교로 온 애도 있었어요. 개근상 받아야 한다면서요. 아파도 참고 또 참아야 한다는 이런 생각이 회사에 와서도 우리를 꼼짝 못 하게 한 게 아닐까 싶네요. 아파도 꾸역꾸역 회사에 출근하고, 정말 아파서 출근을 못 했는데 나조차도 왠지 엄살인 것처럼 느껴지고. 사실, 아프면 쉬어야 하는 게 너무나도 당연한데 왜 이렇게 된 건지. 링거 투혼, 부상 투혼 이런 말도 참 별로예요."

"맞아요. 우리가 우리 자신을 착취하게 하는 말이죠." 라테파파를 꿈꾸는 남자가 대꾸했다.

민준은 사람들이 알려주는 페이지를 따라 읽으며 토론을 좇았다. 지금 민준이 읽고 있는 페이지에서 루시라는 인물은 일을 안 하는 건 참 좋은데 부모님을 실망시키고 있다는 느낌에 힘이 든다고 말했다. 루시는 여러 번의 한숨 끝에 "직업을 가져서 모두를 실망시키지 말았어야 했는데"라는 생각이 든다고도 털어놨다. 하지만 그렇다고 일을 하게 될 것 같진 않다는 게 루시의 입장이었다.

책에는 변리사로 일을 하다가 바에서 시간제 근무를 하고 있는 사만다의 이야기도 실려 있었다. 민준은 사만다의 말을 천천히 두 번 읽었다. 특히 마지막 문장이 의미심장했다.

"처음으로 제가 의식적으로 선택한 일을 하고 있었기 때문에 성장한다는 느낌이 들었어요."•

성장한다는 느낌. 일에서 중요한 건 바로 이 느낌이 아닐까 하고 민준은 생각했다.

토론은 화기애애한 분위기에서 끝이 났다. 우식은 유급 노동에서 행복을 찾은 사람은 즐겁게 노동할 수 있고, 유급 노동에서 행복을 찾지 못한 사람은 또 다른 행복을 찾아 떠날 수 있는 사회가 됐으면 좋겠다며 마지막 발언을 했다. 사람들은 박수를 치며 우식의 말에 열렬히 동의했다. 어느덧 시간은 밤 10시 30분에 가까워져 있었다. 사람들이 다 같이 움직이자 10분도 안 돼 정리가 끝났다. 민준 포함 열 명의 사람이 한꺼번에 서점을 나왔다. 오늘만큼은 이 열 명이 비슷한 여운에 잠겨 잠자리에 들 것 같았다.

•   위의 책, 263페이지

영주와 민준은 갈림길에서 헤어졌다. 큰길 쪽으로 걸어가는 영주를 지켜보다 민준은 골목길로 들어섰다. 앞으로 당분간 민준은 책에서 답을 찾아나갈 것이었다. 『일하지 않을 권리』를 다 읽고 나서는 이 책에서 언급됐던 에리히 프롬의 『소유냐 존재냐』를 읽을 것이고, 에리히 프롬에 반해 그의 책을 시기별 순서로 다 읽어나갈 것이다. 민준은 흔들리고 갈등하면서도 자신이 지금 무슨 생각을 하고 있는지 알았다. 그는 지금 어떻게 살아야 하는지 생각하고 있었다. 지금까지 한 번도 진지하게 생각해보지 않던 거였다.

서점이 자리를 잡는다는 건

정서는 여느 날처럼 목도리를 뜨고 있었고, 민철은 턱에 손을 괴고 마치 해변에 앉아 하염없이 바다를 보는 사람처럼 정서가 뜨개질하는 모습을 구경하고 있었다. 민철 옆에선 영주가 두 사람의 대화 소리를 배경 음악처럼 들었다 말았다 하며 노트에 쓰여 있는 내용을 점검했다.

"이모는 뜨개질이 재미있어요?"

"재미있지. 그런데 재미도 재미지만 뿌듯함 때문에 하는 것 같아."

"뿌듯함요?"

"완성하고 나면 뿌듯해서 좋아. 단순히 재미 때문에 하려면 게임을 해야지. 내가 또 왕년에 게임 좀 했거든. 넌 게임 잘해?"

"뭐, 그냥 중간 정도요."

민철이 심드렁하게 대답하는 걸 보다가, 정서가 시선을 허공에 던지며 연극을 하듯 과장된 말투로 말했다.

"뿌듯함 없이 사는 삶이 얼마나 괴로운지 너는 모르겠지! 하루 종일 미친 듯 일해도 남는 것 하나 없는, 아니 남는 건 피로밖에 없는 삶!"

느닷없는 정서의 민망한 행동에 민철이 피식 웃자 정서도 따라 웃고는 평소 말투로 돌아왔다.

"하루를 무지 바쁘게, 무지 빡세게 보냈는데 시간만 흘려보낸 것 같은 기분이 싫었던 것 같아. 너는 나중에 이런 기분 느끼지 마. 뿌듯함을 느껴."

"……네."

정서와 민철의 대화를 들으며 영주는 며칠째 정리한 내용을 마무리했다. 요즘 영주는 '서점이 자리를 잡는다는 건 무슨 의미일지' 골몰하고 있었다. 떠오르는 것이 없어 글을 쓸 때의 버릇처럼 인터넷 사전에서 '자리 잡는다'의 뜻을 찾아보니 대략 이렇게 이해하면 될 것 같았다. '어느 공간에 정착하여 생활이 안정된다.' 생활이 안정된다라. 휴남동 서점의 생활이 안정되려면, 그래, 돈을 벌어야 한다. 하지만 영주는 자리를 잡아야 한다는 말을 돈을 벌어야 한다는 말로 바로 치환하기가 싫었다. 돈을 벌어야 한다, 라고 생각하는 대신 이렇게 생각해보면 어떨까. 휴남동 서점이 안정되려면 무엇보다 이곳을 찾는 사람들이 많아져야 한다, 라고.

영주는 서점을 찾는 동네 사람들에 관해 생각해봤다. 꾸준히 찾아주는 분들도 있지만, 초반에만 바짝 찾았다가 뜸한 분도 많았다.

185

영주는 그동안 책을 꾸준히 읽기가 얼마나 어려운지를 토로하는 손님들의 말을 수도 없이 들어왔다. 책을 읽지 않던 사람이 책을 읽는 사람으로 변화하기가 얼마나 어려운지, 영주는 서점을 열고 나서야 알게 되었다. 그러니 사람들에게 '책은 좋은 것이니 읽어야 한다'라고 강요한다 해서 될 일은 아닐 것이다. 영주는 그보다는 '서점이란 공간'으로 사람들에게 다가가고 싶었다. 그래서 이 공간을 사람들에게 더 열어놓기로 결정했다.

결정을 내리고 나서 가장 먼저 한 일이 창고로 사용하던, 카페 옆에 붙어 있는 자투리 공간을 싹 비우는 거였다. 틈이 날 때마다 민준과 함께 버릴 것은 버리고, 쓸 것은 서점 안 여기저기에 분산시켜놨다. 지금은 텅 빈 공간이 된 그곳을 이제부터 '독서클럽방'이라고 부르기로 했다. 적극적으로 독서클럽 인원을 모을 생각이었다. 각 독서클럽은 '제1독서클럽', '제2독서클럽', '제3독서클럽'으로 이름 짓고 원한다면 클럽마다 원하는 이름을 지어 불러도 재미있으리라 생각했다. 영주는 내일부터 블로그, SNS, 입간판 등을 활용해 독서클럽에 참여할 사람들을 모을 계획이었다. 몇몇 열혈 서점 이용자에겐 클럽장이 될 생각이 있는지 물어 이미 세 명을 확보해놓았다. 우식, 민철 엄마, 그리고 영주도 따라갈 수 없을 만큼 독서량이 엄청난 단골손님 상수까지.

영주는 독서클럽 모집 글을 마지막으로 다듬고 나서 고개를 들어 정서와 민철을 봤다. 내내 고개를 숙이고 있던 영주가 갑자기 쳐다보자 두 사람도 얼떨결에 영주를 봤다. 두 사람을 향해 영주가 말했다.

"잠시 시간 좀 내줄래요?"

영주는 독서클럽방 정가운데에 두 사람을 세워놓고 이곳을 어떻게 꾸밀지 간략히 설명했다.

"이 방에서 독서 모임을 진행할 거예요. 그리고 주말엔 강의도 할 생각이에요. 두 분이 서 있는 그 자리에 커다란 테이블을 하나 갖다 놓을 거고요. 의자는 열 개쯤 필요할 테고…… 또, 벽에 냉온풍기 하나 달고…… 지금 고민하는 건 벽을 어떤 색으로 칠할지인데, 두 분의 의견을 듣고 싶어요."

정서와 민철은 영주가 시키는 대로 방을 둘러봤다. 작고 아담한 공간이었다. 영주가 말한 대로 커다란 테이블과 의자를 들여놓으면 뭘 더 들여놓으려고 해도 그러지 못할 것 같았다. 그렇다고 비좁은 느낌은 나지 않았다. 작지만 답답하진 않은 공간. 서로에게 집중하기 좋을 듯했다.

"창문은 없지만 뒷마당으로 통하는 문이 있으니 크게 답답하진 않을 거고…… 벽엔 예쁜 액자 두세 개쯤 걸어놓으면 될 거고…… 사람들이 이 공간에 들어오고 싶어서라도 독서 모임을 하겠다고 손을 번쩍 들었으면 좋겠는데…… 과연 그렇게 될까 싶고……." 영주는 방을 둘러보며 혼잣말하듯 소리 내어 말했다.

"그렇게 될 수 있을걸요?" 정서가 벽을 툭툭 치며 말했다.

"제가 처음에 이 서점에 왔을 때 손을 번쩍 들고 싶은 기분이었는데요?"

영주가 정서를 봤다.

"집 근처 여기저기 다 가봤어요. 어디가 제일 좋을까, 하고. 프랜

차이즈 커피 전문점에도 가보고, 소규모 커피 전문점에도 가보고. 여기가 제일 편해서 죽치게 된 거거든요? 음악이 마음에 들었고, 시끄럽지 않아 좋았고, 조명도 마음에 들었고, 또 아무도 날 신경 쓰지 않는 것 같아 좋았어요. 편한 느낌이 들어서 점점 더 자주 오게 됐고요. 수세미 뜨다가 고개를 들어 주위를 둘러보면 왠지 마음이 놓였다고나 할까. 책이 있는 공간이 주는 안도감 같은 것이 있다는 걸 알겠더라고요."

영주는 민철이 뒷마당으로 나가는 모습을 지켜보며 정서에게 물었다.

"안도감요?"

"네, 안도감이 들었어요. 저도 이런 느낌을 받는 게 신기하긴 했는데요. 그냥…… 여기에선 내 쪽에서 예의를 지키는 한 아무도 나에게 무례하게 굴지 않겠구나, 하는 그런 안도감이 들었어요. 그때 저한테 딱 필요한 느낌이었거든요. 그래서 더 자주 오고 싶었어요. 책은 읽지 않아도 이곳에 오는 게 좋았거든요. 그러다 죽순이가 됐고요."

영주는 몇 시간마다 커피를 주문해야 서점에 피해가 가지 않는지 묻던 정서의 모습이 기억났다. 그때 정서는 열심히 예의를 지키려 노력하고 있던 거였구나. 서로가 서로에게 불편을 끼치지 않으면서 각자 자유롭게 행동할 수 있는 최적의 거리는 예의에서 비롯된다고 생각했던 걸까. 영주가 정서를 눈으로 좇으며 뭐라고 말을 하려던 찰나, 어느새 안으로 들어와 있던 민철이 영주에게 말했다.

"서점 이모, 여기 그냥 이대로 흰색으로 남겨두는 것도 좋을 것 같아요."

"저도 그 생각이었어요. 몇 군데 더러워진 데만 덧칠하면 될 것 같은데요?" 정서가 민철의 말에 동의했다.

"그것만으로…… 좋은 느낌을 줄까……."

"대신, 조명을 신경 써보세요. 서점 내부처럼요." 정서가 영주의 고민을 단칼에 해결해주었다.

자리로 돌아온 영주는 노트에 '벽 색깔 흰색'이라고 썼다. 독서 클럽은 계획한 대로 진행하면 될 것 같고, 다음 달부터는 격주 목요일에 영화 상영을 하고 심야책방도 계획해두었다. 야간 이벤트를 자주 하는 게 부담이 될 수도 있지만, 우선 해보고 나서 부담의 정도를 따져볼 생각이었다. 일과 삶, 돈과 삶의 경계를 적절하게 지키는 것이 여전히 어렵다고 영주는 생각했다.

영주는 지난 2년 알고 지내던 동네 책방들이 하나, 둘 문을 닫는 걸 지켜봐왔다. 어떤 서점은 서점 주인의 속도에 맞춰 느릿느릿 걷다가 문을 닫았고, 어떤 서점은 서점 주인의 역량을 넘어선 속도로 걷다가 문을 닫았다. 돈이 안 돼 문을 닫는 경우, 돈은 어떻게든 맞출 수 있는데 앞으로도 지금처럼 과속으로 달릴 수 없다는 생각에 문을 닫는 경우, 여기에다가 이름이 꽤 알려진 한 서점이 문을 닫은 것에서 볼 수 있듯 과속에도 불구하고 생활이 되지 않아 문을 닫는 경우가 있었다.

동네 서점을 운영하는 건 길 없는 길을 걷는 것과 다를 바 없다고 영주는 생각했다. 어떻게 운영해야 좋을지, 그 누구도 확신에 차 조언해줄 수 없는 사업 모델. 그래서 동네 서점 사장들은 하나같이

'오늘만 사는 삶'이라며 미래를 예측하길 조심스러워했다. 동네 서점이 앞으로 어떻게 될지는 아무도 알 수 없는 것이다. 민준을 처음 본 날, 2년을 말한 이유였다. 그때도, 지금도 영주는 알 수 없으므로. 휴남동 서점이 어떻게 될지.

그럼에도 동네 서점은 꾸준히 늘어나고 있었다. 어쩌면 동네 서점이란 사업 모델은 지나갔거나 다가올 꿈 같은 개념으로 자리 잡을 수 있겠다는 생각이 영주의 머리를 스쳤다. 누군가 삶의 어느 시점에 꿈을 꾸듯 동네 서점을 연다. 1년을, 아니면 2년을 운영하다 꿈에서 깨듯 서점을 닫는다. 뒤를 이어 또 누군가가 꿈을 꾸듯 서점을 열고, 그렇게 계속 서점이 늘어나는 가운데, 서점을 한때 꾸었던 꿈으로 생각하는 사람들도 함께 늘어난다. 10년 된 동네 서점, 20년 된 동네 서점을 찾기는 어려워도, 10년이 지나고 20년이 지나도 여전히 동네서점은 존재하는 것이다.

영주는 생각했다. 우리나라 문화에선 '서점이 자리를 잡는다'라는 것 자체가 불가능에 가까운 일일지도 모른다고. 그러니 지금 영주 머릿속에 있는 아이디어들은 결국 실패를 맞게 될 거라고. 하지만 실패는 아니지 하고 영주는 방금 한 생각을 반박했다. 그 무엇에든 예외는 존재하고, 시도했다는 사실 자체에 의미를 부여할 수 있으며(의미 부여는 늘 중요하지!), 과정이 즐거웠다면(힘은 좀 들겠지만!) 결과를 따질 필요 없고, 무엇보다 영주는 지금 서점을 자리 잡게 하기 위해 애쓰는 이 시간이 좋았다. 그러면 된 거 아닌가?

영주는 다시 눈앞에 놓여 있는 일 생각으로 돌아왔다. 이제 생각해야 할 건, 매주 토요일에 진행할 강의의 강사 섭외다. 강의는 우선 두 타임을 열기로 했다. 글쓰기에 관심 있는 사람이 부쩍 늘고 있으니, 두 개 다 글쓰기 강의로 정했다. 영주는 오늘 이아름 작가와 현승우 작가에게 강의를 해줄 수 있느냐고 메일을 보낼 참이었다. 메일 내용은 이미 써두었다.

"이 정도면 됐다."

영주가 혼잣말을 하자 민철이 기다렸다는 듯이 영주를 바라봤다. 영주가 노트를 덮으며 말했다.

"미안, 바쁜 척해서."

민철이 아니라는 의미로 고개를 흔들자, 영주가 미소 지으며 물었다.

"민철이는 방학인데 뭐 해?"

"똑같아요. 보충수업 갔다가 집에 오고, 또 보충수업 갔다가 집에 오고. 밥 먹고, 화장실 갔다가, 자요."

"뭐 특별히 재미있는 건 없어?"

영주는 어쩌면 뻔한 질문인지도 모른다고 생각하며 민철에게 물었다. 내 고등학교 시절이라고 해서 뭐 특별히 재미있던 게 있었던가. 고등학교 시절 내내 체한 느낌으로 살았던 기억만 나는데.

"없어요."

"응, 그렇구나."

"그런데요…… 재미있는 일이 꼭 있어야 해요? 없으면 없는 대로 살면 되지 않나."

"글쎄. 억지로 재미를 찾는 것도 부자연스럽긴 하지." 영주가 말했다.

"그런데 엄마도 그렇고…… 왜 제가 재미없게 사는 걸 못마땅해 하는지 모르겠어요. 차라리 공부 압박 받는 게 더 좋겠다는 생각이 들 정도예요. 사는 게 원래 다 이런 걸 텐데. 그냥 사는 거잖아요. 태어났으니까."

영주는 민철의 말에 바로 대꾸하는 대신 서점을 둘러보며 영주를 필요로 하는 손님이 있는지 확인했다. 없는 걸 확인하고는 민철의 얼굴을 봤다. 삶이라는 게 참 별거 아니라는 걸 벌써 알아버린 아이의 얼굴을.

"그렇긴 한데, 재미있는 일이 있다는 사실만으로 숨통이 트이기도 하니까."

영주의 말에 정서는 고개를 끄덕였고, 민철은 좀 답답하단 표정을 지었다.

"숨통이요?"

"숨통이 트이면 삶이 더 견딜 만한 것으로 생각되기도 하니까."

영주는 생각에 잠긴 듯한 민철을 바라봤다. 아마, 영주가 민철의 나이 때는 저런 표정을 지은 적이 없었을 것이다. 그 시절, 영주는 단순했다. 민철처럼 학교, 집, 학교, 집뿐이었지만 늘 공부에 시달렸고, 아니, 늘 경쟁에 시달렸고, 늘 미래를 걱정했다. 공부에 시달리기 싫어 더 공부에 열중했으며, 경쟁에 시달리기 싫어 1등을 고집했고, 미래를 걱정하기 싫어 더 미래를 위해 살았다. 그래서인지 영주는 지금 여기 앉아 있는 민철이 부럽고, 또 좋았다. 민철은 이해하지 못하겠지만 영주는 민철이 지금 아주 잘 살아가고 있다는 생각이 들었다.

"무력감. 무료함. 공허감. 허무. 한번 빠지면 벗어나기 힘든 마음의 상태지. 마른 우물에 빠져 웅크리고 앉아 있는 기분일 거야. 그 안에선 이 세상에서 가장 무의미한 존재가 나인 것만 같고, 나만 힘든 것 같고, 그렇지."

정서가 뜨개질에서 눈을 떼지 않은 채 코로 숨을 길게 내뱉었다. 영주는 잠시 정서의 손을 바라보다가 말을 이었다.

"나는 그래서 책을 읽는 것 같아. 책이란 말만 나오면 따분하지?"

영주가 부드러운 표정을 지으며 말하자 민철이 "아니요"라고 대답했다.

"책을 읽다 보면 알게 되는 게 있어. 저자들이 하나같이 다 우물에 빠져봤던 사람이라는 걸. 방금 빠져나온 사람도 있고, 예전에 빠져나온 사람도 있고. 그리고 그들은 하나같이 이렇게 말하는 것 같아. 앞으로 또 우물에 빠지게 될 거라고."

"우물에 빠졌었고, 또 앞으로 빠질 사람들의 이야기를 왜 들어야 하는 거예요?"

민철이 이해할 수 없다는 듯 물었다.

"음…… 간단해. 우리는 나만 힘든 게 아니라는 사실을 깨닫는 것만으로도 힘을 낼 수 있거든. 나는 나만 힘든 줄 알았는데, 알고 보니 저 사람들도 다 힘드네? 내 고통은 지금 여기 그대로 있지만 어쩐지 그 고통의 무게가 조금 가벼워지는 것도 같아. 태어나서 죽을 때까지 마른 우물에 한 번도 빠진 적 없는 사람이 과연 있을까, 하고 생각하면 없을 것 같다는 확신도 들어."

영주가 옅은 미소를 머금고 계속 말했다. 그 앞에서 민철은 조금은 심각한 표정으로 영주의 말을 들었다.

"그렇다면 이제 이렇게 무력한 상태로는 그만 있어볼까 하는 마음이 드는 거야. 그래서 웅크린 몸을 쭉 일으켜 세웠는데, 글쎄! 우물이 그리 깊지 않았던 거야. 이것도 모르고 우물 속에서 그렇게 음침하게 살고 있었구나 싶어서 웃음이 나. 그런데 그 순간 갑자기 오른쪽 35도 각도쯤에서 살랑살랑 미풍이 불어오는 거야. 문득, 살아 있다는 게 다행이라는 생각이 들어. 바람에 너무 기분이 좋아져서."

"죄송하지만, 무슨 말인지 잘 모르겠어요."

민철이 미간에 힘을 주고 눈을 깜빡이며 하는 말에 영주가 바로 사과를 했다.

"응, 미안. 내가 너무 내 기분에 취했네."

"그런데, 이모."

"응."

"방금 하신 얘기에도 숨통이 있어요?"

"응, 있어."

"뭔데요?"

"바람."

"바람?"

고개를 끄덕이는 영주의 얼굴이 편하게 풀어졌다.

"가끔 그런 생각이 들거든. 아, 이 얼마나 다행인가. 내가 바람을 좋아해서 얼마나 다행인가. 저녁 바람만 맞으면 숨통이 확 트이는 기분이 들어 얼마나 다행인가. 지옥엔 바람이 없다는데 그럼 여기가 지옥은 아닌 듯하니 또 얼마나 다행인가. 하루 중 이 시간만 확보하면 그런대로 살 수 있을 것 같은 기분이야. 우리 인간은 복잡하게 만들어졌지만 어느 면에선 꽤 단순해. 이런 시간만 있으면 돼. 숨통 트이는 시간. 하루에 10분이라도, 한 시간이라도. 아, 살아 있어서 이런 기분을 맛보는구나 하고 느끼게 되는 시간."

"맞아, 맞아."

정서가 작게 중얼거리는 소리에 잠시 고개를 돌렸던 민철이 다시 심각한 얼굴로 영주를 봤다.

"네…… 그래서 저도 그런 시간을 가져야 한다고 엄마는 생각하는 거죠?"

"글쎄. 민철이 엄마 생각은 나도 잘 모르겠다."

"그럼, 이모는요?"

"나?"

"네."

"그냥……."

영주가 민철을 보며 환하게 미소 지었다.

"마른 우물에서 한번 일어나보는 것도 좋을 거라고는 생각해. 한번 그래 보라는 거지. 그다음에 어떤 일이 일어날지는 아무도 몰라. 아무도 모르니까 한번 해보라는 거야. 궁금하잖아. 일어나보면 무슨 일이 벌어질지."

깔끔하게 거절하고 싶었지만

요즘엔 퇴근하고 집에 오면 늘 6시 언저리다. 씻고 저녁 준비하고 밥을 먹고 조금 시간을 보내다가 설거지까지 끝내면 8시 정도 된다. 승우는 그때를 기점으로 완전히 다른 사람이 된다. 더는 무난한 직장인을 연기하는 연기자일 필요 없다. 책임이라는 직급을 벗고, 기계적인 행동과 생각을 지우고, 무감해지려는 노력도 그만둔다. 이젠 온전히 나 자신으로 존재하는 시간. 지금부터가 진짜 시간이다.

지난 몇 년 퇴근 후 집으로 돌아와 잠자리에 들 때까지, 승우는 한번 꽂히면 질릴 때까지 파고드는 타고난 성향을 마음껏 풀어놓았다. 승우가 꽂힌 대상은 한국어였다. 그 전에는 프로그래밍 언어에 푹 빠져 10여 년을 보냈다. 하지만 승우는 이제 더는 프로그래머가 아니다. 그저 습관처럼 출근했다 퇴근하는 직장인일 뿐이다.

한국어에 빠져 지낸 시간은 피곤했지만, 즐거웠다. 집중할 것이 있어서, 하고 싶은 공부를 마음껏 할 수 있어서 좋았다. 회사에서 소진한 에너지를 집에서 충전했다. 공부 결과는 블로그에 기록했다. 어느 정도 실력이 늘자 실전 문제 풀 듯 다른 사람들이 쓴 문장에서 오류를 찾기 시작했다. 차츰 블로그 이웃이 늘어갔다. 승우에게도 블로거라는 자의식이 싹트기 시작했다. 낮에는 직장인, 밤에는 블로거로 살아온 지도 5년이 넘었다.

승우는 신기했다. 블로그 이웃들은 얼굴도 모르는 승우를 진심으로 응원해주었다. 블로그에 댓글을 달고, 나서서 책 홍보를 하고, 승우의 칼럼을 여기저기 퍼 나르는 사람들. 눈 한 번 마주친 적 없는 타인을 위해 시간을 쓰는 사람들이었다. 사람들은 누가 하라고 한 것도 아닌데 한국어 문장을 공부하고, 그 결과를 대가 없이 공유한다는 사실을 높이 평가하는 듯했다. 승우가 삶을 대하는 태도에 용기를 얻었다고 말하는 사람들까지 생겨났다. 사생활에 대해선 거의 말을 하지 않는 승우에게 이런 반응은 놀라웠다. 글은 글 자체로 글쓴이의 삶을 반영하는 것인가. 그렇기에 영주가 그런 질문을 했던 걸까.

'작가님과 작가님 글은 닮았나요?'

승우는 또 떠오른 영주의 얼굴을 이젠 그냥 내버려뒀다. 북토크를 다녀온 후 영주에게서 받은 인상이 사라지지 않아 곤혹스러워하길 여러 번이었다. 승우 본인도 영주의 어느 부분에서 받은 인상이 이토록 머리를 맴도는지 알 수 없었다. 승우를 보며 문득문득 반짝거리던 눈빛, 글에서 느껴지던 차분함, 아니면 슬픔이라고

할 정조와는 달리 밝고 명랑하던 태도(승우는 영주를 만나기 전에 휴남동 서점 블로그에서 영주의 글을 읽었다), 지적인 이야기를 하면서도 위화감을 주지 않는 말투, 유머와 위트, 어쩌면 이것들을 모두 합한 종합적인 이미지 때문인지도 몰랐다.

떠오르면 떠오르는 대로 내버려두면 언젠간 떠오르지 않겠지 싶었다. 앞으로 두 사람이 다시 볼 일은 없을 테니까. 그런데 얼마 전 영주에게서 메일이 온 것이다. 당연히 거절 메일을 보낼 생각이었다. 그런데 아직도 답장을 보내지 못하고 있었다. 메일을 보낸 입장에선 도대체 본인이 왜 일주일이 지나서도 답메일을 받지 못하고 있는지 상상조차 하지 못하리라. 더 이상 기다리게 하면 안 될 거였다. 오늘은 꼭 답장을 보내야 했다. 승우는 답장을 보내기 전에 영주가 보낸 메일을 다시 한번 읽었다.

안녕하세요. 현승우 작가님.

휴남동 서점 이영주라고 합니다.

혹, 벌써 잊으신 건 아니죠?:)

작가님께서 쓰신 책, 찾는 독자분이 많아요.

다시 한번, 좋은 책 써주셔서 감사드립니다.

이렇게 메일을 드리는 이유는 혹 강의를 맡아주실 수 있을지 여쭙고 싶어서인데요.

저희 서점에서 글쓰기 강의를 시작하게 됐습니다.

매주 토요일에 8주간 진행할 예정이고요. 두 시간 강의입니다.

만약 작가님께서 맡아주신다면 강의 타이틀은 '문장 고치는 방법'으로 생각해두었는데요.

글 쓰는 방법을 알려주는 강의가 아니라, 이미 쓴 글을 고치는 방법을 알려주는 강의로 방향을 정해두었거든요.

강의는 작가님 책을 자료 삼아 진행하면 될 것 같은데, 괜찮으실까요?

마침 『문장 잘 쓰는 법』이 열여섯 개 챕터로 구성되어 있으니, 한 주마다 두 챕터 내용으로 강의 진행하시면 크게 준비할 건 없으실 듯합니다.

작가님, 어떠세요? 토요일에 시간 되시나요?

전화로 연락드리는 게 예의이나, 불편하실지도 몰라 메일로 제안드립니다.

답메일 보내주시면, 전화드릴게요.

그럼, 작가님!

답변 기다리겠습니다.

이영주 드림.

이해하기 어려운 내용 하나 없이 명료한 글인데도, 자꾸 읽게 됐다. 메일을 읽을 때마다 머릿속에는 가장 적합하다 생각되는 답장 내용이 흘렀다. 미안합니다, 제가 강의를 하기엔 능력이 모자란 것 같습니다, 좋은 제안 주셨는데 거절해야겠네요, 그럼, 수고하세요. 그런데 문제는 키보드에 손이 올라가지 않는다는 거였다. 승우는 난항이 예상되는 프로젝트에 투입되는 마음으로 억지로 팔을 들었다. 겨우 키보드에 손가락들을 안착시켰다. 이젠 몇 문장만 쓰면 끝이다. '미안합니다'로 시작하는 몇 문장을.

거절하고 싶었다. 아니, 거절해야 했다. 책이 나오고 나서 승우는 매주 북토크를 했다. 편집자 말로는 첫 책을 낸 작가에게 이렇게 잦은 북토크 섭외가 오는 일은 드물다고 했다. '그러니 좋아 좀 하세요!'라는 의미를 담은 편집자의 목소리를 들었지만, 승우는 좋아할 수 없었다. 북토크를 할 때마다 하루를 몽땅 날려버리는 일, 과연 북토크에서 헛소리는 안 했는지 되짚어보느라 그 이후의 시간을 날려버리는 일, 며칠 후에 있을 북토크를 염려하느라 또 시간을 낭비하는 일, 편집자의 잦은 연락, 거기다가 신문사 인터뷰까지. 한마디로, 책이 나오고 나서 승우는 시간을 빼앗겼다. 여기저기에 시간을 뿌리고 다니느라 승우가 쓰고 싶은 곳에 제대로 시간을 쓰지 못하고 있었다. 승우는 최대한 빨리 책이 나오기 전의 일상으로 되돌아가고 싶었다. 초등학교 산수 공식처럼 단순하던 삶의 질서 속으로 돌아가고 싶었다.

그러므로 강의를 승낙하는 건 안 될 말이었다. 강의라니. 그것도 고정으로 하는 강의. 그것도 매주. 그것도 8주나. 아무리 생각해도 이 강의는 거절해야 하는 것이 맞았다. 이렇게 마음을 먹고 왼손 약지에 힘을 주려는데 승우는 문득 궁금해졌다. 지난 몇 주 승우를 휘저어놓던 당혹감은 사라지고 순수한 궁금증만 남았다. 정말이지 영주의 어느 면이 승우를 흔들어놓은 걸까. 한 사람을 떠올리며 가슴 답답해하기 정말 오랜만이었다. 오랫동안 잊고 있던 감정이었다. 다신 경험하지 못할 감정이라고도 생각한 적 있었다.

그렇다면 이 감정을 따라가보는 건 어떨까. 도망치는 건 싫으니까. 궁금하니까. 나는…… 궁금한 건 못 참는 사람이니까. 궁금증이 해결되면? 그건 그다음에 생각하면 될 일이었다.

이렇게까지 생각하고 나서 승우는 마음이 불러주는 대로 일곱 문장을 옮겨 적었다.

안녕하세요. 이영주 대표님.

좋은 제안 주셔서 감사합니다.

토요일 강의 맡도록 하겠습니다.

다만 저녁 시간이 좋을 듯합니다.

수고하십시오.

현승우 드림.

다시 읽어보지도 않고 보내기 버튼을 눌렀다.

받아들여지는 느낌

정서는 지미를 따라 얼떨결에 영주 집에 들어섰다. 뜨개질만 마무리하고 가려던 것이 늦어져 결국 서점 마감 시간까지 있게 됐고, 이왕 이렇게 된 거 영주와 같이 나가려던 것이 서점 앞에서 지미를 만나게 됐다. 지미는 아무런 거리낌 없이 정서의 팔을 잡고 영주의 집까지 끌고 왔다. 수세미를 아직까지 잘 쓰고 있다며 그 답례를 꼭 하고 싶다면서.

정서는 영주 집이 한눈에 마음에 들었다. 책상 하나만 덩그러니 놓여 있는 거실이 휑해 보이기도 했지만, 그보단 단순함이 주는 평온함이 더 컸다. 영주에게서 느껴지는 분위기가 이 공간에서 비롯되고 있는 것 같았다. 조금은 외로워 보이면서도 반면 누구보다 안정감이 느껴지는 서점 대표 언니. 영주가 형광등을 켜는 대신 조명을 하나씩 켜자, 지미는 고개를 저으며 신음하듯 "어둡다, 어두워"

하고 말했다.

"이 집 정말 마음에 드는데요?" 정서가 화장실에서 손을 씻고 나오며 말했다.

"괜한 인사치레하지 마요. 난 뭐 이런 집이 다 있나 싶은데." 지미도 손을 씻으며 화장실 안에서 말했다.

"거짓말 아닌데요? 명상하면서 뜨개질하기 정말 좋을 것 같아요. 저기, 저 벽 앞에서요."

정서의 손가락 끝이 가리키는 벽 쪽으로 두 사람의 시선도 옮겨갔다. 책상 건너편 벽, 두 사람이 늘 누워 노는 벽이다.

"오케이. 이제부터 저기 저 벽은 정서 씨 거야."

정서는 영주가 가져다준 방석 위에 좌선하는 자세로 앉았다. 그러고는 호흡에 집중하는 대신 두 사람의 움직임을 지켜봤다. 두 사람은 방과 후 매일 만나 노는 친구들처럼 호흡이 척척 맞았다. 영주는 찬장에서 컵과 접시를 꺼냈고, 지미는 냉장고에서 밥이 될 만하면서 안주로도 좋을 먹을거리들을 꺼냈다. 350밀리리터 맥주 캔 세 개와 종류도 다양한 치즈, 종류도 다양한 건조 과일칩, 훈제 연어에 무순, 그리고 훈제 연어에 무순과 함께 올리면 맛있을 것 같은 소스가 거실 바닥에 놓였다. 테이블도 따로 없는 모양이라고 생각했지만, 정서의 눈은 금세 싱크대 옆에 버젓이 세워놓은 자그마한 테이블을 찾아냈다. 그냥, 이렇게 노는 게 재미있는 모양이었다, 이 언니들은.

"자, 맥주 짠!"

한 모금, 두 모금 맥주가 기분 좋게 몸속으로 흘러 들어갔다. 영주는 치즈 한 조각을, 지미는 소스를 얹은 연어를, 정서는 귤칩을 방금까지 맥주를 머금었던 그곳으로 가져갔다. 맛있었다. 정서에게는 회사를 그만두고 처음 마시는 술이었다.

정서는 스리슬쩍 좌선 자세를 풀었다. 다리를 쭉 편 채 벽에 등을 기대고 맥주를 홀짝이며 두 언니의 이야기를 들었다. 두 언니는 마치 이등변삼각형의 두 변처럼 길게 누워 아무 말을 정성 들여 하고 있었는데, 정서가 추측하기로는 이렇게 누워서 이야기를 하다가 잠이 든 적도 많을 것 같았다. 두 사람은 누워 있다가 갑자기 일어나 앉아 맥주를 마시고 안주를 먹었다. 그러고는 주로 다시 누웠는데, 가끔은 그대로 앉은 채 문득 생각났다는 듯 정서에게 '짠'을 청하기도 했다. 정서는 오늘따라 맛있는 맥주를 주저하지 않고 계속 마셨다.

두 사람은 자세한 내막은 설명하지도 않으면서 이야기를 나누는 중에 자꾸만 정서에게 동의를 구하는 눈빛을 보내기도 하고 의견을 구하기도 했는데, 정서가 무슨 말을 하든 고개를 끄덕이며 마음에 들어 했다. 정서는 이 상황이 마냥 재미있었다. 그래서 10시 반 이후로는 더는 시계를 보지 않았다.

"민준이가 그렇게 말하더라고."

지미가 낮은 목소리로 말했다.

"그래서, 당분간 가만히 있어보려고."

"어떻게요?"

"생각할 시간이 필요한 것 같아. 생각할 동안엔 그분 욕도 안 할 거야. 잔소리도 안 할 거고. 그러니까 내가 그분 욕 안 한다고 섭섭해하지 마."

"섭섭하긴요."

"그리고 걱정도 하지 마."

"무슨 걱정요?"

"나는 잘 살 거니까."

"전 언니 걱정 안 해요."

대화를 하다 말고 천장을 보고 누워 있는 두 사람을 보며, 정서는 자리에서 일어났다. 거실 통유리창 앞에 서자 동네가 한눈에 들어왔는데, 그 모습이 정말 예뻤다. 바로 앞 길가에 서 있는 가로등이 운치 있는 분위기에 힘을 보탰고, 그 뒤로는 키가 작은 집들이 내뿜는 빛이 여기저기에서 새어 나오고 있었다. 손을 뻗으면 닿을 만큼 가까워 보이는 앞집 불이 꺼지는 것을 보며 왠지 기분이 좋아지는 걸 느끼던 정서 옆에, 어느새 영주가 다가와 섰다. 영주는 창밖을 바라보다가 평소처럼 친절한 목소리로 "예쁘죠?" 하고 물었다. 정서는 나지막한 목소리로 "네, 예뻐요" 하고 대답했다. 그러자 갑자기 이상한 느낌이 들었다. 받아들여지고 있다는 느낌. 휴남동 서점을 처음 찾은 날 받았던 느낌이었다. 왜 이런 느낌이 또 드는 거지. 정서는 이 집에서도 자기가 받아들여지는 것만 같다고 느끼는 자체가, 이 느낌을 자기가 소중하게 생각한다는 자체가, 놀라우면서도 슬펐다. 하지만 그녀는 이 슬픔이 좋은 슬픔이라고 생각했다. 이제야 무엇이 문제였던 건지 이 감정을 통해 확실히 알게 되었으니까.

"그런데 명상은 언제부터 한 거예요? 오래됐나?"

생각에 잠긴 채 창밖을 바라보던 두 사람은 소리가 들리는 쪽으로 고개를 돌렸다. 지미가 새 판을 짜듯 음식을 모으며 빈 접시를 정리하고 있었다. 정서 쪽에서 아무 대답이 없자 접시를 들고 일어서던 지미가 그녀를 쳐다봤다.

"사람들이 명상을 시작하는 이유가 궁금해서요."

"아……."

"좋으면 나도 좀 하게."

화를 잠재우는 능력이 필요해

명상을 시작한 계기를 말하려면 회사를 왜 그만뒀는지부터 말해야 했다.

"제가 너무 화가 나서 회사를 그만뒀거든요?"

정서는 벽에 등을 기댄 채 침을 꿀꺽 삼키고는 이야기를 시작했다. 대학을 졸업하고 직장 생활 8년째이던 올봄, 정서는 퇴사를 결심했다. 매일 화가 나는 상황에 너무 화가 나서였다. 출근을 하다가, 밥을 먹다가, 텔레비전을 보다가 순간적으로 화가 나 그게 무엇이든 눈에 보이는 건 다 때려 부수고 싶었다. 내가 왜 이러나 싶어 병원에 가봤지만 의사가 하는 말이라곤 스트레스를 받지 말라는 게 전부였다.

정서는 계약직으로 일을 시작해 계약직으로 일을 끝맺었다. 처음엔 2년 열심히 일하면 정규직이 될 수 있다는 팀장의 말을 곧이

207

곧대로 믿었다. 정규직 직원처럼 정말 열심히 일했다. 그들처럼 회사 걱정도 하고, 그들처럼 야근도 했으며, 그들처럼 집에서도 일을 했다. 열심히 일하는 정서의 모습에 주위 정규직 직원들도 아낌없는 격려의 말을 해주었다. "정서 씨라면 정규직으로 전환될 수 있을 거야." 하지만 전환되지 않았다. 팀장은 정서에게 미안하다며 다음엔 꼭 될 수 있을 거라고 말했다.

"그때 팀장이 말끝을 흐리며 노동 유연화 어쩌구 그러는 거예요. 그땐 그게 뭔지 신경도 쓰지 않았고요. 그런데 2년 뒤에 또 정규직 전환에 실패하면서 그 말이 떠오르는 거예요. 인터넷에 검색하니까 기사도 많더라고요. 그러니까 노동 유연화라는 게 기업이 원할 때 직원을 손쉽게 자를 수 있어야 한다는 거잖아요? 타사와의 경쟁 때문에 어떤 직군을 축소하거나 없애야 할 때 직원을 자를 수 있어야지만 기업이 살아남을 수 있다고요. 처음엔 저도 그럴 수 있겠구나 싶었어요. 어릴 때부터 아빠가 이런 말을 자주 했거든요? 기업이 살아야 국민이 산다고요. 기업이 잘돼야 우리가 먹고살 수 있다고요. 그런데 그렇다면 결국 기업이 살아남아야 하니까 제가 계속 계약직이어야 한다는 말이잖아요? 잘리면 찍 소리 한 번 내지 못하고 회사에서 쫓겨나야 한다는 거잖아요? 그때 이런 생각이 들었어요. 이게 뭐지? 사는 게 이게 뭐지?"

정서는 여기까지 말을 하고 그녀의 이야기를 주의 깊게 듣고 있는 두 언니를 쳐다봤다. 지금 자기가 말을 지나치게 많이 하는 건가 싶었지만 술 때문인지 계속 말을 하고 싶었다. 다행히 언니들의 눈에서는 지루한 기색이 읽히지 않았다. 정서는 앞에 놓여 있던 맥주 캔을 들어 앞으로 쭉 뻗으며 언니들을 번갈아 쳐다봤다. 그러자 언니들은 기다렸다는 듯 맥주 캔을 따라 들더니 정서에게 부딪쳐왔다. 정서는 맥주를 한 모금 들이켜고 다시 이야기를 시작했다.

"짜증이 확 났는데 뭐가 맞는 건지는 잘 모르겠더라고요. 그래서 그때는 그냥 넘어갔죠. 그런데 언니, 한 2년 전쯤에 제 간호사 친구가 호주로 워홀을 갔거든요? 간호사면 전문직이잖아요. 그런데 그 일이 하기 싫다고 호주로 떠난다는 거예요. 왜 그러냐 했더니 자기가 실은 계약직이었대요. 일도 무지막지하게 힘든데 계약직 서러움까지 받아야 하니까 일할 맛이 안 나더라는 거예요. 몇 년 동안 마음 편히 자본 기억도 없다면서 고생하더라도 희망이 보이는 곳에서 고생을 하러 가는 거래요. 그때 그 친구가 해준 말이 뭐냐면요. 병원에 계약직이 정말 많다는 거예요. 청소하는 아주머니들, 시설 유지 보수하는 아저씨들, 보안 일 하는 청년들, 그리고 의사까지 계약직. 그때 친구 말을 듣고 확실히 깨닫게 됐어요. 노동 유연화라는 게 다 거짓말이구나. 앞으로 사라질 직군일지 몰라 쉽게 자를 수 있게 계약직으로 뽑았다고는 하지만, 이건 말이 안 돼요. 그럼 앞으로 청소하는 사람, 시설 유지 보수하는 사람, 보안 일 하는 사람, 간호사, 의사가 다 사라진다는 말이에요? 이 사람들이 하는 일이 없어질까 봐 계약직으로 뽑는다고요? 언니 제가 콘텐츠 기획 일을 지금까지 8년 했거든요? 그런데 그 8년을 다 계약직으로 일했어요. 콘텐츠로 먹고사는 회사가 콘텐츠를 기획하는 사람을 계약직으로 뽑는 게 노동 유연화 때문이라고 생각해요, 언니? 그냥 자기들 마음대로 사람을 부리려고 그러는 거잖아요."

두 언니는 고개를 끄덕였다.

"여하튼, 제가 회사를 이직했어요. 어차피 정규직 전환도 해주지 않을 회사에 계속 다니고 싶지는 않았거든요. 옮긴 회사에서도 계약직으로 일하긴 했지만요. 말로는 무기 계약직이라고 하는데, 계약직이면 계약직이지 무슨 무기 계약직이야. 다 말장난이지. 회사를 옮기고 나서도 은근한 유혹은 계속됐어요. 저보고 열심히만 하면 정규직이 될 수 있을 거라고 말하면서 야근시키고, 특근시키고, 자기들 일 떠넘기는 사람들의 유혹이요. 그래도 먹고살려고 믿어주는 척하며 야근도 하고, 특근도 하고, 집에 와서도 일하고 그랬는데요. 언젠가부터 너무너무 그러기 싫더라고요. 싫은데 억지로 해야 하니까 매일 화가 나고."

정규직 직원이라고 해서, 하기 싫은 일을 안 하는 건 아니었다. 그들은 사원증을, 정서는 출입증을 목에 걸고 다녀도 어차피 아침에 출근하고 눈치 보며 퇴근하는 건 같았으니까. 하지만 정규직과 계약직은 분명 달랐다. 정서는 예전부터 직장인들이 스스로를 기계의 부품으로, 특히 톱니바퀴로 비유하는 소리를 자주 들었다. 언제든 교체 가능하며 늘 반복되는 일상에 갇힌 슬픈 도구. 그런데 계약직은 톱니바퀴도 될 수 없는 존재였다. 톱니바퀴가 제대로 돌아가게 도와줄 기름 같은 존재. 도구의 도구 같은 존재. 회사는 계약직 직원을 물에 섞이지 못하는 기름처럼 대하고 있었다.

"특히 그 사건이 있은 후로는 다 싫어졌어요. 일도, 사람도요. 무슨 일이 있었는지 알아요? 어느 날 부장이 잠깐만 얘기하자고 하면서 절 부르는 거예요. 새로운 프로젝트를 시작해야 하는데 정서 씨가 좀 맡아줄 수 있겠느냐고요. 한번 마음껏 능력을 펼쳐보래요. 이번엔 특별히 제 재량껏 할 수 있는 게 많다면서요. '이것만 잘하면 혹시?' 하는 기대를 한 건 아니었지만 그래도 제 마음대로 능력껏 일을 할 수 있다는 게 좋아서 정말 열심히 했어요. 2개월 동안 오랜만에 일하는 재미에 푹 빠졌던 것 같아요. 그런데 2개월이 지나서 부장에게 결과물을 가져갔더니 그 사람이 어떻게 한 줄 알아요? 그 프로젝트에서 제 이름을 쏙 빼고 어떤 멍청한 대리 이름을 써 넣은 거예요. 그 대리는 정말 능력이 없다고 아주 소문이 자자한 인간이었어요. 그때 부장이 저한테 뭐라고 말했는지 알아요? 억지로 미안하다고 하더니 이해하래요. 정서 씨는 어차피 승진도 못 하잖아, 좋은 일 했다고 생각해, 라고요."

정서는 이 사회가 사람을 무례하게 대한다고 생각했다. 사람들 역시 서로를 무례하게 대하는 건 마찬가지였다. 겉으로는 위선을 떨며 속으로는 상대를 이용해 먹으려는 사람들이 수두룩했다. 그것도 아니라면 무관심했다. 무관심의 내면엔 두려움이 가득했다. 나도 언젠가는, 자칫 잘못하다간 언젠가는, 저 사람처럼 되면 어쩌지, 하는 두려움. 그들에게 '저 사람'이란 바로 정서 같은 사람이었다.

정서는 특히 사람을 끔찍이 미워하게 됐다는 점이 힘들었다. 부장의 친절을 가장한 목소리만 들으면 피가 거꾸로 솟는 것 같았고, 대리의 무능력한 얼굴만 보면 경멸감이 일었다. 그들이 히죽거리며 복도를 거니는 모습을 보면 '나보다 잘난 것 하나 없는 새끼들이 어쩌다 좋은 자리를 꿰차고 앉더니 그 자리에서 떨려날까 봐 발악을 하고 있군' 하고 생각하고 있는 자기 자신을 발견하곤 했다. 정서는 남을 이토록 끔찍하게 깎아내린다는 것이, 사람을 이토록 증오하게 됐다는 것이 슬펐다. 그래서 더 화가 났다. 일에 집중할 수가 없었다. 일이 재미없어졌다. 다 싫어졌다.

"이러다 정말 성격 파탄자가 되겠더라고요. 매일 화가 나니까 몸도 망가지고요. 피곤해죽겠는데 잠이 안 와서 날밤 꼬박 새우고 출근하는 날도 많았어요. 그래서 그만뒀어요. 어차피 이 정도 일은 또 구할 수 있으니까. 회사를 그만뒀다고 하니까 친구들이 여행이라도 다녀오라고 했는데요, 전 그러고 싶지도 않았어요. 며칠 나가 있다고, 세계 여행 한다고 가라앉힐 수 있는 화였으면 애초에 생기지도 않았을 것 같았어요. 어차피 또 언젠가는 일을 해야 할 거 아니에요. 그럼 또 열이 받을 테고요. 그때마다 여름휴가, 겨울휴가만 기다릴 수는 없잖아요. 저는 일상의 평화를 원했어요. 화를 잠재우는 능력을 얻고 싶었던 거예요. 그래서 어떻게 하면 화를 가라앉힐 수 있을지 생각하다가 명상을 해볼까, 한 거예요."

이다음부터의 이야기는 영주도 어느 정도 알았다. 커피 한 잔 시켜놓고 가만히 앉아 있던 정서는 명상을 하던 거였고, 어느 날 수세미를 뜨기 시작한 건 명상이 너무 어려워 우회로를 찾은 결과였고, 수세미를 완성하고 나서 뜨개질을 시작한 건 무언갈 만드는 데서 의외의 재미를 찾았기 때문이었고, 수세미를 뜨고 뜨개질을 하는 틈틈이 지그시 눈을 감고 있던 건 여전히 명상을 수행하고 있던 거라는 걸.

"명상을 한다고 잡념이 사라지진 않았어요. 잡념이 사라지지 않으니까 화는 계속 났고요. 눈을 감고 호흡에만 집중하려 해도 자꾸만 그 부장 새끼 얼굴이 떠오르고 그 대리 새끼, 아니 이제 과장이 된 그 새끼의 느려터진 걸음이 떠올라 미치겠더라고요. 이대로 안 되겠다 싶어서 뭐라도 만들어본 거예요. 어디선가 손을 움직이는 것만으로도 잡념을 사라지게 할 수 있다는 말을 들은 기억이 났거든요. 해보니 알겠더라고요. 손을 움직여서 잡념이 없어지는 게 아니라, 손을 움직이며 어떤 대상에 집중하고 있기 때문에 잡념이 없어지는 것 같았어요. 뜨개질에 몇 시간 집중하다가 현실로 돌아오면 두 가지가 좋더라고요. 결과물이 생긴다는 거, 그리고 마음이 개운해진다는 거요. 적어도 뜨개질을 할 땐 화가 나지 않으니까요."

두 언니는 정서의 말을 끝까지 귀 기울여 들어주었다. 정서가 이야기를 끝내자 언니들은 천장을 보고 눕더니 정서도 얼른 누우라고 했다. 정서도 몸을 쭉 펴고 벽을 따라 누웠다. 뜨개질을 한 것처럼 마음이 개운하기도 했고, 명상을 할 때처럼 몽롱해지기도 했다. 스르륵 잠이 쏟아지려고 했다. 눈을 끔뻑끔뻑하다 감았다. 정서는 막연히 생각했다. 이렇게 누워 있다가 잠들면 기분 좋게 깨어날 수 있을 것 같다고.

글쓰기 강의 시작

승우는 두툼한 점퍼를 걸치고 백팩을 멘 채 휴남동 서점으로 걸어가고 있었다. 차를 타고 가도 됐지만 지하철역에서 서점까지의 길을 한번 걸어보고 싶었다. 지난번에도 느꼈지만 휴남동 서점은 확실히 우연히 지나가다 들르는 그런 종류의 서점은 아니었다. 동네 사람이 아니고서는 마음먹고 찾아와야 하는 곳. 이런 곳에다가 영주는 무슨 생각으로, 어떤 이유로 서점을 열었을까.

차분한 분위기의 동네였다. 불과 10분 전만 해도 번잡한 거리를 지나와야 했던 승우는 마치 연극이 끝나고 난 뒤의 무대를 걷고 있는 기분이었다. 이 동네를 지나다니는 사람들의 손엔 쇼핑백이 아닌 장바구니가 들려 있을 것 같았고, 그들이 골목을 걷다 마주치는 사람들은 대부분 낯선 이가 아닌 이미 눈인사 몇 번 정도 나눠본 이들일 것 같았다. 휴남동 서점의 미덕은, 이런 생각을 불러오는 동네

214

에 자리 잡고 있는 것인지도 몰랐다. 눈앞에 존재하지만 과거에 속해 있는 것 같은 동네의 분위기가 사람들을 휴남동 서점으로 불러들이는 것인지도.

25분쯤 걸어 휴남동 서점에 도착했다. 승우는 서점으로 들어가기에 앞서 문 앞에 세워진 입간판을 읽어봤다.

- 휴남동 서점에서도 드디어! 글쓰기 강의를 시작합니다. 매주 토요일『매일 읽습니다』의 이아름 작가님,『문장 잘 쓰는 법』의 현승우 작가님과 함께해요. ^^

본인이 책을 냈다는 사실도, 작가로 불린다는 사실도 아직은 어색하기만 한 승우는 입간판에 쓰인 문구를 읽자 얼굴이 달아오르는 걸 느꼈다. 몇 년 전까지만 해도 생각지도 못했던 일이 본인에게 벌어졌다는 것이 신기하기만 했다. 과연 그 누구도 미래를 예측할 수 없다는 말이 맞았다.

문을 열고 들어가자 처음 왔을 때와 마찬가지로 섬세한 기타 선율이 가장 먼저 승우의 감각을 자극했다. 이어 우아하면서도 다정한 조명 빛이 그의 눈을 충족시켰다. 승우는 마치 이곳에 처음 온 사람처럼 서점을 천천히 둘러보았다. 급할 것 하나 없다는 태도로 가만히 서서 책을 찾거나, 읽거나, 만지는 사람들을 속으로 한 명씩 세어보았다. 마지막 사람을 세고 나서야 느리게 고개를 돌려 어딘가를 바라봤다. 그의 시선 끝엔 책을 계산하고 있는 손님의 뒷모습이 있었다. 승우는 손님이 계산을 끝마칠 때까지 멀찍이 서서 기다렸다. 그렇게 기다리는 동안 섬세한 기타 선율도, 우아하면서 다정한 조명 빛도 승우의 감각 체계에서 점점 사라져갔다. 손님이 떠난 자리 너머에 영주가 있었다.

그녀는 적당한 두께의 연두색 라운드 티에 골반까지 내려오는 카키색 카디건을 걸치고 9부 청바지를 입고 있었다. 신발은 보기에도 편해 보이는 흰색 운동화였다. 손님이 떠나는 모습을 지켜보던 영주의 시선에 승우가 들어오자, 영주가 그를 향해 웃었다. 승우는 차분한 표정으로 영주에게 걸어가며 머릿속으로는 분주하게 인사말을 골랐다. 과연 가장 적당한 인사말이라는 게 존재하는지 의문이 들자 두뇌 회전이 급속도로 느려지는 듯했지만 승우의 뇌에서 일어나는 일이 겉으로 드러나지는 않았다.

영주가 카운터에서 나오며 말을 걸어왔다.

"작가님! 일찍 오셨네요. 길이 막히진 않았죠?"

승우는 질문에 맞는 대답을 무리 없이 골라냈다.

"네, 지하철 타고 와서 막히진 않았습니다."

"저번엔 차 타고 오지 않으셨어요?"

승우는 쉬운 질문에 쉽게 대답했다.

"네, 저번엔 그랬죠."

승우는 영주의 눈을 마주보며 이 눈빛 때문인지도 모른다고 생각했다. 지금 자기가 이토록 쓸데없이 긴장한 이유가. 아니, 어쩌면 지금 자기가 이렇게 긴장을 한 건 그렇게 낮지 않은 확률로 오늘 하는 강의 때문인지도 몰랐다. 공대 출신 승우가 사람들 앞에서 말을 할 일은 거의 없었다. 간혹 기술 세미나를 하기도 했지만 하는 사람이나 듣는 사람이나 건조하게 말하고 듣는 분위기였다. 더 효율적으로 더 재미있게 말을 하는 재주는 딱히 필요 없었다. 정확하고 명료하기만 하면 됐다. 그런데 오늘 강의에서도 그저 정확하고 명료하기만 해도 될까. 승우는 오늘 자기가 어떤 모습을 보일지 전혀 알 수 없는 기분이었다.

'자처해서 바보가 된 꼴이네.'

이렇게 생각해버리자 오히려 긴장이 풀리는 것도 같았다. 그녀 때문이든, 강의 때문이든 어차피 앞으로 몇 시간 동안은 여러 번 당황할 것이 뻔했다. 말과 행동이 부자연스러울 테고, 백 퍼센트의 잠재력을 끌어올리는 것은 차치하고라도 보통의 모습도 보여줄 수 없을 거였다. 그렇다면 차라리 잘하려는 욕심을 버리는 게 나을 듯했다. 다른 사람에게 내가 어떻게 보일지 신경 쓰지만 않는다면 최악의 하루는 면할 수 있지 않을까.

영주가 안내한 강의실은 아담하고 아늑했다. 음악 소리가 작게 새어 들어오긴 했지만 너무 조용한 것보다는 나을 듯싶었다. 영주가 테이블에 놓인 노트북을 켜면서 리모컨으로는 빔 프로젝터를 작동시켰다. 밖으로 통하는 문 쪽에 설치돼 있던 빔 프로젝터 스크린도 내렸다. 영주가 노트북에서 승우가 보내준 자료를 찾는 사이 승우는 세로로 긴 쪽 테이블 의자에 앉았다. 영주는 허리를 구부리고 서서 노트북 키보드를 두드리며 자료는 프린트해드릴 수 있으니 작가님이 편한 방법으로 진행하면 될 것 같다고, 음료는 언제든 주문하면 된다고 말했다.

세팅을 다 끝낸 영주가 밝은 표정으로 승우 맞은편 의자에 앉왔다.

"작가님, 긴장되세요?"

너무 노골적으로 긴장한 표정이었던 걸까.

"네. 조금."

"오후에 강의했던 작가님이 그러셨는데요." 영주가 승우의 반응을 살피며 말했다.

"강의 분위기가 생각보다 좋았대요. 오신 분들이 다 마음이 열린 상태여서 작가님이 무슨 말을 하든 호의적이었다고 하더라고요."

승우의 긴장을 풀어주려고 하는 말이 분명했다.

"아, 네."

"강의 신청을 받을 때 저희가 설문 조사를 했는데요. 오늘 오시는 여덟 분 중에 다섯 분이 작가님의 책을 구입했고, 또 두 분이 작가님 블로그 이웃이고, 또 세 분이 작가님 칼럼을 읽은 적 있다고 하더라고요. 북토크 할 때마다 느끼는 건데 이렇게 작가님을 미리 알고 있는 분들이 오시면 분위기가 좋았어요. 오늘도 그럴 거예요."

이런 말을 해준다고 해서 승우의 긴장이 사라지진 않을 테지만 그럼에도 승우는 영주의 말을 잠자코 듣고 있었다. 어쩌면 이것 때문인지도 몰랐다. 북토크를 하기 전 읽었던 영주의 글과 실제 영주에게서 느껴지는 이미지의 차이. 잔잔하면서도 깊이 있는 강 같은 글이라고 생각했다. 이런 글을 쓰는 사람이라면 강처럼 은은한 분위기이지 않을까, 막연히 생각했던 것도 같다. 그런데 막상 만난 영주는 강이라기보단 나뭇잎 같았다. 건강한 초록빛을 뿜어내다가 바람이 불면 바람에 몸을 맡기고는 가볍게 날아가는 나뭇잎. 내려앉은 곳에선 눈을 빛내며 조곤조곤 이야기를 시작한다. 정제된 예의와 적당한 관심을 담아. 이런 차이가 승우의 호기심을 자극한 것 아닐까.

자료 준비를 다 끝낸 승우는 고개를 들어 영주와 마주했다. 지난번에도 느꼈지만 영주는 사람을 마주보고 있는 것에 별다른 어려움을 느끼지 않는 것 같았다. 이렇게 마주보고 있는 게 어색하다면 승우 쪽에서 무슨 말이든 꺼내야 할 것 같았다. 그래서 머리를 굴리려고 시동을 걸다가, 그냥 말았다. 승우 자신 때문에 웃음이 날 것 같았다. 뭘 이렇게 긴장하고, 뭘 이렇게 경직돼 있나 싶었다. 상대는 저토록 아무렇지 않게 앉아 신난다는 듯 눈을 반짝이고 있는데.

이렇게 영주와 부드러운 눈싸움을 하고 있자니 한결 긴장이 풀리는 것도 같았다. 차츰 그녀와 마주앉아 있는 이 순간이 자연스럽게 느껴져, 지난 몇 주 동안의 당혹감과 메일 앞에서 망설이던 시간, 그리고 자신이 왜 자꾸 영주를 떠올리는지 궁금해하던 조급한 마음이 불필요했던 것처럼 생각됐다. 어느새 승우의 마음은 평소의 결에 따라 차분하게 가라앉아 있었다. 승우가 눈싸움을 끝내며 말했다.

"사실 오래 망설였습니다. 이 강의요."

영주가 그럴 줄 알았다는 듯 입매를 늘이며 미소 지었다.

"그러셨을 것 같았어요. 연락이 없으셔서. 그래서 제가 너무 무리한 부탁을 드린 건지 걱정이 좀 됐어요. 전, 그냥, 강의를 열어야겠다는 생각이 들었을 때 작가님 얼굴이 딱! 떠올라서 마냥 좋았나

봐요."

"제가 왜 딱 떠오른 건데요?"

승우가 의자 등받이에 느슨히 몸을 기대며 물었다.

"제가 말씀 안 드렸나요? 저 작가님 팬이에요. 작가님 글 정말 좋아해요. 그래서 작가님 책 언제 나오나 기다리고 있다가 딱! 1등으로 북토크 섭외에 성공했잖아요." 영주가 무용담을 늘어놓듯 약간 들뜬 목소리로 말했다.

"이렇게 글을 잘 쓰는 분이 강의를 해주시면 좋겠다 싶었어요. 작가님이 강의하겠다고 연락주셨을 때, 그래서 정말 기뻤어요. 아, 서점 하길 잘했다 싶었고요. 좋아하는 작가를 내 공간에 초대하는 기쁨이 얼마나 큰지 몰라요. 제가 어렸을 때부터 작가들을 얼마나……"

영주가 너무 흥분한 것 같아 말을 멈추고는 민망한 듯 웃었다.

"너무 제 얘기만 했죠."

"아닙니다."

승우가 고개를 저었다.

"그냥 제가 아직 좀 익숙하지 않아요. 제 팬이라고 하는 분을 대면하는 게요."

아, 영주가 입을 살짝 벌렸다가 반성한다는 듯 대꾸했다.

"그럼 제가 좀 자제할게요."

승우가 옅게 미소를 짓고는 말했다.

"역에서 서점으로 걸어오는 길이 좋더라고요."

"꽤 먼데, 걸어오셨어요?"

"네, 사실 여기에 처음 왔을 때 조금 의아했습니다. 왜 이렇게 깊숙한 곳에 서점을 열었을까. 사람들은 왜 이 서점에 오는 걸까. 걸어오면서 알 것 같았어요."

"찾으신 이유가 뭔데요?"

승우가 잠시 그녀를 바라보다가 대답했다.

"여행지에서 모르는 길을 걸을 때의 기분이 나더라고요. 골목골목을 기웃기웃하며 목적지를 향해 걸어가는 기분, 낯설어서, 모르겠어서 설레는 기분, 이런 기분을 느끼려고 사람들은 낯선 곳으로 여행을 가는 건지도 모르겠다고 생각했습니다. 그리고 휴남동 서점이 사람들에게 그런 곳이 아닐까 싶었고요."

"아."

승우의 말에 영주가 감격한 듯 말했다.

"오기 꽤 번거로운 곳을 찾아주시는 분들께 늘 감사한 마음이었는데, 독자분들이 이곳으로 오시는 길에 정말 그런 기분을 느끼실 수 있다면 좋겠네요."

"전 그렇게 느꼈습니다."

승우의 말에 싱긋 웃은 영주가 조금은 장난기 있는 표정으로 상체를 기울여왔다.

"그런데, 작가님. 저 뭐 하나만 여쭤봐도 될까요?"

"뭐요?"

"망설이다가 왜 수락하신 거예요?"

뭐라고 대답해야 할까. 승우도 아직 자신의 마음을 적당한 언어에 담지 못하겠는데. 하지만 그렇다고 거짓말을 하기도 싫었다. 승우는 잠시 생각하다가 대답했다.

"궁금해서요."

"뭐가요?"

"휴남동 서점이요."

"서점이 왜요?"

"그냥 여기에 뭔가 있는 것 같았어요. 사람을 잡아끄는 무언가가. 그게 뭔지 궁금했습니다."

영주는 승우의 대답이 무슨 뜻인지 잠시 생각하다가 뭔가가 생각나 금방 수긍했다. 정서가 말한 그런 느낌을 말하는 건가 싶었다. 정서를 단골손님으로 만든 휴남동 서점의 분위기가 승우마저 잡아끈 것 아닐까. 그렇다면 휴남동 서점, 꽤 승산이 있는 건가. 이대로만 계속 가면 되는 건가. 승우의 말에 기분이 좋아진 영주가 시간을 보며 일어났다.

"방금 그 말씀을 제 가슴에 새기고 싶어요. 제가 늘 바라던 거였거든요. 이 공간으로 사람들에게 다가가고 싶다고요. 덕분에 힘이 많이 났어요, 작가님."

택배 기사님이 올 시간이 됐다며 영주가 문을 닫고 나가자 승우는 자신이 앉아 있는 작고 아담한 공간을 이제야 자세히 둘러봤다. 진실은 교묘히 감추면서 그렇다고 완전히 거짓은 아닌 대답을 찾은 것이지만, 이제 보니 자기가 한 말이 뒤늦게라도 온전한 진실이 되어버린 것 같았다. 분명 이 공간엔 승우를 잡아끄는 무언가가 있었다. 마음에 들었다. 남은 시간이 어떤 식으로 흘러가든, 이미 오늘은 최악의 하루가 될 수 없겠다고 승우는 생각했다.

당신을 응원합니다

영주가 칼럼을 쓰게 된 데에 승우가 한 역할은 없었다. 다만, 담당 기자가 승우 덕분에 영주를 알게 된 건 맞았다. 기자는 승우를 지금껏 딱 한 번 만났다. 한번 얼굴이나 보자는 기자의 말을 승우는 매번 에둘러 거절했다. 어차피 기자도 승우가 만나고 싶어 그러는 건 아니었다. 그래도 담당 기자이니 가끔 안부라도 물어야 한다는 책임감 때문에 형식적으로 만남을 제안하곤 했던 거니까. 서로 마음이 동하지 않는데 불필요하게 만나 친한 척 이야기를 나눠야 하는 상황 자체를 승우는 싫어하는 것 같았다.

담당 기자는 승우의 이런 성향을 일찍이 간파했다. 승우가 마음에 쏙 든 이유였다. 이쪽에서 연락하지 않으면 저쪽에서 연락 올 일이 전혀 없다는 사실에 일 하나가 줄어든 기분이었고, 2주에 한 번 제시간에 딱딱 도착하는 칼럼 역시 딱히 손볼 데가 없었다. 애초에 첨예한 논쟁을 불러온다거나 악플에 시달릴 칼럼이 아니어서 머리 쓰며 사실 여부를 따질 필요도 없었고, 또 문장을 잘 아는 칼럼니스트이니 따로 문장을 수정할 필요도 없었다. 승우의 칼럼은 순풍에 몸을 맡긴 돛단배처럼 평화로이 흘러왔다.

그렇다고 승우에게 관심을 딱 끊을 수는 없어서 가끔 검색창에 승우의 이름을 쳐봤다. 그러다 어느 서점 블로그에서 승우가 강의를 한다는 소식을 접한 것이다. 이미 강의가 진행되고 있는 것도 모자라, 2차 모집도 들어간 모양이었다. 기자가 아는 승우라면 강의를 승낙할 사람이 아니었다. 귀찮아서라도 안 한다고 했을 것 같은데, 왜? 휴남동 서점? 이 서점이 유명한 곳인가? 호기심이 일어 서점 블로그를 이웃추가 해놓고 틈이 나면 들어가봤다. 그리고 거기에서 영주의 글을 만났다. 안 그래도 책에 관한 칼럼을 써줄 칼럼니스트를 찾고 있는 중이었다. 요즘 여기저기에서 독립서점 대표들의 글을 자주 만나던 터라 이왕이면 그 흐름을 타도 괜찮을 것 같았다. 개인적인 면이 강한 글을 쓰기는 하지만 이 부분만 수정, 보완해준다면 새 칼럼니스트를 무난히 발굴할 수 있을 듯했다.

그렇게 해서 일요일 오전, 기자는 영주를 만나게 된 거였다. 처음엔 망설이던 영주도 몇 번의 통화로 마음을 돌렸고 그래도 여전히 불안해하길래 용기도 불어넣고 얼굴도 볼 겸 두 사람이 마주앉게 된 터였다. 그리고 뜻밖에 승우까지. 며칠 전, 기자는 승우와 전화 통화 중에 영주가 칼럼을 맡게 될 것 같다는 말을 꺼냈다. 실은 승우 덕분에 영주를 알게 된 거라며 기자가 그간의 상황을 요약해서 들려주는데도 승우는 별달리 놀라는 기색을 보이지 않았다. 일요일에 영주를 만나려고 한다는 말에도 처음에는 "아, 네" 하고 대답할 뿐이었다. 그렇게 이런저런 이야기를 하다 전화를 끊으려는데, 승우가 덤덤한 말투로 일요일에 자기도 가도 되냐고 물어온 것이다. 계약 연장에 관해서도 일요일에 얘기해보자면서. 기자는 승우의 말을 듣는 순간 승우가 왜 강의를 하는지 바로 의문을 풀 수 있었다.

"계약 연장 안 하신다고 할 줄 알았는데, 갑자기 마음을 바꾼 이유가 뭐예요?"

할 말을 다 끝낸 기자가 일어나려다 말고 승우에게 물었다. 그간 무뚝뚝하게 굴었던 승우를 한 번쯤 골탕 먹이고 싶었는데 지금이 다신 없을 기회 같다는 생각을 하며. 기자는 의미심장한 미소를 띠고 승우를 바라봤다. 기자의 눈빛에 무언가가 있다고 느낀 영주도 역시 고개를 돌려 승우의 옆모습을 바라봤다. 승우는 기자가 눈치를 챘다는 걸 알았지만 이를 겉으론 드러내지 않았다. 그저 평소와 똑같은 표정과 목소리로 이렇게 말할 뿐이었다.

"앞으론 조금 더 즐겁게 글을 쓸 수 있을 것 같아서요."

기자는 짧게 웃고는 자리에서 일어났다. 영주에겐 마음을 적절히 숨기면서 자신에겐 "기자님이 알게 된 것 다 알아요"라고 말하는 듯한 센스 있는 대답에 더는 장난을 치고 싶지 않아졌다. 기자는 아이 키우는 엄마는 주말이 더 바쁘다며 일요일 오전에 시간을 내줘서 고맙다는 말을 건네고는 카페를 나갔다.

나란히 앉은 두 사람은 갑자기 할 말이 없어졌다. 짧은 침묵을 뚫고 승우가 말했다.

"우리 밥 먹을까요?"

두 사람 앞에 동태찜이 한 상 차려졌다. 영주가 생선이란 생선은 다 좋아한다면서 카페 근처에 있던 동태찜 전문 식당으로 승우를 이끌었다. 승우는 동태를 싫어하지도 좋아하지도 않았다. 이 세상에 동태라는 생선이 존재한다는 걸 잊지 않을 만큼 다른 사람의 기호를 좇아 가끔 먹게 되는 게 전부였다.

상 위에 차려진 반찬들을 보니 그냥 다른 생선처럼 대충 뼈를 발라먹기만 하면 되는 게 아닌 모양이었다. 영주를 보니 확실히 그런 것 같았다. 영주는 왼손에 김을 올리고 그 위에 밥을 올렸다. 이어 동태살을 알맞은 크기로 발라낸 다음 양념에 한번 푹 찍은 뒤 밥 위에 올렸고, 콩나물도 같은 방법으로 올렸다. 김을 말더니 입 안으로 쏙. 입 안 가득 넣은 밥을 우물우물 씹고 있는 영주는 기분이 좋아 보였다. 그런 영주의 모습에 소리 없이 웃은 승우는 젓가락으로 밥을 떠먹으며 물었다.

"그렇게 먹는 게 흔한 건가요? 김에다가 동태 얹어서 먹는 거요."

영주가 입에 남은 음식을 말끔히 삼키며 말했다.

"글쎄요. 저도 이렇게는 처음 먹는 거라."

승우가 이번에는 콩나물을 집으며 말했다.

"그런데 굉장히 자연스럽게 드시네요. 전 이렇게 많이 드셔본 줄 알았어요."

승우가 젓가락만 깨작거리며 이 맛있는 동태찜을 구경만 하고 있자 영주는 김 한 장을 승우 손에 들려줬다.

"뭐가 어렵다고 이걸 부자연스럽게 먹겠어요."

영주는 이 대화가 재미있는지 웃음을 터트리며 김 한 장을 또 손에 들었다.

"작가님도 한번 싸서 드셔보세요. 맛있어요."

승우는 영주가 준 김에다 아까 영주가 했던 것처럼 밥과 동태살, 콩나물을 올렸다. 그러고는 돌돌 말아 입에 넣었다. 씹을수록 짭조름한 양념 맛이 느껴지는 게 맛있긴 정말 맛있었다. 영주도 승우와 함께 밥과 동태, 콩나물을 김에 올리고 나서 승우가 입 안에 있는 밥을 다 먹을 때까지 지켜보다 그가 더는 오물거리지 않자 물었다.

"어떠세요?"

"맛있네요."

승우가 물컵에 물을 따라 영주에게 건넸다.

"그런데 조금 맵네요."

영주가 손에 든 김을 입에 넣으며 말했다.

"저도 조금 그렇긴 했어요."

점심을 먹고 나왔는데, 아직 정오도 되지 않은 시각이었다. 여기서 6호선 상수역까지는 걸어서 5분 거리. 두 사람은 누가 뭐라고 말하기도 전에 지하철역 쪽으로 걷기 시작했다. 영주가 몸을 한껏 웅크리며 걷자 그 모습을 본 승우가 말했다.

"추위 많이 타시나 봐요."

"많이 타지는 않아요. 사실 잘 모르겠어요. 어느 날엔 추위를 잘 견디는 것 같다가도 또 어느 날엔 추위에 그냥 무너져버려요. 마음의 문제인가 싶어요, 그래서."

"그럼 지금은 어떠신데요?"

"지금요?"

"네. 맛있는 동태찜을 푸짐히 먹고 집으로 돌아가는 지금의 마음은 어떤가 싶어서요. 생각보다 추운지, 아니면 덜 추운지."

"음…… 저기 저 사람 보이세요?"

영주가 앞에 걸어가는 한 남자를 가리켰다. 30대 초반으로 보이는 남자가 너무 추워서 못 견디겠다는 듯 팔짱을 낀 채 잰걸음을 치고 있었다.

"저 목도리 두께 봐요. 목도리가 얼굴을 잡아먹을 것 같지 않아요? 아마 저 남자분이 느끼는 추위보단 제가 느끼는 추위가 덜할 거예요. 따뜻한 차 한 잔이면 말끔히 이겨낼 수 있는 정도의 추위랄까. 이 정도면 답이 된 건가요?"

승우가 걸음을 멈추며 말했다.

"그럼, 따뜻한 차 한잔 할까요?"

승우가 검색으로 찾은 전통찻집은 걸어서 10분 거리에 있었다. 마지막으로 전통찻집을 찾은 게 언제인지도 모르겠다는 이야기를 하며 걷다 보니 어느새 찻집에 도착했다. 영주가 메뉴판에서 모과차를 고르자 승우도 같은 걸 주문했다. 두 사람 다 모과차를 한 모금 마시자마자 이미 알고 있는 맛이라는 걸 알았다. 그리고 오랫동안 잊고 있던 맛이라는 것도.

"예전에 출장을 갔었는데요."

승우가 모과차를 한 모금 더 마시고 나서 말했다.

"어디로요?"

"미국이었습니다. 애틀랜타요."

"저 작가님 무슨 일 하시는지 무지 궁금했어요. 그런데 못 물어 봤어요."

"왜요?"

"신비주의에 흠집 내기 싫어서요?"

영주가 장난스럽게 말을 해와 승우가 설핏 웃었다. 승우도 블로그 이웃들에게서 승우가 베일에 싸인 것 같다는 말을 들은 적이 있었다.

"요즘엔 자기 자신에 대해 말하지 않는 것만으로도 신비주의가 되나 보더라고요. 전 평범한 직장인이고 매일 출근했다가 퇴근하고 있었는데도요. 자기를 너무 드러내는 세상이죠, 요즘 세상은."

승우의 말에 동의한다는 듯 영주가 고개를 끄덕였다.

"그러고 보니 그러네요. 전, 그냥…… 말하기 싫은 거 물어보면 대답 안 해주실 것 같아서요. 저도 그런 편이거든요. 말하기 싫은 거 누가 물어오면 엄청 험악해져요."

"전 험악해지지 않을게요."

승우가 평소보다 느슨해진 표정으로 영주를 봤다.

"예전엔 프로그래머로 일했어요."

"아, 공대 남자! 지금은요?"

"부서를 옮겼어요. 품질 관리하는 일을 합니다, 지금은."

"부서는 왜 옮긴 거예요?"

"지쳐서?"

"지쳐서요?"

"네, 지쳐서. 그런데 하려던 말은…… 이게 아니었고요."

"아, 네."

"미국에 두 달 넘게 머문 적이 있어요. 일이 많아서 두 달 동안 며칠 쉬지도 못했는데, 어느 날 필드 테스트를 나갔다가 우연히 한국 식당에 들어가게 됐습니다. 그 식당에서는 물 대신 자스민차를 주더라고요. 한국에서도 가끔 마시던 차니까 별생각 없이 마셨는데 출장이 끝나고 집으로 돌아와도 그 맛이 자꾸 생각났어요. 그래서 그때부터 집에서 자스민차를 마시기 시작했습니다."

"미국에서 마신 차 맛이 그대로 재현됐나요?"

"아니요."

"음."

"맛은 재현되지 않았지만 자스민차가 그때의 기억을 불러왔어요."

"어떤 기억요?"

승우가 따뜻한 찻잔을 손가락으로 쓸며 눈을 동그랗게 뜨고 자신을 보는 영주를 봤다.

"그땐 정말 힘들었어요. 다 때려치우고 집으로 돌아가고 싶다는 생각을 거의 매일 했던 것 같습니다. 그런데 우연히 들른 그 식당에서 왠지 모를 위안을 받았던 것 같아요. 분위기 때문인지도 모르겠고 친절한 사장님 때문인지도 모르겠는데, 그곳의 어떤 것이 힘을 북돋아줬어요. 그 덕분에 일도 잘 마칠 수 있었던 것 같고요."

"고마운 장소네요."

"네, 그렇죠. 그런데 제가 이 이야기를 하는 이유는……."

"……."

"이 찻집도 오래도록 기억날 것 같습니다. 그런 느낌이 들어요. 미래의 수많은 순간에 지금 이날을 기억하게 될 것 같다는 느낌이요."

"요즘 많이 힘드셨어요?"

영주의 말에 승우는 웃음을 터트렸다. 영주는 승우가 소리 내웃는 모습을 신기해하며 쳐다봤다. 누구나 저렇게 웃을 수 있다는걸 알면서도 왠지 신기했다. 평소 승우의 모습에선 쉽사리 상상하지 못하던 모습이어서일까, 아니면 크게 웃는 모습이 생각보다 잘어울려서일까. 오늘따라 느긋하게 풀어진 승우의 표정이 그를 조금다른 사람 같아 보이게 했다.

"저도 하나 생각나는 게 있어요."

영주가 여전히 미소를 짓고 있는 승우를 보며 말했다.

"뭔데요?"

"예전에 회사에 다닐 때였는데요."

"회사에는 오래 다니셨나요?"

"10년은 훌쩍 넘었죠."

"언제 그만뒀는데요?"

"3년쯤 됐어요."

"회사 그만두자마자 서점을 연 건가요?"

"네, 그만두자마자."

"회사 그만두기 전부터 계획했던 거네요?"

"그건 아니에요."

"그럼요?"

"작가님."

"네?"

"저 험악해지려고 해요."

영주가 승우의 질문을 끊으며 미소 짓자 승우는 멈칫하며 "알겠습니다" 하고 말했다.

"어느 날 밤 11시쯤 퇴근을 했어요."

"야근 자주 했어요?"

"자주 했어요. 무지 자주."

"야근을 무지 자주 하면 회사를 그만두고 싶죠."

"맞아요…… 그런데 그날 퇴근을 하는데 갑자기 맥주가 너무 마시고 싶은 거예요."

"맥주……."

"그런데 그냥 맥주가 아니라 서서 마시는 맥줏집 맥주를 마시고 싶더라고요."

"서서요?"

"네, 앉으면 피곤이 좀 가시잖아요. 그게 싫어서. 엄청 피곤한 상태로 맥주를 마시고 싶더라고요. 그럼, 어떤 맛일까……."

승우가 재미있다는 표정으로 영주의 이야기를 들었다.

"어떤 맛이었는데요?"

"꿀맛."

"기어이 서서 마시는 맥줏집을 찾아간 거네요?"

"그럼요. 사람이 많았어요. 겨우 자리 하나 났더라고요. 거기 서서 맥주 한잔을 하는데 정말 행복했어요."

"행복이 그리 멀리 있진 않네요."

"제가 하려던 말이 그거예요."

"행복?"

"네, 행복이 그리 멀리 있진 않다는 말을 하고 싶었어요. 행복은 먼 과거에나, 먼 미래에나 있는 게 아니더라고요. 바로 내 눈 앞에 있는 거였어요. 그날의 그 맥주처럼, 오늘의 이 모과차처럼요."

영주가 싱긋 웃으며 승우를 봤다.

"그럼 행복해지려면 맥주를 마시면 되겠네요, 대표님은."

영주가 승우의 말에 후후 웃으며 말했다.

"정답!"

"더 행복해지려면 아주 피곤에 절어서 서서 마시면 되겠고요."

"그것도 정답이네요!"

영주가 이번엔 조금 더 크게 웃으며 말했다.

"전······" 크게 웃던 영주가 문득 웃음의 크기를 줄이며 말을 이었다. "이렇게 행복이 그리 멀리 있지 않다고 생각하면 사는 게 조금 수월해지는 것 같더라고요."

한순간에 분위기를 바꾼 영주의 얼굴을 보며 승우는 묻고 싶었다. 사는 게 뭐가 그리 힘이 드는지. 승우가 알기론 어떻게 어떻게 하면 사는 게 수월해지는 것 같다고 말하는 사람들은 그렇지 않은 사람보다 사는 게 힘이 드는 사람이었다. 너무 힘이 드니까 힘들지 않고 싶어 자꾸만 방법을 생각해내는 것이다. 삶을 견디는 방법, 삶을 이어가는 방법을.

그는 대화를 할 때면 이 부분이 가장 어려웠다. 과연 어디까지

233

묻고 어디에서 멈춰야 하는 것일까. 호기심이 무례함으로 변질되는 순간을 어떻게 가늠할 수 있을까. 승우의 경험이 하나 알려준 건, 잘 모르겠을 때는 우선 멈추는 것이 낫다는 사실이었다. 질문해도 될지 모르겠을 때는 질문하지 말 것. 무슨 말을 해야 할지 모르겠을 때는 듣는 역할에 충실할 것. 이 두 가지만 지켜도 최소한 무례한 사람에선 벗어날 수 있었다.

"작가님은 언제 행복하세요?"

승우가 말없이 영주의 이야기를 듣고만 있자 영주가 물었다. 행복이라, 승우는 행복에 관해서는 그다지 생각해본 적 없었다. 흔히들 인간은 행복을 추구하기 마련이라고 하지만 승우는 그러든지 말든지 아무 상관 없는 기분이었다. 그는 어떻게 하면 행복할까보다 어떻게 하면 시간을 충실히 보낼까에 더 신경을 쓰며 살았다. 시간을 잘 쓰는 삶, 승우에게 행복한 삶은 이런 삶인지도 모르겠다.

"행복이 뭔지 잘 모르겠어서 대답하기가 어렵네요. 방금 그러셨잖아요. 맥주를 마시며 행복하셨다고. 그 기분, 어떤 기분인지 잘 알 것 같아요. 대표님이 행복이라면 그건 분명 행복일 테죠. 하지만 사람마다 무엇을 행복으로 받아들일지는 다 다른 것 같습니다. 저 역시도 저에게 맞는 행복이 있겠죠. 그런데 참 어렵네요. 저에게 행복이란 뭘까요. 행복이란 무엇일까요."

"행복이 과연 무언지에 대해서는 다양한 의견이 있잖아요. 아리……. 아, 아니다."

영주는 여기까지 말하고 '또, 또' 속으로 자책했다. 서점을 운영하고부터 책을 인용하거나 누가 누가 이런 말을 했다는 식으로 대화를 이어가는 일이 잦아졌다. 손님이 이런저런 상황에서 읽으면 좋을 책을 추천해달라고 할 때 재빨리 그에 맞는 책을 떠올리려 노력한 게 습관이 된 탓이었다. 책에 관한 글을 쓰다 보니 습관은 더 단단해졌다. 어떤 생각이 떠오를 때면 그 생각을 제공했거나, 그 생각과 연관된 책이 자연스레 함께 떠올랐다. 그러다 보니 자꾸 말 속에 인용이 섞이고 작가 이름이 섞이고 이론이 섞였다. 재미없는 대화를 자처하는 꼴이었다. 아니, 솔직히 영주는 하나도 재미없지 않았다. 다만 간혹 상대가 불편해할 때가 있었다.

"뭐가 아, 아니에요?"

"아니에요."

"뭐가요?"

"아니에요."

"아리……는 아리스토텔레스를 말하려던 건가요?"

영주가 모른 척을 하며 찻잔을 손에 품었다.

"『니코마코스 윤리학』? 읽어보진 않았지만 그런 책이 있다는 건 압니다. 그 책에서 아리스토텔레스가 행복에 관해 말했다는 것도요. 아리스토텔레스는 행복이 뭐라고 했는데요?"

승우가 다 알고 하는 말에 영주는 살짝 민망해져 미지근해진 모과차를 두 모금 연거푸 마셨다. 말을 하다가 만 것도 바보 같았고, 지금 이처럼 민망해하는 것도 바보 같아 보일 것 같았다. 그래서 혹시 몰라 승우를 슬쩍 쳐다보니 그는 고요한 얼굴로 그녀의 다음 말을 기다리고 있었다. 그의 얼굴을 보니 그녀가 아무리 지루한 말을 늘어놓아도 표정 하나 흐트러뜨리지 않고 끝까지 들어줄 것 같았다. 그래서 그냥 하려던 말을 하기로 했다.

"그 아리……라는 분은 행복과 행복감을 구분했는데요. 그가 말한 행복은 전 생애에 걸친 성취를 말해요. 화가가 되기로 결정했다면, 평생에 걸쳐 위대한 화가가 되기 위해 노력해야 한다는 거예요. 그렇게 위대한 화가가 된다면, 그 사람은 행복한 삶을 산 게 되는 거예요. 예전엔 이런 생각이 좋았어요. 기분이란 변하기 마련이라서 같은 상황에서도 오늘은 행복했다가 내일은 불행했다가 할 수 있는 거잖아요. 이를 테면 오늘은 모과차를 마셔서 행복했을지라도 내일은 모과차를 아무리 마셔도 행복하지 않을 수 있잖아요. 이런 행복은 매력적이지 않았어요. 그래서 전 일생에 걸친 성취가 우리의 행복을 좌우한다면 한번 해볼 만하다고 생각했었거든요. 노력하는 건 자신 있었어요. 그때만 해도요."

"누군가가 들으면 부러워할 문장이네요."

"뭐가요?"

"노력하는 건 자신 있었어요, 라는 문장요."

"왜요?"

"노력할 수 있는 것이 재능이라는 말 많이들 하잖아요."

"아……."

"그런데 왜 생각이 바뀌었나요? 왜 아리라는 분이 말한 행복이 싫어졌어요?"

"행복하지 않아서요."

영주가 살짝 달아오른 얼굴로 말을 이었다.

"일생 동안 공들여 만든 성취, 좋아요. 그런데 아리라는 분의 말이 나중에는 이렇게 이해되더라고요. 그가 말하는 행복이란 마지막 순간을 위해서 긴 인생을 저당 잡히는 것과 다를 바 없다고요. 마지막 순간에 한 번 행복해지기 위해 평생 노력만 하면서 불행하게 살아야 하는 것이라고요. 이렇게 생각하니까 행복이란 게 참 끔찍해졌어요. 나의 온 생을 단 하나의 성취를 위해 갈아 넣는 것이 너무 허무하겠더라고요. 그래서 나는 이제 행복이 아닌 행복감을 추구하며 살아야지 하고 생각을 바꾼 거예요."

"그래서 지금은 행복하신가요?"

영주가 작게 고개를 끄덕였다.

"예전보단요."

"그렇다면 생각을 바꾸길 잘하신 거네요."

영주가 물끄러미 승우를 봤다. 과연 생각을 바꾼 것이 잘한 건지 아직 스스로도 잘 모르겠다는 눈으로.

"응원합니다."

영주의 눈이 조금 커졌다.

"저를요?"

승우가 부드러운 눈빛으로 영주를 보면서 말했다.

"네, 대표님의 행복감을 응원할게요. 자주 느끼셨으면 좋겠습니다, 행복감을."

영주가 눈을 깜빡거리다가 모과차를 한 모금 마셨다. 누군가로부터 응원을 받는 것이 너무 오랜만인 것 같아서, 그래서 힘이 나서, 힘이 나는 느낌이 좋아서, 영주는 컵을 내려놓고 승우를 보며 웃었다.

"응원 감사합니다, 작가님."

어느덧 5시가 다 돼 있었다. 시간을 확인한 두 사람은 언제 이렇게 시간이 흘렀는지 모르겠다며 깜짝 놀랐다. 전통찻집에서 나온 두 사람은 자연스레 역 쪽으로 걷기 시작했다. 지하철 입구 앞에서 두 사람은 마주 섰다. 오늘 즐거웠다고 말하는 영주에게 승우가 코트 주머니에 넣어놨던 모과청을 건넸다. 영주가 화장실에 간 사이 사놓은 모양이었다. 모과청을 건네받은 영주가 이렇게 섬세하기 있기냐며 활짝 웃었다.

"마실 때마다 행복해지시라고요."

"정말 그래야겠어요."

승우가 살짝 고개를 숙여 인사를 하고는 영주에게서 멀어져갔다. 갑자기 불어온 바람에 영주는 몸을 급히 움츠리며 승우의 뒷모습을 봤다. 그리고 계단 쪽으로 몸을 돌린 후 들고 있던 모과청을 가방 안에 넣었다. 대화가 잘 통하는 사람을 만나면 언제나 기분이 좋다고 생각하며.

엄마들의 독서클럽

민철 엄마는 민철이가 주로 언제 서점에 들르는지 파악한 끝에 평일 이른 오후나 토요일에 서점에 들렀다. 독서클럽 리더를 맡은 이후로는 영주에게 물어볼 것이 많아 이틀에 한 번 꼴로 서점을 꼬박꼬박 찾았다.

오늘 민철 엄마는 그간 눈인사만 주고받던 정서와 같은 테이블에 앉아 있었다. 커플 손님이 자리가 없어서 머뭇거리는 걸 보고 민철 엄마가 정서에게 같이 앉으면 어떻겠느냐고 물은 뒤였다. 꽈배기 목도리를 뜨는 데 온 정신이 쏠려 있던 정서는, 민철 엄마의 제안에 깜짝 놀라 주변을 두리번거리다가 옆 의자로 옮겨 앉는 행동으로 민철 엄마의 제안을 받아들였다. 두 사람은 나란히 앉아 제 할 일을 하면서 틈틈이 말을 주거니 받거니 했다.

"민철이가 뜨개질 이모가 뜨개질하는 거 보다 보면 한 시간이

후딱 간다고 하던데, 왜 그런지 알겠네."

민철 엄마가 빨간색 꽈배기목도리를 손으로 쓰다듬으며 말했다.

"저도 뜨다 보면 몇 시간이 후딱 지나가 있어서 좋아요."

민철 엄마가 재미있다고 웃는 소리에 정서가 고개를 들었다.

"그런데 민철 어머니는 지금 뭐 하시는 중이세요?"

정서가 경쾌하게 움직이던 손동작을 멈추고는 민철 엄마 앞에 놓여 있는 노트북을 쳐다봤다.

"아, 이거……" 민철 엄마가 겸연쩍은 표정을 지으며 말했다.

"내가 독서클럽 리더예요. 리더를 하려면 내 생각이 먼저 정리돼야 하겠더라고. 그래서 글로 써보는 중인데, 잘 안 되네. 그래도 해야 해. 안 그러면 말이 막히더라고요."

처음엔 별걱정 없이 영주의 부탁을 받아들였다. 동네 아줌마들을 모아 책 읽고 얘기하는 게 뭐 그리 어려울까 싶었다. 민철 엄마는 시간도 때우고 심심함도 달랠 겸 문화센터에 다니던 엄마 다섯 명을 모아 독서클럽에 가입시키고는 당당히 '제1독서클럽'의 리더가 되었다. 독서클럽의 이름은 '엄마들의 독서클럽'으로 정했다. 첫 책으로는 박완서의 『저녁의 해후』를 읽기로 했다. 영주가 정해준 책이었다.

하지만 첫 모임, 첫 순간부터 민철 엄마는 당황하기 시작했다. 말을 하려니 갑자기 아무 생각이 나지 않았다. 가슴이 두근거리고 손이 떨렸다. 급한 마음에 우선 회원들에게 자기소개를 시켜놓고는 밖으로 나왔다. 민준에겐 얼음물을 부탁했다. 민철 엄마는 얼음물을 원샷하고 나서 영주를 붙잡고 큰일 났다며 발을 동동 굴렀다. 입이 떨어지지 않는다고, 누가 내 입을 산적처럼 꿰놓은 것 같다고 민철 엄마는 거의 울듯이 말했다. 영주는 그런 민철 엄마의 손을 꼭 잡고 천천히 순서대로 진행하면 된다고, 사람들도 다 이해해줄 거라고, 누구나 처음엔 어려운 법이라고 말해주었다.

민철 엄마는 크게 심호흡을 하고 문을 열었다. 다시 엄마들 앞에 앉고는 메모지를 재빨리 훑었다. 진행 순서를 천천히 읽어보며 마음을 안정시켰다. 영주의 말대로 처음이니 완벽할 순 없는 노릇이라고, 사람들도 이해해줄 거라고 생각하며 민철 엄마는 눈물이 찔끔 나오려는 걸 꾹 참았다. 자기소개가 끝난 회원들이 모두 민철 엄마를 쳐다보고 있었다. 낯익은 얼굴들이 오늘따라 낯설어 보였다. 민철 엄마는 테이블 아래에서 두 손을 꼭 잡고 어렵게 입을 뗐다.

"어…… 회원 여러분. 그러니까…… 이제 진짜 자기소개를 시작해볼게요."

지금까지 한 게 자기소개인데, 무슨 자기소개를 또 하라고 하느냐며 눈을 끔뻑거리는 회원들에게 민철 엄마는 또 한 번 심호흡을 한 뒤 또박또박 말했다.

"안녕하세요. 제 이름은 전희주예요. 저랑 오래 알고 지내던 분들도 제 이름이 어색하시죠? 이번 독서 모임에서 저는 우리 모두가 서로를 이름으로 부르면 좋겠다고 생각했어요. 저 역시 민철 엄마 말고 희주로 불리고 싶어요. 아내, 엄마가 아닌 내 이름으로 다시 자기소개를 해보는 게 어떨까요? 민정 님은, 하연 님은, 순미 님은, 영순 님은, 지영 님은 요즘 무슨 생각을 하며 사세요?"

첫날, 당황한 점은 또 있었다. 처음엔 부끄럽다며 손만 젓던 회원들이 나중엔 서로 자기가 이야기를 하겠다고 난리였다. 만나면 늘 남편 얘기, 자식 얘기만 하던 엄마들은 두 시간 동안 자기 얘기만 할 수 있으니 마냥 신이 난 듯했다. 엄마들은 울다가 웃으면서 옆 사람을 때리기도 하고, 껴안기도 하고, 휴지를 건네기도 하고, 공감해주기도 하고, 타박하기도 하면서 자기 자신의 삶을 투박하고도 진솔하게 꺼내놓았다. 그 분위기가 어찌나 뜨겁던지, 희주는 그날 밤 제대로 잠을 자지 못했다. 새벽녘, 희주는 생각했다. 내일 노트북을 하나 구입하겠노라고. 다음 모임은 제대로 준비해보겠노라고.

'엄마들의 독서클럽'은 벌써 네 번째 모임을 앞두고 있다. 이번에도 박완서의 책을 읽기로 했다. 회원 모두 박완서 작가의 열렬한 팬이 되었기에, 이왕 시작한 거 박완서 전작 독파를 목표로 삼아도 될 것 같았다. 이번 책은 희주가 직접 골랐다. 인터넷 서점에서 책 소개를 읽은 뒤에 회원들에게 그 내용을 공유하니 모두 내용이 마음에 든다고 했다. 책 제목은 『서 있는 여자』였다. 희주는 벌써 이 책을 한 번 다 읽고, 두 번째 읽고 있는 중이며, 읽다가 어떤 생각이 떠오르면 노트북에 정리하고 있었다. 희주는 노트북에 글을 쓰다가 문득 고개를 돌려 정서에게 말했다.

"민철이가 요즘 엄마가 자기한테 소홀해졌다고 하지 않아요? 내가 생각해도 많이 소홀해졌지. 해야 할 일이 있으니깐 아들 생각이 줄어들더라고. 물론 아예 신경을 끄게 되진 않아요. 그럴 순 없지. 그래도 말 안 듣는 자식 키우는 데 독서클럽이 여러모로 도움이 돼요. 아들에게 가던 신경을 붙들어주더라고. 그게 어디야. 내가 걔 때문에 얼마나 미칠 것 같았는데."

희주와 정서는 벌써 몇 시간째 나란히 앉아 글을 쓰고 뜨개질을 하고 있었다. 그때 희주의 눈에 한 남자가 독서클럽방으로 들어가는 모습이 보였다. 오늘도 독서 모임이 있나 싶었는데, 생각해보니 오늘은 강의가 있는 날이었다. 그렇다면 방금 그 남자는 작가일 게 분명했다. 남자는 어느새 방에서 나와 민준에게 음료를 주문하더니 영주에게 다가가 말을 걸었다. 어딘지 피곤해 보이는 게 천생 작가 같았다. 몸도 비쩍 마른 게 역시 천생 작가 같았다. 작가라면 꽤 까탈스러울 것도 같은데, 영주가 하는 말에 고개를 작게 자주 끄덕이는 걸 보니, 그런 스타일은 아닌 듯했다. 멀리서 입 모양만 봐도 말도 조곤조곤 조용히 잘하는 게 느껴졌다. 피곤해 보이고, 비쩍 말랐으면서, 맞장구도 잘 쳐주는데, 말도 잘하는 작가라. 희주는 작가와 영주가 대화 나누는 모습을 바라보며 미소를 지었다. 그냥 미소가 지어졌다.

서점을 열어 먹고살 수 있을까?

칼럼을 연재한 지 한 달쯤 지나자 한 신문사에서 연락이 왔다. 동네 서점 대표 영주를 인터뷰하고 싶다는 내용이었다. 잠시 망설였지만 제안을 받아들였다. 서점이 자리를 잡는 데, 도움이 될 것 같았다.

신문에 인터뷰가 실리고 나자 서점을 찾아오는 손님들에게서 이전과는 다른 점이 보였다. 전부터 알고 지내던 사람을 만난 듯 영주를 보며 눈인사를 하거나 말을 걸어오는 손님들이 생겼다. 손님이 늘었고, 따라서 매출도 늘었다. 인터뷰 한 번 만에 이런 변화가 찾아왔다는 것이 놀라웠다. 인터뷰만큼 즉각적인 반응이 오지는 않았지만 칼럼을 읽고 찾아오는 손님들도 있었다. 예전에 영주에게 말을 거는 손님들은 대개 SNS 글을 소재로 삼았는데, 최근엔 칼럼을 소재로 삼는 사람이 더 많았다. 글을 잘 읽었다는 소감부터 앞으로도 좋은 책 많이 소개해달라는 부탁까지. 동네 사람 중에도 칼럼을 읽고 서점을 처음 와봤다는 손님이 있었는데, 30대 초반으로 보이는 그 손님은 이 칼럼을 쓴 사람이 운영하는 서점이 우리 동네에 있다고 친구들에게 자랑까지 했단다. 자주 오겠다고 말하며 서점을 나선 그녀는 실제 며칠에 한 번씩 서점을 찾았다. 미래에 관심이 많은지 올 때마다 인공지능 관련 책이나 미래 예측서를 사 갔다.

최근에는 원고 청탁도 꽤 받았다. 휴대전화 너머에서 들려오는 낯선 목소리들은 영주에게 거창한 주제들을 보내오곤 했다. 동네 서점의 미래나 독서 인구 감소 이유, 또는 책의 물성이 독서에 미치는 영향 등의 주제. 아예 생각도 해보지 않은 주제의 청탁은 거절했지만 영주도 관심이 있던 주제, 예를 들면 책의 물성이 독서에 미치는 영향 같은 경우엔 청탁을 받아들였다. 글을 쓸 때면 머리를 쥐어뜯고 싶은 기분이 드는데도 영주는 열심히 글을 썼다. 서점의 존재를 더 많은 사람들에게 알릴 기회라 생각해서였다. 책과 마찬가지로 서점 역시 우선은 그 존재가 알려져야 살아남을 기회라도 얻을 수 있으니까.

SNS를 통해 책이나 서점에 관심이 있는 사람들에게만 알려졌던 휴남동 서점이었다. 그런데 이젠 조금 더 넓은 세계로 뻗어나가고 있다는 실감이 났다. 분명 서점에는 좋은 일이었지만, 영주는 서서히 버거움을 느끼고 있었다. 서점에 사람이 많이 찾아온다는 건 영주가 하루 중 많은 시간을 사람을 대하는 데에 써야 한다는 의미였다. 하루, 일주일, 한 달 단위로 반복적으로 처리해왔던 일들에 더해 새로 시작한 일들 때문에 영주는 가뜩이나 하루에도 몇 번씩 일의 흐름을 놓치곤 했다. 아, 이거 이러다가 다 망치겠다 싶은 순간이 찾아오고 나서야 영주는 이 상태로는 안 되겠다는 생각을 하게 됐다.

그런데 바로 그때 전혀 예상치 못했던 사람에게서 뜻밖의 제안을 받았다. 서점의 흐름이 끊기는 곳마다 영주가 있다는 사실을 간파한 상수가 영주에게 이렇게 물어온 것이다.

"서점이 가장 바쁜 시간이 언제죠, 사장님?"

영주보다 더한 독서광이면서 독서클럽 리더이기도 한 상수. 들리는 소문에 따르면 상수에게 하루 두 권의 독서는 식은 죽 먹기랬다.

"네?"

"사장님이 언제 가장 허둥대느냐고요."

늘 그렇듯 퉁명스러운 목소리였다. 삐죽삐죽 뻗어 있는 단발머리가 그의 목소리와 잘 어울렸다.

"그건 저도 잘……."

"한번 생각해봐요."

영주는 진짜 생각해봤다.

"음…… 끝나기 전 세 시간 정도요?"

"그럼 그 세 시간 동안 제가 도울게요."

"네?"

"나를 알바로 쓰라고요, 사장님. 이렇게 간단한 문제를 왜 못 풀고 있어요?"

상수는 자기한텐 최저임금만 달라고 했다. 대신 자기는 계산 전용 알바이니 다른 일은 시키지 말라고도 했다. 누가 계산만 확실하게 맡아도 한결 덜 힘에 부치지 않겠느냐는 논리였다. 계산할 필요가 없을 때는 책을 읽을 것이므로 이런 내가 싫으면 다른 알바생이라도 구하라는 상수의 말에 영주는 한 시간만 시간을 달라고 말했다. 한 시간 뒤, 영주는 서점 구석에서 책을 읽고 있던 상수에게 다가가 말했다.

"주 6일, 하루 세 시간, 우선 3개월. 어때요?"

"굿."

상수는 본인의 말을 아주 잘 지키는 사람이었다. 의자에 앉아 책을 읽다가 손님이 오면 많이 해본 솜씨로 계산을 하고는 다시 책을 읽었다. 스스로 세운 작은 역할에서 그가 서서히 멀어지게 된 건, 순전히 상수 본인의 성격 때문이었다. 상수는 책에 관해 잘난 척하기를 좋아하는 사람이었다. 계산대 앞에 앉아 있는 상수에게 누군가 책 추천을 부탁해오면 그는 귀찮은 척하면서도 책에 관한 지식을 대방출해 결국 손님 손에 책 두세 권은 쉽게 들려 보냈다. 이후 서점을 자주 드나드는 손님들에게 상수는 '퉁명스럽지만 아는 건 많은 아저씨 알바생'이라는 긴 별명으로 불리기 시작했다.

휴남동 서점이 동네를 넘어 알려지다 보니 서점을 열어보고 싶다면서 연락을 해오거나 직접 찾아오는 사람들까지 생겨났다. 이렇게 찾아오는 미래의 서점 주인이 한두 명으로 멈추지 않자 영주는 단발 이벤트를 벌여보기로 했다. 정기적으로 이벤트를 열기보다 이런 단발 이벤트가 부담도 덜하고, 또 짧은 시간 안에 서점을 알리는 좋은 방법이 될 수 있기 때문이었다.

영주는 평소 알고 지내던 서점 대표 두 명과 화요일 오후 8시에 사람들을 맞았다. 미래의 서점 주인 10여 명이 세 사람의 이야기에

귀를 기울였다. 사람들이 가장 궁금해하는 건 역시 생계였다. 서점을 하면서 생계를 꾸려갈 수 있느냐는 것. 서점을 꿈으로 간직한 사람들은 이를 통해 큰돈을 벌 생각은 애초에 없어 보였다. 그저 자기가 좋아하는 일을 하면서 소소하게 벌 수 있다면 족하다는 태도였다. A 서점 대표가 자기도 이런 이야기는 처음 해본다면서 쑥스러워하며 말했다.

"아무래도 그게 가장 궁금하시겠죠. 생계는 가능한가. 저 같은 경우는 겨우 가능하다고 말씀드릴 수 있어요. 월세, 관리비 다 나가고 한 달에 저한테 떨어지는 돈이 150만 원 남짓이에요. 이 돈에서 집 월세 내고 관리비 내고 하면…… 아무래도 힘들겠죠? 그래서 전반년 전부터 부모님 집으로 들어갔어요. 스무 살에 독립했다가 서른일곱에 다시 부모님 곁으로…… 이 이상 더 말하진 않을게요. 그러니 여러분, 잘 생각하세요. 서점은 결코 낭만적인 일이 될 수 없어요. 하지만 그래도 꼭 하고 싶다면 하라고는 말씀드리고 싶어요. 한 번 해봐야 나중에 후회도 안 할 거 아니에요."

B 서점 대표는 A 서점 대표 이야기가 남 얘기 같지 않다고 우는 시늉을 했다. 그래도 A 대표보다는 조금 더 긍정적인 이야기를 들려주었다.

"먼저 저는 A 대표보다 덜 벌 때도 있고 더 벌 때도 있다는 말씀을 드릴게요. 지난달에 돈을 못 벌었다 싶으면 이번 달엔 이벤트를 왕창 열어서 사람들을 끌어모으고, 그러다 지치면 잠시 쉬었다가 다시 또 적극적으로 밀어붙이는 식으로 서점을 운영하고 있어요. 저 역시 다른 분들과 마찬가지로 서점을 운영하면서 과연 이

걸 언제까지 할 수 있을지 고민이 많이 됐어요. 그러니까 여러분들이 이런저런 고민을 안고 서점을 시작하잖아요? 그 고민은 분명 서점을 하면서도 계속될 거예요. 제가 하고 싶은 말은 이거예요. 우리는 무슨 일을 하든 고민을 하게 될 거라는 거요. 서점을 안 하고 다른 일을 하더라도 고민은 생길 것이고, 또 그 일이 아닌 다른 일을 하면서도 고민은 하게 될 것이라는 거죠. 결국 이거예요. 나는 어떤 일을 하면서 고민을 할 것인가. 저는 아직까지는 서점을 운영하면서 고민을 계속해보자, 하고 생각하고 있어요."

이젠 영주 차례였다.

"저도 여전히 고민을 하는 중이라는 말씀 먼저 드릴게요. 무엇보다 이 말 한마디를 꼭 하고 싶어요. 6개월에서 1년 정도는 돈을 못 벌어도 서점을 유지할 수 있게끔 미리 자금을 마련해두었으면 해요. 어렵다는 거 알아요. 큰돈이죠. 그래도 이 정도의 시간 여유는 필요하다고 생각해요. 서점이 자리를 잡기 위해서는요. 물론 1년이면 서점이 자리를 잡는다는 말은 아니에요. 저도 이제 3년 차인데 여전히 어떻게 자리를 잡을 수 있을까 고민 중이거든요."

A 대표가 고개를 끄덕이며 말했다.

"5년 차도 마찬가지예요. 저는 자리를 잡으려고 생각하기보다 어떻게 하면 길게 버틸 수 있는지를 생각하는 편인데요. 그래도 자리를 잡은 서점이 아예 없는 건 아니잖아요. 그렇죠?"

B 대표가 눈을 굴리며 자리를 잡은 서점 이름 몇 개를 나열했다. 다양한 활동을 통해 몇 년째 좋은 수익을 유지해오거나 지역 명소로 이름이 난 서점들이었다. 참석자들이 그 서점들의 이름을 노

트나 휴대전화에 적어 넣었다. 대표들이 몇 번 더 돌아가며 이야기를 하고 나서는 질문 시간이 이어졌다. 밤 10시가 넘어서야 이벤트는 끝이 났다.

민철은 이젠 엄마가 가라고 하지 않아도 일주일에 한두 번은 서점에 들른다. 교복은 튄다며 깔끔한 옷으로 갈아입고 오기도 한다. 바쁜 영주 대신 오늘은 민준이 민철의 대화 상대가 됐다. 서점이 바빠졌다고는 하나 카페 테이블 수는 한정돼 있어서 민준은 크게 바빠진 걸 못 느꼈다. 전체적으로 일이 많아지기는 했지만 한 번에 몰려드는 손님의 수가 통제 못 할 정도로 는 건 아니기도 했다. 민철은 민준 근처를 서성이다가 주문 손님이 없는 틈을 타 물었다.

"요즘 서점 이모 많이 바쁘세요?"

"응."

"그런데 왜 형은 아무 도움도 안 줘요?"

"난 커피 내려야 하잖아."

"원래 커피만 내리기로 계약한 거예요?"

"응. 왜? 내가 나쁜 놈 같아 보여?"

"조금요. 그런데 애초에 계약이 그렇게 된 거라면 제가 뭐라 할 수는 없는 거죠."

솔직한 민철의 반응에 픽 웃은 민준이 말했다.

"사장님이 일을 많이 늘렸어. 서점을 키우려고 그런 건데. 그러면서 벅차 하고 있고."

"벅차 하면서 왜요?"

"시험하는 거래."

"뭘요?"

"어디까지 가능한지."

"흐음…… 뭐 바쁘면 좋은 거니까요."

민준이 커피를 내리며 민철을 흘깃 봤다.

"너는 네가 믿지 않는 말을 잘도 하더라. 넌 바쁜 게 좋다고 생각하지 않잖아."

"다들 바쁘게 살잖아요. 사람들 다요."

"넌 안 그러잖아."

"저는 예외 같아요."

민준이 고개를 느릿느릿 까딱했다.

"그래, 예외로 사는 것도 나쁜 건 아니지."

"그런가……."

"자, 그만 말하고 이거나 한번 마셔봐."

민준이 서버를 들어 커피 잔에 커피를 따랐다.

"너무 쓴 건 싫은데."

"쓰지 않아. 마셔봐."

요즘 민준은 틈만 나면 핸드 드립 커피를 내린다. 커피 맛을 시음해주는 일은 주로 정서나 민철이 맡는다. 고1 때부터 커피를 마셔왔다는 민철은 카페인의 영향을 전혀 받지 않았다.

"전, 각성되지 않는 인간인가 봐요."

언젠가 민철이 이렇게 말한 이후, 민철은 민준의 최고 고객이 되었다. 쓴 걸 싫어하는 민철을 위해 쓴맛을 빼는 노력을 기울였는데 이번엔 잘된 모양이었다.

"뭔가 달달해요."

"맛은 있어?"

"전 뭐가 맛있는지 모르니까. 그런데 하나 신기한 건."

민철이 괜히 뜸을 들이다가 말했다.

"커피가 입 안에서 녹는 느낌이에요."

"그건 무슨 뜻이지?"

"부드러워서 그런가 봐요."

"부드러워서 녹는 느낌이다?"

민준도 서버에서 커피를 따라 한 모금 마셔봤다.

"암튼, 이거 괜찮은데요? 형, 실력이 점점 느는 것 같아요."

"원래부터 실력은 있었지."

한 모금 더 마시며 민준이 대꾸했다.

"아닌데."

"원래부터 실력은 있었는데 너한테 맞는 커피를 만들지 못했던 것뿐이지. 이젠 네 혀를 내가 다스릴 줄 알게 된 거고."

"그건 조금 기분 나쁜데."

민철은 퉁퉁거리면서도 커피를 한 모금 더 마셨다. 민준은 처음보다 말 수가 는 민철을 바라보다가 다음 테스팅 날짜를 잡았다.

"모레, 같은 시간. 시간 돼?"

"네, 돼요."

관심 없는 척하면서도 민철은 민준의 부탁을 거절하는 법이 없었다.

"모레에는 더 맛있게 내려줄게."

"그거야 마셔봐야 아는 거고요."

마지막 남은 커피까지 깨끗이 마신 민철이 컵을 내려놓으며 말했다.

"형, 그럼 저 이모한테 인사하고 그만 가볼게요."

민준이 커피 잔과 서버를 정리하며 영주 쪽을 바라봤다.

"그래. 인사할 수 있으면."

민철은 영주가 통화를 끝내기를 기다렸다. 영주는 미안한 표정으로 손 인사를 했지만 민철은 끝까지 기다릴 작정으로 계속 서 있었다. 전화가 끝나자 영주가 민철에게 다가와 뭐라뭐라 안부를 묻자 민철은 그 물음에 하나하나 답을 했다. "우리 엄마 요즘에 무슨 논문 쓰는 사람 같아요." 하고 민철이 말하자 영주는 웃음을 터트리며 민철을 서점 밖까지 배웅했다. 민철은 꾸벅 인사를 하고는 추운지 몸을 웅크리고 걸어갔다. 민철의 뒷모습을 보며 영주는 청소년 대상으로 이벤트를 열어볼까 하다가 아서라 싶어서 그만뒀다. 지금도 충분히 할 일은 많다.

오늘은 바리스타 있는 월요일

- 바리스타 없는 월요일

- 오늘 휴남동 서점에선 커피를 주문받지 않습니다.

- 커피 외 음료는 주문 가능합니다.

#바리스타는_주5일근무 #바리스타_삶의질을위해 #우리모두의_워라밸
을_응원합니다

민준이 출근하지 않는 월요일에는 커피를 팔지 않는다. 혹시 손
님들이 헷갈릴까 봐 영주는 매주 월요일 같은 문구를 블로그와
SNS에 업로드한다. 이젠 서점에 처음 온 손님이 아닌 이상 월요일
에 커피를 주문하는 사람은 없다. 간혹 있다고 해도 사정 설명을 하
면 바리스타의 '워라밸'을 응원하며 수긍해줬다. 안정적으로 정착된
휴남동 서점의 월요 문화였다. 그런데 이 문화를 민준 스스로 깨고

254

있다니. 영주로선 야속하기만 했다.

처음엔 어쩌다 한번 그러려나 보다 했다. 월요일 오후에 서점에 온 민준은 몇 시간만 좀 있다가 가도 되겠느냐고 영주에게 물었다. 커피를 누가 시음 좀 해줬으면 좋겠는데 집에선 그게 안 돼서 그런단다. 영주는 30분에 한 번 꼴로 커피 시음을 해달라고 찾아오는 민준을 내치지 못해 카페인 세례를 듬뿍 받은 그날 잠을 한숨도 자지 못했다.

잠을 하루 못 잔다고 큰 문제는 물론 아니었다. 진짜 문제는 이후 민준이 계속 월요일에 서점엘 나온다는 데 있었다. 미리 약속을 해놨는지 사람들이 돌아가면서 월요 시음을 맡았다. 정서가 민준이 도착하는 시간에 맞춰 와 열심히 커피를 마셔줬고, 정서가 없으면 희주가, 희주가 없으면 민철이, 민철이 없으면 상수가 커피를 마셨다. 민준은 마치 엑스레이 촬영 결과를 확인하는 의사처럼 사람들이 커피를 마시는 모습을 진지하고도 디테일하게 지켜봤다. 그들의 미묘한 표정 변화를 따라 민준의 얼굴 표정도 기쁨과 아쉬움을 넘나들었다. 아우, 저 눈빛! 궁금해서 미치겠다는 저 눈빛! 저런 눈빛을 하고 있는 사람더러 월요일에 왜 나와서 이러느냐고 어떻게 따지겠는가!

영주는 손님들이 헷갈려하는 모습을 보며 애가 탔다. '바리스타 없는 월요일'에 익숙해진 손님들은 민준이 여기 바리스타인 줄 뻔히 아는데, 그가 바리스타존에서 분주히 움직이며 커피를 내리고 있자 요일을 확인하기까지 했다. 커피를 주문해도 되는지 묻는 사람도 있었고, 묻지도 않고 바로 주문을 하려는 사람도 있었다. SNS에 업로

드한 문구가 무색하게 흘러가는 서점의 분위기에 속이 상한 영주는 생각을 한번 해보기로 했다. 이를 어떻게 하면 좋을까.

"사장님, 저 때문에 곤란하시죠. 몇 번만 더 해볼게요. 그럼 감이 조금 잡힐 것 같아요."

지난주, 영주의 애타는 마음을 눈치챘는지 민준이 이렇게 말을 해오자, 영주는 지금이 결정을 내려야 할 순간이라는 걸 직감했다. 연습은 그만하면 됐다.

"민준 씨, 그럼 이렇게 해보는 건 어때요?"

– (오늘은) 바리스타 '있는' 월요일

– 휴남동 서점에서도 핸드 드립 커피 팝니다.

– 3시부터 7시까지, 반값 행사.

– 커피 외 음료도 주문 가능합니다.

#휴남동서점바리스타는_진화중 #정성가득핸드드립커피 #커피마시러오세요 #매주있는이벤트아니에요

이 행사를 시작한 이후부터였을 것이다. 휴남동 서점에 커피 단골이 눈에 띄게 많아지기 시작한 것이.

제가 첨삭해드릴게요

갑자기 늘어난 일을 실수 없이 감당하느라 영주는 잔뜩 긴장한 채 하루를 보내고 있었다. 웃는 얼굴 간간이 피곤한 기색이 역력했다. "그래도 상수 씨 덕분에 일이 많이 줄어든 느낌이에요" 하고 영주는 말했지만, 그럼에도 여전히 할 일은 많았다. 이번 달 이벤트 도서 소개 문구를 쓰고 있던 영주에게 정서가 말을 걸었다.

"정신을 꼭 붙들고 다니는 게 너무 티 나요, 언니."

정서의 말에 영주가 웃음을 터트리며 말했다.

"정말요? 나는 잘 숨기고 다니는 줄 알았는데."

영주가 농담처럼 말을 받자 정서가 일부러 더 정색하는 얼굴로 말했다.

"많이 바빠요? 그럼 일을 좀 줄여요, 언니."

영주가 힐끗 정서의 얼굴을 봤다.

"그렇게까지 바쁘진 않아요."

영주가 정서의 마음을 받았다는 의미로 농담기를 뺀 목소리로 대답했다.

"그냥, 긴장도가 조금 올라간 것뿐이에요. 얼마 전까지만 해도 긴장도 6 정도로 매일매일을 살았다고 쳐봐요. 6 정도면 그런 상태로 6개월이고 2년이고 계속 살 수 있을 것 같았거든요. 그런데 요즘 긴장도는 8 정도인 것 같아요. 이렇게는 오래 못 버틸 것 같은 거지. 사람이 높은 강도의 긴장감을 얼마나 오래 유지할 수 있을 것 같아요? 그리 길지 않아요. 계속 유지하려다 몸도 마음도 망가져요. 그런 사람들 많잖아요. 그렇지만!"

영주는 힘을 내려는 듯 잠깐 심호흡을 하고 말을 이었다.

"지금 당장 망가질 정도로 힘이 든 건 아니에요. 서점이라는 게 그렇더라고요. 언제 손님이 많이 찾아올지 전혀 예상을 할 수 없어요. 많아졌다 싶다가도 어느 순간 그 손님들이 다시 오지 않아요. 영영 바이바이. 그러니 이렇게 바쁜 시기도 조만간 언제 그랬나 싶게 지나가버릴 수 있어요. 요즘 내가 벌여놓은 일이 좀 있어서 바쁜 거지 아마 조금 지나면 또 서점은 사람들에게 잊힐 거예요. 그럼 이전처럼 긴장도 6 정도로 살아가게 되겠죠."

"뭐예요, 그게."

정서가 황당해하며 말했다.

"말을 다 듣고 보니까 6이 좋은 건지 8이 좋은 건지 모르겠잖아요. 그래도 다행이에요."

"뭐가요?"

영주가 물었다.

"자고로 자기가 어디쯤에 서 있는지 아는 사람은 걱정할 필요 없는 법이거든요. 언닐 너무 많이 걱정하지 않아도 될 것 같아서 다행이라고요."

영주가 걱정하지 말라는 듯 정서의 어깨를 지그시 누르고는 말했다.

"하나 아쉬운 건 있어요. 요즘엔 책을 정말 거의 못 읽어요. 읽을 시간이 안 나요. 말하고 보니까 확실히 문제가 있네요. 책을 읽을 시간도 없다니."

오후 9시. 서점 문을 닫고 돌아온 영주 옆엔 승우가 앉아서 영주가 쓴 글을 첨삭하고 있었다. 영주는 이제 승우의 진지한 옆모습에 익숙해졌다. 처음엔 저 옆모습에 엄청 기가 눌렸었는데.

첫 글을 신문사에 보내기 전 영주는 거의 패닉 상태였다. 글은 벌써 며칠 전에 다 써놨지만 과연 이 글이 신문에 싣기에 적당한 글인지 아닌지 전혀 알 수가 없었다. 이상한 일이었다. 독자로선 좋은 글과 안 좋은 글을 쉽게 판단할 수 있었다. 물론 영주의 취향이 잔뜩 들어간 판단이었지만 말이다. 그런데 내 글은 판단이 안 됐다. 마치 글이라곤 한 번도 읽어본 적 없는 사람처럼, 정말 모르겠기만 했다. 이 글, 어디 내놔도 괜찮은 글일까.

똑같은 글을 며칠 내내 읽고 또 읽다가 문득 이 글은 어디 내놓으면 안 되는 글이라고 확신하던 순간, 승우에게 문자가 왔다. 글은 잘 쓰고 있느냐는 단출한 질문에 영주는 복잡한 마음을 담아 장황한 답문자를 보냈다. 이어 승우는 글을 봐주겠다는 단출한 문자를 또 보내왔고, 영주는 그의 제안을 덥석 받아들였다.

다음 날, 승우가 왔다. 영주는 잔뜩 긴장한 채 글을 그에게 건넸다. 글은 쓰는 것도 어렵지만 남에게 보이기는 더 어려웠다. 블로그에 글을 올릴 때도 매번 심장이 떨리곤 했는데, 이젠 무려 신문이라니. 눈앞에 있는 이 사람은 또 누군가. 출판사 대표와 문장에 관해 시끌벅적한 전쟁을 치렀던 문장 전문가 아닌가. 승우는 영주의 글을 어떻게 읽을까. 영주 옆에 앉아 무심한 태도로 글을 읽고 있는 승우의 옆모습에선 글이 좋은지 나쁜지에 관한 그 어떤 단서도 찾아볼 수 없었다. 이윽고 마지막 문장을 읽은 승우는 종이를 내려놓았다. 그러고는 가방에서 볼펜을 꺼내더니 영주에게 말했다.

"수정해야 할 부분을 볼펜으로 체크해드릴게요. 이유도 써드릴 거고요."

승우의 표정엔 여전히 글에 관한 그 어떤 단서도 떠올라 있지 않았다. 영주는 저도 모르게 기가 죽은 목소리로 물었다.

"글은 괜찮……나요?"

"네, 괜찮습니다. 무슨 말을 하려는지 알겠어요."

저게 과연 글을 괜찮게 읽은 사람이 하는 말일까.

"좋진…… 않죠?"

영주는 속이 타들어가는 느낌이었다.

"좋아요. 대표님 마음이 느껴져요. 서점인이 어떻게 하루를 보내는지 눈에 그림처럼 그려지고요. 또 애타게 손님을 기다리는 마음 역시 잘 이해됩니다."

영주는 승우의 얼굴을 주의 깊게 들여다보며 그가 주례사 비평을 하는 건지 아니면 진심으로 하는 말인지 살폈다. 하지만 그의 표정은 늘 그렇듯 읽기 힘들었고, 어느 면에선 매우 평온해 보이기도 했다. 저런 표정이라는 건…… 적어도 민망할 만큼 엉망인 글은 아니라는 거겠지, 하며 영주는 그냥 좋을 대로 해석하기로 했다.

그런데 영주의 착각이었던 걸까. 승우가 볼펜을 들더니 문장에 사정없이 줄을 긋기 시작했다. 영주 눈에는 분명 사정없이 긋는 것처럼 보였다. 볼펜으로 줄을 쫙 그은 문장 옆에다가는 정갈한 글씨체로 이 문장이 뭐가 잘못됐는지 간략한 설명을 적어 넣었다. 승우는 10분째 첫 문단을 벗어나지 못하고 있었다. 영주는 그 10분이 한 시간처럼 느껴졌다. 여러 가지 생각이 한 번에 몰려왔다. 자신의 글이 이토록 엉망진창이었다는 사실을 깔끔하게 받아들이자는 생각이 들다가도 그래도 그렇지 뭘 이렇게까지 줄을 쫙쫙 긋나 하는 섭섭한 마음이 들기도 했다. 하지만 네 번째 문단으로 넘어가면서부터는 생각이 하나로 모아졌다. 이게 뭐라고 저리도 열심히 하나, 하는 생각.

승우는 근 한 시간째 말 한마디 없이 영주의 글에 집중하고 있었다. 이제 영주는 전혀 섭섭하지 않았다. 승우가 글을 봐주겠다고 말했던 건 바로 이렇게 꼼꼼히 최선을 다해 봐주겠다는 의미였다는 걸 이해했다. 영주는 승우가 지금껏 성취해온 것이 있다면 그 성취가 이런 모습에서 비롯되었으리라 생각했다. 피곤하거나 지친 기색이 유독 두드러졌던 승우의 표정 또한 이런 모습의 결과였다는 걸 알았다. 예의상 승우 옆으로 옮겨와 잔업을 하고 있던 영주는 승우가 마지막 문단을 교정하고 있는 모습을 보다가 냉장고에서 병맥주

두 개를 꺼내 왔다. 뚜껑을 따서 하나를 승우에게 건넸다. 고개를 푹 파묻고 있던 승우가 깜짝 놀라 맥주병을 쳐다봤다. 맥주를 건네 들고 나서 승우가 말했다.

"너무 오래 기다리고 계시죠. 거의 다 됐습니다."

검토를 다 끝낸 승우는 줄이 그어진 것 때문에 속상해하지 말라는 말을 먼저 했다. 숙련된 프로 작가가 아니고서는 다 이 정도로 줄이 그어질 거란다. 그냥 넘어가도 될 것도 일부러 다 체크하기도 했다는 말도 덧붙였다. 이어 승우는 "글은 전체적으로 논리적이어서 내용을 손볼 필요는 없겠다"라고 말해 영주의 마음을 편안하게 해줬다. 그런데 바로 "중간중간 아주 작게 논리가 틀어진 부분이 있으니 그 부분만 고치면 된다"라고 말해 영주를 아리송하게 했다. 하지만 승우의 설명을 듣자 틀어진 논리는 문장 하나만 잘 수정해도 바로잡을 수 있다는 걸 알게 되었다. 두 사람은 한 시간에 걸쳐 글을 손질해 나갔다. 이제 마지막 한 문장만 남았다. 승우는 말했다.

"'손님이 기다려졌다'는 어색한 문장이에요."

"왜요?" 영주가 물었다. "아…… 피동……." 영주가 생각난 것이 있다는 듯 말을 흐렸다.

"네, 맞아요. 그거 때문이에요."

승우는 피동에 관해 간략히 설명했다.

"피동이란 당하는 것이잖아요. '먹다'의 당하는 표현인 '먹히다'처럼. 그런데 여기서 '기다려지다'는 기다림을 당한다는 뜻이 돼서 어색하죠. 그러니 이렇게 고쳐야죠. '손님을 기다렸다.'"

"아, 네. 그런데……."

"네."

승우가 할 말을 해보라는 듯 영주를 봤다.

"그렇게 고치면 제가 손님을 기다리는 마음이 제가 원하는 만큼 표현되지 않는 것 같아요."

"왜죠?"

"나도 모르게 손님이 기다려지는 마음. 이런 애타는 마음. 이런 마음이 '손님을 기다렸다'에서는 느껴지지 않잖아요."

"음……."

승우는 영주의 말에 다시 글을 훑어보더니 고개를 들어 그녀를 봤다.

"글을 처음부터 다시 읽어보세요. 이 글 전체가 대표님의 그런 마음을 잘 묘사해주고 있잖아요. 혹시 그 마음이 전달되지 않았을까 봐, 이 문장으로 다시 한번 강조하고 싶었던 건가요? 그러지 않아도 됩니다. 이 정도도 충분해요. 그리고 이 문장이 담백해서 더 좋아요."

영주는 글을 처음부터 다시 읽어보며 그녀의 마음이 문장에 잘 반영됐는지 차분히 살펴봤다. 영주가 글을 읽는 사이 승우는 볼펜을 만지작거리며 조용히 기다렸다. 영주는 고개를 끄덕이며 말했다.

"무슨 말씀이신지 이해됐어요."

"네."

"작가님, 정말 감사해요. 이렇게 오래 걸릴 줄 알았으면 부탁 못 드렸을 거예요."

"아닙니다. 저도 재미있었어요."

"작가님 언제 시간 되세요? 제가 밥 살게요. 너무 고마워서요."

"밥 안 사셔도 됩니다."

승우가 볼펜을 테이블에 내려놓으며 말했다.

"대신, 저한테 몇 번만 더 첨삭받으세요."

그건 작가님이 아닌 자신에게 좋은 일 아니냐는 듯 영주가 눈을 살짝 키웠다.

"몇 번 더 해보면 혼자서도 첨삭할 수 있으실 거예요. 그렇게 되면 이번처럼 불안해하지 않아도 될 테고요. 내 글이 좋은지 안 좋은지 걱정하면서요."

"그럼, 작가님 바쁘실 테니까 우선 다음엔 제가 혼자 해볼게요. 그래도 정 불안하면……."

아무래도 승우의 시간을 너무 빼앗게 될 것 같아 에둘러 거절하는 영주의 말을 승우가 가볍게 끊었다.

"저 안 바빠요. 그러니 부담 느끼지 않으셔도 됩니다. 앞으론 글 다 쓰셨으면 괜히 혼자 끙끙거리지 말고 바로 저한테 보내세요."

선뜻 대답하지 못하는 영주에게 승우가 다시 말했다.

"알았죠?"

"네, 알았어요. 미리 감사드리고요."

영주는 그날 승우와 함께 수정한 글을 바로 담당 기자 메일로 보냈다. 더 검토한다고 나아질 것이 아니라면, 얼른 털어버리자는 심정으로. 승우는 차를 가지고 와서 맥주를 마시면 안 된다고 해, 두 사람은 영주가 맥주를 다 마실 때까지 이야기를 나눴다. 무언가를 기다린다는 것에 관해 이런저런 이야기를 나누다가, 지금껏 살면서 뭘 가장 애타게 기다려봤는지 하나씩 대답해보기로 했다. 영주는 최근 몇 년간의 절실한 마음을 담아 "손님"이라고 대답했고, 승우는 잠시 시간을 끌며 생각에 잠겼다가 "생각이 안 나요"라고 대답해 영주에게 배신자 소리를 들었다. 서점을 한번 죽 둘러보고, 조명을 끄고, 문을 잠그고, 밖으로 나올 때까지 대화는 끊이지 않았다.

두 사람은 오늘도 함께 서점을 나섰다. 서로 인사를 하고 반대쪽으로 몇 걸음 걷는데 승우가 문득 멈춰 섰다. 그 기척에 영주가 고개를 돌렸고, 승우가 뒤로 돌아 그녀를 봤다. 의아한 얼굴로 따라 몸을 돌린 영주에게 승우가 물었다. 혹시 지난번에 기다림에 관해 이야기를 나눴던 것을 기억하느냐고. 작게 고개를 끄덕이는 영주에게 승우가 궁금한 것이 있다고 했다. 눈을 크게 뜨는 영주에게 승우가 물었다.

"그때 손님이라고 대답하셨잖아요. 혹 손님 말고 지금 이 순간 기다리고 있는 것이 또 있는지 궁금합니다."

영주가 생각이 나지 않아 없다고 대답하니 승우가 말했다.

"그날, 저도 생각이 나지 않는다고 말씀드렸죠. 사실 그때도 어렴풋이 내가 뭘 기다리고 있는지 알 것 같긴 했습니다. 그런데 왠지 너무 성급하게 내 마음을 알아채면 안 될 것 같았어요. 빨리 알아채기보단, 천천히 알아가길 원했거든요."

영주는 지금 승우가 무슨 말을 하는지 잘 이해 못 하겠다는 표정으로 승우를 보고 있었고, 그런 영주를 보며 승우는 담담하게 말을 이어갔다.

"지금 이 순간 제가 가장 애타게 기다리는 것."

두 사람은 3미터 정도 거리를 사이에 두고 마주 서 있었다.

"누군가의 마음입니다."

승우가 한 말의 의미를 이해하기 위해 영주가 그를 보고만 있자, 승우가 부드럽게 미소 지으며 말했다.

"그날 배신자라고 저 몰아세우셨잖아요. 뒤늦게라도 배신자에서 벗어나 보려고 말씀드린 거예요. 대표님, 그럼 가세요."

승우의 뒷모습을 바라보다가, 영주도 집 쪽으로 걸어갔다. 누군가의 마음. 누군가의 마음이라. 승우는 왜 이런 말을 했을까. 영주는 문득 승우가 모과청을 건네던 모습을 떠올렸다. 영주의 행복을 응원한다던 그의 말도 떠올렸다. 왜 그날의 일들이 떠오르는지 저도 모르겠다고 생각하며. 영주는 잠시 멈춰 서서 승우를 돌아봤다가 생각에 잠긴 얼굴로 다시 걷기 시작했다. 손에 들고 있던 털모자를 머리에 푹 눌러썼다.

솔직하고 정성스럽게

승우가 퇴근 후 서점에 도착했을 때 마침 영주는 민철과 이야기하는 중이었고, 영주가 자리를 뜨자 두 사람은 얼떨결에 같은 테이블에 앉게 된 참이었다. 영주는 민철에게 승우를 "작가님"이라 소개했고, 승우에게는 민철을 "이웃 조카"라 소개했다. 승우는 아무려면 어떠랴 하는 마음에 민철과 같은 테이블에 앉아 영주의 글을 검토하기 시작했는데, 아무래도 앞에 앉아 있는 사람이 아무것도 안 하고 그냥 그렇게 앉아만 있으니 조금 신경이 쓰였다. 더더군다나 앞에 앉은 민철이라는 아이는 줄곧 자신을 쳐다보고 있는 것 같았다.

"원래 그렇게 아무것도 안 하고 앉아 있어?"

어쩔 수 없이 고개를 든 승우는 하는 것 없이 맞은편에 우두커니 앉아 있는 민철에게 말을 걸었다.

"네."

"유튜브라도 보든가."

"그건 집에 가서 보면 돼요."

민철의 말에 승우는 그럼 이젠 난 널 신경 쓰지 않겠다는 의미로 고개를 살짝 끄덕이며 다시 글을 읽기 시작했는데, 이번엔 민철이 승우에게 말을 걸었다.

"작가님은 글 쓰는 게 재미있으세요?"

사실 민철은 언제쯤 승우에게 말을 걸 수 있나 타이밍을 재던 참이었다. 요즘 글쓰기 때문에 고통스러운 나날을 보내고 있었기 때문이다. 몇 주 전 희주는 민철에게 조건을 또 내걸었다. 학원을 다니지 않으려면 2주마다 글을 하나 쓰라는 거였다. 만약 글을 쓰지 않는다면 학원에서 밤 12시까지 공부를 해야 할 것이라며 민철을 협박하는 희주에게 민철도 나름의 반항을 해봤다. 학원에 가라고 하면 서점엔 안 가겠다고. 그러자 희주는 눈 하나 깜짝 안 하고 그러라고 했다. 민철이 서점에 가는 걸 좋아하게 됐음을 눈치챈 것이다. 학원은 학교만큼 재미가 없었기 때문에 민철은 하는 수 없이 글을 쓰겠다고 했고, 그러자 희주는 단호한 목소리로 조건 하나를 더 걸었다. 쓰는 것보다 중요한 건 '제대로 잘' 쓰는 것이랬다.

"아니."

승우가 고개를 들지 않고 대답했다.

"그래도 신기해요. 전 글 쓰는 게 너무 어려운데 작가님은 글쓰기를 직업으로 삼으신 거잖아요."

승우는 여전히 고개를 들지 않고 펜으로 문장에 줄을 그으며 말했다.

"글쓰기를 직업으로 삼은 적 없는데."

"그럼 무슨 일 하시는데요?"

"그냥 회사 다녀."

· 민철은 승우의 무심한 태도에도 아랑곳하지 않고 계속 말을 걸었다. 말을 걸다가 새삼스레 지금 혹시 시간이 있느냐고도 물었다. 그게 무슨 뜻이냐고 승우가 고개를 들자 지금 자기가 승우에게 묻고 싶은 것이 있는데 승우가 바쁘다면 묻지 않겠다고 했다. 민철은 지금 자기가 평소보다 더 대담하게 군다는 걸, 말도 더 많아졌다는 걸 느꼈는데, 그건 어쩌면 승우가 작가라서 그런 것일지도 모르겠다고 생각했다. 작가라면, 민철 혼자선 도저히 풀지 못할 지상 최대의 난제를 대신 풀어줄 수 있지 않을까.

민철이 말을 끝내자 승우는 잠시 생각을 하다가 쥐고 있던 펜을 테이블에 올려놓았다. 승우가 의자에 등을 기대는 모습을 보고 민철이 기쁘다는 듯 미소를 짓더니 곧바로 질문을 해왔다.

"그냥 회사에 다니며 무슨 일 하시는데요?"

"그냥 평범한 일."

민철은 "음" 소리를 내며 잠시 멈칫하다가 방금 전보다 더 진지한 얼굴로 물었다.

"그럼 작가님은 그냥 회사를 다니며 그냥 평범한 일을 하는 거랑 글 쓰는 거 중에 뭘 더 좋아하고 더 잘하세요?"

이번엔 승우가 "음" 소리를 냈다. 도대체 이 아이는 뭘 알고 싶어서 저런 눈빛을 하고 있는 걸까. 이러다 이야기가 끝 간 데 없이 길어지는 거 아닐까. 승우는 민철의 영민한 눈매를 바라보며 물었다.

"이 질문을 왜 하는 건지 물어도 될까?"

민철은 요즘 심각하게 고민하는 문제가 바로 이 질문과 관련이 있다고 했다. 좋아하는 걸 해야 하는 게 맞는 건지 잘하는 걸 해야 하는 게 맞는 건지 알고 싶단다. 엄마가 정해준 글쓰기 주제이기도 하고, 정말 알고 싶기도 해서다.

민철이 유일하게 좋아하는 국어 선생님이 얼마 전 이런 말을 했다고 했다. "사람은 좋아하는 일을 해야 행복하다. 그러니 너네도 너네가 뭘 할 때 즐거운지, 설레는지 꼭 찾아내야 해. 사회가 인정해주는 일보단 너네가 좋아하는 일을 해. 그 일을 찾으면 사람들 말에 덜 흔들리며 살 수 있을 거야. 다들 용기 내라. 알았지?"

선생님 말에 감동받은 애들이 많았다고 민철은 말했다. 한 친구는 그 선생님의 말이 얼마나 위험한 말이었는지 흥분해서 떠들어댔단다. 우리도 마음이 있는 존재라는 걸 인정해줬다는 의미에서 위험한 것이랬다. 친구는 목소리를 높여 말했다고 한다. "너네 생각해봐, 선생님 중에 저렇게 말해주는 선생님이 또 누가 있어? 엄빠가 원하는 것과 딱 정반대로 말해주는 선생님이 요즘 어디 있냐고. 그러니까 저 말은 위험한 말이야. 그리고 자고로 위험한 말은 새겨들을 필요가 있지!"

친구들은 선생님의 말에 감격한 듯했지만, 사실 민철은 선생님의 말 때문에 처음으로 불안해졌다고 했다. 그런가, 정말 좋아하는 일을 해야 하는 건가. 하지만 난 좋아하는 일이 없는데. 뭘 하면서 엄청 즐거워해본 적도, 설레본 적도 없었다. 다 비슷비슷했다. 하다 보면 재미있기도 지겹기도 했다. 이거 아니면 죽겠다는 생각이 드는 일도 없었고, 이건 정말 죽인다 해도 하기 싫은 일도 없었다. 그렇다고 잘하는 일 또한 없었다. 다 그냥저냥 중간 정도. 민철은 좋아하는 일도, 잘하는 일도 없는 자신은 어떻게 살아야 할지 막막해졌다.

승우는 민철이 무슨 말을 하는지, 뭐가 궁금한지 알 것 같았다. 민철이 하는 고민은 민철 나이 또래의 고민만은 아니니까. 나이 서른을 넘기고도, 마흔을 넘기고도 같은 고민을 하는 사람은 많다. 어쩌면 승우 역시 5년 전 비슷한 고민을 했던 건지도 모르겠다. 입술이 다 터지고 늘 퉁퉁 부어 다니면서도 그 일을 그토록 오래 할 수 있었던 건 미련 때문이었을 것이다. 좋아하는 일을 하게 됐는데 이제와 포기해도 될까 하는. 승우는 좋아하는 일을 하면서도 행복하지 않았다. 그럼에도 좋아하는 일을 포기해버리면 평생 후회하며 살아야 할 것 같아 불안했다.

"마음이 답답해요. 다른 선생님들은 잘하라고만 다그치잖아요. 점수로 줄을 세우고 나서 '이것 봐라, 네 위치가 겨우 여기다' 하고 모욕을 주며 더 잘하라고, 더 더 잘하라고. 그런데 아무리 잘하게 돼도 결국은 어떻게든 또 줄을 서게 되는 거잖아요. 웃겨요. 그래서 그런 선생님들 말은 무시하면 그만이라고 생각했어요. 그런데 국어 선생님 말은 무시하지 못하겠어요. 무시해도 되나 싶어요."

민철은 정말 답답한지 미간에 살짝 힘을 주었다. 말을 하면서 그의 고개가 조금씩 테이블 쪽으로 떨어지고 있었다.

"전 잘하는 것도 없지만 좋아하는 것도 없거든요. 전 정말 좋아하는 게 없어요. 예전엔 정말 하나도 없었는데 그나마 요즘엔 여기 와서 이모들이랑 얘기하고 형이랑 얘기하고 커피 맛 봐주고 또 뜨

개질하는 것도 보고 그러는 건 지루하지 않다고 생각하는 정도예
요."

"마음이 답답한 게 아니라 조급한 거 같은데."

"네?"

민철이 고개를 들며 대꾸했다.

"잘하는 것이든 좋아하는 것이든 빨리 찾아야 할 것 같아서 마
음이 급한 것처럼 보여."

"그런 건가요. 음…… 그런 것 같아요."

민철이 승우에게서 시선을 비끼며 중얼거리듯 말하다가 다시
승우를 봤다.

"정말 그게 뭐든 빨리 찾아야 할 것 같아요."

"뭐가 그리 급해. 급할 것 없어. 여기 와서 노는 것 정도는 지루
하지 않다면 우선은 그냥 여기에 자주 와. 지금 이 상태로 계속 지
내봐도 괜찮을 것 같은데."

민철이 답답하다는 듯 다시 테이블을 내려다봤다.

"좋아하는 일을 찾으면 행복해질 수 있을 것 같아?"

민철이 고개를 작게 저었다. "그건 모르겠어요. 그런데 선생님이
그렇게 말씀해주셨으니까 그렇게 될 것 같기도 해요."

"좋아하는 일을 하면 행복해진다…… 그럴 수는 있겠지. 그런
사람도 분명 있을 거야. 그런데 어떤 사람은 잘하는 일을 하면 행복
할 텐데."

민철이 눈을 살짝 찌푸렸다.

"케바케라는 말이에요?"

"좋아하는 일을 한다고 해서 다 행복하진 않아. 좋아하는 일을 좋은 환경에서 하면 모를까. 어쩌면 환경이 더 중요하다고 할 수도 있겠네. 좋아하는 일을 즐겁게 할 수 있는 환경이 마련돼 있지 않다면, 좋아하는 일도 포기하고 싶은 일이 되어버리거든. 그러니 우선 좋아하는 일을 찾아라, 그럼 무조건 행복해질 것이다, 라는 말은 누구에겐 해당되지 않을 수도 있어. 어쩌면 너무 순진한 말이기도 하고."

중학생 때부터 프로그래머를 꿈꾸던 승우는 꿈을 이뤘다. 휴대전화를 만드는 회사에 들어가 소프트웨어 개발자로 일을 시작했다. 좋아하는 일을 하루 종일 할 수 있게 돼 처음에는 정말 기뻤다. 야근조차 싫지 않았다. 하지만 일을 시작한 지 3년이 지나자 승우는 서서히 지쳐갔다. 승우가 일을 좋아한다는, 그리고 잘한다는 소문은 그 자체로 하나의 족쇄가 되었다. 일은 고르게 분배되지 않았다. 잘하는 사람이 더 많이 일해야 하는 구조. 하루 걸러 하루 야근을 했고, 한 달 걸러 한 달 출장을 갔다. 승우는 버티고 버티다 다 포기했다. 일을 좋아하는 것과 그 일을 이토록 무례한 환경에서 하는 건 별개의 문제라고 확신하게 된 그날, 그는 부서이동을 신청했다. 하루아침에 코딩을 접었다. 더불어 야근도 하지 않았다. 그날의 그 선택을 후회한 적은 없다.

"그럼 잘하는 일도 마찬가지 아니에요? 잘하는 일을 즐겁게 할 수 있는 환경도 마련돼 있지 않다면……."

"마찬가지지."

승우가 인상을 잔뜩 찌푸린 민철의 말에 고개를 끄덕였다.

"그렇다고 환경 탓만 하며 가만히 앉아 있을 수만도 없긴 하지."

"그럼 어떻게 해요?"

"미래를 어떻게 알겠어. 우선은 해보는 수밖에. 내가 그 일을 즐겁게 할 수 있는지 아닌지를 알려면."

승우는 좋아하는 일을 5년 했고, 좋아하지 않는 일을 5년 했다. 어떤 삶이 더 나았을까? 글쎄. 굳이 따지자면 후자의 삶이다. 더 편하고 여유로운 삶을 살아서가 아니다. 좋아하지 않는 일을 하다 보니 공허해졌고, 공허감을 이기려 한국어에 몰입했고, 그러다 보니 여기까지 오게 됐다. 삶은 일 하나만을 두고 평가하기엔 복잡하고 총체적인 무엇이다. 좋아하는 일을 하면서도 불행할 수 있고, 좋아하지 않는 일을 하면서도 그 일이 아닌 다른 무엇 때문에 불행하지 않을 수 있다. 삶은 미묘하며 복합적이다. 삶의 중심에서 일은 매우 중요한 역할을 하지만, 그렇다고 삶의 행불행을 책임지진 않는다.

"그럼 고민하지 말고 대충 아무 일이나 해야 한다는 거네요."

민철이 여전히 풀리지 않는 답답함에 입에서 나오는 대로 말을 해봤다.

"그런다고 해서 나쁠 건 없지." 승우가 대답했다.

"대충 아무 일이나 해봤는데 의외로 그 일에서 재미를 느낄 수도 있어. 우연히 해본 일인데 문득 그 일이 평생 하고 싶어질지 누가 알아. 해보기 전에는 아무것도 알 수 없는데. 그러니 무슨 일을 해야 할지 미리부터 고민하기보다 이렇게 먼저 생각해봐. 그게 무슨 일이든 시작했으면 우선 정성을 다해보는 것이 더 중요하다. 작은 경험들을 계속 정성스럽게 쌓아나가는 것이 더 중요하다."

눈을 멀뚱히 뜬 채 제 말을 따라 하고 있는 민철을 보다가 승우가 음, 소리를 냈다. 나이 서른 넘은 어른들에게도 쉽지 않은 걸 이 고등학생에게 요구했나 싶어 급히 머리를 굴렸다. 승우는 우선 민철이 지금 당장 할 수 있는 일을 제안하기로 했다.

"얘기를 마무리해보자. 그러니까 우선 너, 아니, 민철이라고 했지. 민철이가 지금 해야 하는 일은 글쓰기잖아. 다른 건 생각하지 말고 그 글쓰기를 정성스럽게 해봐."

민철의 입에서 한숨이 새어 나왔다.

"쓰다 보면 계속 쓰고 싶을지도 몰라."

"그렇게 되진 않을 것 같아요."

"알 수 없지. 미리 미래를 결정하진 말고."

민철이 부루퉁한 얼굴로 승우를 봤다.

"작가님 말 들으니까 머리가 더 복잡해진 것 같아요. 정리가 안 돼요. 잘하는 걸 해야 하는지 좋아하는 걸 해야 하는지. 글 주제가 이건데 어떻게 마무리해야 할지 모르겠어요."

"모르겠으면 모르겠다고 하면 되고."

"딱 떨어지는 결론을 안 내도 돼요?"

"답을 억지로 만들려다 보면 내 마음을 제대로 들여다보지 못하게 돼. 내 마음을 곡해하거나 속이게 되기도 하지. 그러니 그냥 솔직하게 써. 지금 고민하고 있지? 그럼 나 지금 고민하고 있다, 하고 쓰면 돼. 도대체 뭐가 정답인지 모르겠다고 투덜대는 것도 하나의 방법이야. 더더군다나 민철이는 지금 글 때문만이 아니라 인생 때문에 이 질문을 진지하게 하고 있기도 하잖아. 그러니 더더욱 조급하게 답을 내면 안 되지."

민철이 손가락 하나로 머리를 긁적이며 말했다.

"네, 무슨 말인지 알 것 같기도 하고……."

"마음이 후련해지는 것만이 능사는 아니야. 복잡하면 복잡한 대로, 답답하면 답답한 대로 그 상태를 감당하며 계속 생각을 해봐야할 때도 있어."

"이 상태로 계속 생각……."

"그래."

"그런데, 작가님. 그럼 글을 제대로 잘 쓰려면 어떻게 해야 해요? 엄마가 제대로 잘 써서 내라고 했거든요."

승우가 테이블에 놓여 있던 볼펜을 들며 말했다.

"아까 말했잖아. 솔직하게 쓰라고. 정성스럽게 쓰라고. 솔직하고 정성스럽게. 그렇게 쓴 글이 제대로 잘 쓴 글이야."

커피 내릴 땐 커피만 생각하기

민준은 요가가 끝나면 집으로 돌아와 샤워를 하고는 매일 고트빈으로 향한다. 요즘 그는 고트빈에서 로스팅을 배우고 있다. 커피가 만들어지는 과정을 더 자세히 알면 커피 맛을 내는 데 도움이 될까 해서다. 지미와 로스터들의 모닝커피도 민준의 몫이다. 고트빈 사람들 기호에 맞게 각기 다른 맛으로 커피를 내린다. 어떻게 보면 이곳이 서점보다도 커피 연습하기엔 더 좋은 장소다. 원하는 원두를 아무 때나 구할 수 있고, 만약 없을 땐 지미를 잘 꼬드기면 곧 구해다 주기 때문이다.

민준이 매일 이곳으로 와서 커피를 내리는 이유는 무엇보다 고트빈 사람들이 커피 맛에 더없이 진지해서다. 실없는 농담을 주고받다가도 민준이 커피 잔을 내밀 때면 언제 그랬냐는 듯 진지해지곤 한다. 향을 맡고 맛을 음미하고 목 넘김을 느끼는 과정 하나하나에

섬세하게 반응한다. 본인들이 로스팅한 원두가 어떤 맛을 내는지, 어떤 맛을 내야 하는지, 그들은 민준이 내린 커피를 통해 감을 잡는다. 민준이 내려준 커피 맛이 미묘하게 달라질 때마다 그 차이를 드러내주는 일도 잊지 않는다. 우연이 아닌 연습으로 미묘한 차이를 만들어낼 수 있다면 꽤 괜찮은 바리스타가 된 거라고, 지미는 민준의 어깨를 두드리며 말했다.

민준은 이제 그만 흔들리기로 했다. 흔들릴 때 흔들리기 싫으면 흔들리지 않는 무언가를 꼭 붙잡으면 된다는 걸 배웠다. 그래서 커피를 붙잡았다. 마음을 비우고 커피에 집중했다. 마음을 열고 커피에 집중했다. 흔들리지 않는 무언가를 붙잡고 할 수 있는 데까지 해보기. 어디 내놓기에도 민망한 이런 평범한 생각이 민준에게 꽤 힘이 되어주고 있었다.

민준은 커피를 내리면서 목표를 세우지 않았다. 말 그대로, 정말 할 수 있는 만큼만 하는 거다. 할 수 있는 만큼 해도 실력이 늘었다. 커피 맛이 좋아졌다. 그러면 된 것 아닌가. 이런 속도로, 이런 마음으로 성장해도 충분하리란 생각이 들었다. 세계 최고 바리스타가 돼서 뭘 하겠는가. 삶을 갈아 넣은 후에 최고라는 찬사를 받아서 뭘 하겠는가. 여기까지 생각하고 나서 민준은 지금 자기가 신 포도의 여우가 된 건가 싶었지만, 아니라고 결론을 냈다. 목표점을 낮추면 된다. 아니, 아예 목표점을 없애면 된다. 그 대신 오늘 내가 하는 일에 최선을 다하는 거다. 최선의 커피 맛. 민준은 최선만을 생각하기로 했다.

민준은 더 이상 먼 미래를 상상하지 않는다. 민준에게 현재에서 미래까지의 거리란 드리퍼에 몇 번 물을 붓는 정도의 시간일 뿐이다. 민준이 통제할 수 있는 미래는 이 정도뿐이다. 물을 붓고 커피를 내리면서 이 커피가 어떤 맛이 될지 헤아리는 정도. 이어서 또 비슷한 길이의 미래가 펼쳐지길 반복한다.

고작 이만한 미래를 고대하며 최선을 다한다는 사실이 답답하게 생각될 때도 때론 있다. 그럴 땐 허리를 펴고 서서 미래의 길이를 조금 더 늘려본다. 한 시간의 미래, 두 시간의 미래, 그것도 아니라면 하루라는 미래. 이제 민준은 통제 가능한 시간 안에서만 과거, 현재, 미래를 따지기로 했다. 그 이상을 상상하는 건 불필요하다고 느낀다. 1년 후 내가 어떤 삶을 살게 될까, 이를 알 수 있는 건 인간 능력 밖의 일이니까.

언젠가 이런 생각을 정서에게 털어놓은 적이 있다. 정서는 민준의 말을 즉각 이해하더니 한술 더 떠 이렇게 확장까지 해줬다.

"커피를 내릴 땐 커피만 생각한다는 말이잖아요. 그러니까?"

"그런…… 셈인가……."

"바로 그게 수행의 기본자세거든요. 지금 이 순간에 완전히 존재하기. 지금 민준 씨가 그걸 하고 있는 거예요."

"수행요?"

"흔히들 현재를 살라고 말하잖아요. 그런데 말이 쉽지 현재에 산다는 게 도대체 무슨 뜻이죠? 현재에 산다는 건 지금 내가 하고 있는 그 행위에 온 마음을 다해 집중한다는 걸 말해요. 숨을 쉴 땐 들숨 날숨에만 집중하고, 걸을 땐 걷기에만 집중하고, 달릴 땐 달리기에만. 한 번에 한 가지에만 집중하기. 과거, 미래는 잊고요."

"아……."

"성숙한 삶의 태도예요. 지금 이 순간을 사는 사람의 삶의 태도
는."

"그런가요……."

"그럼요."

뭔가 생각에 잠긴 듯 보이는 민준을 힐긋 보더니, 정서가 뜬금없
이 연극적인 말투로 말했다.

"시즈 더 데이Seize the day."

그러자 민준이 피식 웃음을 터트리며 정서의 말을 받았다.

"카르페 디엠Carpe diem."

"우리의 키팅 선생님이 말씀하셨죠. 너만의 걸음을 찾아. 너만의
보폭, 속도, 방향. 네가 원하는 대로!"

그날 민준은 정서에게서 위로를 받았다. 민준은 어떻게 보면 먼
미래를 그려볼 수 없어서 근미래를 그려보려 했던 것일 수도 있다.
궁여지책으로 선택한 삶의 태도일 수도 있다는 말이다. 그런데 그
런 삶의 태도의 근원에 종교가 맞닿아 있다고 정서는 말하고 있었
다. 정서의 말처럼 민준은 조금 성숙해진 것인지도 몰랐다. 그렇다
는 건, 민준이 지금껏 겪어온 일들이 쓸모없던 것만은 아니라는 말
일까. 그렇다면 다행이었다. 그간 했던 모든 노력이 쓸모없어지지 않
아서.

그날, 정서는 이런 말도 했다. "그래서 커피가 맛있어졌나 봐요"
라고. 정서는 얼마 전에 다시 본 〈죽은 시인의 사회〉에 열렬한 찬사
를 보내더니 불현듯 주제를 바꿔 민준이 내린 커피가 맛있어졌다며

기뻐했다. 막 내린 커피를 한 모금 마시고 내려놓으며 이런 말을 하기도 했다.

"청소를 할 때 청소에만 집중하면 집이 얼마나 깨끗해지겠어요. 구석구석 먼지 하나 없겠죠. 커피도 그렇잖아요. 커피 내릴 때 커피에만 집중하니까 커피 맛이 좋아지는 건 당연하잖아요. 커피 한 잔이 민준 씨에겐 현재에서 미래까지의 삶이라는 말이 지금 계속 머릿속에 맴돌아요. 마음에 들어요, 이 생각. 그리고 민준 씨 커피 정말 맛있어요."

정서의 말에 힘을 많이 얻었고, 자신감도 생겼다. 지금 민준이 예전보다 덜 흔들리게 된 건 커피를 붙잡았기 때문이기도 하지만 정서처럼 영주가, 영주처럼 지미가, 지미처럼 사람들이, 민준의 커피를 맛있어해줬기 때문이라는 걸 깨달았다. 그러니까 방금 내린 이 커피의 맛은 민준과 사람들의 합작품이다. 여기 있는 고트빈 사람들과 서점 사람들과 민준이 함께 만든 커피의 맛. 호의로 버무려진 커피의 맛이 나쁠 리는 없을 거라고 민준은 생각했다.

오늘부턴 서점에서 본격적으로 핸드 드립 커피도 팔기로 했다. 지역별 세 가지 맛을 우선 개시하기로 했다. 가능하다면 한 달에 한 번 커피 맛을 바꿔봐도 좋을 테지만, 우선은 요즘 영주가 입버릇처럼 말하듯 자리를 잡는 게 먼저일 터였다. 민준은 휴남동 서점에서 맛있는 커피를 판다는 소문이 나길 바랐다. 소문을 듣고 온 손님이 소문만큼 맛있다고 인정해주기를 바랐다. 커피의 맛이 서점의 분위기를 끌어올려주고 커피의 향이 사람들의 마음에 따뜻한 잔향으로 남길 바랐다.

커피를 내리며 무언갈 바라기는 처음이었다. 민준은 자기가 조금 변했다고 느꼈다.

영주를 찾아온 남자는 누구인가?

    네 사람이 테이블에 모여 앉아 있었다. 승우와 민철이 마주앉아 있었는데 정서가 합류했고, 마지막으로 민준이 커피를 들고 정서 맞은편에 앉았다. 승우는 첨삭, 정서는 코바늘뜨기, 민준은 정서에게 커피 맛 평가 듣기, 민철은 정서의 코바늘뜨기를 구경하면서 세 사람을 왔다 갔다 하며 말 걸기 중이었다.

    정서는 승우에게 글을 첨삭해주면 영주 언니에게서 답례로 무얼 받는지 물었고, 민철은 민준에게 영주 이모는 저기서 저렇게 일을 하고 있는데 민준은 여기에 이렇게 앉아 있어도 되는 것인지 정말 궁금하다고 했고, 승우는 민철에게 그때 쓴 글을 한번 보여줘보라고 말했으며, 민준은 정서에게 방금 마신 커피에서 가장 두드러진 맛이 무엇이며 그 맛이 좋으냐 싫으냐 물었다. 그렇게 네 사람이 이야기를 하고 있는 가운데 상수는 계산대에 느긋이 앉아 손님들을 맞는 틈틈이 책을 읽었고, 영주는 책 판매 부수를 점검하면서 오늘 주문한 책들을 어디쯤에 놓을지 가늠하고 있었다.

바로 그 순간이었다. 정서에게서 흡족한 맛 평가를 들은 민준이 이제 그만 일어나려고 두 손바닥으로 테이블을 지그시 누르는데, 서점 문이 열리더니 한 남자가 들어서는 모습이 보였다. 남자는 서점에 들어서자마자 조심스레 무언갈 찾는 듯했고, 남자의 시선이 멈춘 곳엔 영주가 있었다. 남자는 영주를 한눈에 알아본 듯했다. 그런데도 문 앞에 가만히 서서 영주를 바라보기만 했다. 남자의 눈가에 스친 친밀한 감정과 부드럽게 풀어진 입매가 둘의 관계가 어떠했는지를 말해주고 있었다. 친구인가. 민준이 생각을 하며 영주를 보는데, 영주는 그제야 남자의 존재를 알아챈 듯했다. 매대를 정리하던 영주가 들고 있던 책을 내려놓았다. 그리고 영주의 표정을 본 민준은 도로 자리에 앉았다. 남자와 달리 영주의 얼굴은 표나게 굳어지고 있었다.

일어서려던 민준이 다시 앉으며 한곳을 주시하고 있자 정서와 민철도 몸을 돌려 영주를 봤고, 마지막으로 승우도 한 손에 볼펜을 쥔 채 영주와 남자를 바라봤다. 영주는 웃는 것도 아니고 우는 것도 아닌 표정으로 남자와 이야기를 나누고 있었다. 그러다가 느릿하게 몸을 돌려 네 사람 쪽으로 걸어왔는데, 얼굴은 그간 애써 감춰오던 피곤함이 두드러지게 드러나면서 핏기마저 싹 사라져 있었다. 영주는 미소를 짓고 있었는데, 민준에게 말을 걸 땐 사실상 미소를 짓는 데 거의 실패한 상태였다. 그럼에도 영주는 차분한 목소리로 민준에게 말했다.

"민준 씨, 저 잠시만 나갔다가 올게요."

"네, 그러세요."

민준의 대답을 듣고 돌아서던 영주를 멈춰 세운 건 승우였다. 그가 자리에서 일어나며 영주를 불렀다.

"대표님."

영주가 승우 쪽으로 몸을 돌렸다.

"대표님, 괜찮으세요?"

승우의 걱정스러운 표정에서 본인이 감정을 숨기지 못했다는 걸 깨달은 영주가 희미하게 웃으며 말했다.

"네, 작가님. 저 괜찮아요."

영주가 나가고 나서 네 사람은 하던 일을 계속했다. 그 남자가 누구인지, 영주의 얼굴이 왜 그토록 파리해졌는지 어차피 아무도 모를 것이었기에 영주에 관한 대화는 나누지 않았다. 민준은 다시 자리로 돌아가 커피를 내렸고, 승우는 심각한 표정으로 문장을 파고들었으며, 정서는 코바늘로 만든 에코백에 끈을 달았고, 민철은 오른손으로 턱을 괸 채 그런 정서를 몇 시간이고 지켜볼 수 있다는 듯 응시하고 있었다.

그러다가 누가 서점에 들어오는 소리만 들려도 네 사람은 고개를 들어 그 사람이 영주인지 아닌지 확인했다. 벌써 두 시간째 영주는 돌아오지 않고 있었다. 답답해진 정서가 커피를 내리고 있는 민준에게 다가가 전화 한번 해보라고 말했지만, 민준은 고개를 저으며 조금 더 기다려보자고 했다. 그리고 그때, 서점 문을 닫기 20분 전, 영주가 떠날 때와 비슷한 얼굴로 서점에 들어섰다. 영주의 눈이 조

285

금 부어 있는 게 모두에게 보였다. 영주가 어렵사리 만든 웃는 얼굴로 네 사람에게 돌아가며 말했다.

"다 저 기다리고 있던 거예요? 고마워요, 정말. 민준 씨 무슨 일 없었죠? 정서 씨는 에코백 벌써 다 완성한 거예요? 그거 정말 나 주는 거죠? 민철아 너는 왜 아직 안 가고 있어. 얼른 집에 가서 뒹굴뒹굴해야지. 작가님, 정말 죄송해요. 그런데 어떻게 하죠? 제가 오늘은 시간이 안 될 것 같은데. 제가 나중에 꼭 밥 살게요. 이번엔 꼭 살게요. 미안해요, 정말. 다들, 고마워요. 얼른 치우고 가야겠다!"

네 사람은 그런 영주의 모습을 불안하게 지켜보면서 적절한 반응을 했고 각자 은근슬쩍 영주를 도왔다. 흐트러진 책을 정리하고, 창문을 잠갔으며, 테이블과 의자의 열을 맞췄다. 얼른 치우고 가겠 다던 영주는 멍하니 앉아 느릿느릿 책상 위를 정리했다. 노트북을 덮고, 필기도구를 제자리에 놓고, 메모장을 무의미하게 들여다보고, 그러다 오늘 있었던 일을 떠올려보고, 그러다 울컥하고, 눈을 살짝 감았다가 뜨고, 표정이 굳고, 그러다 다시 표정을 정리하고. 그렇게 혼자 애를 쓰고 있는 영주 곁으로 민준이 다가와 앉았다.

민준은 영주가 없는 사이 별일은 없었고 한 손님이 까탈스럽게 굴긴 했지만 상수가 무난히 대처했다는 말을 들려주었다. 영주는 고개를 끄덕이며 "다행이네요, 아무 일도 없어서"라고 말한 뒤 특유 의 농담 투로 "전 저 없으면 큰일 나는 줄 알고 맨날 서점에만 붙어 있었는데, 이젠 안 그래도 되겠어요"라고 말하자 민준이 고개를 저 으며 대꾸했다.

"사장님 없으면 큰일 나죠, 이 서점은. 놀러 나가시는 거야 좋은

데 그런 생각은 하지 마세요."

영주가 민준의 말에 살짝 웃었다.

영주가 멍하니 앉아 있는 사이 정서와 민철, 상수는 조용히 서점을 떠났고, 승우는 카페 테이블에 앉아 이미 마무리된 첨삭 글을 읽고 또 읽으며 가끔씩 영주를 건너다봤다. 서점 정리를 끝낸 민준이 다시 영주 옆에 와서 앉자 영주가 기다리고 있었다는 듯 민준에게 이야기를 하기 시작했다.

"방금 이 서점을 처음 열었던 날을 생각하고 있었어요. 전 늘 정신없이 살았지만 그날은 정말 더 정신이 없었어요. 서점엔 책이 반의반도 안 들어와 있었어요. 서점을 열 생각만 했지 서점 이름을 뭘로 할까도 정하지 않은 상태였는데……. 서점을 열고 나서야 부랴부랴 휴남동 서점이라고 이름을 정했어요. 처음에는 너무 촌스럽게 지었다고 후회를 조금 했는데 지금은 마음에 들어요. 왠지 엄청 오랫동안 휴남동에 있었던 서점 같아서요."

잠시 멈추었다가 영주가 말을 이었다.

"서점을 열 때만 해도 그냥 책 읽으면서 쉴 생각이었어요. 좋아하는 거 하면서…… 1년도 좋고 2년도 좋으니까 쉬고 싶었어요. 돈은 못 벌어도 된다고 생각했어요."

"저한테 알바비 많이 줄 때부터 알아봤어요. 그런데 그러던 분이 요즘엔 바쁘게 사시잖아요. 쉬는 것 같지 않아요." 민준이 책이 반의반도 들어차지 않은 서점을 상상하며 말했다.

"그게 언제였더라. 정확히 언제인지는 기억나지 않는데, 민준 씨가 온 후의 어느 날이라는 건 기억나요. 그날부터 서점을 계속하고 싶어졌어요. 그래서 마음이 급해졌어요. 어떻게 하면 계속할 수 있을까 고민이 돼서 밤에 잠도 잘 안 오기 시작했어요."

"계속할 수 있는 방법은 찾으셨어요?"

"아니요, 아직. 그런데 조금 두려웠어요. 바빠지니까 자꾸 옛날 생각이 나서요. 나 무지 바쁘게 살다가 바쁘게 사는 거 싫어서 다 버리고 나온 사람이거든요. 정말 다 버렸어요. 그렇게 사는 게 너무 싫어서 그냥 다 버렸어요. 내 마음대로 다 버렸거든요."

영주의 말끝이 살짝 흔들리는 걸 감지한 민준이 고개를 기울이며 영주의 얼굴을 살폈다. 그때 승우가 백팩을 오른쪽 어깨에 걸쳐 메고 두 사람에게 다가왔다. 승우는 말없이 영주에게 종이를 건넸다. 괜찮으냐고 물으면 괜찮다고 대답할 것 같아 그는 아무것도 묻지 않기로 했다. 영주는 종이를 건네받으며 자리에서 일어났다. 그녀가 미안해하며 말했다.

"고마워요, 작가님. 그런데 제가 오늘은……."

"아까 말씀하셨어요. 신경 쓰지 마세요."

영주가 받은 종이엔 승우가 쓴 글이 빽빽이 적혀 있었다.

"고마워요, 작가님. 정말요."

고맙다고 말하는 영주의 표정은 한층 복잡해져 있었다. 눈가가 붉어졌고, 눈이 슬퍼 보였다. 승우는 영주의 눈빛이 왠지 익숙했는데, 이제야 알 것 같았다. 승우가 영주를 만나기 전, 영주의 글에서 느껴졌던 슬픔. 밝은 영주와 다르던 슬픈 영주의 글. 승우는 영주의 슬픔이 오늘 있던 일과 관련 있음을 느꼈다. 아까 그 남자는 누굴까. 승우는 오늘 영주에게 있었던 일이 그녀에게 어떤 의미인지 알고 싶다는 마음을 이겨내며 묵묵히 그녀를 바라봤다. 그러다 아무 말 없이 두 사람에게 고개를 숙여 인사한 뒤 뒤돌아섰다. 그 순간 영주가 승우를 불렀다.

"그런데, 작가님."

어딘지 단호한 말투였다. 승우가 돌아섰다.

"아까 그 남자요. 그 남자가 누군지 궁금하지 않으세요?"

단호한 말투와는 어울리지 않는 표정으로 그녀가 물었다.

"궁금합니다." 승우가 감정을 누르며 말했다.

"제 전남편 친구예요."

승우가 놀란 눈을 찡그리지 않으려 노력하며 그녀를 바라봤다.

"전남편 친구가 전남편 안부를 전할 겸, 제 안부도 물을 겸 온 거예요."

"아……. 네."

영주의 말이 무슨 뜻인지 이해했다는 듯 승우는 시선을 아래로 떨궜다.

다시 인사를 하고 뒤돌아 나가는 승우의 모습을 끝까지 바라보다가, 그가 문을 열고 나가자 영주가 힘이 쭉 빠진 듯 의자에 털썩 앉았다. 민준은 그런 영주 옆에 아무 말 없이 앉아 있었다.

과거 흘려보내기

집으로 돌아온 영주는 더없이 힘든 일을 처리하듯 몸을 씻고 옷을 갈아입은 뒤 침대에 누웠다. 몸도 마음도 너무나 피곤했지만 잠은 오지 않았다. 창인의 얼굴이 흐릿하게 떠올랐다가 사라졌다.

그녀는 침대에서 몸을 일으켜 옆에 놓여 있던 책을 들고 거실로 나왔다. 거실 창가에 앉아 어제 마지막으로 읽은 페이지를 폈다. 첫 문장부터 읽어보려 했으나 도통 무슨 내용인지 머리에 들어오지 않아서, 아예 책의 첫 페이지부터 읽기로 했다. 겨우 한 문장, 한 문장 읽어나가다가 영주는 책을 덮고 무릎을 안아 올렸다. 무릎 위에 두 팔을 올리고 그 위에 턱을 올린 채 창밖으로 시선을 돌렸다. 친구로 보이는 남녀가 얘기를 주고받으며 지나가는 모습이 보였다. 그들을 보니 오늘 오후 태우와 주고받았던 대화가 떠올랐다. 다시금 창인의 얼굴이 떠오르려 해 생각을 멈추려는 순간, 영주는 이제는 그

럴 필요가 없음을 깨달았다. 떠오르면 떠오르는 대로 떠올려도 된
다고…… 오늘 영주는 창인에게 허락을 받은 것이니까.

태우는 창인의 친구이자 영주의 친구이기도 했다. 그는 창인과
대학교 동기이면서 회사 동기이기도 했는데, 영주와는 회사에서 처
음 만났다. 엄밀히 따지면 영주와 창인을 이어준 이가 태우였다. 휴
게실에서 영주와 커피를 마시던 태우가 그곳에 들른 창인을 영주
에게 소개해줬으니까. 만약 그날 창인이 영주를 눈여겨보지 않았다
면, 새로 시작한 프로젝트에서 그녀를 다시 만나게 됐을 때 그처럼
적극적으로 다가오지 않았을지도 몰랐다. 창인은 그녀에게 한 걸음
씩 더 다가올 때마다 이렇게 여자에게 먼저 말을 거는 것도, 밥을
같이 먹자고 전화를 하는 것도, 사귀자고 제안하는 것도 다 처음이
라고 말하곤 했다. 이런 말을 하며 본인이 더 당황스러워하는 모습
이 귀여워 그녀는 그와 사귀기 시작했고 1년 연애 끝에 결혼했다.

그녀와 그는 비슷한 사람이었다. 두 사람의 몇 번 되지 않는 연
애 실패담 역시 비슷한 궤도를 그리다 비슷한 이유로 끝을 맺었다.
일이 우선순위인 두 사람에게 질려 떠난 전 연인들 얘기를 하다가
웃기도 여러 번이었다. 두 사람은 바쁘다고 해서 상대방에게 미안해
하지 않아도 된다는 사실에 함께 기뻐했다. 약속을 취소하고 회사
로 돌아가는 상대에게 화를 낸 적도 없었다. 화를 낼 수 없다고 생
각했다. 본인 역시도 그랬을 테니까. 두 사람은 더없이 편하게 연애
를 하다가 자연스럽게 결혼을 하게 된 터였다. 서로를 이해해줄 사
람은 서로밖에 없다고 생각하면서.

영주와 창인은 누가 더 빠르고 느린지 따질 필요 없이 함께 성

공가도를 달렸다. 집 부엌에서 마주치는 횟수보다 회사 구내 식당에서 마주치는 횟수가 더 많았다. 요즘 상대방이 무슨 생각을 하며 사는지는 몰라도 상대방이 무슨 프로젝트를 얼마큼 성공적으로 이끌고 있는지는 알았다. 대화는 부족해도 신뢰는 부족하지 않았다. 한 명의 일하는 인간으로서 상대방은 특출났다. 멋있었다. 두 사람은 서로를 파트너로서 좋아하고 존중했다. 이런 둘이 헤어질 이유란 없었다. 영주가 달라지기 전까지는.

영주는 자신이 그 당시 겪은 일을 극적으로 생각하기는 싫었다. 번아웃 증후군에 고통받는 직장인이 어디 한둘일까. 어느 날 문득, 말 그대로 문득, 아침에 일어났는데 회사에 가야 한다는 사실이 끔찍해지는 경험을 영주 혼자 한 것일 리는 없다. 영주는 어느 날 회의를 진행하는 도중 심장이 조여오는 느낌을 받았다. 말을 하다가도 정신이 멍해졌고 다리에 힘이 풀렸다. 이 증상은 그 뒤로도 여러 번 되풀이됐고 어느 날엔가는 마치 누가 목을 조여오는 것 같아 급히 회사 건물을 빠져나간 적도 있었다.

프로젝트 때문에 스트레스가 쌓인 거라고, 너무 피로해서 그런 거라고, 스스로 진단하며 영주는 이 증상을 안고 몇 개월을 버텼다. 그러던 어느 날 집을 나서는데 이유 없이 눈물이 흘러나와 출근을 하지 못했다. 창인은 그날 그녀의 모습에 의아해하다가 몸이 안 좋으면 병원에 가보라는 말을 남기고 혼자 출근했다. 그날 그녀는 오랜만에 월차를 내 병원을 찾았다. 의사는 영주더러 마지막으로 휴가를 간 적이 언제인지 물었다. 영주는 기억이 나지 않는다고 답했다. 휴가지에서도 일을 했다는 걸 말하고 싶지 않아서.

의사는 긴장을 완화해주는 약을 우선 처방해줄 테니 차도를 지켜보자고 했다. 의사는 영주의 눈을 다정하게 바라보며 그녀가 너무 오랫동안 긴장하며 살아온 것 같다고, 그녀 본인이 그 사실을 알아채지 못하니 몸이 알려주는 것이라고, 쉴 수 있으면 며칠이라도 일을 쉬라고 말했다. 영주는 그 말을 듣고 의사 앞에서 어깨를 떨며 울었다. 의사의 말 때문이 아니었다. 다정한 눈빛 때문이었다. 그녀는 얼마나 오랫동안 다정함을 잃고 살아왔던 걸까.

창인 입장에선 갑자기 변한 영주가 당황스러웠을 것이다. 그 누구보다 자신감이 넘치던 그녀가 하루아침에 길 잃은 아이처럼 구니 충격이었을 것이다. 그녀는 그에게 곁에 있어줄 것을 요구했고, 얘기를 들어달라고 주저앉혔으며, 지금 자기에게 일어나고 있는 일에 관해 털어놓길 바랐다. 하지만 창인은 바빴다. 지금은 바쁘므로 나중에 시간을 내보겠다고 말할 수 있었을 뿐이다. 영주는 그를 이해하면서도 그가 원망스러웠다. 그는 그녀를 아꼈지만 다정하진 않았다. 그건 그녀도 마찬가지였다. 두 사람은 서로에게 다정하게 굴려고 결혼한 게 아니었으니까.

그가 바빴으므로 하는 수 없이 그녀는 혼자 생각하고 혼자 결정할 수밖에 없었다. 그녀는 서서히 일을 줄여갔고 가능한 만큼 연차를 냈으며 틈이 날 때마다 과거를 되돌아봤다. 의사 말대로 그녀는 긴 시간 긴장하며 살아왔다. 언제부터였을까. 아마 고등학교 1학년 때부터였을 것이다. 책 읽기를 좋아하고 친구들과 어울려 놀길 좋아했던 영주는 고등학교 1학년이 되고부터 변했다. 부모님의 사업이 하루아침에 망한 것도 원인이었지만 그보단 사업을 회복하기까지 3년 동안 부모의 불안을 모조리 흡수한 것이 더 큰 원인이었다. 실패에 절망한 채 창백한 얼굴로 허둥대던 부모의 불안이 고스란히 영주의 몸에 들러붙어 영주도 늘 불안에 시달리는 아이가 되었다. 자칫 잘못하다간 본인 또한 실패하게 될지도 모른다는 생각이 영주를 책상 앞으로 불러들였고, 책상 앞에서도 불안에 떨게 했다.

영주는 고등학교 시절을 떠올렸다. 친구들과 놀고 싶은 마음에 친구 집으로 달려갔다가도 금세 불안해져 독서실로 돌아오곤 했던 때를. 대학교 시절에도 마찬가지였다. 영주는 친구들과 떠들썩하게 놀아본 적이 별로 없었다. 영주의 명랑한 기운에 다가왔다가도 그녀에게 시간이 없다는 사실을 알게 된 친구들은 점점 거리를 두다가 서서히 멀어졌다.

영주는 늘 앞서가려 노력했다. 아니, 이런 경우에는 노력했다는 표현은 맞지 않다. 그녀는 노력하지 않아도 열심히 공부하고 열심히 일할 수 있었다. 그녀는 정말이지 쉬는 방법을 모르는 사람처럼 살았다.

영주는 남편이 출근하고 난 집에 혼자 남아 앞으로는 어떻게 살아야 할지 생각해봤다. 먼저 일을 그만두기로 했다. 며칠 뒤 그녀는 그에게 자신의 결정을 통보했다. 그는 놀라는 듯했지만 곧 받아들였다. 하지만 그녀는 그것만으로는 부족했다. 그 역시 그만두길 바랐다. 그가 지금처럼 계속 살아간다면 그녀는 자신의 과거와 함께 사는 듯한 기분이 들 것 같았다. 그를 볼 때마다 가슴이 조여올 것 같았고, 눈물이 날 것 같았으며, 마음이 아플 것 같았다. 그녀는 자신을 위해 그도 일을 그만둬야 한다고 주장했고, 그는 당연히 그녀의 주장을 묵살했다. 두 사람의 의견은 몇 개월간 팽팽히 맞섰다. 그러던 어느 날 영주는 창인더러 헤어지자고 말했다.

영주는 창인과 영주를 아는 모든 사람에게 혼이 났다. 그런 말도 안 되는 요구에 응해줄 남편이 이 세상 어디에 있겠느냐고 사람들은 말했다. 일은 혼자 그만두고 어디 가서 여행이나 하고 돌아오는 게 낫겠다고도 말했다. 영주는 모두가 창인의 편이 된 상황을 이해했다. 영주가 생각해도 영주는 여러모로 가해자였다. 자기 자신에게도, 창인에게도.

특히 엄마의 반대가 심했다. 엄마는 사위 눈치를 보며 매일 집에 드나들었다. 사위에게 아침밥을 차려주며 안절부절못했고, 영주를 보면서는 평생 하지 않았던 욕을 해댔다. 엄마는 영주더러 정신 차리라고 했다. 남자가 열심히 일을 한다고 헤어지자고 하는 여자가 너 말고 또 누가 있겠느냐며 윽박질렀다. 이런 식으로 막무가내로 행동할 거면 다시는 보지 않겠으니 마음이 바뀌면 연락을 하라고 한 말이 엄마의 마지막 말이었다. 그래서 그 뒤로 영주는 엄마에게 연락하지 않았다.

이혼 수속은 어렵지 않게 밟을 수 있었다. 바쁜 창인을 대신해 영주가 모든 일을 처리했다. 창인은 영주가 쓰라면 썼고, 찍으라면 찍었고, 오라면 왔다. 법원으로 향하던 마지막 날에도, 창인은 지금 자기에게 벌어지는 일을 어이없는 불장난 취급하려 들었다. 그는 끝까지 방관자의 입장을 취할 생각인 듯했다. 이혼 수속이 다 끝나고 나서야 창인은 아무 감정이 없는 눈으로 영주에게 말했다.

"그러니까 네가 행복하고 싶어서 날 떠난다는 말이지. 그거 잘

됐네. 행복해라. 너 정말 행복해야 해. 대신 나는 너 없이 불행하게 살아볼게. 누군가가 나와 함께 살아서 불행할 수 있다는 사실을 나는 왜 여태 몰랐을까. 내가 불행의 원인이라는 사실을. 너는 날 잊어. 나와 함께했던 모든 순간을 잊어. 날 떠올리지도 말고, 우리가 함께했던 날들을 기억도 하지 마. 나는 널 안 잊을게. 평생 널 원망하며 살 거야. 날 불행하게 만든 여자로 널 기억하며 살 거야. 앞으로 내 앞에 다신 나타나지 마. 우리 영원히 보지 말고 살자."

창인은 말을 끝마칠 때쯤에는 펑펑 울고 있었다. 이제야 지금 자기에게 벌어진 일을 이해했다는 듯이.

영주는 창인과 헤어진 뒤 처음으로 그날을 떠올리며 마음 놓고 울었다. 늘 미안해서 제대로 울지도 못했다. 울음을 터트릴 수 없어서 꾹꾹 눌러가며 울었다. 창인이 잊으라 했기에 잊어야 한다고 생각하던 시간이었다. 너무 미안해서 제대로 미안해하지 못했고 너무 잘못했기에 잘못했다고 말하지도 못했다. 그런 영주에게 오늘 창인이 태우를 보내, 이젠 마음껏 기억하고 마음껏 울어도 된다고 말해준 거였다.

"내가 우연히 네가 쓴 칼럼을 읽었어." 태우가 말했다. 휴남동 서점 근처 작은 커피숍에서였다.

"창인이한테 읽어보라고 하니까 별말 없이 읽더라. 너네 헤어지고 나서는 네 얘기만 꺼내면 불같이 화를 냈거든. 시간 날 때마다 네가 쓴 칼럼을 읽었나 봐. 너네 서점 SNS랑 블로그에 올린 글도 다 읽었다고 하더라고. 이제 좀 진정됐나 싶어서 마음이 놓이더라. 며칠 전엔 창인이가 널 한번 만나보래. 만나서 전해주라고 하더라고.

이 말이 하고 싶었대. 자기도 잘못한 게 많다고. 나중에 생각해보니까 네가 힘들어할 때 왜 힘드냐고 물어본 적도 없더라는 거야. 곧 괜찮아지겠지 싶었대. 사실 짜증도 났었다고 하더라고. 네가 출근도 안 하고 프로젝트도 다 내팽개치니까 자꾸 사람들이 자기한테 뭐라고 하더라는 거야. 자기는 회사에서 받는 스트레스를 너에게 전가하지 않는 것만도 너를 위하는 행동이라고 생각했대. 그런데 그게 아니었다는 걸 알게 됐대."

"입장이 바뀌었다면 나라도 그랬을 거야." 영주가 컵을 만지작거리며 말했다. "내가 너무 갑작스럽게 변했으니까. 만약 창인이가 나처럼 행동했으면 나도 짜증도 나고 그랬을 거야. 내가 잘못한 거야. 창인이는 잘못한 거 없어. 그렇게 전해줘."

"너도 그랬을지 모르지. 안 그랬을지도 모르고."

영주의 말에 태우가 미소를 지으며 말했다.

"창인이가 너 글 좋대."

태우가 앞에 놓인 컵을 들었다. 커피를 한 모금 마신 후 컵을 내려놓은 태우가 영주의 눈을 바라봤다.

"그런데 글 속에서 네가 어쩐지 슬퍼 보이더래. 네가 좋아하는 일을 하고 있으니 행복한 것 같긴 한데 글은 행복해 보이지 않더래. 예전의 당차고 자신감 만땅이던 네가 사라지고 없는 이유가 혹시 자기 때문이라면 그건 싫더래. 그래서 지금 자기가 생각보다 더 잘살고 있다는 걸 알려줘야겠다고 생각했대. 널 가끔 원망하기는 하지만 그렇다고 힘이 들진 않는대. 실은 내가 이런 말을 전해야 할지는 모르겠는데……"

태우가 머뭇거리더니 커피를 한 모금 더 마시고 말을 이었다.

"자기랑 너는 좋은 파트너였던 것 같대. 파트너는 목표가 같을 때에만 같이 갈 수 있는 거래. 목표 때문에 서로를 곁에 두는 거라서 그렇다나. 한 사람의 목표가 바뀌었다면 어쩔 수 없이 해체할 수밖에 없었던 거래. 이건 창인이 표현이야. 해체. 자기가 널 많이 사랑했다면 널 따라나섰을 거래. 하지만 그러지 못 했던 게 미안하대. 그런데 자길 그렇게 쉽게 떠난 걸 보니 너도 자기를 그렇게 많이 사랑했던 건 아닌 것 같대. 둘 다 서로를 파트너로 생각했기에 가능한 해체였대. 이 말을 전하고 싶다더라."

영주는 태우의 말에 아무런 반응을 하지 않았다.

"네가 떠나면서 자기랑 관련 있는 사람들하고 연락을 다 끊은 것도 이제는 그럴 필요 없다고 전하래. 네 앞에 앉아 있는 나와도 연락하며 지내래. 나 이 말 들을 땐 무지 기분 나빴다. 나도 생각이 있는 놈인데 지들이 뭐라고 날 만나라 마라 해."

영주가 설핏 미소를 짓자 태우가 그녀를 불렀다.

"영주야."

"응."

"그땐 미안했어."

영주가 붉게 충혈된 눈으로 태우를 봤다.

"그때 내가 널 너무 몰아세운 것 같아. 네가 너무 쉽게 창인이를 버리는 것 같아서 화가 많이 났었다. 부부라면 무슨 일이 생기든 같이 헤쳐 나가야 한다고 막연히 생각했던 것 같아. 나중에야 내가 너보다 창인이를 더 생각했다는 걸 깨달았어. 네가 많이 아팠다는 걸 그 당시에는 크게 고려하지 않았던 것 같아. 미안해, 늦었지만."

영주는 흐르는 눈물을 손바닥으로 닦으며 고개를 저었다.

"창인이는 3년쯤 후에 한번 너랑 보고 싶대. 미국 주재원으로 나가서 3년 후에나 돌아오거든. 얘 여전히 회사에서 잘나가. 자기는 일 체질이래. 너 그렇게 떠나고 건강 검진도 꼼꼼히 받아봤는데 이상 없더래. 정신도 말짱하고. 아, 그런데 3년 후에 만나는 데 한 가지 조건은 있대. 서로 애인이 있거나 결혼한 상태면 만나지 말재. 예의가 아니니까. 그리고 가장 중요한 건 이거래. 혹시나 혼자여도 자기랑 다시 어떻게 잘됐으면 하고 기대하지는 말래. 자기는 그럴 마음이 전혀 없대. 네가 마지막에 자기한테 했던 행동들을 생각하면 아직도 어이가 없다더라."

영주는 태우의 말에 미소를 지었다. 창인이 여자들한테 은근히 철벽을 치는 스타일이었던 게 기억나서.

영주가 태우에게 한 이야기는 대부분 어떻게 서점을 열게 되었고 어떻게 꾸려가고 있느냐에 관련한 거였다. 영주는 태우에게 서점은 어렸을 적부터 꿈이었다고 말했다.

"그땐 서점을 열어야 한다는 생각밖에 없었어."

책 읽기를 가장 좋아하던, 명랑하고 잘 웃던 중학생 시절로 되돌아가기. 거기에서 다시 시작해야 한다는 생각뿐이었다고.

창인과 헤어지자마자 영주는 서점을 열 장소를 알아봤다. 서점을 열 동네로 휴남동을 선택한 건 우연히 휴남동의 '휴'자가 '쉴 휴 (休)'자라는 걸 알게 되어서였다. 이를 알고부터 영주의 마음은 휴남동에 꽂혔다. 한 번도 가보지 못한 동네지만 마치 오래도록 알고 지낸 사람들이 가득한 동네처럼 느껴졌다. 원래는 쉬엄쉬엄 알아볼 생각이었지만, 목표가 생기자 또 일사천리로 일을 진행시켰다. 부동산을 쫓기듯 찾아다니며 매물을 확인했고, 며칠 안 돼 지금의 휴남동 서점 건물을 만났다. 단층 가정집이던 걸 이전 주인이 카페로 이용하다가 망해 지금은 몇 년째 버려진 공간으로 남아 있다고 했다. 영주는 건물을 보자마자 마음에 들었다. 버려진 건물이었던 탓에 손봐야 할 데가 많았지만 그렇기에 건물의 구석구석까지 영주의 손이 닿을 수 있을 터였다. 영주는 영주의 삶을 재건하듯 이 건물도 재건해보기로 했다.

영주는 다음 날 바로 건물을 샀다. 근처에 전망 좋은 오피스텔도 얻었다. 이만큼의 여력은 대학을 졸업한 순간부터 한순간도 쉬지 않고 일한 결과이자 둘이 함께 살던 아파트를 처분한 결과였다. 인테리어는 처음부터 끝까지 꼬박 2개월이 걸렸다. 업체를 선정하고, 디자인을 협의하고, 자재를 확인하는 일을 영주 혼자 했다. 서점을 연 첫날, 서점 의자에 앉아 창밖을 바라본 순간, 영주는 자기가 벌인 모든 일의 무게가 비로소 느껴져 울었다. 그렇게 매일 울고불고하면서 책을 들여놨고, 손님을 맞았고, 커피를 내렸다. 어느덧 정신을 차리고 났더니 휴남동 서점을 찾는 손님이 조금씩 늘고 있었고 영주는 중학생 시절처럼 매일 책을 읽는 사람이 되어 있었다. 파도에 떠밀리듯 정신없이 떠밀려온 끝에 다행히, 영주는 자신의 마음에 꼭 드는 곳에 도착해 있던 거였다.

서점에서 일을 하며 서서히 기력을 회복해왔던 것과는 별개로 영주는 창인에 대한 죄책감을 점점 쌓아오고 있었다. 일방적이고 이기적인 방식으로 관계를 끊어버렸다는 것, 미안하다는 말도 제대로 하지 못했다는 것, 기다려주지 않았다는 것, 다시 찾지 않았다는 것. 창인은 영주더러 영원히 보지 말자고 했지만 영주는 늘 창인에게 찾아가 사과를 해야 하는 것은 아닐까 고민했다. 하지만 겁이 났다. 창인이 바라는 게 사과가 아니라 다른 것이라면, 영주는 어떻게 해야 할까. 그런데 오늘 창인이 태우를 통해 전해온 메시지가 바로 이거였던 것이다. 나도 너에게 사과했으니 너도 나에게 사과해도 된다는 것. 그리고 우리 사이는 이것으로 충분하다는 것.

영주는 지금 마음껏 창인을 생각하고 있다. 과거를 떠올리고 있다. 꾹꾹 눌러두었던 생각과 감정을 꺼내놓고 있다. 과거의 이미지와 기억들이 가슴을 쿡쿡 찔러 오지만 이제는 버틸 만하다는 생각이 들었다. 어쩌면 지금껏 눌러두는 데 너무 많은 에너지를 썼기에 여전히 그녀 안에 그 모든 것이 고여 있는지도 몰랐다. 앞으로는 흘려보내야 할 것이다. 다시 얼마간 울어야 한대도 그래야 할 것이다. 그렇게 과거를 흘려보내고 또 흘려보내다 이젠 과거를 떠올려도 눈물이 나지 않게 될 무렵이 되면, 영주는 가볍게 손을 들어 그녀의 현재를 기쁘게 움켜쥘 것이다. 더없이 소중하게 움켜쥘 것이다.

아무렇지 않게

당연하게도 어제 그런 일이 있었다고 해서 오늘 서점 분위기가 달라질 건 없었다. 전체적으로 보면 서점은 늘 그렇듯 손님이 몰릴 땐 다소 정신이 없었고, 그 반대일 땐 과일 타임을 낼 수 있었다. 몇 가지 소소한 장면이 연출되기는 했다. 정오 즈음 영주 혼자 출근해 오픈 준비를 하고 있을 때 희주가 서점 문을 열고 들어왔다. 오픈 전엔 서점을 찾은 적 없던 희주였다.

영주가 놀라 무슨 일이냐고 묻자 희주는 눈을 흘기며 대답 없이 영주의 얼굴을 요리조리 살폈다. 서점 오픈 초, 영주가 질질 짜는 모습을 수도 없이 봤던 희주였다. 한동안 괜찮더니 또 무슨 일인가 싶어 찾아온 모양이었다. 영주가 희주의 집요한 눈빛을 받으며 씩씩하게 웃자 희주는 그제야 안심한 듯 독서 모임에 관해 이런저런 의견을 내놓고는 서점 문을 나섰다. 나서면서는 무슨 일 있으면 전화하라는 말을 남겼다.

오후엔 정서도 잠깐 서점에 들렀다. 외출하는 길에 영주가 좋아하는 치즈케이크 두 조각을 사 왔다고 했다. 이런 걸 왜, 라고 말하는 영주에게 정서는 특유의 낭랑한 목소리로 드시라고요, 입 심심할 때, 라고 말했다. 영주가 고맙다고 말하자 정서는 싱긋 웃고 서점을 나섰다.

아마 오늘 영주도 모르게 영주에게 가장 도움을 준 인물은 상수일 것이다. 그는 전혀 내색하지 않고 나름의 방법으로 영주를 자유롭게 해줬다. 상수는 뭔가를 물으려 영주에게 다가가는 손님이 있으면 우선 그 손님을 끈질기게 쳐다봤다. 기어이 그 손님이 상수를 볼 때까지. 눈이 마주친 손님이 머뭇거리다가 얼떨결에 상수에게 다가와 질문을 하면 상수는 문어체 같은 구어체를 쏟아내며 손님의 정신을 쏙 빼놨다. 상수에게 질문을 한 손님은 무조건 책 한두 권은 사서 나갔다.

상수의 방어 덕분이었을까. 영주는 꽤 여유롭게 며칠 뒤에 있을 북토크 질문지를 검토할 수 있었다. 이번 북토크에는 처음으로 영화 상영도 같이 하기로 했다. 오후 7시 30분에서 9시까지 영화를 함께 보고 10시까지는 영화와 그 영화를 원작으로 쓴 소설에 관한 이야기를 나누기로 했다. 영화평론가가 와서 이야기를 해줄 것이기에 영주 또한 관객처럼 이야기를 듣는 입장에서 자리에 함께하게 될 터였다.

그날 토크를 책임져줄 영화평론가와는 한 번 통화했다. 대화를 나눠보니 그날은 마음 편히 있어도 될 것 같다는 느낌이 들었다. 전화기 너머에서 들려오는 목소리는 유쾌했고 말솜씨도 좋았으며, 무엇보다 영화평론가는 자기가 좋아하는 것에 관해 말을 할 때면 기분이 마구 좋아지는 타입 같았다.

그래도 혹시 몰라 소설을 바탕으로 질문 몇 개는 뽑아두었다. 나중에 영화를 보는 틈틈이 영화와 소설을 비교한 질문도 뽑을 예정이었다. 영주는 카페 테이블에 앉아 질문을 입으로 웅얼거리며 문장을 다듬었다. 볼펜으로 수정 내용을 고쳐 넣었다. 그런 영주 곁에 어느새 다가온 민준이 물끄러미 질문지를 내려다봤다. 그러다가 깜짝 놀란 민준이 영주에게 물었다.

"이거 북토크 질문지예요?"

"엇. 아, 맞아요."

갑자기 들려온 민준의 목소리에 영주가 고개를 들며 대답했다.

"소설 제목이 「태풍이 지나가고」고요?"

"네에, 「태풍이 지나가고」가 맞고요."

민준이 놀란 이유를 알겠다는 듯 영주가 웃으며 말했다.

"저자가 직접 와요?"

민준이 아직 못 믿겠다는 듯 눈을 크게 뜨고 물었다.

"그건, 틀려요. 우리 서점이 아직 그 정도는 아니라서."

"그럼요?"

영주 전용 책상으로 걸어가는 그녀를 따르며 민준이 물었다.

"영화평론가가 와서 진행해주기로 했어요."

"아, 그럼 그렇지. 어떻게 그분이 오겠어요."

민준이 영주 옆에 앉으며 슬쩍 영주의 얼굴을 살폈다.

"고레에다 히로카즈 감독 영화 본 적 있어요?"

영주는 민준이 자기 얼굴을 살피는 줄도 모르고 워드를 열며 물었다.

눈이 부어 있긴 하지만 그래도 어제보단 혈색이 돌아와 있었다. 눈의 붓기도 조금씩 줄어들고 있는 게 보였다. 민준은 안심한 표정으로 가볍게 대답했다.

"그럼요. 그분 영화 거의 다 봤어요. 좋아해요."

"책만 봐선 왜 명작인지 잘 모르겠던데."

영주가 수정이 필요한 문장에 마우스를 위치시키며 이해할 수 없다는 듯 말했다.

"이 감독님 영화 한 번도 본 적 없어요?"

영주가 본 적 없다는 의미로 고개를 저었다.

"그럼, 민준 씨는 이 영화도 봤겠네요."

"작년에 봤어요."

"어땠어요?"

"그냥, 뭐랄까. 좀 생각을 많이 하게 되는 그런 영화였어요. 나는 내가 바라던 어른이 되었나 생각해보고, 꿈을 좇는 삶에 관해서도 생각해보고요."

"생각의 결과가 뭐였는데요?"

영주가 질문지 수정 내용을 기계적으로 옮겨 적으며 물었다.

"⋯⋯제 기억이 맞는다면 거기서 주인공 남자의 엄마가 그러잖아요. 행복이란 무언가를 포기해야만 손에 잡히는 거라고요. 남자가 오랫동안 소설을 못 쓰고 있죠?"

영주가 고개를 작게 끄덕였다.

"쓰지 못하던 그 시간 동안에도 남자는 소설이란 꿈을 좇고 있었잖아요. 그래서 행복하지 않았고요. 엄마가 이렇게 결론을 낸 것도 어찌 보면 당연해요. 그놈의 꿈 때문에 내 아들이 불행해진 거라고요. 이 장면에서 전 남자에게 연민을 느끼기보다 엄마 말에 동의했어요. 그렇지, 꿈 때문에 불행해질 수도 있지."

영주가 키보드를 두드리다가 멈췄다.

"엄마가 이런 말도 하잖아요. 이루지도 못할 꿈을 좇다 보니까 하루하루가 즐겁지 않은 거라고요. 맞는 말이긴 하죠. 그래도, 꿈을 좇으면서 즐거울 수 있다면 좇을 만하겠죠?"

영주가 민준을 짧게 보고 나서 다시 손가락을 움직였다.

"사람마다 다를 것 같아요. 가치를 어디에 두느냐. 꿈에 자기 생의 모든 걸 걸 수도 있는 사람이 분명히 있을 거예요. 그 반대는 더 많겠죠."

"민준 씨는 어느 쪽이에요?"

민준은 지난 몇 년간의 생활을 되돌아보며 대답했다.

"아무래도 전 후자 같아요. 꿈을 좇으면서도 즐거울 수는 있겠지만, 꿈을 포기해야 즐거울 확률이 높지 않을까. 전 좀 즐겁게 살고 싶어요."

"그래서 우리가 통하나?"

영주가 노트북에 손을 올려놓은 채 민준을 보며 살짝 웃었다.

"대표님은 꿈 이루셨잖아요."

"그러게요. 이 정도면 즐겁기도 하고요."

"그럼 우린 안 통하는 걸로."

민준이 장난스레 선을 긋자 영주가 씩 웃으며 어깨를 으쓱했다.

"즐거움이 빠진 꿈은 저도 별로 같아요. 꿈이냐, 즐거움이냐. 하나만 택하라면 저도 즐거움! 하지만 전 아직 꿈이라는 단어를 들으면 가슴이 설레기도 하거든요. 꿈 없이 사는 삶. 눈물 없이 사는 삶만큼 삭막할 것 같아요. 그런데 헤르만 헤세의 『데미안』에 이런 구절이 있기는 해요. '영원히 지속되는 꿈은 없다. 어느 꿈이든 새 꿈으로 교체된다. 그러니 어느 꿈에도 집착해서는 안 된다.'"

"그 말을 듣고 보니 이런 삶이 허락됐으면 좋겠어요."

민준이 느릿하게 일어서며 말하자 영주가 고개를 들며 "어떤 삶?" 하고 물었다.

"한번은 그냥 흘러가는 대로 삶을 살아보는 거예요. 그리고 다음엔 꿈을 좇는 삶을 살아보는 거죠. 그리고 대망의 마지막 삶을 살 땐 나한테 더 잘 맞았던 삶을 사는 거예요. 아주 즐겁게."

"그거 좋네요. 아, 그런데 민준 씨."

한 손님이 스마트폰을 하면서 카페 쪽으로 걸어가는 모습을 확인하고는 민준이 영주를 내려다봤다.

"이번 북토크에 오시는 영화평론가님요. 민준 씨랑 같은 학교, 같은 과, 같은 학번이더라고요."

민준이 눈을 키우며 물었다.

"그래요? 이름이 뭔데요?"

"윤성철요."

민준은 순간 이게 어떻게 된 일이지 생각하다가 감이 잡힌 표정을 지었다.

"그런데 그 사람 학교랑 과랑 학번은 어떻게 아셨어요?"

"고레에다 히로카즈 감독님 책으로 북토크를 진행해보는 건 어떻겠느냐고 그쪽에서 먼저 제안해왔거든요. 제안서에 써 있었어요."

"하, 제안서에 정말 별걸 다 썼네요."

민준이 황당해하며 웃었다.

"네, TMI죠."

영주 역시 제안서를 받아보고 웃음이 났다. 뭐, 이런 걸 다 적었나 싶어서. 웃음 끝엔 바로 답장을 썼다. 좋은 제안 감사하다는 말에 덧붙여 일정을 조율하기 위해서였다. 영주는 이제 막 이름을 알게 된 윤성철 평론가에게 왠지 믿음이 갔다. 고레에다 히로카즈 감독에 대한 평론가의 관심과 지식이 어마어마해 보였고, 또 무엇보다 그가 얼마나 문장에 진심인지 몇 문장 읽자마자 딱 알게 돼서다. 제안서 하나를 이렇게 정성 들여 쓰는 사람이라면, 뭐든 믿고 맡길 수 있을 것 같았다.

"윤성철 평론가님 잘 알아요?"

영주가 묻자 민준은 카페 앞에 거의 다다른 손님을 향해 재빨리 걸음을 옮기며 말했다.

"네, 너무 잘 알아요."

그냥 서로 좋아하자는 것

영주는 입간판을 안으로 들이고 문을 닫았다. 소설이 가득 꽂힌 책장 앞에 서 있는 승우를 잠시 바라보다가 그에게 다가갔다. 승우가 곁으로 다가온 영주에게 방금 꺼낸 책 제목을 보여줬다. 니코스 카잔차키스의 『그리스인 조르바』. 두 사람이 처음 만난 날 영주가 언급한 작가의 소설. 승우는 책을 제자리에 도로 꽂아 넣으며 말했다.

"북토크 할 때 대표님이 카잔차키스 얘기를 해주셨죠. 그날 집으로 돌아가서 이 책을 다시 읽어봤어요. 솔직히 말하면 예전에 읽을 땐 별 감동을 못 받았거든요. 남들이 좋다니까 끝까지 읽긴 했는데."

승우는 눈앞의 책들을 둘러보다가 영주 쪽으로 고개를 돌렸다.

"이번에는, 이 책을 다시 읽게 한 사람 때문인지는 몰라도 예전보다 더 재미있게 읽었습니다. 왜 사람들이 조르바라는 인물을 좋아하는지 알겠더라고요. 생각해보니 태어나서 지금까지 전 단 한 순간도 조르바였던 적이 없어요. 바로 저 같은 사람들이 조르바를 동경하게 되는 거겠죠."

두 사람의 눈이 마주쳤다.

"대표님도 그런 사람들 가운데 한 명이겠고요."

승우는 말을 하다가 영주를 지나쳐 걸어갔다. 그가 손님을 위해 마련된 2인용 소파에 앉았다. 영주도 그를 따라가 그의 옆에 앉았다. 조명 빛이 아늑하게 비추는 소파에 푹 파묻히듯 앉자 승우는 지난 며칠 동안의 고민이 한 방에 해결된 듯한 기분을 느꼈다.

"책을 읽으며 궁금했어요. 과연 대표님은 조르바라는 인물을 통해 어떤 변화를 맞았을까. 아니면, 동경하기만 했을 뿐 변화하지는 못했을까."

영주는 승우가 왜 이런 말을 하는지 알 것 같았다. 자유로운 듯 행복한 듯 살아가던 영주가 실은 스스로 만든 틀에 갇혀 옴짝달싹 못 하는 사람이라는 걸 눈치챈 거겠지. 얼른 틀을 깨고 나와 조르바처럼 자유롭게 살아보라는 거겠지. 이제까지와는 다른 삶을. 틀에 갇히지 않은 삶, 생각에 갇히지 않은 삶, 그리고 과거에 갇히지 않은 삶. 영주는 조금은 건조한 말투로 승우에게 대꾸했다.

"저한테 조르바는 자유의 종류 중 하나일 뿐이에요. 이 세상엔 여러 자유가 있지만 내가 가장 좋아하는 자유는 조르바인 거죠. 조르바처럼 살고 싶었던 적은 없어요. 엄두도 나지 않아요. 저도 애초에 그 소설 속 화자로 태어난 사람이니까요. 조르바 같은 사람을 동경할 뿐인, 그런 사람. 그게 저예요."

승우가 느릿하게 고개를 주억거리다가 말했다.

"그래도 누군가를 동경하면 좋게 되잖아요. 그의 아주 작은 일부분이라도 따라 하고 싶어지고요."

"음, 그럴 수도 있겠죠. 저도 따라 한 게 하나 있긴 해요. 소설 속 그 장면 작가님도 좋아할 것 같아요."

승우가 고개를 틀어 영주를 바라봤다.

"춤추는 장면요?"

"네, 그 장면. 그 장면을 읽고는 나도 이런 삶을 살자 했어요. 실망해도 춤을 추자, 실패해도 춤을 추자. 심각해지지 말자. 웃자. 웃고 또 웃자."

"성공했나요?"

"반은요. 그런데 역시나 조르바로 태어나진 못했으니까요. 웃다가도 울고 춤을 추다가도 주저앉는 거죠. 그렇지만 다시 일어나 웃고 춤추고. 그렇게 살아보려 하고 있어요."

"멋진 삶이네요."

"그런가요."

"그렇게 들려요."

영주가 승우를 보며 살짝 웃었다.

"왜, 제가 너무 답답하게 살아가고 있는 것 같으세요? 과거에 갇혀서?"

승우가 고개를 저었다.

"아닙니다. 우린 다 과거에 갇혀 살죠. 그냥 대표님의 생각이 저에게 유리한 쪽으로 바뀌면 좋겠다 싶었어요."

영주가 짧게 침묵하다가 물었다.

"어떻게요?"

"조르바처럼요."

"조르바처럼?"

"쉽게 사랑하면서."

"사랑을 쉽게?"

영주가 웃으며 대꾸하자 승우가 따라 웃지 않고 말했다.

"저한테만 쉽게요. 제 욕심이죠."

두 사람 사이에 잠시 침묵이 흘렀다. 침묵을 뚫고 승우가 말을
꺼냈다.

"묻고 싶은 게 있는데, 물어도 될까요."

영주는 승우가 뭘 물을지 알겠다는 표정으로 고개를 끄덕였다.

"그날 그 전남편 친구라는 사람이 무슨 해코지를 한 건 아니
죠?"

전남편에 관해 물을 줄은 알았지만 이런 내용일 줄은 몰랐던 영
주가 작게 웃음을 터트렸다.

"아니에요. 좋은 사람이에요. 제 친구이기도 하고요."

"그럼 다행이네요. 그날 대표님 표정이 너무 안 좋았어요."

"네, 그렇게 생각하실 만했을 거예요."

영주는 명랑한 목소리로 대꾸했다. 그러자 승우는 잠시 말없이
의자에 등을 기댔다. 그러다가 허리를 세우며 또 물었다.

"궁금한 게 하나 더 있습니다."

"음, 제가 또 대답해줘야 하는 건가요?"

영주가 여전히 밝은 목소리로 되물었다. 승우는 지금 영주가 감정을 꾸미고 있는 건지 아닌지 모르겠다고 생각하며 말했다.

"왜 저한테 말한 건가요. 그 남자가 누구인지."

두 사람의 눈이 마주쳤다. 승우는 영주의 눈빛이 전남편의 존재를 알릴 때의 그 눈빛으로 변해가는 걸 지켜봤다. 슬프고도 복잡한 눈빛. 이 눈빛을 보며 그는 그녀가 방금 전까지 감정을 꾸미고 있었다고 확신했다. 영주는 담담히 말했다.

"거짓말하기 싫어서요."

"무슨 거짓말요?"

"때론 어떤 말을 하지 않았다는 사실 자체가 거짓말이 되는 경우가 있잖아요. 그 말을 하지 않는다는 게 평소에는 아무 문제가 되지 않는데, 어떨 땐 문제가 되기도 하니까요."

승우가 덤덤히 물었다.

"어떨 때요?"

"상대방이 특정한 마음을 품게 되었을 때요."

영주의 말이 끝나자 승우는 또 등을 소파에 묻었다. 그러고는 영주가 한 말을 따라 읊조렸다.

"특정한 마음."

또 침묵이 흘렀고, 또 승우가 말을 꺼냈다.

"대표님을 만나기 전에 대표님 글을 읽은 적이 있습니다."

'그래요?'라고 묻듯 영주가 고개를 돌려 그를 봤다.

"글을 읽고 대표님이 어떤 사람일지 궁금했는데, 막상 만나보니까 제가 예상한 이미지는 아니었어요. 그날 대표님이 물으셨죠. 제 글과 제가 닮았냐고요."

자신을 바라보고만 있는 영주를 보며 승우가 말을 이었다.

"그 질문을 받고 저도 묻고 싶었습니다. 대표님은 어떠냐고. 내가 보기엔 안 닮은 것 같은데 본인은 어떻게 생각하느냐고요."

"물어보시지 그랬어요."

"당황할까 봐요. 제가 안 닮은 것 같다고 말해버릴 것 같았거든요. 대표님이 당황하는 모습이 보기 싫었습니다. 이미 그때부터 특정한 마음을 품게 됐던가 봐요."

영주가 말없이 그를 보다가 정면을 향해 고개를 돌렸고, 승우는 그런 그녀를 바라봤다.

"그런데," 승우가 말했다. "지금은 생각이 달라졌습니다. 대표님 글과 대표님이 닮은 것 같기도 해요. 아니, 닮았네요, 많이. 대표님 글, 좀 축 처진 감이 있거든요."

영주가 "축 처진이라니" 하고 되뇌더니 작게 웃었다.

"슬퍼서 축 처진. 그런데 얼굴은 웃고 있는. 속을 알 수 없는. 그래서 더 궁금한 사람."

이제 추위는 거의 물러갔다. 가벼운 겨울 외투도 덥게 느껴졌고, 사람들은 가지고 있는 가장 얇은 재킷을 찾아 입거나 손에 들고 다녔다. 티셔츠 하나만 입고 다닌다 해서 춥거나, 추워 보이지 않는 계절이었다. 영주와 승우가 앉아 있는 소파 뒤 창문을 통해 보이는 사람들도 가벼운 차림이었다. 하루 일과를 마치고 집으로 돌아가는 사람들. 사람들은 길을 걷다가 무심한 눈으로 서점을 한번씩 돌아봤다.

승우가 고요히 앉아 있는 영주를 불렀다.

"대표님."

"네."

"저 그냥 계속 대표님 좋아할게요."

영주가 고개를 급히 틀어 승우를 봤다.

"전남편 얘기 왜 했는지 압니다. 떨어져 나가라는 거죠."

"그런 뜻 아니에요. 떨어져 나가라니요."

영주가 당황하며 말했다.

"대표님."

승우가 아까보다 더 단단한 말투로 영주를 불렀다. 그가 영주를 똑바로 쳐다보며 말했다.

"결혼 생활 몇 년 하셨습니까?"

영주가 이번에는 놀라서 승우를 쳐다보자 승우도 그녀를 쳐다봤다.

"저도 6년 사귄 여자친구가 있었습니다. 가장 긴 연애였어요. 결혼하지 않았다 뿐이지……."

"그런 거 아니에요."

영주는 복잡한 마음을 그대로 얼굴에 드러내며 말했다.

"제가 전남편 얘기를 꺼낸 건 그저…… 그러면 작가님이 조금 더 쉽게 마음을 접으시겠지 싶어서였어요."

"저 마음 안 접었어요. 결혼했었다는 게 뭐라고요."

승우가 덤덤히 말했다.

"저도 제가 결혼했던 사람이기 때문에 작가님과 안 된다는……
뭐 그런 생각을 한 건 아니에요. 맞아요. 이혼이 뭐라고요. 이혼할
수 있어요. 그런데요, 작가님."

승우가 표정 변화 없이 그녀를 바라봤다.

"이혼했다는 사실보단 이혼 사유가 중요해요. 왜 이혼했느냐요."

대꾸 없이 자신을 보는 남자에게 영주가 달아오른 얼굴로 계속
말했다. 말이 빨라졌다.

"제가 결혼을 파투 낸 장본인이에요. 그래서 그래요. 상대방에
게 상처를 많이 줬어요. 제 마음대로 이기적으로 관계를 끝낸 거예
요. 그 사람을 사랑했어요. 제 방식으로는 분명히 그랬어요. 그런데
어느 순간 그 사람보다 제가 더 소중해졌어요. 그 사람을 사랑하느
라 내 삶을 포기하기보다는 사랑을 포기하고 내 삶을 살아야겠다
고 생각했어요. 저는 제가 가장 중요한 사람이고 지금의 삶의 방식
을 유지하는 게 중요한 사람이에요. 그리고 언제라도 나 자신을 위
해서, 내 삶의 방식을 위해서 또 사람을 버릴 수 있는 사람이에요.
곁에 두기에 좋은 사람이 아니라는 말이에요."

말을 끝낸 영주의 얼굴은 더 붉게 달아올라 있었고, 그런 그녀
를 승우는 물끄러미 바라봤다.

영주는 이혼에 대한 모든 책임이 자신에게 있다고 생각하는 것
같았다. 본인은 매우 이기적이고 자기중심적인 사람이라고 이미 판
단을 끝내버린 것이다. 그렇기에 자신은 누군가에게 다시 상처를 줄
수 있다는 것. 바로 이것이 그녀가 사랑을 하지 않으려는 이유다.
하지만 승우는 지금껏 사람에게 상처 한 번 주지 않은 사람을, 내

내 이타적이고 타인중심적인 사람을 만나본 적 없었다. 승우 본인도 마찬가지였다. 지금껏 연애를 할 때마다 승우는 늘 상대에게 상처를 줬다. 늘 이기적이라는 말을 들었다. 승우 역시 상처를 받았고, 승우 역시 상대방이 이기적이라는 생각을 했었다. 누구나 다 이런 삶을 산다. 그리고 아마 영주도 이 사실을 알고 있을 것이다.

그럼에도 그녀는 아직 그때의 일을 극복하지 못한 것 같았다. 자신이 누군가를 버린 사람이라는 걸, 누군가가 그녀 때문에 상처받았다는 걸, 잊지 못하는 것 같았다. 어쩌면 자기 자신이 어떤 사람인지 알게 돼 그녀 스스로 상처받은 것인지도 몰랐다. 그녀의 마음이 이해되기는 했다. 어쩌면 그에게도 그런 일이 있었다면 이런 식으로 누군가를 밀어내려 할지 모르겠다는 생각이 들었다.

"알겠습니다. 무슨 말씀이신지 알 것 같아요." 승우는 하고 싶은 말을 꾹 누르며 말했다.

"이해해주셔서 감사해요." 영주가 감정을 추스르며 대답했다.

"그런데…… 혹시 제가 대표님을 좋아하는 게 기분 나쁘신가요?"

승우의 부드러운 눈빛이 영주에게 닿았다. 영주가 그럴 리가 없다는 듯 고개를 저었다.

"그럴 리가요. 그래도……."

"오늘은 여기까지 이야기하기로 해요."

승우는 영주를 보지 않은 채 자리에서 일어났다. 그대로 문을 향해 걸어갔다. 영주가 그 뒤를 따랐다. 문 앞에서 승우는 잠시 멈춰 섰다가 몸을 돌려 영주를 봤다. 그는 자기가 그녀를 바라보고 있는 걸 좋아한다는 사실에 마음이 아팠다. 승우는 이대로 영주를 끌어안고 그녀의 등을 부드럽게 쓸어주고 싶었다. 그리고 그녀에게 사람은 누구나 상처를 주고받는 법이라고, 사람은 누구나 만나고 헤어지는 법이라고, 영주도 그때 그런 것뿐이라고, 영주도 이미 알고 있을 그 사실을 말해주고 싶었다. 하지만 승우는 감정을 누른 채 말했다.

"강의는 계속하는 게 좋겠는데, 싫으신가요?"

영주가 고개를 저으며 말했다.

"아니요, 싫을 리가요. 다만 전……."

당신이 힘들지 않겠느냐는 듯 자신을 보는 영주에게 승우가 말했다.

"죄송합니다."

영주가 왜 그런 말을 하느냐는 듯 승우를 봤다.

"제 마음이 대표님을 힘들게 하는 것 같네요."

뭐라 대답하지 못하고 있는 영주를 승우가 가만히 바라보았다. 승우는 자리를 뜨지 못한 채 한동안 그렇게 서 있었고, 침묵 끝에 마지막으로 영주에게 말했다.

"대표님. 전 지금 대표님에게 결혼하자고 하는 게 아니에요. 그냥 서로 좋아하자는 겁니다."

승우가 할 말을 끝낸 뒤 고개 숙여 인사하고는 문을 열고 나갔다. 서점 외부에 켜진 불이 승우가 가는 길을 밝혀주고 있었다. 영주는 승우가 떠난 문 앞에 한참을 서 있었다.

좋은 사람이 주변에 많은 삶

민준은 지미가 저렇게 박장대소하는 걸 처음 보는 것 같았다. 성철은 두 사람의 반응에 점점 신이 나는지 지미와 영주 앞에서 입을 다물지 못했다. 민준은 성철이 저렇게나 말하기를 좋아하는 놈이었나 과거를 헤집어보려다가 말았다. 과거에도 저랬다면 사람은 역시 변하지 않는다고 생각할 테고, 과거엔 안 그랬다면 사람은 역시 변한다고 생각하게 될 게 뻔했다.

한 시간 전, 오늘은 출근하지 않았다고 지미는 말했다. 그렇다고 혼자 어디 놀러 가기도, 집에 있기도 뭐해서 서점에 온 참이라고 말하는 그녀는 평소와 똑같은 얼굴을 하고 있었다. 그래서 민준은 지미가 이렇게 말했을 때 예상 못 한 일격을 당한 사람처럼 충격을 받았다.

"나 이혼하려고."

지미는 커피를 한 모금 마시고 다시 한 모금을 더 마셨다. 마시면 마실수록 맛이 깊어진다는 칭찬도 덧붙였다. 그런 지미 앞에서 민준은 어떤 표정을 지어야 할지 난감해 결국 화가 난 듯 굳은 표정으로 서 있었다. 지미가 그런 민준을 힐긋 보더니 다시 커피를 한 모금 마시고는 말했다.

"지금 그 표정 딱 좋아. 어떤 표정 지을지 모르겠지? 나도 마찬가지야. 어떤 감정을 느껴야 할지 모르겠어. 그래서 아무 감정도 안 느끼는 중이야."

결국 민준은 지미에게 아무 말도 하지 못했다. 바닥을 보이는 커피 잔에 조심스럽게 커피를 더 부어줄 뿐이었다. 고맙다고 말하는 지미의 목소리는 표정과 마찬가지로 평소와 크게 다를 바가 없었다. 목소리만 들으면 마치 지미에게 아무 일도 일어나지 않은 것 같았다. 영주 옆에서 웃고 있는 저 모습을 봐도 역시 지미에게 아무 일도 없었던 것 같았다.

영화 상영이 시작됐다. 북토크에 참석한 관객 30명이 고레에다 히로카즈 감독의 영화 〈태풍이 지나가고〉를 감상했다. 민준도 카페를 정리한 뒤 제일 뒷줄 좌측 끝에 앉아 영화를 봤다. 주인공 료타의 지질함이 반복되다가 끝을 맺는 이 영화는 우리에게 질문을 던졌다. 우리는 우리가 원하던 모습이 되었는가.

이미 한 번 봤던 영화지만 다시 보니 새삼 료타라는 인물이 민준에겐 삶에 참 서툰 인간처럼 보였다. 혼자 사는 남자는 꼭 저렇게 다 지저분하게 살아야 하는지 한숨이 나왔지만, 그런 모습이 클리셰로 느껴지지 않은 건 그가 방을 치우는 것뿐만 아니라 삶 전체에 서툰 사람이라는 걸 보여주는 장치라는 생각이 들어서였다. 그는 심지어 자기가 삶에서 유일하게 소중하게 생각하는 소설 쓰기에서마저 서툴렀다.

영화가 끝난 뒤 영주와 성철이 앞으로 나가 의자에 앉는 모습을 지켜보면서 민준은 생각을 이어갔다. 료타가 삶에 그처럼 서툰 이유. 그건 물론 그 역시 처음 살아보는 삶이기 때문일 거였다. 그 역시 소설가를 꿈꿔본 것이 처음이고, 사랑하는 아내에게 버림받은 것도 처음이며, 사랑하는 아들에게 변변치 않은 아빠가 된 것도 처음인 것이다. 그러니 저렇게 서툴게 행동하고 저렇게 서툴게 말하고 저렇게 쓸쓸해 보이는 거겠지.

영주가 질문을 하고 성철이 답을 하는 모습에서 민준은 문득 지금 이 삶도 자기에게 처음이라는 걸 깨달았다. 영화를 보다 보면 가끔 너무나 당연한 것들이 깨달음으로 다가오곤 했다. 오늘도 민준은 이 당연한 깨달음에 약한 전율을 느꼈다. 처음 사는 삶이니 그렇게나 고민을 했을 수밖에. 처음 사는 삶이니 그렇게나 불안했을 수밖에. 처음 사는 삶이니 그렇게나 소중했을 수밖에. 처음 사는 삶이니 우리는 이 삶이 어떻게 끝을 맺을지도 알 수 없다. 처음 사는 삶이니 5분 후에 어떤 일을 맞닥뜨리게 될지도 알 수 없다.

성철은 프롬프터를 읽는 앵커처럼 막힘없이 말을 해나갔다. 성철은 관객들에게 고레에다 히로카즈 감독의 세계관과 그것이 어떻게 영화에 투영되고 있는지를 잘 다듬어진 언어로 설명해주고 있었다. 민준은 친구의 두 눈이 반짝반짝 빛나는 걸 지켜보며 가슴이 뭉클해졌다. 좋아하는 일을 즐겁게 하고 있는 사람을 보면 마음이 뿌듯해지곤 하는데 그 사람이 친구이니 마음이 아릴 듯 좋았다.

　민준이 성철과 재회한 건 영주에게 성철의 이름을 들은 그날이
었다. 북토크를 진행하게 될 영화평론가의 이름이 윤성철이란 말을
들은 그날, 민준은 집으로 가는 길에 성철에게 전화를 걸었다. 마
치 어제도 전화를 했던 것처럼 자연스럽게 휴대전화에서 성철의 이
름을 찾아 통화 버튼을 눌렀다. 성철이 전화를 받으며 "야! 너 어디
야?" 하고 말하는 순간 둘은 함께 웃었다. 그날 성철은 바로 민준에
게 달려왔다.

　두 사람은 민준의 방에서 새벽까지 이야기했다. 성철이 사 들고
온 소주를 주거니 받거니 하며 만나지 못했던 지난 시간이 만들어
낸 어색함을 털어냈다. 성철은 취업이니 뭐니 잘 안된 게 차라리 잘
된 거였다며 자기가 어떻게 영화 쪽 일을 하게 됐는지 설명했다. 민
준이 "어디 소속돼 있지도 않은 네가 왜 영화평론가냐?" 하고 묻자,
성철은 "영화평론을 하니까 영화평론가지" 하고 쿨하게 답했다. 그
러더니 예전처럼 궤변을 늘어놓기 시작했다.

　"너, 봐라. 어디어디에서 인정받은 영화평론가 글하고 내가 쓴
글하고 다를 게 하나도 없다?"

　"또?"

　"지들끼리 이름 붙여주며 고스톱을 짜고 치는 거라고."

　"과연?"

　"전통과 역사가 있는 영화 잡지의 영화평론가라고 해서 영화를
나보다 잘 보느냐, 나보다 글을 잘 쓰느냐 그건 장담할 수 없어. 그
냥 사람들이 그 잡지 영화평론가니까 글을 잘 쓰겠거니 믿어버리는

거지. 거기다가 주위 사람 몇 명이 '이 영화평론가가 글을 잘 쓴다더라' 하고 말하면 그 사람은 글을 잘 쓰는 사람이 되어버리는 거야. 소문이 먼저 있고 글이 나중에 있는 경우가 얼마나 많은지 알아?"

"너는 여전히 그 소리냐. 천만 영화가 천만 영화가 된 이유가 그 영화가 애초에 3백만 영화였기 때문이라는 거에서 어째 한 걸음도 나아가질 못했냐."

"너, 세상에 절대적인 기준이란 없다는 거야. 물론 누가 봐도 티 나게 잘 쓴 글과 못 쓴 글은 있어. 하지만 비슷비슷한 글은 명함값이라니까. 내 글 봐. 이건 잘 쓴 글이야."

"누가 그러는데?"

"내가 그런다! 수많은 평론 글을 섭렵한 내가 그래! 잘 쓴 글은 거기서 거기라고. 너 두고 봐라. 내가 어떻게 하다가 이름을 날린다? 그러면 사람들이 내 글을 원래보다 더 잘 쓴 글이라고 할걸?"

"야, 우리가 도대체 왜 이런 얘기를 하고 있어야 하는 거냐."

"그러니까 나는 영화를 평론하는 영화평론가라는 말이야. 누가 이름 붙여줄 필요 없어. 내가 그렇게 생각하면 되는 거야. 그럼 된 거 아니냐, 산다는 게."

성철이 여기까지 말하고 뭐가 재미있는지 킥킥 웃기 시작했다. 그렇게 혼자 실컷 웃고 나더니 민준을 툭툭 때리며 말했다.

"너랑 이렇게 쿵짝쿵짝 말하던 걸 얼마나 그리워했는지 아냐. 너는 어떻게 산 거야? 정말 바리스타 일 계속할 거야?"

"아마도."

민준이 소주잔을 비우며 말했다.

"원하던 일이야?"

"아니?"

"그래도 괜찮아?"

"내가 원한 게 취업밖에 더 있었냐. 좋은 회사 들어가서 돈 잘 벌고 안정적으로 사는 거. 그런데 안 됐잖아. 계속 희망을 품고 있기도 뭐하지."

"지금이라면 너무 늦었을까?"

민준이 잠시 생각하는 듯하다가 말했다.

"글쎄. 그거야 모르지. 그런데 내가 이제 그걸 원하기가 싫어졌어. 지금이 재미있어. 그거면 된 거 아니냐, 산다는 게."

민준이 성철의 팔을 한 대 툭 치고 말을 이었다.

"커피 내리는 것도 예술이다. 창조적인 일이야. 같은 원두를 사용해도 오늘 맛이 다르고 내일 맛이 달라. 온도, 습기, 내 기분, 서점 분위기에 따라서 달라지거든. 이걸 조율하는 게 기분 좋아."

"현자 납셨다."

"시끄럽다."

성철이 오랜만에 본 친구를 바라보다 물었다.

"……힘들진 않았어?"

"아무렇지 않진 않았지. 그래도 아무렇지 않다는 듯 행동했던 것 같아. 내가 원한 순간이 내게 찾아오진 않았지만 사실 나는 그렇다고 내 인생이 실패한 거라고는 생각하지 않았거든."

"실패하지 않았어, 너."

민준이 성철을 보며 픽 웃었다.

"그냥 그때는 내게 벌어진 일이 내게 어떤 의미일지를 너무 급히 결론 내지 말자 싶었어. 그래서 내 인생에 대해서 깊이 생각하지 않기로 했어. 대신, 밥도 맛있게 먹고 영화도 보고 요가도 하고 커피도 내리면서 시간을 보냈어. 그렇게 나 아닌 다른 것들에 관심을 갖다가 문득 나를 돌아봤는데 이런 생각이 들더라. 역시 내 삶이 실패한 건 진짜 아니라는 생각."

"맞아."

"지금 생각해보면 사람들 도움이 컸어."

"누구?"

민준이 벽에 등을 기대며 성철을 봤다.

"주변 사람들. 내가 아무렇지 않은 듯 행동하고 있을 때 주변 사람들도 정말 아무렇지 않은 듯 행동해줬거든. 내가 말하지 않는데도 눈치챘다는 듯 괜히 호들갑 떨며 위로나 걱정의 말을 건네는 사람이 없었어. 있는 그대로의 나를 그냥 받아들이는 느낌이었어. 그러니까 내가 애써 나를 부연 설명하거나 지금의 나를 거부하지 않게 됐던 것 같아. 나이가 드니까 이런 생각도 들더라."

성철이 콧방귀를 세게 뀌고는 히죽 웃었다.

"뭔 잘난 척을 하려고. 그래 물어봐준다. 어떤 생각이 들더냐?"

"좋은 사람이 주변에 많은 삶이 성공한 삶이라는 생각. 사회적으로 성공하진 못했을지라도 매일매일 성공적인 하루를 보낼 수 있거든, 그 사람들 덕분에."

"와……."

성철이 감동한 듯 탄성을 질렀다.

"그 말 좋다. 지금 네 말 나중에 내 글에 써먹어도 뭐라 하지 마라."

"머리 나쁜 놈이 기억도 못 할 거면서."

"와…… 내가 이래서 김민준을 만나면 안 되는 거였는데. 암튼 넌 나에 대해서 너무 잘 알아."

킥킥 웃은 성철이 방금 전 꽤 멋있는 말을 내뱉은 친구를 향해 소주잔을 내밀었다.

"그렇다면 우리도 서로에게 좋은 사람이냐?"

민준이 잔을 부딪히며 말했다.

"네가 문제지. 난 이미 좋은 사람인데."

"그럼 됐다. 나도 태어날 때부터 좋은 사람이었거든."

며칠 전 술에 취해 했던 말을 또 하고 또 하던 성철은 지금 없다. 그의 입에서 튀어나오는 모든 문장이 단순, 명료, 정확하다. 성철의 표정은 여유롭고 즐거워 보였다. 민준은 친구를 만나고 처음으로 그가 잘생겼다는 생각을 했다. 생김새 때문이 아니다. 빛이 나서다.

민준은 성철에게서 고개를 돌려 영주와 지미를 바라봤다. 영주는 성철 옆에서, 지미는 관객석에서 성철이 재미있는 말을 하면 웃고 진지한 말을 하면 고개를 끄덕였다. 그녀들의 입 끝에 어린 미소가 성철의 입담을 끌어내주고 있는 듯했다. 저 미소가 민준에게 시간을 준 것이다. 천천히 삶을 받아들일 시간, 서툴러도, 실수해도, 앞으로 나아갈 수 있다고 스스로를 믿게 해준 시간.

이젠 민준이 두 사람에게 그런 미소를 보내주고 싶었다. 아무렇지 않진 않지만 아무렇지 않은 듯 웃고 있는 두 사람에게. 또 주변 사람들에게. 민준은 최근 며칠 기분이 매우 좋았다. 조금씩 싹이 트던 어떤 생각이 마침내 제 힘으로 만개한 듯한 기분이 들었다. 과거의 민준과 현재의 민준이 오랜만에 재회한 느낌도 들었다. 과거의 민준이 현재의 민준을 받아들이고 현재의 민준이 과거의 민준을 받아들인 것 같았다. 비로소 지금 이 삶을 완벽히 받아들이게 된 것 같았다.

재회 다음 날 아침, 일찍 일어난 성철은 자고 있는 민준을 흔들어 깨웠다. 민준이 눈을 뜨기를 기다리다가 그가 눈을 다 뜨자 성철이 말했다.

"이거 물어보고 나가려고."

민준이 일어나 앉으며 물었다.

"뭘."

"단춧구멍은 어떻게 됐냐?"

"단춧구멍?"

"응, 너 예전에 단추만 만들어놨다가 낭패 봤다고 했잖아. 지금은 어떠냐고."

민준이 잠을 털어내느라 머리를 흔들면서 성철을 쳐다봤다. 잠시 생각하는 표정이 되었다가 답했다.

"간단해. 옷을 바꿔 입었지. 그런데 그 옷에는 구멍이 먼저 뚫려 있더라. 구멍에 맞게 단추를 만들었더니 잘 꿰졌어."

"뭐야. 그게 다야?"

"이 세상 어딘가엔 먼저 널찍한 구멍을 뚫어놓고 누군가가 찾아오길 기다리는 사람들도 있더라는 거야. 찾아온 사람이 단추를 잘 만들 수 있도록 도와주기까지 하면서. 니 표정 보니 무슨 생각 하는지 잘 알겠다. 시스템은 그대로인데 착한 사람 몇 명이 서로 돕고 사는 게 무슨 의미가 있느냐는 거지? 그 생각도 맞아. 그런데 내가 어제도 말했잖아. 시간이 필요하다고."

"시간이라."

"잠시 쉴 시간, 생각할 시간, 여유 부릴 시간, 돌아볼 시간."

성철은 무슨 말인지 알겠다는 듯 고개를 끄덕이며 일어나더니 문 쪽으로 걸어갔다. 그리고 그때, 이번엔 민준이 성철에게 물었다.

"너는? 너는 어떻게 그런 거냐?"

"뭘?"

"너 학점도 꽤 잘 나왔잖아. 그런데 어떻게 개봉한 영화를 그렇게 다 보고 다닐 수 있었어? 그렇게 바빴으면서 어떻게 좋아하는 걸 곁에 두고 살 수 있었냐고."

"이거 바보구만."

성철이 싱크대를 손톱 끝으로 툭툭 치며 말했다.

"좋아하니까 그런 거지. 뭔 다른 이유가 있어?"

"겨우? 그게 다야?"

민준이 이불에 도로 드러누우며 대꾸하자, 성철이 피식 웃으며 손을 휘저었다. 신발을 다 신은 성철이 눈을 감고 누워 있는 민준에게 말했다.

"일 끝나고 서점으로 갈게. 이젠 거기가 내 아지트다."

민준이 눈을 감은 채로 손을 흔들었다.

마음 확인 테스트

평소보다 일찍 고트빈에 도착한 민준이 지미가 혼자 앉아 원두를 만지작거리는 모습을 봤다. 지미는 문을 열고 들어오는 민준을 보더니 옆 테이블에 놓여 있던 분쇄 원두를 건넸다. "오늘은 이걸로 내려봐." 민준은 순한 강아지처럼 시키는 대로 커피를 내려 왔다. 지미는 별말 없이 맛을 천천히 음미하고는 커피 잔을 옆 테이블에 올려두었다. 민준 역시 말없이 커피를 홀짝이며 지미의 행동을 주시했다. 그녀는 딱히 목적이 있는 것 같지는 않지만, 그렇다고 아예 쓸데없는 것 같지도 않은 행동을 하고 있었다. 원두 섞기.

"이 원두 저 원두 대중없이 섞다 보면…… 어쩌면 지금껏 맛보지 못한 정말 맛있는 커피를 얻게 되지 않을까?"

지미가 고개도 들지 않고 혼잣말처럼 중얼거렸다. 그러다 오늘따라 순하게 앉아 있는 민준을 의식하며 말했다.

"할 말 있음 해요."

"아니에요."

"해, 그냥."

"……혹시 저 때문에……."

지미가 이건 또 무슨 말이냐는 표정으로 민준을 봤다.

"그게 무슨 말이야?"

"제가 그날 그런 얘기를 해서요."

"아하."

지미가 어이없다는 듯 고개를 저었다.

"그래서 그날도 그렇고 오늘도 그렇고, 그렇게 풀 죽은 표정을 하고 있구나."

민준은 다시금 미안한 마음이 몰려와 표정이 굳어졌다.

"나는 이렇게 말하고 싶어. 민준 씨 덕분에 나의 지난했던 부부 생활을 객관적인 눈으로 보게 된 거라고. 그래서 나는 민준 씨에게 고마워. 긴 시간 질질 끌던 관계를 덕분에 정리하게 됐어."

지미의 말에도 민준의 표정은 풀리지 않았다.

"안고 갈 수 없는 걸, 안고 가려고 했던 게 잘못이었어. 잘 산다는 게 잘 정리하면서 사는 거라는 걸 이번에 알았어. 두려워서, 남 눈치 보여서, 후회할까 봐 정리하지 않고 넘어가는 경우가 얼마나 많아. 나도 그랬지. 그런데 이젠 홀가분해."

지미는 여기까지 말하더니 민준을 향해 돌아앉았다. 의자 등받이에 왼 몸을 기대고는 평소와 다름없는 미소도 지어 보였다. 그러더니 숨을 길게 들이쉬었다 내쉬고 그간의 사정을 이야기하기 시작했다.

"그때 민준 씨 말 듣고 시간이 필요하다는 걸 알았어. 우리 부부 관계를 새롭게 바라볼 시간. 그래서 그 사람한테 허구한 날 쏟아내던 불평, 욕, 잔소리를 다 그만뒀어. 그 사람이 새벽 3시에 들어와도 다음 날 웃으며 반겼고, 그 사람 옷에서 수상한 향수 냄새가 나도 아무렇지 않은 척 웃었고, 그 사람이 집을 돼지우리로 만들어놔도 다음 날 미소를 지었어. 그냥 그 사람을 관찰하기로 한 거야. 그러면서 우리 사이도 객관적으로 보려 했던 거지. 그런데 이렇게 행동했을 뿐인데 그 사람이 어느 순간부터 변하기 시작했어. 새벽에 들어오던 걸 그만두고, 자기는 한 번도 바람을 피운 적이 없다며 그거 하나만은 맹세한다는 말을 하고, 퇴근하고 집에 가면 집이 깨끗하게 청소돼 있었어. 이게 무슨 일인가 싶었어. 저녁마다 그 사람이 차려놓은 밥을 먹으면서 뭔가 어색하기도 했고. 우리는 이제 이렇게 살아가게 되는 건가 싶었지. 아마, 내가 이 질문을 하지 않았으면 우리는 지금도 계속 같이 살고 있었을 거야."

지미는 잠시 말을 끊고 고개를 돌려 로스팅 기계 너머 창밖을 바라봤다. 지미가 가장 좋아하는 계절이 창밖에 펼쳐져 있었다. 봄이었다.

"그 사람이 차려놓은 저녁을 먹으며 내가 물었어. 요즘 왜 이렇게 잘하냐고. 그러니 이렇게 대답해. 내가 잘해서라고. 내가 잘해서 자기도 잘하는 거래. 내가 또 물었어. 그럼 예전엔 내가 잘 못해서 그랬던 거냐. 그러니까 그렇대. 그럼 그간의 모습들은 내가 잘 못해서 일부러 만들어낸 모습들이냐, 이렇게 물었더니 한참을 머뭇거리다가 실은 그렇대. 언젠가부터 연기를 했다는 거야. 왜 그래야만 했냐고 물었더니 내가 자기 자존심을 망가뜨렸대. 자기가 게으르고 능력 없는 사람이라는 걸 내가 언젠가 너무 노골적으로 지적하더라는 거야. 그래서 화가 나서 더 엇나가는 척 굴었대. 이 말을 듣는 순간, 나는 이혼을 결심했어. 한순간에 다 끝이 나더라."

지미는 미지근하게 식은 커피를 쭉 들이켰다. 지미의 눈이 붉게 물들어 있었다.

"나 원래 독신주의자였다고 예전에 말했지? 어렸을 때 친척 어른들이 모이기만 하면 남편 욕을 하는 거야. 그 얘기를 종합해보면 이거였어. 자기가 남편인 줄 아는 아들 뒤치다꺼리하느라 등골이 다 휜다. 결혼하고 났더니 그 멋있던 남자가 하루아침에 애가 돼 있더래. 살살 기분 맞춰주며 어르고 달래야 할 사람이더라는 거야. 자존심은 어찌나 센지 조금만 싫은 소리를 하면 기가 팍 죽거나 화를 버럭 낸대. 아주 지긋지긋하대. 그러면 주위 어른들이 이렇게 추임새를 넣어. 안 그런 남자가 어디 있냐. 다른 남편도 다 그런다. 맞추고 살아라. 나는 그게 싫었어. 왜 아들하고 결혼을 해. 왜 다 맞춰줘야 해. 그래서 결혼하지 않기로 결심했던 거야. 그러다 그 사람을 만나 사랑에 빠진 거고. 저번에 말했지? 내가 졸라서 결혼했다고. 그런데 그날 저녁 알게 된 거야. 아, 나도 자기가 남편인 줄 아는 아들과 결혼을 한 거구나. 애랑 살았던 거구나. 그 순간 하나의 사실이 명확해졌어. 그 사람과 살며 내가 너무, 너무, 너무 고통스러웠다는 거. 그 사람 때문에 너무 고통스러웠어. 가슴이 타들어갈 만큼 고통스러웠어. 그런데 그게 다 그 사람이 일부러 했던 행동 때문이라는 걸 알았는데, 어떻게 같이 살아. 그래서 다음 날 아침에 말했지, 이혼하 자고."

지미가 조금 전보다 평온해진 눈으로 민준을 보며 말했다.

"민준 씨에게 그렇게 그 사람 욕을 해댔으면서도 내가 그 옛날 어른들처럼 행동하고 있는 줄은 꿈에도 몰랐어. 미안해, 민준 씨. 나 때문에 결혼이 끔찍해진 건 아니지?"

민준이 고개를 저었다.

"사장님이 남편분 욕만 한 건 아니에요. 욕하는 틈틈이 그분이 그렇게 나쁜 사람은 아니라고 늘 덧붙이셨어요."

민준이 차분히 말하자 지미가 한층 밝아진 얼굴로 대꾸했다.

"그때 어른들도 그랬어. 실컷 욕이란 욕은 다 하고 난 뒤에 그래 도 그이만 한 사람이 없다며 마무리들 하셨지."

두 사람이 함께 소리 없는 웃음을 터트렸다.

"얘기 잘 들어줘서 고마워. 매번 싫은 기색이 없네, 민준 씨는."

"계속 들어드릴게요. 얘기하고 싶으면 연락하세요."

민준이 손으로 전화기 흉내를 내며 분위기를 바꾸자 지미가 오른손으로 오케이를 만들어 보였다.

영주가 집 앞에 다다르자 오피스텔 앞에 두 여자가 쭈그리고 앉아 있었다. 들고 있는 봉투 모양만 봐도 지미가 안주를, 정서가 맥주를 담당했다는 걸 알 수 있었다. 세 사람은 함께 집으로 들어서 누가 먼저랄 것도 없이 일사불란하게 자리를 만들고 접시를 나르고 안주를 펼쳤다. 그러고는 신호라도 받은 듯 한순간에 대자로 누워 잠시 눈을 감았다. 영주가 "아, 행복해" 하고 말하자 두 사람이 "정말", "정말요" 하고 맞장구쳤다. 기력을 보강한 세 사람은 몸을 일으켜 앞에 놓인 음식을 맛있게 먹기 시작했다.

지미가 유자 맛 푸딩을 한 입 떠먹으며 정서를 봤다.

"자기는 요새 얼굴 보기가 쉽지 않다며? 바빠?"

정서가 바닐라 맛 푸딩을 떠먹으며 말했다.

"면접 보러 다녀요."

영주가 치즈 맛 푸딩 껍질을 벗기며 눈을 동그랗게 떴다.

"면접요? 다시 일하게요?"

"일해야죠." 정서가 당연하단 듯 눈을 깜박이다가 "돈, 돈, 돈이 문제니까!"라며 극적인 톤으로 말한 뒤 벽에 머리를 기댔다.

"늘 돈이 문제지."

지미가 말했다.

"충분히 쉰 거예요?"

영주가 벽에 등을 댄 채 넋 나간 사람처럼 푸딩을 떠먹고 있는 정서에게 물었다. 그러자 정서가 벽에서 등을 신속히 떼더니 평소처럼 총명해진 눈빛으로 고개를 끄덕였다.

"쉬었죠. 쉬면서 마음을 컨트롤할 수 있는 방법을 충분히 익혔어요. 이젠 무슨 일이 일어나도 까짓것 하면서 다 흘려보낼 수 있을 것 같아요."

"오, 그거 좋다. 더 얘기해봐."

지미가 푸딩이 묻은 숟가락을 흔들며 정서를 재촉했다.

"이젠 화가 나더라도 예전만큼 힘들진 않을 것 같아요. 화가 나면 뜨개질을 하거나 명상을 하면 되니까. 힘들긴 할 테죠. 그래도 극복할 수 있을 것 같아요. 앞으로도 회사에 다니다 보면 거지 같은 놈들을 어디 한둘 만나겠어요? 난 계속 계약직일 테고, 날 우습게 보는 사람은 계속 나타나겠죠? 하지만 나한테 그 사람들은 하나도 중요하지 않아요. 이너피스. 내 평화는 내가 찾는 겁니다. 좋아하는 취미 생활 계속하면서, 그리고 언니들처럼 좋은 사람들 계속 만나면서, 이 거지 같은 세상을 이겨내보려고요."

정서의 말에 두 언니는 박수를 치며 응원을 해줬다. 세 사람은 정서의 말을 받아 각자 스트레스 푸는 방법을 공유했다. 영주는 산책을 하거나 책을 읽는다고 했고, 지미는 수다를 떨거나 하루 종일 잠을 잔다고 했으며, 정서는 자기가 실은 노래를 무지 잘 부른다며 노래방을 즐겨 간다고 말했다. 영주가 노래방을 마지막으로 간 지 10년도 넘은 것 같다고 말하자 정서는 큰 충격을 받은 얼굴로 이번 주말에 함께 노래방에 가자고 언니들을 졸랐다. 세 사람은 주말에 또 뭉치자고 말하며 맥주 캔을 부딪쳤다.

"그런데 그 작가님 하고는 어떻게 됐어요?"

정서가 맥주 캔을 바닥에 내려놓으며 물었다. 영주는 눈을 끔뻑 끔뻑하며 지금 정서가 하는 말이 무슨 말인지 모르겠다는 듯 딴청을 피웠다. 아니, 딴청을 피웠다기보다 정서가 '그걸' 어떻게 알았을까 싶어 잘못 들은 건지도 모른다는 생각에 모른 척했다는 말이 더 맞겠다. 정서는 아랑곳하지 않고 다시 한번 물었다.

"그 작가님이 언니 좋아하는 거 아니에요?"

영주가 아무 대꾸도 하지 못하자 이번엔 지미가 치고 들어왔다.

"누구? 어느 작가님? 얘 서점에 들락거리는 작가가 어디 한둘이야? 그중 누구? 그 사람이 영주 좋아한대?"

"그렇게 보이던데요? 언니 얼굴 파리해져 돌아온 날, 그 작가님 얼굴이 언니보다 더 파리해져 있던데."

지미가 영주 얼굴을 살피며 물었다.

"전남편 친구 찾아왔다는 그날 얘기야?"

영주는 눈으로는 거실 바닥을 내려다보고, 손으로는 맥주 캔을 만지작거리며 두 사람 말에 대꾸하지 않았다. 영주의 기색이 어딘가 안 좋아지자 정서와 지미는 서로 눈빛을 주고받았다. 두 사람은 눈빛으로 이 얘기는 여기서 그만하자고 합의했다.

분위기를 바꿀 겸 정서는 지난주 면접에서 있었던 이야기를 들려줬다. 1년 동안 뭘 했느냐는 질문에 정서가 너무나 당당히 뜨개질과 명상을 했다고 대답했다는 이야기였다. 정서가 면접관들이 뜨악해하며 짓던 표정을 재현하자 두 언니는 동시에 웃음을 터트렸다. 세 사람은 실컷 먹고 나서 다 함께 누웠다. 누워서 이런저런 이야기를 나누던 중 지미가 팔을 쭉 펴 영주의 손을 톡톡 건드렸다.

"오늘 고마워. 내 기분 풀어주려고 만나자고 한 거 다 알아. 두 사람 힘들 때도 내가 같이 놀아줄게."

영주도 지미의 손을 살짝 잡으며 말했다.

"우리 집에 매일 와도 돼요. 오늘 자고 가도 되고요."

"저도 시간 많아요."

정서도 천장을 응시하며 말했다.

"음, 그리고요, 그 작가님은," 영주가 뜸을 들이다 지미를 봤다. "내가 이런 말을 하게 될지는 정말 몰랐는데요. 전 그분이 저보다 더 좋은 여자를 만나면 좋을 것 같아요. 그래서 잘 안 됐어요."

"뭐?"

지미가 벌떡 일어나 앉았더니 영주도 잡아 일으켜 앉혔다.

"나도 그런 말을 눈앞에서 듣게 될 줄은 몰랐네. 요즘엔 드라마에서도 그런 대사는 안 나와. 너무 구식이잖아. 자기보다 더 나은 사람을 만나길 바란다니? 왜 그런 생각이 드는데? 그 사람이 다 알고 좋아한 거 아니야?"

"제가 좋은 상대는 아니잖아요, 연애하기에."

영주가 아무렇지 않다는 듯 말하며 다시 누우려고 하자 지미가 영주를 다시 앉혔다.

"왜 연애하기에 좋은 상대가 아닌데? 똑똑하지, 농담도 잘하지, 사람 마음 편하게도 해주지, 또 잘난 척은 좀 잘해? 이것도 몰라요, 저것도 몰라요, 하는 사람보다는 훨씬 매력적이야, 그거!"

영주가 지미의 손을 살짝 잡았다가 놓으며 말했다.

"그리고 제 마음이 어떤지 저도 잘 모르겠고요."

영주는 몇 주 전 토요일, 강의를 마치고 서점을 나서던 승우가 건넨 책을 떠올렸다. 켄트 하루프의 『밤에 우리 영혼은』. 승우는 책을 건네며 "이런 관계 정도면 어떨까 해서요"라고 말했다. 영주는 그날 밤 망설이다 책을 폈고 얇고 고운 그 책을 새벽까지 단숨에 읽었다. 노년의 외로움과 쓸쓸함, 그리고 그 속에서 시작된 남녀의 애틋한 사랑을 그리고 있는 소설이었다. 이건 노년의 이야기인데 승우는 왜 이 책을 건넸을까, 처음엔 의아했다. 그러다 밑줄을 그어놓은 문장들을 다시 읽어보며, 승우가 무슨 말을 하려는 건지 이해했다.

영주와 함께하는 시간이 좋다는 것, 영주와 이야기 나누는 것이 좋다는 것, 그러니 사랑에 너무 겁먹지 말고 외로울 때, 혼자 있기 싫을 때, 자신에게 오라는 것, 영주가 문을 두드리면 언제든 문을 열어주겠다는 것.

승우는 영주에게 기다리겠다고 말하고 있었다.

지미가 바닥을 탁탁 치며 나직이 말했다.

"마음을 모르겠다라……."

답을 못 찾는 지미 대신 정서가 대화를 이었다.

"그럴 땐 테스트를 해봐야 하는 거 아니에요? 내 마음이 어떤지 나도 잘 모르겠을 땐, 마음 확인 테스트를 해봐야죠."

"어떻게? 얘기해봐." 지미가 말했다.

"언니, 생각해봐요. 그 작가님이 그날처럼 언니 때문에 얼굴이 파리해지면 좋겠어요, 아니면 생판 모르는 남처럼 나 몰라라 했으면 좋겠어요? 언니가 울고 싶은 기분일 때 그분이 같이 슬퍼해줬으면 좋겠어요, 아니면 나 몰라라 했으면 좋겠어요? 언니에게 좋은 일이 생겼을 때 그분이 같이 기뻐해줬으면 좋겠어요, 아니면 나 몰라라 했으면 좋겠어요? 이렇게 한번 사고 실험을 해보는 거예요. 그분이 내 일에 나 몰라라 하지 않으면 좋겠다 싶으면 언니도 마음이 있는 거죠, 뭐."

영주는 정서의 말이 귀여운지 미소를 살짝 지었다. 그러자 지미가 지금 그렇게 웃고 있을 상황이 아니라는 듯 영주 팔을 탁 쳤다.

"나는 네가 생각하는 사람인 게 참 좋아. 그런데 생각이란 게 가끔은 사람을 참 별로로 만들기도 하더라. 너 같은 애들은 꼭 마음보다 생각을 앞세우니까. 그러면서 마음을 모르겠다고 해. 실은 알고 있으면서."

영주는 지미의 말에도 미소를 살짝 지었다. 내 마음을 나도 알고 있을까. 영주는 승우가 자신에게 고백을 하며, 쳐다보던 눈빛을 떠올렸다. 그리고 그냥 서로 좋아하자는 말. 영주는 그 말을 듣고 좋았나, 좋지 않았나. 그날, 가슴이 설렜나, 설레지 않았나. 어쩌면 지미 말이 맞는지도 몰랐다. 영주는 이미 알고 있는지도 모른다. 자신의 마음을. 그런데 그게 중요할까. 내 마음이 중요할까. 그녀는 승우에 대한 답을 내릴 수가 없었다. 어떻게 해야 할지, 승우를 어떻게 해야 할지, 영주는 알 수가 없었다.

나를 더 좋은 사람으로 만드는 공간

 민준 씨, 제가 민준 씨 처음 만난 날 했던 말 기억해요? 서점을 2년밖에 못 할지도 모른다고 했었죠. 첫날부터 그런 말을 한 건 미리 말을 해줘야 민준 씨도 민준 씨 나름의 미래를 계획할 수 있을 거라 생각해서였어요. 그리고 어느덧, 우리가 함께 보낸 시간이 2년이 다 되어가네요.

 서점을 열고 처음 1년은 어떻게 지나갔는지도 모르게 지나갔어요. 민준 씨가 없던 휴남동 서점은 많이 어설펐어요. 다행히 그때는 제가 이런저런 실수를 해도 크게 티가 나지는 않았지만요. 손님이 거의 없었으니까요. 그 시절의 휴남동 서점을 알고 싶으면 민철 어머니에게 한번 물어봐요. 민철 어머니는 우리 서점에 대해 모르는 게 없거든요.

 실제 처음 몇 달간은 손님을 끌려는 노력을 하지 않기도 했어요. 마치 저 자신이 손님인 것처럼 매일 어색하게 서점에 들어서곤 했거든요. 출퇴근 시간만은 엄수한 채 서점에 가만히 앉아 생각하고, 책 읽고, 또 생각하다 책을 읽었어요. 마치 잃어버린 것들을 하나둘 되찾는 기분으로 하루를 보내고 또 하루를 보냈지요. 서점을 처음 열 때는 저 자신이 텅 빈 느낌이었는데, 서서히 그런 느낌이 사라졌어요. 그러다 어느 순간 제가 꽤 건강해져 있다는 걸 알게 됐지요. 아마 서점을 열고 반년이 지난 즈음이었던 것 같아요.

그즈음 서점을 사업가의 눈으로 보기 시작했어요. 꿈처럼 얻게 된 시간이자 공간이니 꿈처럼 운영해보자던 생각은 가슴 한편에 그대로 둔 채, 그럼에도 저는 이 공간을 다른 시선으로 바라봐야 한다는 걸 깨달은 거예요. 이 공간을 얼마나 오래 운영하게 될지는 모르겠지만, 그 기간이 2년이 될지 3년이 될지 모르겠지만, 서점이 유지되려면 교환이 활발히 이루어져야 한다는 걸 새삼 깨달았어요. 서점은 책과 관련한 모든 것과 돈을 교환하는 공간이니까요. 이러한 교환 활동이 활발히 일어나게 하는 것이 사장이 해야 하는 일이라는 것을 일기를 쓰듯 매일 머리에 새겨 넣었어요. 서점을 시장에 홍보하기 시작했어요. 휴남동 서점만의 고유함을 잃지 않으려는 노력을 계속했고요. 이 노력은 지금껏 계속되고 있고 '앞으로도' 계속될 거예요.

민준 씨가 서점에서 일을 하고부터 서점에선 또 다른 교환이 이루어지기 시작했지요. 민준 씨의 노동력과 제 돈이 교환되기 시작했으니까요. 이렇게 말을 하니 너무 딱딱한가요? 우리 사이가 너무 멀게 느껴지나요? 그럴 리가요! 바로 이 교환으로 인해 우리가 인연을 맺고 함께 시간을 보내고 또 서로의 삶에 영향을 미치게 된 거 잖아요. 서점이란 공간에서 두 가지 교환이 함께 맞물려 돌아가게 되면서 전 더 책임감을 느끼기 시작했어요. 돈을 받기 위해 노력하면서 돈을 주기 위해도 노력해야 했으니까요. 민준 씨와 함께 일하게 되면서 바람이 하나 생겼어요. 민준 씨의 노동력이 제 가치를 인정받았으면 좋겠다고요. 그래서 저는 '앞으로도' 계속 돈을 더 받기 위해 노력할 테고 돈을 더 주기 위해 노력할 거예요. 제가 왜 자꾸 '앞으로의 일'을 얘기하는지 눈치챘나요?

누군가가 나를 위해 일해준다는 사실에 늘 고마움을 느껴요. 민준 씨가 없었다면 휴남동 서점은 지금 같은 모습이 되지 못했을 거예요. 책을 읽으러 왔다가 커피 맛에 유혹당한 손님들이 생기지도 않았을 거예요. 하나둘 늘어가는 민준 씨만의 단골 또한 생기지 않았겠지요. 휴남동 서점이 민준 씨 등장 이후 달라진 건 비단 커피 맛 때문만은 아니에요. 민준 씨의 정갈하면서도 성실한 모습이 저에게 귀감이 되었다는 말을 제가 언젠가 했던가요? 정말 그래요. 한 공간에서 같이 일을 하는 동료가 고요히 제 할 일을 꼼꼼히 하고 있는 모습. 그 모습을 바라보고 있는 것만으로도 힘이 됐어요. 민준 씨가 일하는 모습을 며칠 보고 나서 전 민준 씨를 완전히 믿기 시작했어요. 이 험난한 세상에서(!) 나 아닌 타인을 믿을 수 있다는 것이 얼마나 기쁜 일인지, 감사한 일인지 민준 씨도 잘 알죠?

민준 씨가 나를 위해 일해줘 고마운 마음이 컸지만, 한편으로는 민준 씨 본인은 민준 씨를 위해 일한다고 여겼으면 좋겠다고 자주 생각했어요. 그래야 민준 씨 역시 일에서 의미를 찾을 수 있을 테니까요. 지난 제 경험이 가르쳐준 건 이 정도예요. '나는 남을 위해 일을 하는 순간에도 나를 위해 일해야 한다. 나를 위해 일을 하니 대충대충 하면 안 된다. 하지만 더 중요한 것이 있다. 일을 하는 순간에도, 일을 하지 않는 순간에도 나 자신을 잃지 않아야 한다. 잊지 말아야 할 것도 있다. 일을 하는 삶이 만족스럽지도 행복하지도 않다면, 하루하루 무의미하고 고통스럽기만 하다면, 다른 일을 찾아야 한다. 왜냐하면, 나는 나에게 주어진 단 한 번의 인생을 살고 있으니까.' 민준 씨는 휴남동 서점에서 어떤 하루를 보내고 있나요? 혹시, 민준 씨를 잃어버린 채 일하고 있지는 않나요? 나는 이게 조금 걱정이에요.

제가 이런 걱정을 하는 이유가 짐작이 가지요? 제가 저 자신을 잃어버린 채 일을 했던 장본인이라서 그래요. 건강하게 일하지 못했던 과거가 저는 많이 후회돼요. 저는 일을 계단 같은 것으로 생각했어요. 제일 꼭대기에 도달하기 위해 밟고 올라가는 계단. 하지만 실제 일은 밥 같은 거였어요. 매일 먹는 밥. 내 몸과 마음과 정신과 영혼에 영향을 끼치는 밥요. 세상에는 허겁지겁 먹는 밥이 있고 마음을 다해 정성스레 먹는 밥이 있어요. 나는 이제 소박한 밥을 정성스레 먹는 사람이 되고 싶어요. 나를 위해서요.

서점에서 일을 하는 동안 전 조금 더 좋은 사람이 된 것 같아요. 책에서 배운 것들을 상상 속에서만 저울질하는 것이 아니라, 이 공간에 적용하기 위해 노력했거든요. 저는 많이 부족하고 이기적인 사람이지만 이곳에서 일을 하며 조금씩 더 나누고 베풀고자 했어요. 네, 전 나누고 베풀자고 굳게 다짐해야만 나누고 베풀 수 있는 사람이에요. 원래 태어난 바가 품이 크고 너그럽다면 좋겠지만 그렇지 않으니까요. 이곳에서 생활하며 저는 '앞으로도' 계속 더 좋은 사람이 되고자 노력할 거예요. 책에서 읽은 좋은 이야기들이 책 속에만 머물러 있지 않게 하고 싶어요. 내 삶 주변에서 일어나는 이야기들도 남에게 들려줄 만한 좋은 이야기가 될 수 있으면 좋겠어요. 그런 의미에서 민준 씨에게 하나 부탁하고 싶은 게 있어요.

제가 첫날 민준 씨에게 했던 말을 뒤집고, 나, 이 서점 더 운영해보려고요. 지금까지는 아무래도 소극적인 면이 많았어요. 너무 열심히 일을 하다가 과거처럼 살게 될까 봐 두려웠어요. 이 공간을 일'만' 하는 공간으로 인식하게 될까 봐 두려웠어요. 또, 솔직히, 전 아직도 처음 6개월처럼 이곳에 손님처럼 드나들고 싶은 마음도 간직하고 있답니다. 이런 생각과 감정이 뒤섞여 그간 우물쭈물한 적이 많아요. 서점을 계속 운영해야 할지 망설인 적도 많고요. 하지만 이젠 그만 망설이려고요. 난 이 서점이 좋고, 이곳에서 만난 사람들이 좋고, 이곳에 오는 자체가 좋아요. 그래서 휴남동 서점 계속하고 싶어요.

계속 운영해가면서 여러 생각과 감정을 적절히 균형 잡아 보려고요. 할 수 있을 것 같아요. 자본주의 시장 속에 있는 서점이면서 여전히 내 꿈의 공간이기도 한 이 서점을, 오래도록 살아가게 하고 싶어요. 서점과 책에 관해 계속 고민해보고 싶어요. 그리고 이런 고민을 하는 제 옆에 민준 씨가 함께 있어줬으면 좋겠어요. 어때요, 민준 씨. 우리 같이 더 일해볼래요? 혹시 휴남동 서점 직원으로 일해볼 생각이 있나요?

우리 베를린에서 만나요

　민준은 기다리고 있었다는 듯 직원 제안을 받아들였다. 두 사람은 테이블에 마주앉아 계약서를 새로 작성했다. 팔짱 낀 두 팔을 테이블에 올린 채, 민준이 계약서에 사인하는 모습을 보며 영주가 말했다.

　"이젠 쉽게 그만두지 못할 텐데요."

　사인을 마친 민준이 계약서를 영주에게 내밀며 말했다.

　"모르시나 봐요. 요즘엔 퇴사가 유행이에요."

　두 사람이 마주보며 웃었다.

　태우가 다녀간 이후부터였을 것이다. 영주의 마음이 신속히 다음을 향해 내달리게 된 것이. 습관처럼 휴남동 서점의 마지막을 그려보던 걸 그만두기로 한 것이. 대신 휴남동 서점의 다음을 책임져 보기로 한 것이.

한번 내달리기 시작한 마음은 계획 1, 2, 3을 실행하도록 영주를 등 떠밀었다. 그중 계획 1이 신뢰할 수 있는 사람을 곁에 두는 것이었고, 계획 2가 여행이었다. 영주는 한 달간 서점을 떠나 있을 생각이었다. 해외 독립책방을 탐방하면서 휴남동 서점을 어떻게 재정비할지 정리해보기로 했다. 오랜 시간 살아남은 책방 위주로 둘러보기로 했다. 무엇이 책방을 살아남게 하는지 알고 싶었다.

아무리 애를 써도 원하는 결과를 얻지 못할 수 있다. 한 달이 아닌 1년을 해외 탐방하고 돌아오더라도 그다음 해 문을 닫게 될지 그 누가 알까. 하지만 영주는 서점을 단 한 달 운영하더라도 이제는 안 되는 쪽이 아닌, 되는 쪽으로 희망을 걸어보고 싶었다. 만약 앞으로의 휴남동 서점이 지금까지의 휴남동 서점과 조금이라도 달라질 수 있다면 그것은 서점을 운영하는 사람들의 마음이 달라졌기 때문일 터였다. 그러니 가장 먼저 영주의 마음이 달라져야 했다. 희망, 희망 쪽으로.

떠나기 한 달 전, 여행 계획을 민준과 상수에게 알렸다. 6월의 휴남동 서점은 가장 최소한도의 운영으로 간소화하자고 의견을 모았다. '민준과 상수의 주 5일 여덟 시간 풀타임 근무. 강연, 이벤트, 강의 없음.' 정서와 우식 또한 시간이 날 때마다 서점 일을 도와주기로 했다. 정서는 온라인 업무를 맡기로 했고, 우식은 퇴근을 하면 우선 서점에 들러 뭐든 하기로 했다.

인스타그램과 블로그에 여행 소식을 알리고, 6월 스케줄을 올리고, 몇몇 사람에게 전화로 안부를 전하고 나서 영주는 책을 몇 권 골랐다. 가능하면 여행지에서도 책 리뷰는 계속할 생각이었다. 여행지를 배경으로 하는 소설이나 에세이를 골라 가기로 했다. 책을 읽는 방법 중 가장 호화로운 방법. 책 속 배경으로 직접 찾아가 그곳에서 책 읽기. 미국 뉴욕에서, 체코 프라하에서, 독일 베를린에서 그 도시들을 배경으로 한 책을 읽으며 몇 시간이고 보내는 일. 독자에게 이보다 더 낭만적인 책 읽기 방법이 또 있을까.

영주는 서점 일을 하는 틈틈이 그녀가 앞으로 할 여행을 그려 보았다. 낯선 도시에서 구글맵을 살피며 책방을 찾아다니고, 그렇게 찾은 책방에서 그 책방만의 매력을 찾고, 그 매력을 휴남동 서점에선 어떻게 구현할 수 있을지 상상해보고, 또 다음 책방을 찾아 헤매고, 카페에 앉아 쉬고, 또 걷고, 책방에 가고, 그렇게 한 달. 이번 여행의 주목적은 물론 책방 탐방이지만, 사실 영주의 마음은 다른 이유로 약간 설렜다. 처음으로 혼자 하는 여행이었다. 처음으로 여행다운 여행을 하는 것이기도 했다.

공항으로 향하는 버스 안. 차창 밖으로 서울의 여름밤이 스쳐 지나갔다. 불현듯 엄마의 얼굴이 떠올랐지만, 이내 눈을 감으며 엄마를 지웠다. 사실 영주는 엄마가 왜 그토록 자신에게 화를 냈는지 알고 있었다. 엄마는 실패가 두렵고 싫었던 것이다. 엄마에게 이혼은 여자가 할 수 있는 가장 큰 실패였고, 엄마는 딸이 실패하는 게 두렵고 싫어서 딸을 버린 것이다. 엄마는 실패 앞에서 나약해지는 사람이었고, 나약한 사람이 할 수 있는 행동을 딸에게 했던 것뿐이었다. 영주는 그런 엄마에게 엄마의 생각이 틀렸음을, 세상이 바뀌었음을, 무엇보다 엄마의 딸은 결코 실패한 것이 아님을 설명하고 싶지 않았다. 아직은, 엄마에게 먼저 다가가고 싶지 않았다.

의자에 머리를 기댄 채 창밖을 구경하던 영주의 휴대전화에서 진동이 울렸다. 민철이었다. 민철은 쑥스러워하는 목소리로 꼭 하고 싶은 말이 있어서 전화를 했다고 했다. 영주가 차창 밖에 시선을 둔 채 무슨 말이냐고 묻자 민철은 대학에 가지 않기로 결정했다고 알려왔다. 영주는 잠시 시간을 두었다가 말했다.

"그래, 그렇게 결정했네. 잘했어."

민철에겐 시간이 많으니 앞으로 뭐든 할 수 있을 거라는 말도 덧붙였다. 흔한 말이지만 진실이기도 하다고 생각하며. 민철이 "네" 하고 대답한 뒤 말을 이었다.

"저 『호밀밭의 파수꾼』도 읽었어요."

영주는 민철이 앞에 있기라도 한 듯 표정을 밝히며 어땠냐고 물었다가 민철이 재미없었다고 대꾸하자 작게 웃었다.

"뭐야, 재미없었다고 말하려고 책 읽었다고 한 거야?"

"그게 아니고요."

민철은 휴대전화 저쪽에서 조금 긴장한 듯한 목소리로 말했다.

"재미는 없었는데요. 이상하게 주인공이 저랑 비슷하단 생각이 들었어요. 사실은 다 다르거든요. 성격도 다르고, 하는 행동도 다 다른데. 그런데도 저랑 비슷한 것 같았어요. 세상에 심드렁한 거? 아무것에도 흥미 없는 거? 그래서 걔 보면서 나만 이런 건 아니구나 싶어 조금 마음이 놓였어요. 특히 걔가 마지막에 아이들을 위한 파수꾼이 되고 싶다고 말하는 부분요. 이 부분 기억나세요?"

"응. 기억나."

"그 부분을 읽으면서 결정하게 된 거예요. 대학에 가지 않아도 되겠다고요. 왜 그런지 모르겠지만 그렇게 됐어요. 논리적이진 않은데…… 걔가 저한테 그래도 된다고 말해주는 것 같았어요."

"응. 이해된다."

영주가 이번에도 민철이 앞에 있기라도 한 듯 고개를 끄덕이며 말했다.

"정말요? 정말 이해돼요? 나는 내가 잘 이해 안 되는데."

민철이 놀란 목소리로 물었다.

"정말이야. 이해돼. 나도 책 읽으면서 그런 결정 한 적 많아. 그래서 잘 알아. 그 비논리적인 것 같은 기분."

"아…… 그럼 저 괜찮겠죠?"

"뭐가?"

"비논리적으로…… 선택한 거요."

"그럼. 비논리적이더라도 마음이 응원해준 선택일 거야. 나는 그렇게 생각해."

"마음이요?"

"그래."

"제 마음이 선택한 거예요? 제 미래를?"

"응."

"아, 마음이 한 선택이라고 하니…… 마음이 좀 놓여요."

"그래, 걱정하지 마."

영주의 귓가에 민철의 숨소리가 몇 번 들렸다. 숨소리 끝에 민철의 목소리가 밝게 들려왔다.

"그럼, 이모. 여행 잘 다녀오시고요. 갔다 와서 서점에서 봬요."

"그래, 잘 지내고 있어."

"네. 그리고 고맙습니다."

"응? 뭐가?"

"서점에 가는 게 도움이 많이 됐어요. 거기서 이야기하는 게 좋았어요, 이모."

"아, 그랬다니 다행이네."

전화를 끊고 휴대전화를 가방에 넣으려던 순간 다시 진동이 울렸다. 민철에게 왔나 싶어 발신자를 확인하니 승우였다. 영주는 복잡한 표정으로 승우의 이름을 쳐다봤다. 여행 계획을 승우에게 알렸던 날, 승우는 아무것도 묻지 않았다. 하던 강의는 어차피 5월에 끝이 났으므로, 승우의 스케줄을 따로 신경 쓰진 않아도 됐다. 이후 한 달 가까이 두 사람은 보지 못했다. 영주는 칼럼으로만 승우를 만나고 있었고, 어쩌면 승우도 그랬는지 모른다.

영주가 승우에 대해 생각하는 사이 전화가 끊겼고, 다시 또 오자 영주는 바로 전화를 받았다. 승우의 목소리가 오랜만에 들렸다.

"대표님, 저 현승웁니다."

"네. 작가님."

"지금 가는 길이신가요?"

"네, 가는 길이에요."

잠시 침묵이 흐르고 나서 승우가 영주를 불렀다.

"대표님."

"네?"

"혹시 6월 마지막 주에 유럽 어디쯤에 계실 계획인가요?"

"6월 마지막 주요?"

"네."

"……독일요."

"독일 어디요?"

"베를린요."

"베를린 가본 적 있으세요?"

"아니요."

"예전에 베를린에 두 달간 머문 적이 있습니다. 출장 때문에요."

"아…… 네."

"혹시 제가 그 주에 베를린으로 가도 될까요?"

"네?"

영주는 승우의 질문을 받자마자 머릿속이 새하얘졌다.

"제가 그 주에 휴가를 얻었습니다. 그래서 어쩌면 대표님 여행 친구가 돼줄 수 있지 않을까 생각했어요. 어떠세요?"

"아…… 작가님."

영주가 주저하는 목소리를 내자 승우가 덤덤하게 받아쳤다.

"아무래도 별로인가요, 제가 가는 게?"

"너무 갑작스러워서요."

영주가 긴장한 마음을 숨기고 말했다.

"네…… 그러실 거예요. 그럴 것 같았어요. 그래도 한번 물어보고 싶었습니다."

영주가 승우의 말에 아무 대답도 하지 않자, 승우가 이제 대화를 마치자는 뜻으로 인사를 건넸다.

"그럼 여행 건강히 잘 다녀오세요. 끊겠습니다."

영주는 왠지 지금 이 순간이 승우의 목소리를 듣는 마지막 순간일 것 같다고 생각하며 창밖으로 시선을 돌렸다. 저 멀리 공항에서 뿜어져 나오는 불빛이 보였다.

"대표님?"

"네."

"말이 없으셔서요. 괜찮으세요?"

"네, 괜찮아요."

"네, ……끊을게요, 그럼."

"저, 작가님."

영주가 급히 승우를 불렀다.

"네."

이 통화가 끝나면 승우를 보지 못할 것 같다는 생각이 들자, 영주는 전화를 끊고 싶지 않았다. 하지만 그렇다고 무슨 말을 해야 할까. 그녀는 잘 모르겠을 땐 솔직해지는 것이 최선이라는 평소의 생각대로 승우에게 말을 했다.

"작가님이 베를린으로 오는 게 좋을지 어떨지 저도 잘 모르겠어요. 얼마 전에 누가 그러더라고요. 마음을 모르겠을 땐 사고 실험을 해보라고요. 그런데 지금은 사고 실험도 잘 안 돼요. 이럴 땐 어떻게 해야 할지 모르겠어요."

"그럼 제가 도와드릴게요."

"어떻게요?"

"상상해보세요. 베를린에서 저와 같이 걷고 있는 모습을요. 같이 책방도 돌아보고 밥도 먹고 맥주도 한잔하는 모습을요. 잠시만, 한 30초만 상상해보세요. 30초 드릴게요."

영주는 정말 절실한 마음으로 승우가 시키는 대로 상상을 하기 시작했다. 승우와 차를 마시고 밥을 먹고 술을 한잔하는 모습을, 그리고 그와 나란히 서서 함께 거리를 걷는 모습을. 그와 처음 가는 책방에 들러 책에 관해, 서점에 관해 이야기하는 모습을. 영주가 묻고 승우가 대답하고, 승우가 묻고 영주가 대답하는 모습을. 둘이 같은 책을 읽고 이야기하는 모습을. 승우가 글을 쓸 때 영주가 장난을 치며 방해하는 모습을. 영주가 책을 읽을 때 승우가 농담을 하며 영주를 웃기는 모습을. 이 모습들을 상상하는데…… 싫지 않았다. 승우와 같이 있는 게 싫지 않았다. 그와 같이 있고 싶고, 그와 이야기하고 싶었다.

"어때요? 저와 함께 있는 모습이 상상만으로도 싫은가요?"

"아니요."

영주는 정직하게 대답했다.

"그럼…… 저, 가도 될까요?"

승우가 망설이다가 물었다.

"네, 작가님. 베를린에서 만나요."

영주는 편안한 표정으로 승우에게 말했다.

"네, 그래요." 승우가 대답했다.

영주가 탄 버스가 공항으로 들어서고 있었다.

무엇이 서점을 살아남게 하는가?

1년 후.

영주는 민준이 내려준 커피를 마시면서도 눈으로는 계속 책 속 문장을 좇았다. 아는 작가라곤 J. D. 샐린저뿐이라던 민철이 얇다는 이유 하나만으로 고른 책이었다. 영주는 샐린저의 『프래니와 주이』를 읽으며 이 책을 고른 민철에게 속으로 '쌤통이다'를 외쳤다. 짧지만 심오한 이 책을 고 녀석이 과연 재밌게 읽을 수 있을까.

지금은 영주와 민준만 출근해 있지만 15분이 지나면 상수도 출근할 것이다. 상수는 반년 전부터 휴남동 서점의 직원으로 일하기 시작했다. 아르바이트생이 아닌 직원으로 일을 해달라고 영주가 제안했을 때 그의 첫 질문은 머리 길이에 관한 거였다. 머리를 잘라야 한다면 직원이 될 수 없다는 상수의 말에 영주는 그렇다면 직원이 될 수 있을 거라고 대답해주었다. 담담하다 못해 무뚝뚝한 태도로 제안을 받아들인 상수지만 직원으로서의 첫 출근 날 그는 조금은 상기된 얼굴이었다. 며칠 후 상수는 영주에게 살짝 귀띔을 해주었다. 태어나 처음으로 직원이 되어보는 거라고.

상수가 직원이 된 다음 달부터 휴남동 서점엔 작은 책장이 하나 더 생겼다. 상수가 읽는 책들만 모아둔 책장이었다. 책장 제일 위 칸엔 '단발머리 책벌레 상수 씨가 읽은 책들'이라고 써 놓았다. 그 옆엔 '손님들도 함께 읽고 상수 씨와 이야기해보세요'라고도 써놓았다. 이젠 일을 하느라 하루에 책을 한 권밖에 못 읽는다는 상수는, 그럼에도 여전히 책벌레의 본분을 다하며 손님들의 혼을 쏙 빼놓곤 했다. 휴남동 서점에 자주 오는 손님들은 이제 자연스레 영주보단 상수에게 먼저 책을 추천해달라고 요청했고, 그렇게 다가오는 손님들 중엔 상수가 무슨 책을 읽고 있는지 궁금해하는 사람도 많았다. 이에 착안해, 영주가 상수만의 코너를 만든 것이다.

민철이 아르바이트생으로 고용된 건 3개월 전이었다. 대학에 진학하지 않은 민철은 3개월간의 유럽 여행을 마치고 지난봄 집으로 돌아왔다. 유럽 여행은 대학을 가지 않는 조건으로 희주가 민철에게 내건 것이었다. 방구석에 틀어박혀 시간을 썩힐 바엔 낯선 세상이라도 보고 돌아오면 민철에게 도움이 되리라 희주는 생각했던 것이다. 민철이 여행 중일 때, 희주는 영주에게 설레면서도 씁쓸한 표정으로 말했다. 민철의 몫으로 모아둔 대학 등록금은, 이제 쓸데가 없어졌으니 집안 식구가 돌아가며 여행을 다녀올 수 있게 됐다고. 민철이 돌아오면 다음 바통은 희주 부부가 받기로 돼 있었다. 민철 아빠는 이번 여행을 위해 휴직계까지 썼다고 했다. 희주 부부는 지금 세계 여행 중이다.

민철은 여행에서 돌아오고 나서 채 일주일도 되지 않아 영주를 찾아왔다. 알맞게 그을린 피부와 한층 어른스러워진 표정으로 민철은 영주에게 자기를 휴남동 서점 아르바이트생으로 써달라고 했다. 영주는 그 자리에서 승낙했고, 민철은 다음 날부터 주 2일, 하루 세 시간 일을 하는 아르바이트생이 되었다. 민철이 휴남동 서점에서 일을 하기 위한 조건도 하나 내걸었다. 휴남동 서점 이벤트에 무조건 참여하기. 네 사람이 매달 한 권의 책을 함께 읽는 이벤트였다.

네 사람뿐만 아니라 휴남동 서점을 알고 있는 모든 사람들과 함께 진행하는 이벤트였다. 매달 1일 휴남동 서점은 '이번 달 서점 직원들이 읽을 책'을 선정하고 그 책을 SNS와 블로그에 공개한다. 마지막 주 목요일 그 책을 함께 읽은 사람들과 독서 모임을 진행한다. 처음엔 휴남동 서점 직원을 제외하고 서너 명만 참여하던 모임이었는데 이젠 제법 인원이 늘어 지난달엔 열다섯 명이 모임을 찾았다. 이번 달 모임에선 샐린저의 『프래니와 주이』로 이야기를 나누게 될 터였다.

지난 1년간 휴남동 서점에서 가장 크게 달라진 점이라 하면 뭐가 있을까. 여행에서 돌아오고 나서 영주는 한동안 휴남동 서점을 전과 똑같이 운영했다. 2개월쯤 그대로 운영하다가 지난 2개월간 머릿속으로만 해오던 작업을 실행에 옮기기 시작했다. 영주는 휴남동 서점만의 개성을 깊이와 다양성에서 찾기로 했다. 손님들이 조금 어렵게 느끼더라도 깊이 있는 책 위주로 큐레이팅을 다듬었고, 다양성을 위해 베스트셀러를 배제했다.

휴남동 서점을 운영하면서 영주는 늘 베스트셀러를 어떻게 해야 할지 고민했다. 베스트셀러에 오른 책들을 보면 마음이 답답해지곤 했다. 베스트셀러에 오른 그 책 자체의 문제는 아니었다. 한번 베스트셀러에 오르면 계속 베스트셀러로 남는 현상이 문제였다. 그러다 보니 언젠가부터 베스트셀러라는 존재가 다양성이 사라진 출판문화를 대변하고 있다는 생각이 점점 굳어졌다.

영주는 대형서점 베스트셀러 섹션에 가면 출판 시장의 일그러진 자화상을 보는 듯했다. 베스트셀러 몇 권에 의지하는 서글픈 현실. 이는 누구의 탓일까. 그 누구의 탓도 아니었다. 책을 읽지 않는 문화 속 모든 면면이 반영된 결과일 뿐이었다. 이런 현실에서 서점을 운영하는 사람이 해야 할 건, 그럼에도 작은 노력을 기울여 독자들에게 다양한 책을 소개하는 것일 터였다. 이 세상에는 베스트셀러가 된 몇 권의 책만 있는 것이 아니라, 그 책을 쓴 몇 명의 작가만 있는 것이 아니라, 너무나 좋은 수많은 책, 수많은 작가가 있다는 걸 알리는 것일 터였다.

이를 위해 할 수 있는 행동이 서점에서 베스트셀러를 배제하는 것이었다. 어제까지 베스트셀러가 아니던 책이, 며칠 전 유명인이 TV 프로그램에서 언급한 뒤 오늘 베스트셀러가 되었다면, 그 책을 재주문하지 않았다. 그 책이 안 좋은 책이라서가 아니라 그저 다양성을 위해서였다. 대신, 그 책과 같은 주제를 담고 있는 책을 골라 서점에 들여놓았다. 혹 베스트셀러 책을 찾는 손님이 있다면 그 책을 소개하기 위해서였다.

영주의 이런 운영 방식이 손님들에게 얼마나 참신하게 비쳤는지는 모르겠지만, 하나 확실한 건 성철에게는 큰 매력으로 다가갔다는 사실이다. 성철은 "그 책이 베스트셀러인 이유는 이미 그 책이 베스트셀러이기 때문이죠"라고 말했다. 성철은 영화계나 출판계나 같은 문제로 골머리를 앓고 있다면서 영주와 동지 의식을 느낀다고 했다. 성철은 더 좋은 영화와 책이 더 많은 사람에게 알려지길 바란다고 입버릇처럼 말했다. 사실, 여행을 가기 전부터 영주가 휴남동 서점의 미래를 위해 세운 계획 3이 이것이었다. 베스트셀러 없애기.

이 외에도 지난 1년 휴남동 서점은 크고 작은 변화를 맞았지만 사실 어떻게 보면 크게 달라진 점은 없었다. 과거의 휴남동 서점에도, 현재의 휴남동 서점에도 영주의 이상과 생각이 반영된다는 점이 그렇다. 영주가 해외 독립책방을 둘러보며 깨달은 점은 모든 책방이 그만의 개성을 지니고 있다는 점이었다. 그리고 개성은 책방을 운영하는 주인에게서 나왔다. 그리고 개성을 만들어가는 데 필요한 건 용기였다. 주인의 용기가 손님에게 가닿기 위해 필요한 건 진심이었다. 그러니까, 용기와 진심.

영주는 용기 있게 생각을 현실화하면서 진심을 잃지 않는다면 어쩌면 휴남동 서점도 영주가 찾았던 그 서점들처럼 지속 가능한 서점이 될 수 있으리라 생각했다. 여기에 더해 계속 반성하고 변화할 수 있다면, 휴남동 서점의 미래가 예상보다 더 길어질 수 있으리라 기대했다. 이 모든 생각 아래엔 책을 사랑하는 영주의 변치 않는 마음이 있어야 할 터였다. 영주가 책을 사랑하고, 또 서점 직원들이 책을 사랑한다면, 그 사랑이 손님들에게도 전해지지 않을까. 우리 네 사람이 책으로 의사소통하고 책으로 농담하고 책으로 우정을 다지고 책으로 사랑을 이어간다면 손님들도 우리의 마음을 알아주지 않을까. 책을 읽는 사람만이 만들어낼 수 있는 삶의 결이 휴남동 서점에서 느껴진다면, 책을 읽는 사람만이 만들어낼 수 있는 이야기가 휴남동 서점에서 흘러 나간다면, 사람들도 한 번쯤 책을 펼치려 하지 않을까. 살아가다가 문득 이야기가 필요해지는 시점이 올 때 사람들이 책을 찾을 수 있게끔, 영주는 계속 책을 읽고 책을 소개하며 살고 싶었다.

영주의 오늘 하루는 어제와 비슷할 것이다. 책에 둘러싸인 채 주로 책에 관한 이야기를 할 것이고, 책에 관한 일을 할 것이며, 책에 관한 글을 쓸 것이다. 그러는 틈틈이 먹고, 생각하고, 수다도 떨고, 우울했다가 기뻐할 것이며, 책방을 닫을 즈음에는 오늘 하루도 이 정도면 괜찮았다며 대체로 기쁜 마음으로 서점 문을 나설 것이다. 집으로 걸어가는 10분 동안에는 승우와 통화를 할 것이고, 집에 도착해서는 승우와 더 통화를 하다가 씻고 쉴 것이다. 그러다가 윗집으로 이사 온 지미의 방문을 받게 될지도 모르고, 지미 뒤를 따라 들어온 정서와 오랜만에 맥주 한잔하게 될지도 모르며, 그것도 아니라면 직원이 늘어난 통에 이사 온 집의 전망이 이전 집보다 못하다는 생각에 약간은 침울해질지도 모른다. 하지만 결국은 어젯밤에 읽다 만 책을 읽으면서 마음을 다독일 것이고, 그러다가 책을 덮고는 침대에 누울 것이다. 영주는 하루를 잘 보내는 건 인생을 잘 보내는 것이라고 어딘가에서 읽은 문구를 생각하며 잠자리에 들 것이다.

작가의 말

2018년. 봄에서 여름으로 넘어가는 길목에서 나는 언제나처럼 책상에 앉아 흰 화면을 바라보고 있었다. 오랜 꿈이었던 작가가 된 지 반년쯤 지난 때였고, 좋은 문장을 쓰는 에세이스트가 되고 싶다는 바람이 어쩐지 이루어지지 못할 소망으로 느껴져 잔뜩 의기소침해진 때였으며, 그럼에도 뭐라도 써야 하겠기에 매일 책상에 앉길 반복하던 때였다.

소설을 써볼까.

정확히 몇 월 며칠 몇 시 몇 분에 이 생각을 떠올렸는지는 기억나지 않지만, 그로부터 며칠 후 나는 정말 소설을 쓰고 있었다. 서점 이름의 첫 글자는 '휴'로 시작되어야 한다, 서점의 대표는 영주이고 바리스타는 민준이다. 딱 이 세 가지 아이디어만 갖고 첫 문장을 쓰기 시작했다. 이 외의 것은 소설을 쓰면서 정해나갔다. 갑자기 새로운 인물이 등장하면 그제야 이름과 특징을 결정지었고, 무슨 이야기를 해야 할지 모르겠을 땐 이미 등장해 있던 인물과 지금 막 등장한 인물이 대화를 나누게 했다. 그러다 보면 두 인물이 알아서 내용을 진척시켰고 신기하게도 다음 이야기가 머릿속에 떠올랐다.

소설을 쓰는 시간은 놀라울 만큼 즐거웠다. 그간 경험한 글쓰기는 책상에 나를 끌어 앉히고자 하는 지난한 투쟁에 가까웠다면, 이번엔 아니었다. 어제 쓰다 만 대화를 빨리 잇고 싶어 아침에 눈이 번쩍 떠졌다. 밤에는 건조해진 눈과 뻣뻣해진 허리와 하루 노동량을 초과하면 안 된다는 나름의 규칙 때문에 아쉬운 마음으로 의자에서 일어났다. 소설을 쓰는 동안은 내가 직접 겪는 일보다 소설 속 인물들이 겪는 일들에 더 마음이 쓰였다. 내 삶의 축이 내가 만든 이야기를 따라 흘러갔다.

구체적인 줄거리는 미리 그려놓지 않았지만, 그려놓은 분위기는 있었다. 영화 〈카모메 식당〉이나 〈리틀 포레스트〉 같은 분위기의 소설을 쓰고 싶었다. 제대로 숨 쉴 틈도 없이 하드코어 하게 흘러가는 일상으로부터 벗어난 공간. 더 유능해지라고, 더 속도를 내라고 닦달하는 세상의 소리로부터 물러난 공간. 그 공간에서 부드러운 결로 출렁이는 하루. 이 하루는 우리에게서 에너지를 빼앗아가는 하루가 아니라 채워주는 하루다. 시작엔 기대감이 있고 끝엔 충족감이 있는 하루다. 나를 성장시키는 일이 있고, 성장에서 비롯된 희망이 있으며, 좋은 사람들과의 의미 있는 대화가 있는 하루다. 무엇보다 몸이 만족하는, 마음이 받아들이는 하루다. 나는 이런 하루를 그려보고 싶었다. 이런 하루를 보내고 있는 사람들을 그려보고 싶었다.

그러니까 나는 내가 읽고 싶은 이야기를 쓰고 싶었다. 자기만의 속도와 방향을 찾아가는 사람들의 이야기를, 고민하고 흔들리고 좌절하면서도 자기 자신을 믿고 기다려주는 사람들의 이야기를, 애써 마음을 다잡지 않으면 스스로 나를 포함해 나와 관계된 많은 것을 폄하하게 되는 세상에서 나의 작은 노력과 노동과 꾸준함을 옹호해주는 이야기를, 더 잘해야 한다고 스스로를 다그치느라 일상의 즐거움을 잃어버린 나의 어깨를 따뜻이 안아주는 이야기를.

과연 이 소설이 최초의 바람대로 쓰였는지는 모르겠지만, 따뜻한 위로 같은 소설이었다고 말해준 독자분이 많았다. 독자분들의 너그러운 리뷰가 내게 따뜻한 위로가 되어주었다. 섬처럼 흩어져 있던 우리가 만난 기분이 들었다.

『어서 오세요, 휴남동 서점입니다』의 인물들은 자세히 들여다보지 않으면 크게 티는 나지 않지만, 그럼에도 계속 무언가를 하고 있다. 작은 디테일을 요리조리 바꿔가며 새롭게 배우고 연마한다. 세상의 기준에서 엄청난 성공을 불러올 행동은 아닐지라도, 무언가를 계속하면서 그들은 변화하고 성장한다. 그 결과 시작점에서 몇 발짝쯤 떨어진 곳에 서 있게 된다. 그들이 선 그곳이 타인의 눈에 높아 보일지 낮아 보일지, 좋아 보일지 또는 그렇지 않을지는 아무 상관 없다. 그들이 스스로 움직였다는 것, 그리고 지금 서 있는 그곳을 좋아한다는 것만으로도 됐다. 내 삶을 바라보는 기준이 내 안에 있으면 그것으로 된 것이다.

매일은 아닐지라도, 자주는 아닐지라도, 우리에게도 지금의 내 삶이 '그것으로 됐다'는 걸 알아채는 순간이 찾아오곤 한다. 초조함과 조급함이 사라진 그 순간엔 그간 최선을 다해 여기까지 온 내가 그저 대견하고 실은 꽤 마음에 든다. 이런 소중한 순간들이 모인 곳이 휴남동 서점이라면, 더 많은 분이 더 자주 저마다의 휴남동 서점을 그려볼 수 있으면 좋겠다.

그곳에서 오늘 하루를 보내고 있는 당신을 응원하고 싶다.

2022년 1월
황보름

어서 오세요, 휴남동 서점입니다

초판 1쇄 발행 2022년 1월 17일
초판 33쇄 발행 2024년 10월 21일

지은이 황보름

편집 윤성훈
교정교열 김정현
디자인 studio forb
표지 그림 반지수
마케팅 (주)에쿼티
제작 (주)공간코퍼레이션

펴낸이 윤성훈· **펴낸곳** 클레이하우스(주)
출판등록 2021년 2월 2일 제2021-000015호
주소 경기도 파주시 회동길 363-21, 2층
전화 070-4285-4925 **팩스** 070-7966-4925 **이메일** clayhouse@clayhouse.kr

ISBN 979-11-973771-4-3 (03810)

클레이하우스(주)가 더 나은 책을 펴낼 수 있도록 의견을 남겨주시거나 오타를 신고해주세요.
QR코드에 접속해 독자 설문에 참여해주신 분께 추첨을 통해 선물을 드리겠습니다.